本书是教育部人文社会科学研究规划基金项目"伊斯兰教文化对元明清中国的影响：以伊斯兰天文、星占学为例"（项目批准号：10YJA770006）最终成果

伊斯兰文明的中国之路

以天文学为中心的研究

陈占山 著

The Chinese Road of Islamic Civilization

Astronomy centered research

中国社会科学出版社

图书在版编目（CIP）数据

伊斯兰文明的中国之路：以天文学为中心的研究/
陈占山著 . —北京：中国社会科学出版社，2024.3
ISBN 978 - 7 - 5203 - 0197 - 8

Ⅰ.①伊…　Ⅱ.①陈…　Ⅲ.①天文学史—中国
Ⅳ.①P1 - 092

中国国家版本馆 CIP 数据核字（2023）第 183003 号

出 版 人	赵剑英
责任编辑	宋燕鹏
责任校对	王佳玉
责任印制	李寡寡

出　　版	中国社会科学出版社
社　　址	北京鼓楼西大街甲 158 号
邮　　编	100720
网　　址	http://www.csspw.cn
发 行 部	010 - 84083685
门 市 部	010 - 84029450
经　　销	新华书店及其他书店

印　　刷	北京明恒达印务有限公司
装　　订	廊坊市广阳区广增装订厂
版　　次	2024 年 3 月第 1 版
印　　次	2024 年 3 月第 1 次印刷

开　　本	710×1000　1/16
印　　张	21.5
插　　页	2
字　　数	305 千字
定　　价	118.00 元

目　　录

Contents

绪　　论

　　写在这种标题之下的文字，虽有例行的功能，但可以有不同的侧重和兼顾。笔者将关注点放在以下三个问题上。第一，伊斯兰教文化在华的流播；第二，中国伊斯兰天文学研究的历史与现状；第三，本书的基本思路与内容设置。三个问题的重要性不同，所费笔墨自然就有浓淡：第一个问题略明源流、背景，意在强调输入之伊斯兰文化原本有着丰富的内容，天文学只是其中的一个分支。第二个问题是重点，毕竟本课题已有较长的研究史和较多的研究成果，任何欲对之开展进一步研究的人，都不能不仔细梳理，认真面对。第三个问题的使命，自标题用语已可了然，这里无须再做说明。

第一节　伊斯兰文明及其分支天文学的中国之路

　　伊斯兰天文学是伊斯兰教文化的重要分支，其向中国的输入，是伴随着伊斯兰教及伊斯兰文化其他分支在华的传播同时进行的。

一　伊斯兰文化及其分支在华的流播

　　伊斯兰文化，亦称伊斯兰教文化，是人类文化的重要分支之一，它是 7 世纪上半叶伴随着伊斯兰教的创立和此后阿拉伯帝国的建立而逐步形成的。这种文化有着丰富而久远的历史渊源，如有研究者指出，"他们（伊斯兰文化的创立者）继承了在幼发拉底河、底格里斯河流域、尼罗河流域、地中海东岸上盛极一时的古代文明，又吸收而且同化了希腊、罗马文化的主要特征"①；又如说"阿拉伯—伊斯兰文化乃由三种文化源流汇合而成：一种是阿拉伯人的固有文化；一种是伊斯兰教文化；一是波斯、印度、希腊、罗马……等外族的文化"②。而"大体说来，印度文明的影响多在文学、哲学、数学和天文学方面，波斯文明的影响主要在文学艺术方面，而希腊文明的影响则偏重于自然科学和哲学方面"③。不过，伊斯兰文化绝对不是各个不同地域、不同文化的简单拿来和随意拼凑，它有着自己的特质和吸纳原则："所谓伊斯兰文化就是信仰伊斯兰教的穆斯林，在长期的信仰实践和生产、生活实践中，以《古兰经》和圣训为基本原则，以阿拉伯文化和波斯文化为原质特色，兼取希腊、罗马、印度文化和犹太教、基督教思想而形成的一种普遍为人们所效法和认可的各种社会规范、行为模式和价值观念的综合体。"④ 与世界上其他大的文化分支一样，伊斯兰文化的内容也极为丰富，"不仅包括政治、哲学、文学、法律、教育、道德、宗教等方面的理论、思想，还包括语言、自然科学和民风民俗等精神文化和物质文化的许多方面，因而是一种博大精深的文化体系"⑤。创造了这种文化的穆斯林是"讲阿拉伯语的各国人民，是第三种一神教的创造者，是另外两种一神教的受益者，是与西方分享希腊—罗马文化传统的人民，是在整个中世纪时期高举文明火炬的人物，是对欧洲文艺复兴作出慷慨贡献的人们"⑥。中世纪时期，伊斯兰文化取得巨大的成

---

① ［美］希提：《阿拉伯通史》，马坚译，商务印书馆 1979 年版，第 2 页。
② ［埃及］艾哈迈德·爱敏：《阿拉伯——伊斯兰文化史》第 1 册，纳忠、史希同等译，商务印书馆 1982 年版，第 3 页。
③ 秦惠彬主编：《伊斯兰文明》，福建教育出版社 2008 年版，第 54 页。
④ 杨怀中、余振贵主编：《伊斯兰与中国文化》，宁夏人民出版社 1995 年版，第 549 页。
⑤ 杨怀中、余振贵主编：《伊斯兰与中国文化》，第 549 页。
⑥ ［美］希提：《阿拉伯通史》，马坚译，第 904 页。

就，在人类文明史上占有非常重要的地位。

伊斯兰教文化向中国的输入始于唐朝，此后经历宋元直至明清时期，有着一个较为漫长的过程。唐宋时期，中、阿双方使节往来频繁，官方关系良好，由此带动和促进了广泛的交往。伊斯兰国家的军人、使节，特别是商人来到中国，侨居不归。在长安、洛阳和东南沿海城市建立蕃坊，经营商贸，娶妻生子，繁衍生息。进入蒙元时期，由于成吉思汗及其子孙对中亚和阿拉伯的征服，中国大陆西部与伊斯兰教世界连成一片；而随着其在中国本部统治的建立，为加强和扩大统治基础，有效压服和控制占人口绝对多数的汉人，蒙古统治者推行优待和笼络色目人的政策，这使得在华穆斯林的政治、经济、文化地位等得以全面提升。上述情势又进一步促进和带动波斯及周边地区、阿拉伯半岛的穆斯林大批移民中国，从而形成"回回遍天下"的局面。朱元璋灭元，明朝于宣德中后期开始实施日趋保守的对外政策，但与阿拉伯世界的交往并未停止。正是在上述大背景下，伊斯兰文化在中国经历了长久的流播和发展史。

输入中国的伊斯兰文化丰富多彩，而就基本内容来说主要包括三个方面：伊斯兰教义及相关学说，可概称为伊斯兰教学；伊斯兰俗文化，主要是天文历算、医药和军事器械制造等。由于伊斯兰建筑艺术主要体现在与礼拜、讲经等宗教、集体活动关系密切的建筑类型上，由此，似介于宗教和俗文化之间。确实，上所提及只是输入伊斯兰文化的一些分支，仅为窥豹于一斑，现简要评介如下。

伊斯兰教学是伊斯兰文化的核心和灵魂，伊斯兰文化在华的流播，事实上也是以伊斯兰教为轴心的。之所以说是"轴心"，笔者主要是从以下三种意义上来说的。第一，就内容而言，在伊斯兰文化输入及在华流播的整个过程中，伊斯兰教自始至终都是核心；正是由于宗教的传入，信仰者群体的存在，呼唤和需要其相关俗文化的进入，比如说阿拉伯语、伊斯兰教历，还有伊斯兰建筑艺术以及为穆斯林习惯采用的伊斯兰医药等。第二，就输入和传承之载体来看，各种类型的伊斯兰教徒无疑是最重要的角色。"各种类型"者，如早年是来华的商人和被某些统治者邀请而来参加平叛的军人；蒙元时期是迁居中国的工匠，还有其他因各种机缘来华的穆斯林；明清时期则是我国民族大家庭中已经形成的伊斯兰兄弟民族。第三，就造成的影响而论，处于核心地位的宗教无疑也是最大且最持久的。自唐宋到蒙元时期通过各种渠道来华的信徒与中国西部不同民族及其文化的结合，居然打造出十个信仰伊斯兰教的民族共同体。

伊斯兰教在华的流播大体上可以晚明为界，划分为前后两个阶段。前阶段其教职人员如阿訇等多为阿拉伯、波斯、中亚的伊斯兰学者担任，教义及相关学说基本上是在信仰者之间以及皈依的西部少数民族内部传承。截至目前，除元朝末年的几篇重修礼拜寺碑记①外，似还没有看到在这一历史时期，有其他较多、较系统介绍伊斯兰教的汉文著作。尽管有许多汉文文献，重要者如杜环《经行记》、僧人慧超《往五天竺国传》、杜佑《通典》中的《大食传》、贾耽《古今郡国县道四夷述》、段成式《酉阳杂俎》、刘昫《旧唐书·大食传》、朱彧《萍州可谈》、周去非《岭外代答》、赵汝适《诸蕃志》、岳珂《桯史》、郑思肖《心史》等对这种宗教有程度不同的记载，但总体上不脱隔膜、皮相之态。明朝开国之后，伊斯兰教及其文化在华生存的内、外部环境出现危机。自教外形势看，穆斯林的地位逐渐走低，由于对其人信仰和生活习俗的误解，明朝上层及官方歧视伊斯兰教，伊斯兰文化在明朝的声势和影响已呈颓势；在教内，随着汉语的普及和使用，穆斯林大都不识阿拉伯文和波斯文，自然也就没有能力直接去阅读用这些文字撰成的宗教文献。为从根本上扭转内外交困的局面，重振和延续往日的辉煌，并且在儒释道的夹缝中切实为伊斯兰教的发展开辟出自己的天地，明清之际，中国伊斯兰教的经堂教育以及汉文翻译与撰述活动相继开展起来。这

---

① 这里说的是元惠宗至正八年（1348）定州《重建礼拜寺记》、至正十年（1350）泉州《清净寺记》和同年广州《重修怀圣寺记》。

些活动，特别是汉文译著，意义重大，影响深刻。借助于此，富有中国本土及民族特色的伊斯兰宗教哲学体系得以建立，汉文翻译与撰述所成就的庞大文献系列，也成为此后中国伊斯兰教宗教实践依赖的重要典籍。自此，伊斯兰教在中国逐渐走向成熟。

评介伊斯兰教在华的流播和发展的历史，不能不述及苏非主义或"苏非派"，有学者认为其很早（宋代或元朝）就传入中国①，但一般说来，其主要是在明清之际，通过朝觐求学的中国穆斯林和自域外来华的苏非传教士输入中国，并在穆斯林聚居的甘、宁、青的黄土高原落脚，此后逐渐形成包含一定中国传统文化元素的戛德林耶、虎非耶、哲合忍耶、库不林耶"四大门宦"以及属下的若干支派。伊斯兰教在华的发展，由此更趋丰富和地域化。

在输入的伊斯兰俗文化中，医学无疑是最重要的。重要性就在于它是伊斯兰文化各分支中发展的比较成熟的一个学科。同伊斯兰文化中许多分支学科的产生和兴起情形相仿，伊斯兰医学源远流长，根深叶茂，宋岘先生曾概括说："它是一种继承了古希腊、罗马医学理论，融合了地中海周沿地区诸民族及波斯、印度、中国的医药学知识而形成的新医学。"其大体上出现于 8 世纪，定型于 10 世纪，以阿拉伯医学为主体②。"相传先知（穆罕默德）说过，学问有两类：一类是教义学，一类是医学。"由此，医学是穆斯林学者最关注的学科，在中世纪的阿拉伯世界得到很好的发展，许多优秀的穆斯林学者，为此前赴后继，做出重大贡献，如今人耳熟能详的古代世界医学名家群体中，一些正是来自伊斯兰世界，如拉齐（865—925），他是伊朗德黑兰人，全名是艾卜·伯克尔·穆罕默德·伊本·宰克里雅·拉齐，他被誉为"伊斯兰医学家中最伟大、最富有

---

① 　杨怀中、余振贵主编《伊斯兰与中国文化》（宁夏人民出版社 1995 年版，第 134 页）认为是元朝，张宗奇《伊斯兰文化与中国本土文化的整合》（东方出版社 2006 年版，第 56 页）指出"突厥阿尔斯兰汗木萨最初是在苏非派教士的影响下实现汗国的伊斯兰化的，这说明苏非主义传入中国，由来已久"。

② 　杨怀中、余振贵主编：《伊斯兰与中国文化》，第 251 页。

独创性，而且著作最多的人物"①。其最著名的著作即《医学集成》，总结了阿拉伯人当时从希腊、波斯和印度三个国家吸收的医学知识，且增加了许多新颖的内容。被认定是一部"医学百科全书"，在印刷术还不成熟的背景下，拉齐的医学著作却得以高频率出版，且在数百年间对欧洲的思想曾发生显著影响②。又如，伊本·西纳（980—1037，或译为阿维森纳），出生于今乌兹别克斯坦布哈拉。有学者评论说，"阿拉伯科学到了这位医生兼哲学家、语言学家和诗人的手里，已经登峰造极，甚至可以说他就是阿拉伯科学的化身"，其最著名的医学著作即《医典》，自12世纪到17世纪，被作为西方医学的指南，且很长时期是欧洲各大学的医学教科书③。

伊斯兰医药学的输入，极大地丰富和补充了中国传统的中医药学，促进了古代中国医学的发展。大体而言，唐代至五代是输入的早期。随着与伊斯兰世界的接触，中国出现某些涉及或专门载述伊斯兰国家药物甚至医术的书籍，如杜环《经行记》、段成式（803至863年）《酉阳杂俎》和李珣《海药本草》等。其中最后一种，享有盛名，是一部纯粹的本草书，作者是波斯人的后裔，经营香料、药材的世家，记述上百种药物，且详具药性。宋代，中阿海上贸易极为发达，同伊斯兰国家间开展药材、香料生意成为双方贸易的主项，医药知识也随之传入中国。周去非《岭外代答》、赵汝适《诸蕃志》及脱脱等《宋史》等文献都记载大量的阿拉伯药物。这些药物为传统中医也为中国境内的穆斯林医药的发展提供了极大的支持。蒙元时期，是伊斯兰医药在华流播并取得重大发展的时期，契机来自蒙古帝国上层强有力的支持。此时期，历代君主对阿拉伯、波斯及中亚其他地区的穆斯林医生十分看重，大量聘用，委派他们随军行医，其中一些人还成为宫廷医生。自忽必烈始，相继成立回回药物院、

---

① ［美］希提：《阿拉伯通史》，马坚译，第428页。
② ［美］希提：《阿拉伯通史》，马坚译，第430页。
③ ［美］希提：《阿拉伯通史》，马坚译，第431—432页。

广惠司等机构，专门"掌修制御回回药物及和剂"等事务。元成宗大德三年春正月下令，"置各路惠民局，择良医主之"①，如此一来，京师以外的各个地区也建立起官办的医疗机构，伊斯兰医术与医药随着穆斯林医官的派出而通行于帝国全境及民间社会。进入明代，朱元璋也较重视穆斯林的科技成果，种种迹象表明，洪武中期开始由中外学者合作，对明初自元大都南运的"言殊字异，无能知者"的大批"回回书籍"进行翻译和编译工作，其中有一些应直接关涉伊斯兰医药文献，如此后流播宇内、且传承至今的《回回药方》（原本 36 卷，今残存 4 卷），很可能就是其中的成果之一。伊斯兰医学对中国传统的中医学有重要影响。宋岘先生经过多年全面深入的研究，认为主要是丰富了中医本草学、中医药的剂型，增加了中医方剂的特色和丰富了中医的治疗手段②。

输入的伊斯兰医药学拥有很高的实用价值。因其深切民生国用，又不存在任何禁忌，一直以来，给中国各民族、各阶层的人们带来实实在在的利益，真正可谓上、下层通用，全社会共享。而这一点，与输入的其他伊斯兰俗文化存在着明显的不同，如伊斯兰天文学在华的境遇，或者由于其中某些内容牵涉所谓的不可泄露的"天机"（星占学部分）而被王朝最高当局独占，严禁其在民间流传；或者因内容过于艰深，又与普通民众日常生活较为疏离（如数理天文、历法推算部分），一般文人没有钻研的兴趣，普通民众更无关注的必要。

建筑，一直被誉为立体的图画、固体的音乐。而不同的自然条件、地理环境、经济生活与历史文化传统，成就不同风格的建筑艺术。作为伊斯兰文化的有机构成部分，穆斯林同样拥有属于自己价值取向、审美情趣和文化符号表达的建筑艺术。

---

① （明）宋濂等：《元史》卷 20，中华书局 1976 年版，第 425 页。
② 王锋、宋岘主编：《中国回族科学技术史》，宁夏人民出版社 2008 年版，第 2 章第 5 节，第 201—216 页。

　　正如前指出，伊斯兰建筑艺术主要体现在与礼拜、讲经等宗教、集体活动关系密切的建筑类型上。依此来看，其大体上是随着穆斯林先民的脚步，于唐宋时期开始传入中国。传说唐代长安已有伊斯兰教的礼拜堂，而据阿拉伯商人苏来曼记载，同一时期海商云集的广州已有全体穆斯林一起做祈祷的事情①，可能已建有类似清真寺的公共宗教活动场所。宋元以后，随着伊斯兰教信众的剧增和在全国的广布，清真寺越建越多。

　　伊斯兰教建筑艺术输入后，不可避免地受到中国传统的影响，与后者建筑样式与风格的整合，使中国伊斯兰建筑呈现出既与阿拉伯、波斯等地的建筑不同，也有别于中国传统建筑的新兴特征。这在甘宁青被称为"拱北"、新疆地区叫作"麻扎"之类的"先贤陵墓""圣徒陵墓"以及道堂等的建筑上都有所表现。而最具代表性的清真寺，其建筑样式大体上可分为中国传统的古典殿堂式和阿拉伯式两大体系。两大体系都不同程度地接受了中国传统建筑风格的影响，殿堂式接受得更多一些。殿堂式清真寺始建于明代，总体设计多采用中国传统的四合院式，建筑特点突出地表现在大门、邦克楼和礼拜殿等主体建筑上。这类建筑，雕梁画栋，亭阁耸立，采用多进院落及中轴线贯通、对称等。例如，西安化觉巷清真寺、北京牛街礼拜寺、山东济宁东大寺和西大寺等。化觉巷清真寺，其外部造型为中国宫殿式建筑，整座寺院沿东西向中轴线前后共分五进院落，外院是一座雄伟的牌楼，主体建筑分为前后大殿、省心楼、凤凰亭、朝阳殿等。阿拉伯式清真寺，如我国东南沿海早期出现的广州怀圣寺、福建泉州的清净寺、圣友寺以及新疆地区的清真寺等，有塔、圆拱顶式建筑及尖拱券状门、窗等标志性的造型。总体上属于阿拉伯式建筑，但在布局、建构、装饰等方面，融入中国本地、本民族传统文化元素。可谓中西合璧，美轮美奂。因伊斯兰教坚决反对偶像崇拜，严厉拒绝具象艺术，所以在宗教类建筑装饰上，多

①　穆根来、汶江、黄倬汉译：《中国印度见闻录》，中华书局 1983 年版，第 7 页。

采用几何纹饰、植物纹饰和阿拉伯书法纹饰组成的阿拉伯纹饰。

中国穆斯林民居围绕清真寺而居，追求实用简朴；在建筑风格上，照理融汇、吸收阿拉伯、中国传统等多种民居文化的特点、优长。例如，在装修中，既崇尚阿拉伯书法，又欣赏汉文书法；既使用阿拉伯文化中抽象的几何纹，又选择一些汉文化中传统的植物图案；既吸收中国传统的亭台楼阁的木雕艺术，又采用一些阿拉伯石雕艺术中的装饰图案。

军事器械制造，在输入伊斯兰俗文化中也占有一定地位。主要出现在蒙元历史上，有"回回砲""火铳""镔铁刀""米昔刀"等名目。其中，最著名的莫过于第一种。对其引进中国的背景、制造过程及在战场上的实际表现等，《元史》卷二〇三《方技传》于阿瓦老丁、亦思马因等人的传记中有比较详细的记载。总体来看，包括上述"回回砲"在内的军事器械的制造，其技术渊源比较复杂：虽一定存在阿拉伯、波斯地区的因素，但也有中国传统军事器械制造技术与之结合。这方面的问题，学界已有专门成果①，这里不赘论。就上述军事器械制造的贡献和历史作用而言，笔者以为可以有如下的观察和概括：就具体作用言之，在一定程度上改变过宋元双方军事力量对比，加速了南宋王朝灭亡的历史进程；从整体影响来看，为当时和此后中国军事器械的发展和进步，增添过新的因素。

二　伊斯兰天文学、星占学被接纳的背景与境遇

古代社会，在相当长的一个历史时期，天文学和星占学（今天看来差别很大）可以合一、画等号：天文学就是星占学，或者可以说星占正是天文学的核心内容和目的。而本节（还有本书的有关部

---

① 可参见周纬《中国兵器史稿》，百花文艺出版社 2006 年版；王兆春《中国古代军事工程技术史（宋元明清）》，山西教育出版社 2007 年版；马明达《米昔刀考》，《回族研究》2006 年第 4 期。

分）之所以将其并列，首先是充分顾及今人的普遍看法。由此提醒读者，在古代中外被称为"天文学"的学科中实际包括被现代科学贬斥的星占学；其次，也是鉴于经历近代科学革命之后星占学逐渐被扬弃、天文学走上独立发展历程这样一个基本事实。除此之外，将两概念并列，还同时隐含着一个在今人看来，基本上可以划入科学范畴的因素即历法。在古代中国，官方天文机构的职责，多被书写为"观象授时"或"观象衍历"。其实，无论是"授时"还是"衍历"，都与制订历法之事密切相关。历法的核心使命就在于"授时"，而所授之"时"则来自对天象的研究、观测（数理天文学），同时也与天象观测、研究的目的星占有关。上述情形在中世纪的伊斯兰世界，事实上也不存在明显的例外。也就是说，本节标题中的伊斯兰天文学、星占学，事实上也内含伊斯兰历法，后者也是本书探讨的基本内容。

伊斯兰天文学、星占学向中国的传播以及能在元代以后中国天文学界占得一席之地，发挥作用，并非偶然，而是与中国久远的历史传统直接相关：天文学、星占学在中国传统文化体系中的地位极为特殊。这主要是从两个方面来说的，首先，源于中国先贤自古以来的"天人感应"观念，上天主宰人事并通过星象变化向统治者预示祸福灾变，由此天文学、星占学在中国历来就是"通天之学"[①]；其次，正是鉴于前一点，精通天文学、星占学的人，特别是他们中的代表人物，即使他们是来自境外的"蛮夷"，也仍会受到最高统治者的关注，有可能进入中国官方天文机构任职，其中的个别人士，甚至有机会成为御前谋士和顾问。例如，唐代具有印度文化背景的瞿昙氏等家族的俊杰们，还有明清时期来自欧洲的天主教耶稣会士就是如此。而史实表明，元明时期拥有阿拉伯伊斯兰天文学、星占学知识和技能的人士，在华照例也是走通了上述这一"通天捷

---

① 对于这方面的问题，在江晓原《天学真原》（辽宁教育出版社 1991 年版）一书中有出色的揭示和深入的论述。

径"的。

伊斯兰天文学产生于伊斯兰教创立之后的阿拉伯。与伊斯兰文化的其他分支一样，同样也是在广泛吸收东西方天文学成就的基础上发展起来的，有着较为丰富的内涵且曾达到过较高的发展水平。其中的一些内容，因与伊斯兰教宗教生活和教徒的世俗生活密切相关，早在唐宋时期，就随着来华的伊斯兰教徒传入中国。伊斯兰天文学在华确立官学地位始于元代。至元八年（1271），元政府设回回司天台。标志着伊斯兰天文学在中国官方地位的正式确立。自此时起一直到明朝末年，我国官方天文机构实行双轨制，除伊斯兰天文机构外，政府还同时为奉行中国传统体系的天文家建立专门机构。两种机构的并立，丰富并促进了中国传统天文学的发展。中外天算家同朝共事，提供了相互学习和交流的机会，并编译、撰写了一系列著作。这些著作有不少早已亡佚，流传至今的部分，是今人了解和研究伊斯兰天文学，特别是中国伊斯兰天文学的基本资料。

总之，唐中叶，特别是宋元以后，在中西交通大开、中外交往频密的大背景下，伴随着穆斯林的脚步，伊斯兰文化的一些重要分支，陆续输入中国，这其中也包括伊斯兰天文学。缘于国人独特的宗教观念和政治文化意识，输入的伊斯兰天文学，受到朝野的一致重视（此种情形，似只有伊斯兰医药学才可与之比拟），不仅落地生根，更一度得到引人注目的拓展，从而造成较大的社会、历史影响。

第二节　中国伊斯兰天文学研究的历史回顾

在现代学术背景下①，中外学者对中国伊斯兰天文学及其历史演变的研究，始于 20 世纪上半叶。由于这一学科自身的特点，如多学

①　对于明清学者及相关工作，本书将在第五章做专门论述。

科交叉、自身典籍传承不多且存在严重缺陷、有关历史记载模糊等原因，进展较为缓慢。下面拟分为 20 世纪 80 年代之前和 80 年代以来两个时期，对有关成果和进展做些最基本的梳理。

一 1980 年代以前

此时期可以分为国内和国外两部分。1915 年，常福元先生《回回历辨证》①可视为国内相关研究的开始。此后的 60 多年时间内，有关研究工作时断时续，研究成果达到的学术水准也参差不齐。常先生这篇不到 2000 字的短文，讨论了回回历元，并对回回历月名做了解释。1925 年，陈垣先生完成《中西回史日历》一书，这是一项基础建设性的成果，书中列出自汉平帝元始元年（公元元年）至 1940 年中、西、回三历对照表。自此以后，三历换算的烦劳不便得到根本性解决。1940 年，刘凤五先生发表《回教徒对于中国历法的贡献》②，李约瑟先生《中国科学技术史·天文卷》将它列入参考文献。其价值是提出这一学科中的诸多问题。诸如《授时历》是否吸收伊斯兰天文学的成果，《麻答把历》与耶律楚材的另一部著作《西征庚午元历》的关系，《授时历》是不是在《万年历》和耶律氏的两部历法的基础上编纂而成？等等。难能可贵的是，刘先生一反俗见，对一些问题持有自己的看法，如针对明末以来颇为流行的"西学中源"说指出"其实并不是这么回事"。1941 年，李俨先生《伊斯兰教与中国历算之关系》③，粗线条地勾勒了伊斯兰天文家在中国活动的大致轮廓，其对"土盘算法"的介绍和演示颇为详尽。1943 年，严敦杰先生发表《回回历法书目》④，列出 20 余种著作，各附简明注释，虽遗漏和误解之处颇多，但有助于一般

① 参见《观象丛报》1915 年第 1 卷第 6 期。
② 参见《青年中国季刊》1940 年第 1 卷第 4 期。
③ 参见《回教论坛》1941 年第 5 卷第 3—4 期。
④ 参见《益世报》（文史副刊）1943 年第 44 期。

读者了解有关撰述梗概。严郭杰先生《回历甲子考》①，欲以"算术证史"，演示用数学工具解决中回年月换算问题，并以此校证陈垣《廿史朔闰表》误推6则。自20世纪20年代起，一些伊斯兰教史著作已开始涉及回历（即伊斯兰教历）问题。例如，陈垣先生《回回教入中国史略》，指出"欲知回回教入中国之源流，应知中回历法之不同"，并列举若干误推事例②。金吉堂先生《中国回教史研究》③把"元代历法之精湛"的原因，归于"回回历法思想之输入"。马以愚先生《中国回教史鉴》专设"回回历法"一章④，较多涉及回回天文学术语及数据问题。马以愚先生另有《回回历》一种（1946）。中国回族学者一直把解决中、回历法换算，帮助教徒确定封、开斋及朝觐日期视为自己的义务。自20世纪20年代起，出现一批这类著作，主要有马自诚《天方月首万年历真本》（1925）、丁子瑜《寻月指南》（1931）、张希真《新月集真》（1933）等书。

进入20世纪50年代，本课题研究中出现几篇重要文章。马坚先生《回回天文学对中国天文学的影响》⑤列述这方面的材料，尤其强调对《授时历》的影响，但没能拿出站得住的理由。其对《元史·天文志》所载札马剌丁等制造的"西域仪象"，用拉丁文译音、用汉文译义是一贡献，其观点代表一家之言。本篇论文后收入作者的《回历纲要》（1955）。马坚先生又撰《〈元秘书监志·回回书籍〉释义》⑥，在国内学术界第一次全面破译、诠释这些书籍（有三种为仪器）的名称。针对马坚《回回天文学对中国天文学的影响》一文，钱宝琮先生于1956年发表《授时历略论》予以彻底否认，且论之颇详，认为"要在《授时历》里找出一些回回历法的影响，真是

---

① 参见《科学》1949年第31卷第10期。
② 陈智超主编：《陈垣全集》第2册，安徽大学出版社2009年版，第839页。
③ 参见成都师范出版部1935年版。
④ 1940年商务馆铅印本，1941年3月增订本初版，1948年增订本第2版，第59—83页。
⑤ 《进步日报》1951年4月20日。
⑥ 《光明日报》1955年7月7日。

像缘木求鱼一样，徒劳无益的"①。钱文发表后，一直到 1980 年以前的二十五年间，除 1978 年新疆人民出版社出版纪大椿《中西回俄历表》外，我国学术界对本课题的研究，似再未见有成果。

此时期国外相关研究，似基本为日本学者做出。1917 年羽田亨先生撰《〈华夷译语〉的编者马沙亦黑》一文②，对马沙亦黑的事迹做了考述。1942 年田坂兴道先生发表《东渐的伊斯兰文化的一个侧面》③，对札马剌丁等所造仪器及《秘书监志》所载"回回书籍"，做了较为详尽的考释。田坂兴道先生《西洋历法的东渐与回回历法的命运》一文④，对明代回回历法的地位、明末采用西洋历法的经过及清初回回历法的复兴运动做了介绍。田坂兴道上述成果在其遗著《回教传入中国及其弘通》一书中⑤得到系统的、进一步的阐发。薮内清先生《回回历解》⑥ 对回回天文学中日月位置、日月食、五星位置等进行了几何诠释。薮内清还著有《中国的天文历法》一书⑦，专设"元明时代的伊斯兰天文学"一节，除《回回历解》一文内容外，又增加伊斯兰天文仪器、天文表、阔识牙耳占星术书等内容。除日本学者之外，英国学者李约瑟先生《中国科学技术史》第 1 卷《总论》和第 4 卷《天学》⑧ 也涉及相关问题，特别是在后一卷有较多关注，但多为评论而少见实证性的论述，如根据德国学者哈特纳（W. Hartner）对札马剌丁七种西域天文仪器的考释⑨，认

---

① 参见《天文学报》第 4 卷第 2 期。其实，早在此文发表十多年前的 1940 年，钱先生《金元之际数学之传授》（载《国立浙江大学师范学院院刊》第 1 集第 2 册，后收入《钱宝琮科学史论文选集》）一文就有类似观点。

② 参见《东洋学报》第七卷三号。收入《羽田博士史学论文集》，东洋史研究会 1957 年版，第 534—444 页。

③ 参见《史学杂志》第 53 编第 4—5 号，第 401—466、555—604 页。

④ 参见《东洋学报》1947 年第 31 卷第卷 2 号，第 141—180 页。

⑤ 参见东洋文库 1964 年版。

⑥ 参见《东方学报》（创立 35 周年纪念文集），1964 年。

⑦ 参见日本平凡社 1975 年版。

⑧ 参见（香港）中华书局香港分局 1978 年版。

⑨ W. Hartner, *The Astronomical Instruments of Cha - Ma - Lu - Ting, their Identification, and their Relations to the Instruments of the Observatory of Maragha*, Isis, No. 41, 1950, p. 184.

为郭守敬的巨型石表和简仪可能受其影响。又如，在天文计算上认为郭守敬从回回人那里"可能接受过一部分三角学，特别是球面三角学"的知识。李约瑟一向强调中国科学技术的独立发展，针对伊斯兰天文学给予中国的影响问题，则依违两端，持较为矛盾的态度。①

二　1980 年以来

1980 年以后，本课题的研究逐渐得到重视，许多学者参与到相关讨论中来。30 余年间有 60 篇以上专题论文发表，研究取得一定进展。为能够比较清晰有效地展示有关成果，下分三个方面予以评介。

首先，文献、器物的发掘、整理与研究。这方面的成果不少。

《福乐智慧》问世于哈喇汗王朝时期（10 世纪中叶，即相当于五代末、北宋初）。该王朝是由回鹘中的一支在包括现新疆西部在内的中亚建立的一个政权，王朝崇奉伊斯兰教。《福乐智慧》作者是维吾尔诗人优素福·哈斯·哈吉甫。在这部不朽的长卷诗书中，大量

---

①　在《中国科学技术史·天学》中，李约瑟先生这种依违、矛盾的看法还有很多。例如"郭守敬的巨型表建于元代（约 1276 年），我们现在讲到它，必须考虑到上述历史背景……郭守敬的工作虽说显然具有独立性，但我们以后将看到，那是在具有阿拉伯传统的天文学家参加之下，并且是在传入波斯马拉加天文台的模型或仪象图之后完成的，他的表自然是中国天文学的一种发展，但看来确实受到了阿拉伯仪器巨型化倾向的激励"。（第283—284 页）又，"郭守敬的简仪最使我们感兴趣之处是：虽然可以认为，它作为'拆散了的浑仪'，是和黄赤道转换仪有关的，但它实际上却是纯赤道式的。它之所以被称为'简仪'，无疑是因为被去掉了黄道部件。这说明这种仪器的结构或许曾受过来自阿拉伯的影响，可是郭守敬为了使它适合中国天文学的特点，已作了修改，即改用了赤道座标系"。（第 473—475 页）"瓦格纳曾记述当时保存在俄国普耳科沃天文台的两种有趣的手抄本，一种是阿拉伯文或波斯文，另一种是汉文。它们都是从 1204 年算起的日月和五大行星运行表，写于 1261 年前后。因为它们可能是札马鲁丁与郭守敬合作的遗物，确实很可宝贵。在第二次世界大战中，这座天文台虽被焚毁，希望这些手抄本不致成为灰烬"（第 475 页脚注）。"关于 1267 年由波斯送达中国的七种天文仪器的图形，他们已作考证。《元史·天文志》有两页专讲'西域仪象'。这些仪器是旭烈兀或其继承人，派马拉加的天文学家之一札马鲁丁亲自送给忽必烈的"。（第 476 页）"如果说郭守敬的简仪是因为受到与阿拉伯科学接触的影响而产生的（从一切旁证看来，确实如此），那末，我们认为上面的单子里应当有黄赤道转换仪，然而其中却没有。"（481 页）诸如此类，还有不少，这里不再赘列。

涉及伊斯兰天文、历法方面的内容。20 世纪 90 年代以来，有多位学者撰文予以研究。其中，最重要的是陈中立先生的长文①，文章主要论述和分析了天文学知识在《福乐智慧》中的地位和作用。同时，透过作品所写天文学知识，作者还进一步揭示其折射出的丰富文化背景：认为有物质的、精神的。仅在精神文化层面上来说，也蕴含着多民族、多地区、多宗教的文化背景。与陈氏不同，阿布都克里木·热合曼先生的文章②主要关注和强调《福乐智慧》中天文学观点的维吾尔民族文化根源。相关视角的讨论，还有王家瑛③、邵欢欢④等学者的文章。

陈鹰女士的文章，主要评介明洪武中期中外学者合作完成翻译的《明译天文书》⑤。该文涉及《明译天文书》的来源、内容、特点、影响等问题。与较多学者关注伊斯兰历法在华的传播、使用与影响不同，伊斯兰占星术在华的历史少有人留意，陈鹰的评介和探讨弥足珍贵。

伊斯兰历法在华的汉文文本，一般认为都是洪武间编译的《回回历法》的流衍，后起文本较为丰富。由于它们承载着伊斯兰历法在明清流播、使用和被加工、被研究等多方面信息，因而颇受当今学者的关注。陈久金先生评介贝琳的整理、重编本（清代收入《四库全书》时命名为《七正推步》)⑥。同时，对于《明史·历志》附录的《回回历法》做了专门的校勘和注释⑦。这种工作极有价值，

---

① 陈中立：《论〈福乐智慧〉中天文学知识的意义》，《喀什师范学院学报》1990 年第 1—2 期。

② 阿布都克里木·热合曼：《论〈福乐智慧〉中天文学观点的部分民族文化根源》，《新疆大学学报》1990 年第 2 期。

③ 王家瑛：《〈福乐智慧〉与伊斯兰文化》，《哲学研究》1990 年第 2 期。

④ 邵欢欢：《从〈福乐智慧〉看喀喇汗王朝多元文化》，《濮阳职业技术学院学报》2012 年第 3 期。

⑤ 陈鹰：《〈天文书〉与回回占星术》，《自然科学史研究》1989 年第 1 期。

⑥ 陈久金：《贝琳与〈七正推步〉》，《宁夏社会科学》1991 年第 1 期。

⑦ 见载陈久金《回回天文学史研究》附录《〈回回历法〉校勘注释》，广西科学技术出版社 1996 年版，第 309—375 页。

特别是注释部分。从前，清朝的顾观光、日本薮内清等学人都做过，相形之下，陈先生所作更佳，文字诠释、数理演算、图解一应俱全。陶培培的文章对南京图书馆收藏的清抄本《回回历法》进行专题论述①，认定为《明史》体系《回回历法》最原始的底本。指出该本中有一特别的内容："加次法"和"求总年零年月日立成"及有关术文。这些内容之所以重要，就在于其关涉回回月份年与宫分年日期的转换，而最终自然关系到回回历法与中国传统历法日期转换的计算方法，而这一特别的内容，恰恰是除朝鲜李朝《七政算》之外的其他汉文本《回回历法》所没有的。且"加次法"可以进行实际运算，并且可得到正确结果。之所以有必要实施这样的换算，是由于《回回历法》立成表（也就是助算表格）用的是回阴历日期，因而不能用中国传统历法的年、月、日直接去查立成表。"加次法"借助回历阳历（即宫分年历）来完成从中国传统历法日期到回阴历的换算。使用回阳历，一是比回阴历更接近中国原有的历法系统可资比较，二是每年可以找到一个可资比较的时间点——春分，即白羊宫入宫日期。

潘鼐先生对《七政推步》卷六《黄道南北各像内外星经纬度立成》所载 277 颗恒星做了研究②，他从这份星表中任选有明确对应星名之 24 星，作为抽样，先据各星宿次依皇祐星官确定其今通用名，然后据其黄经黄纬值计算其观测年代。结果是除一星外，从数据上"可推定星表的年代约为 1359±30 年，当然，其下限不能晚于洪武十八年（1385）"。这是一个值得重视的结论。潘先生据此还对这份星表"是当时观测记录还是编制而得""星表的撰作年代及来源"和"该星表的原作者是谁"等问题，发表见解并做了论述。

---

① 陶培培：《南京图书馆藏清抄本〈回回历法〉研究》，《自然科学史研究》2003 年第 2 期。

② 潘鼐：《中国恒星观测史》，学林出版社 2009 年版，第 532—535 页。

石云里、魏弢等先生的文章①，关注、讨论的是作者发现的一个回回历法文本：韩国国立首尔大学奎章阁档案馆藏《纬度太阳通径》。它是明初历法家元统等人完成的一部有关回回历法的著作，其目的是将《回回历法》太阳计算部分的天文年岁首从回历的春分换算到中国历法通用的岁前冬至。该书在李朝世宗年间传入朝鲜，为李朝历法家参考和重印。作者通过这一发现和对文本的研究，揭示出与《明史·历志》所载完全不同的《回回历法》的成书过程，又指出元统等人并没能正确解决回回阴阳历互相换算的问题，认为明清汉族学者指斥回回天文家"巧藏根数""图自秘"确有根据，但朝鲜学者正确地解决了这一问题。《明史·回回历法》有"加次法"，可能是黄百家"特访专门之裔"的结果。石云里教授是近 20 年间对中朝天文、历法交流及中国伊斯兰天文历法问题研究做出较多建树的学者。他和他的团队（基本上由他的硕士和博士研究生构成）取得不少令人关注的成果，如他同李亮、李辉芳联名发表的文章②，关注和讨论的是他发现的另一个回回历法文献——《宣德十年月五星凌犯》，该件原是 15 世纪 40 年代从中国明朝传入朝鲜李朝的一份重要的天文学文献，与前面提到的《纬度太阳通径》一样，现收藏于韩国国立首尔大学奎章阁档案馆。文本详细列出明宣德十年全年月亮及金木水火土五大行星之间以及月五星对恒星的"凌犯"现象。经石云里等人的验算，这些结果都是用明初编订的《回回历法》中给出的算法计算的，目的显然是为中国的凌犯星占提供服务，由此与朱元璋下令翻译回回天文星占著作的初衷完全一致。新发现的其他史料也表明，明朝政府除把回回历法用于日月食的预报外，每年还用它计算回回民用历书、天文年历以及月亮和五星的凌犯，而且对月亮和五

---

① 石云里、魏弢：《元统〈纬度太阳通径〉的发现——兼论贝琳〈〈回回历法〉的原刻本》，《中国科技史杂志》2009 年第 1 期。

② 石云里、李亮、李辉芳：《从〈宣德十年月五星凌犯〉看回回历法在明朝的使用》，《自然科学史研究》2013 年第 2 期。

星凌犯的计算结果及其星占也确实被朱元璋用于自己的政治活动之中。石先生在韩国发现的两种汉文伊斯兰天文学著作，后来一并收入他主编的专书①中。毫无疑问，上述两种文献，都极富学术价值。

说到对中国伊斯兰天文历法文献的评介和研究，在专题论文方面，还应该提到李晓岑先生的文章②。文章全面剖析我国近代最早出洋的学者马德新的天文学著作《寰宇述要》，指出这部著作在回回历法的研究、哥白尼学说的介绍、恒星行星观测以及太阳黑子分布图、月面图、五大行星表面图的绘制等方面均具特色，是一部有广泛影响的我国少数民族科学家的天文学专著。

1980 年以来对中国伊斯兰天文、历法文献的搜集和研究，除上列专题论文外，还有马明达和陈静的专门文献整理工作。他们的工作成果就是《中国回回历法辑丛》③ 一书。全书以近 170 万字的篇幅，辑录《明译天文书》以下十余种明清时期的伊斯兰天文、历法文献。对入录典籍进行标点、校勘，并在所撰《提要》部分，简明扼要地介绍所收典籍的作者、成书过程及著作内容、版本流传等情形。为进一步补充和拓展有关信息，他们还专门编写《（收载文献）作者传记资料》《（相关）书目资料》和《中国回回历法大事系年》，附录于全书之末。这项工作基本上将相关资料网罗其中，在一定程度上可以减免研究者搜罗翻检之难，由此被学者誉为"中国回回历法研究的一项奠基性工程"④。

有关伊斯兰器物方面的发掘和研究，目前所见成果不多。薄树

---

① 石云里主编：《海外珍稀中国科学技术典籍集成》，中国科技大学出版社 2010 年版，第 457—506 页。

② 李晓岑：《回历〈寰宇述要〉研究——纪念杰出的天文学家马德新诞辰 200 周年》，《中国科技史料》1994 年第 3 期。

③ 马明达、陈静辑注：《中国回回历法辑丛》，甘肃民族出版社 1996 年版。

④ 王继光：《略谈回回历法研究——兼评〈中国回回历法辑丛〉》，《西北第二民族学院学报》2008 年第 4 期。

人先生的文章①较早注意到《元史》卷四十八《天文志一》所载"西域仪象"对郭守敬影响的问题。认为同时代和同在天文部门工作（至元十一年，回回、汉儿两司天台还曾合并），郭守敬不可能不对回回司天台上的有关仪器去做观察和研究，并对之予以借鉴学习。认为在郭守敬创制的仪器中有三种，即简仪的百刻环上每刻分作三十六分，简仪上的窥衡以及星晷定时仪（也就是星盘），都应该是其学习和借鉴札马剌丁有关仪器的明证，并陈述了理由。同时薄先生还纠正了哈特纳将黄道浑仪当成赤道式浑仪以及将冬夏至晷和春秋分晷作用颠倒并当作测时日晷的错误。对于"西域仪象"，陈久金先生也有释读且有绘图②。薄、陈两位撰述还涉及札马剌丁生平事迹、进献《万年历》、主持《元一统志》编纂等工作的考证。郭宝华等先生③和陈久金等先生④对西安化觉巷清真大寺流传至今的中国民间伊斯兰天文文物月碑和回回昆仑图（天文图），做了较为详尽的报道和介绍，这一工作在国内外学术界还是第一次。对于开拓研究视野，唤起学人关注有重要意义。

其次，有关中国伊斯兰天文、星占史实的揭示和论述。

这一方面约有二三十篇文章。陆思贤、李迪先生的文章⑤，主要围绕着蒙元时期伊斯兰天文家在华的天文工作及影响展开。文章依次论述"蒙古西征与阿拉伯天文学家之来中国""上都天文台上的

---

① 薄树人：《试探有关郭守敬仪器的几个悬案》（《自然科学史研究》1982 年第 4 期）、《回族先民札马鲁丁的科学贡献》（《科学》1986 年第 4 期）以及近年陈久金主编《中国古代天文家》中收有薄树人先生撰写的《札马鲁丁传》（参见原书第 403—411 页）。

② 陈久金《回回天文学史研究》（广西科学技术出版社 1996 年版）及杨怀中、余振贵主编《伊斯兰与中国文化》（宁夏人民出版社 1995 年版）等著作中都有相关专章。

③ 郭宝华、陈久金、黄运发等：《西安化觉巷清真大寺月碑考》，《阿拉伯世界》1987 年第 3 期。

④ 陈久金等：《西安化觉巷回回昆仑图》，李迪主编：《中国少数民族科技史研究》第 4 辑，内蒙古人民出版社 1989 年版。

⑤ 陆思贤、李迪：《元上都天文台与阿拉伯天文学传入中国》，《内蒙古师院学报》（自然科学版）1981 年第 1 期。

阿拉伯仪器和图书""上都天文台遗址"和"阿拉伯天文学对我国天文学的影响"四个方面的问题。文章援引丰富，持论多有创见。在与陆思贤合作撰写、发表这篇文章之后，李迪先生个人或与他人合作，还有相关文章发表①，在那些文章中，都重申或重复了上述看法。20世纪80年代末，陈久金、马肇曾《回人马依泽对宋初天文学的贡献》②，引起广泛关注。文章依据明成化年间创谱、清光绪间重修的《怀宁马氏宗谱》及近人水子立辑《中国历代回教名贤事略汇编》"宋代名贤"马依泽的一条资料③，认为宋初马依泽父子入华参加修历、任司天监、封侯爵等均为信史。称宋初有《应天历》等三部历法正式引进星期日制度，曾公亮等《武经总要》载入黄道十二宫日期，均与马依泽父子的活动有关。

关于元代伊斯兰天文、历法机构的运作，与奉行中国传统体系的（汉）天文机构的关系，前者对后者的影响等，还有不少学者撰文④参与讨论。总体看来，基本上是依据最常见的资料（如《元史》《元秘书监志》）或此前某些学者的有关说法铺排成文。相形之下，郭世荣先生主要根据《秘书监志》等资料，自（汉）天文机构的教育、考核制度切入，对当时中国传统天文学与伊斯兰天文学为何没能进行应有的交流，提出考问且做出解答⑤，有一定的说服力。

与元代相比，明代伊斯兰天文学、历法学与中国传统历法学的

---

① 请参见李迪、冯立升《上都在元代科技活动中的地位》，《广西民族学院学报》（自然科学版）1999年第1期；李迪《元上都回回司天台的始末》，《内蒙古师范大学学报》（自然科学汉文版）2005年第3期。

② 陈久金、马肇曾：《回人马依泽对宋初天文学的贡献》，《中国科技史料》1989年第10期。

③ 参见李兴华、冯今源《中国伊斯兰教史参考资料选编》，宁夏人民出版社1985年版。

④ 这方面的文章有：刘法林《阿拉伯天文学对我国元朝天文学的影响》（《史学月刊》1985年第1期）；杨志玖《回回人传来的伊斯兰文化（一）》，（《回族研究》1999年第4期）；吕变庭、刘潇《论元代回回天文历算的历史地位》（《青海民族研究》2008年第1期）等。

⑤ 郭世荣：《从元代司天台天文教育考核制度看元代传统天文学与回回天文学交流中的问题》，《内蒙古师范大学学报》（自然科学汉文版）2008年第5期。

交流要广泛和深入得多。这主要得益于明初朱元璋对故元伊斯兰天文家的招徕、安置以及组织人员对伊斯兰相关文献的翻译与编译。洪武末年之后，负责伊斯兰天文历法的伊斯兰天算家，又在钦天监管理下的"回回历科"任职，这种状况一直维持到清朝康熙八年（1669）。明清伊斯兰天文家的天文工作，主要是依据伊斯兰天文、数学方法推算预报日月交食和月五行凌犯天象，并上奏朝廷。朝廷以此与大统历科的相关预报进行比较，并最终实现占星决疑的目的。围绕着上述史实，20 世纪 80 年代以来也有几篇专题论文参与讨论①。相形之下，因发现和引用一些特别的资料，陈久金先生《马德鲁丁父子和回回天文学》② 一文引起较多关注。这些资料主要是二种：一是收藏于南京伊斯兰协会、书写于 20 世纪上半叶的"大测堂马"挂轴；二是收藏于北京民族文化宫、民国十七年（1928）由国民党将领马良等人编修的《聚真堂马氏宗谱》。上述两份文件追述的"史实"大体相同：明初有一名为马德鲁丁的人，带领他的三个儿子，还有其他随员自阿拉伯来到中国，因精通天文历法，被朱元璋安排在钦天监中，这其中就有明代文献中屡屡提到的马沙亦黑和马哈麻（上述文献称二人是马德鲁丁之子，是兄弟二人）。陈氏文章的主要价值就在于向学界披露了这些文献。

最后，专业化的数理研究。20 世纪 80 年代以来计有 10 多篇，若依论文的作者来看，他们主要来自三个学术单位：中国科学院自然科学史研究所的陈美东、陈久金、杨怡等，西北大学的曲安京、唐泉等，中国科技大学石云里、李亮等。其中，陈美东先生的文章依据《明史·历志》有关立成（助算表格）的编制说明及《七政推步》对这些立成自身的记载，首先对《回回历法》中若干数据的由来和推算方法进行剖析；其次对《明史·历志》所载回回历法的若

---

① 冯立升：《明代回回族的天文历算成就》，《中央民族学院学报》1991 年第 3 期；李迪：《明清南京回回天文学工作略论》，《内蒙古师范大学学报》2006 年第 1 期。

② 参见《自然科学史研究》1989 年第 1 期。

干立成造法和《七政推步》所载相应立成做出补正（陈先生认为上述两种文献有关内容存在种种不足或误谬）；最后，文章对若干天文数据的精度进行推算分析，并得出令人信服的结论。[1]

综合来看，这篇论文告诉人们：现传承下来的回回历法汉文本存在若干不完备甚至误谬的地方，唯有专业研究者可以发现并为之补正。该论文还指出，元明时期的中国传统历法与回回历法实际上各有千秋，前者未见得处处落后。

如前已多次提到，陈久金先生是这一领域最重要的研究者，他对明代汉文系统的《回回历法》开展了一系列数理推算，如对回历十二宫日期的推算[2]，指出其在唐宋时期就传入中国，但只建构起十二宫与季节的大致关系，一直到明洪武年间编译的《回回历法》才明确列出各宫日数。陈久金以此评介了十二宫日期的推算方法。久金先生还对回历中日月位置的计算做了系统的介绍[3]，对各项数据之间的关系及专有名词的意义进行分析，用图解法展示其在几何学上的意义，并对若干有争议的数据做了专门讨论。他认为明代贝琳《七政推步》和清代张廷玉等《明史·历志》所载回回历之推步方法，均不完善，存在不可解甚至错误："求中心行度即为求月亮的平黄经。中心行度之义，大约为本轮心绕本天中心的行度。《明史·回回历法》和《七政推步》的有关术文有缺误，其义不可解。"还指出《明史·历志》虽然对部分立成造法做了简短的介绍，但就整个《回回历法》而言，只记载如何利用立成计算天体的位置和交食，并未说明其原理。认为《明史·回回历法》在诸立成前有立成造法说明，但仅载"日、五星中心行度""五星自行度""日、五星最高行度""太阴经度""总零年宫月日七曜"计五个立成造法的说明。这五个立成的原理都很简单，其余立成不载造法说明，大约是很难说

---

①　陈美东：《回回历法若干天文数据之研究》，《自然科学史研究》1986 年第 1 期。

②　陈久金：《论回历十二宫日期的推算方法》，《宁夏社会科学》1989 年第 6 期。

③　陈久金：《回历日月位置的计算及其运动的几何模型》，《自然科学史研究》1989 年第 3 期。

明其原理，或者编译者自己也不一定完全明白其原理。

可以认定，陈先生的有关解析和讨论十分必要，对于文本研读具有重要参考价值。陈氏还对回历交食的计算原理及各立成数据的来历做了探讨①。文章根据《回回历法》提供的"经纬加减差立成（表）"，推算得到的地理纬度是32°4′，因而与南京的地理纬度很接近。这一结论实际上支持了日本学者薮内清的相关看法：薮内清《回回历解》指出，回回历法"昼夜时宫度分立成"中，不同季节昼夜时分的变化，与地理纬度有关，他反推出《回回历法》有关数据的观测纬度为32°41′，也就是说，与中国南京的纬度最接近，从而薮内清认为明初编译《回回历法》时，曾重新做过观测和改编。由于受吴伯宗《〈明译天文书〉译序》影响，以往学者大多以为《回回历法》纯粹是某种阿拉伯历法文献的翻译，并试图寻找其原著。上述研究证明，它实际上是一部编译的文献，其阿拉伯文原稿是没有希望找到的。总之，上述研究说明，马沙亦黑等编译《回回历法》时，确曾进行过天文观测，且重新编算过立成表，现传本所载《经纬加减差立成》和《西域昼夜时立成》等助算表格就是确证。此立成表所用"西域"二字的意义，仅是表示昼夜时的西域算法。有鉴于传世汉文本回历法只给出各种数表和计算步骤，未说明具体模式这一情况，杨怡撰文②对《七政推步》的50个数表（立成）和《明史·历志》中各数表编制的方法（造法）进行逐项分析，通过验算复原其数表，从而倒推回回历法依据的几何模型细节。

隋唐时期的中、印与金元时期的中、阿文化交流是引人入胜的大课题。由于中国古代数理天文学在这两个时期产生很大变化，因此域外文化是否对中国传统体系发生过影响，历来是科学史家十分关注的问题。不过，以往对这个问题的讨论主要是从文化交流方面进行的，而就历法系统本身的比较研究目前并不多见。为此，曲安

---

① 陈久金：《回历日月食原理》，《自然科学史研究》1990年第2期。
② 杨怡：《回历行星运行几何模型之研究》，《自然科学史研究》1991年第3期。

京先生选择日月食起讫算法为切入点，用中国古代传统历法与印度、阿拉伯历法为比较对象，对此展开讨论①，指出《授时历》（1280年）之前的中国传统历法，采用的都是纯粹的数值方法去构造一系列相应的函数，但自《授时历》开始利用日月食的几何模型构造一类十分不同的函数。据作者研究，《授时历》运用的几何模型与唐代印度风格的《九执历》和明洪武间编译的元代阿拉伯《回回历》完全一样。可是，因《授时历》仍然沿袭中国传统历法中的习惯，以食分为自变量构造其日食三限与月食五限算法，形式上掩盖了它与《九执历》及《回回历》在此算法上之本质的相同。由此得出结论说：这表明中国古代历法家在保持传统拒绝接受外来合理的天文学观念 500 多年（自《九执历》译出算起）后，最终还是在一定程度上接受了它们的影响。应该认为这项研究和结论颇为重要。长期以来，很多学者都否认域外数理方法对《授时历》产生过影响，而安京先生的研究结论让人耳目一新。

　　关于明朝的大统历和回回历的精度究竟如何，前述陈美东先生研究后，很少有学者再去关注。石云里、吕凌峰等先生从崇祯时期有关文献中辑录出回回、大统和西洋历法预报交食的史料，用现代理论值验算回回历预报交食的精度，并与当时大统历和西洋历法的精度进行比较②，得出两个结论：一是回回历在明末的交食预报精度并不好于大统历；二是回回历的交食预报更加接近其原编制地点南京的交食食况。上述结论除再次证实薮内清、陈美东和陈久金等先生的研究结论外，还可说明直到崇祯年间《回回历法》在推算北京的交食时刻时，仍沿用的是南京的地理纬度。这一发现同时可以指示，马沙亦黑、马哈嘛之后中国的伊斯兰天文家对伊斯兰历法的计算原理，的确已经不甚了解，即不懂得根据使用地的实际情况来对

---

　　①　曲安京：《中国古代历法与印度及阿拉伯的关系——以日月食起讫算法为例》，《自然辩证法通讯》2000 年第 3 期。

　　②　吕凌峰、石云里：《明末中西历法争论中回回历的推算精度——以六次日月食预报记录为例》，《回族研究》2003 年第 4 期。

有关数据进行实测、调整，由此，明末回回历法推算精度下降以及清初回回历科的废除，实在是咎由自取，在所难免。近年来石云里教授和他的团队，借助计算机模拟、推算，系统、全面地对明代运行中的大统历法和回回历法在日月食预报、五星运动等推算精度进行分析研究①。毫无疑问，上述研究对正确认识和深切把握伊斯兰天文学在明代中国的真实相况，都十分必要。伊斯兰历法向称繁难，加强对其诠释，有助于推动本课题的研究。

三 存在问题检讨

从上一节的梳理可以看出，从 20 世纪上半叶特别是 80 年代以来，中国伊斯兰天文、历法的研究已取得十分显著的成绩。基于这些成绩，伊斯兰天文学在华之传播、应用及社会影响等历史轮廓已初步显现出来。由此，实际上已经改写古代中国的文化交流史、天文学史、伊斯兰文化史等学科的相关内容。不过，任何一种学术研究，都不可能完美无缺，何况我们面对的是这样一个涵盖广泛、历史悠久、相关资料又存在种种缺憾的课题，所以应该意识到，这样一个课题的研究，就目前的基本面来看，应该"还在路上"，也就是说还处在进行时的状态。认真检讨起来，尚存在不少有待改进、需要拓展和必须深入研究的问题。笔者认为主要是以下三方面。

首先，研究资料有待继续开发，正确解读。本课题的资料主要是两类：一是历史上形成的伊斯兰天文学文献，特别是中国伊斯兰天文文献资料以及自元朝以来遗留下来的相关器物（如日晷、星盘等仪器）、遗迹（天文台、观星台之类）资料；二是散见于各种撰述中的相关记载、史料。这两类资料在本课题的研究中，都具有基础性的地位，在前一类资料中，一些具有国际性。这是由于伊斯兰

---

① 参见李亮《明代历法的计算机模拟分析与综合研究》，博士学位论文，中国科学技术大学，2011 年；李亮、吕凌峰、石云里《〈回回历法〉交食精度之分析》，《自然科学史研究》2011 年第 3 期。

天文学在古代历史上就享誉世界，是一门国际性的学问。就本课题而论，种种迹象表明，蒙元时期中阿天文学界应该有较为频繁的交流和合作，如伊儿汗国马拉加天文台编《伊儿汗天文表》，就被认为是这种交流合作的产物；而明代中前期，伊斯兰天文学又通过中国传入邻国朝鲜等，由此又遗留或形成一批相关的汉文文献。上述第一类文献，特别是那些具有"国际性"意义的文献，近数十年来已有不少被陆续发掘、揭示，但对这类文献的发现和利用，目前仍存在较大空间。相形之下，由于载述的随意性、隐蔽性和零散性，第二类资料的发掘，面临更多困难：碑传序跋、家谱墓志、野史笔记、游记信函、地方志书等都会是其载体，如刘信家族及事迹，发现徐有贞所撰的有关序跋，贝琳的身世材料得自地方志书（《帝里明代人文略》），而明初伊斯兰天文家马沙亦黑、马哈麻为兄弟关系，则依赖有关家谱才为今人所知等，对这类宝贵材料的发现，因需要广博的阅览面及良好的专业素养，由此，极为不易。但即使如此，这种资料发掘、发现的意义重大，仍有待继续。

　　任何一项研究，都需要正确解读、合理利用材料，这是不言而喻的。这里之所以会专门谈及，主要是在本课题的研究中，似乎比较多地看到，自古及今，一些学者使用资料存在问题。主要有以下几种情况：一是误解文献记载。例如，明万历以后，一些学者对《元史·历志》中有关"《万年历》不复传"的记载，断章取义，错误理解，致使产生所谓的"《授时历》颁行后，《万年历》就停止使用"的说法。让人意外的是，直到现在仍有不少学者无视这一错误而仍沿用前人谬说。二是不加辨别分析，轻率取信。这种情况较多出现在使用一些民间资料上。虽然我们不能一般否定民间资料的可信性，但使用过程中的审慎对待，合理鉴别，应当不可缺少。例如，"宋初马依泽入华修历"之事，自20世纪80年代末90年代初以来，已被许多相关学者援引、采信，俨然如同信史，可事实上这种说法的文献根据十分单薄，其依托的是相当晚近的一二种家谱资料。三是简单援引一家，不能多方取证以求真求实。如有人说，康熙四年杨光先即任监正后，用大统法，又因大统法不密，复用回回法。实际上，似是而非，用大统历不假，但说其复用回回历却不是事实。一部分论者则走得更远，对这段历史做了这样的表述："就是清朝初年，虽然西洋新法已传入中国，清政府已颁行了《时宪历》，但由于汤若望推算日食错误，也被杨光先指责而入狱，西洋历法遂被废除，又重新使用了阿拉伯历法。"这一说法仍是简单地截取某文献中的一些不完整的记载，而没有旁求、参考其他相关文献进行综合比对。其实，回回历在清代"重新使用"的真相，应该是不及实行就胎死腹中。

其次，史事的观察和分析，需要沿波讨源和背景的追问。本课题所研讨之史事，一般具有久远的历史渊源和复杂多变的社会文化背景。久远的历史渊源，前面已经指出，伊斯兰天文学本身就是在广泛吸收、融汇东西方有关知识的基础上产生的。之后其在伊斯兰世界又经历数百年的巨大发展，主要在宋元以后特别是在蒙元时期输入我国。尔后在国内又历经曲折，一脉相传，至今绵延不绝。作为一种外来文化，能在具有博大精深、极为强势之传统文化的中国落地生根，尤其是赢得 400 年之久的官学地位，其实也是经受住并成功应对种种复杂、多变的情况下才得以实现的。正是由于上述两种基本情况的存在，这就需要研究者在对有关史事的观察和分析中，一方面能够穷其流变，做脉络贯通的研究；另一方面，也要注意拓展视角，深挖史事与特定社会的政治背景和文化联系，力求宏观、通达的解读。例如，元代伊斯兰天文机构有一明确的"职事"，即"禜星"，其实质是一种以星辰为对象的禳灾活动。可是，伊斯兰教一向反对偶像崇拜，在《明译天文书》中，也确实找不到相应的成分，其文化渊源究竟在哪里？入明以后这种活动又为何没了踪影？诸如此类问题，就需要穷原竟委的研究。又如，洪武中后期中外学者联手翻译、编辑完成《明译天文书》和《回回历法》两部伊斯兰天文学著作，但此后两书的遭际有很大不同。《回回历法》一再被加工、改编，繁衍产生出许多不同的本子，而《明译天文书》却颇受冷落，很少有人触及。如何解读这种现象？这就需要从《明译天文书》固有的文化传统，中国星占学的历史传统和明代以后的变迁，以及两大体系之间的种种差异等，进行多角度的观察和解析，唯其如此，才有可能做出合情合理、符合历史真相的诠释。

最后，难题的解决，期待更多、更专业的学者，参与"复诊""会诊"。本课题研究面临很多难题。难题的产生除有关记载存在严重缺陷外，还有课题本身的多学科交叉，特别是文理交叉的问题。后一个问题的客观存在，要求研究者必须打破专业界域。但是，从目前参与讨论的学者队伍来看，大部分研究者包括笔者自己，恐都程度不同地存在专业局限问题，这就为有关难题的解决带来很大的障碍。例如，伊斯兰天文学对中国传统天文学的影响问题，究竟是有还是没有？若有，又是在什么环节、多大程度上存在？等等。这一问题一定够得上是本学科中的最大难题。稍加推敲，就知道这一难题实际上又是可以分解的，分解成若干具体的问题。不过，无论如何分解，其中有一个最具代表性的，那就是伊斯兰天文学对郭守敬等人的天文工作及《授时历》的影响问题。显而易见，如果说伊斯兰天文学对中国传统天文学确有影响，则与伊斯兰天算家同朝共事的郭守敬及他的汉族同行们，应该是首当其冲地最能直接受到这种影响；又如，从元初至明末颁行近四百年的《授时历》及《大统历》中，也最应该有回回历法的因素。可事实上，郭守敬等与伊斯兰天算家直接交流、学习的文字证据并没有发现；《授时历》被明代以来的不少学者认定是一部纯粹的中国历法。那么，回到上面的问题：究竟是有还是没有呢？其实，这样这一追问早在300多年前的明清之际就已经提出。遗憾的是，时至今日仍没有得到充分论证，很多学者仍停留在想当然的层面上。这种想当然，又大体可以分为两种看法，一种放言必有，另一种则坚决否认影响的存在。其实，两种看法虽针锋相对，但对这些意见的持有者来说，有一点是共同的，即很少有人去做实证的研究或有关论证很少能够做到言之有理，持之有故，以理服人。当然，也有持之有故的，如清初数学、天文大家梅文鼎在其《历学全书》等著作中，就屡屡涉及这样的话题，并列举出一些依据，否认影响的存在。他的这种看法，后得到不少人的认同，而频繁出现在官方、或私家的著作中。例如，《钦定日下旧闻考》卷四十六有如下记载。

> 世有谓郭公阴用回回法者，非欤？曰非也。元世祖初，西域人进万年历稍颁用之，未几旋罢者以其疏也。今札马鲁丁之测器具载史志，其所为暑影堂、地理志者，无有与郭公相似之端；至于线代管窥实出精思创制，今西术本之亦以二线施于地平仪，而反谓郭公阴用回历，是未读《元史》也。

可梅文鼎氏毕竟是 300 多年前的古人，受到特定时代及知识背景所限，对于他的看法和有关论述，客观需要现代学者的重新审视。而在操作层面上，对《授时历》全面深入的研究就成为关键。一般来说，《授时历》能成为中国传统历法中的精品，实得益于"精测"和"密算"。精测须有先进的仪器，密算要靠正确、便捷的数学方法。20 世纪 50 年代钱宝琮《授时历略论》基本上是从密算这个角度切入，去否定马坚的回回天文学对《授时历》的影响说的。他认为诸如招差法、弧矢割圆术等这样一些元朝以前没有而郭守敬等却突然用以处理《授时历》天文数据的关键教学方法，均可从中国传统数学方法中推导出来，而否认其得自伊斯兰天算家。值得注意的是，钱文刊出后，一直缺乏"复诊"和"会诊"的学者。而坚持影响必有的学者（许多是从事社会科学研究的学者），或对钱文视而不见，直接援引马坚先生的言论；或绕开钱文谈得较充分的数学方法，而把考察的着眼点放在钱文没有讨论的郭守敬天文仪器的外来影响上（当然，后一种工作也很有必要）。而有关论者的不能"复诊"和"会诊"，其实多与学科背景的局限有关。由此，包括上述问题在内的诸难题的解决，客观上亟须打破学科界域通力合作，而尤其呼唤更多、更专业的学者，能积极参与到"复诊"和"会诊"的工作中来。唯其如此，有关难题才能有望逐一攻克，本课题的研究才会切实得以有效推进。

第三节　本书的基本思路与内容

如前所述，本课题已有不短的研究史，且已取得颇为丰富、可引以为傲的各类研究成果，从而为接下来课题的进一步拓展、深入和继续研究，积累了颇为丰富的资源，打下较为坚实的基础。正是基于这些资源和基础，也鉴于本人自 20 世纪 90 年代起，一直是这一学术领域的关注者和实际参与者（尽管由于工作需要或学术兴趣而多有旁骛)①，由此，近年对课题的进一步开展，逐渐形成自己的一些认识，最后决定撰写本书。下面，就来交代和说明与本书直接相关的一些问题。

一　基本思路

鉴于此前本课题取得的成果形式，基本上限于专题资料集和专题论文。而本课题目前已经具备且十分需要开展一些总体、宏观和系统的研究，以整合、梳理、总结此前的各种相关研究成果，为伊斯兰天文学的在华历程尽可能描绘出全图，而这种研究最适合的表现形式莫过于学术专著。鉴于前述本课题研究成果存在的种种问题，为切实有效拓展和深化课题研究，本书的撰写将贯彻下述思路和

---

①　重要者如与马明达教授合作完成《中国回回历法辑丛》（甘肃民族出版社 1996 年出版，本人时用笔名陈静），自 20 世纪 90 年代中期以来，发表《李朝实录本与四库全书本回回历法的比较》（《文献》1994 年第 1 期）、《中国伊斯兰天文学史研究述评》（《中国史研究动态》1996 年第 8 期）、《明钦天监夏官正刘信事迹考述》（《自然科学史研究》2009 年第 2 期）、《元明中国伊斯兰天文机构研究二题》（《自然科学史研究》2010 年第 1 期）、《元明时期伊斯兰天文家在华工作的变化与调整》（《海交史研究》2010 年第 2 期）和《明代汉族学者与伊斯兰天文历法之学》（《明史研究》第 14 辑）等专题论文。笔者上列研究成果有多篇论文被中国科学院情报中心主办的《中国天文学文摘》摘要转载或中国人民大学复印报刊资料全文复印。

方法。

首先，不局限于伊斯兰天算家及其活动。由于选题确定的范围所限，考察的聚焦点自然在此，但研究视野应尽可能开阔。本书将努力把有关问题的讨论与唐宋之后中国阿拉伯关系、伊斯兰文化的输入及在华的传播等大背景联系起来，务使问题的阐释深入透彻。同时，本书还将把上述背景下，当时中国所有直接或间接受到伊斯兰天文、星占影响的人群置于课题的讨论之中。

其次，不囿于元明清时代及输入的伊斯兰天文学对中国的影响。本书虽立足于此，但须尽可能地从历史上选取同类事例，以资参照比较，如可将伊斯兰天文学、星占学与汉唐时期输入的印度天文学以及明清时期输入的欧洲天文学做纵向比较，以索解这些既同样来自域外又同样与中国传统大相差异的知识体系，在中国不同历史时期有着不同命运的根源所在。

最后，鉴于本课题的专业特点，本书基本上采用的是传统的历史学研究方法，在某些问题的讨论中穿插比较研究、量化统计等手法。其中，比较是本书运用较多的一种方法。通过这种方法，笔者企望着能够较清晰地呈现中国传统星占学与阿拉伯伊斯兰星占学的差异；又企望通过对汉代以来不同历史背景下输入之不同天文学体系的比较，尝试着能够为中国伊斯兰天文学做个适当的历史定位。还企望在史实的揭示和讨论中，既注重总体的、宏观的考察，也不废个案的分析和细节的追究，力求以小见大，但戒以偏概全，务使其更生动、丰富地呈现出历史的真实。

二　框架与主要内容

本书是一部研究伊斯兰科技文化在华传播、使用及影响的学术专著。在广泛搜集文献、仔细梳理资料的基础上，主要对伊斯兰天文学的两个分支星占学和历法在中国的境遇和影响进行系统、深入的论述。全书正文部分由六章（部分）构成。

第一章，阿拉伯伊斯兰天文学的历史轨迹与特点。鉴于以往学界，特别是国内的有关撰述对这方面的问题涉及不多，或者论述不够明确。由此，笔者在这一部分着重追述伊斯兰天文学、星占学发生、发展的历史轨迹以及各个时期的主要内容，总结和揭示其所具有的总体特点。

第二章，伊斯兰天文学、星占学向中国输入之历史过程。伊斯兰天文学、星占学向中国的输入，因受其自身发展形成过程、伊斯兰世界与中国交往之历史状况以及中国天文学自身历史状况等因素的制约，时断时续，前后历时上千年。在这一部分，笔者将上述过程分为唐宋、蒙元、明初与清中后期三个阶段，对相关问题进行扼要、简明的论述。

第三章，中国伊斯兰天文机构与天文家的工作。由于文献记载存在较多缺陷，这方面的问题，此前虽有学者探讨过，但由于专业背景等因素的制约，应该承认，问题远未得到系统、深入的讨论。由此，笔者将关注点放在伊斯兰天文机构的沿革、与中国传统天文机构的关系以及这种机构具体从事的天文工作等问题上，而重点是伊斯兰天文家在华的天文工作。笔者认为，元明时期中国最高当局设置伊斯兰天文机构，援引伊斯兰天算家到机构任职，其主要动机是利用其人提供星占服务；其人的工作，元代有"禜星"，明代及清初，主要是测算预报日月交食和月、五星凌犯天象。同时，元明时期，伊斯兰天算家还兼负编制历法、培养专门人才等使命。由于种种原因，他们在中国的天文工作，相对于他们祖居地阿拉伯—波斯的伊斯兰世界已有明显变化和调整。

第四章，中国伊斯兰天文学基本文献《明译天文书》与《回回历法》的评介和研究。《明译天文书》和《回回历法》完成于明洪武中后期到建文年间，主要是对原阿拉伯、波斯等地相关文献的翻译和编译，而后一部文献中的若干数据，还包括明初中国伊斯兰天文家在南京的实测。以上两部文献在中国的出现，意义非凡，在一定程度上消除汉族学者认识和了解伊斯兰天文学、星占学的文字障碍，成为明代以后伊斯兰天文学在华传播、应用、研究的基本资源。

第五章，汉族学者与伊斯兰天文历法之学。汉族学者涉足伊斯兰天文、历法之学，表明这一域外学术体系在中国的落地生根以及中国传统文化对之的正式接受，而归根结底，是其在中国社会发生作用和影响的一个表征。由此，是一个十分重要、值得关注和认真研究的问题。在这一部分，笔者分明、清两个时期，对有关汉族知识分子群体及他们的成就，进行了较为细致地评介和论述。

第六章，伊斯兰天文学在中国的历史地位与影响。是本书的重要部分和难点之一。笔者将问题放在较为宏阔的历史空间中，多方面地探讨和论述有关问题，意在为中国伊斯兰天文学做一个基本的定位。

除上述部分外，在书稿最后，笔者将自己撰写与本书密切相关的 3 篇文章作为附录，意在弥补和拓展正文部分未能进一步展开或没有能够专门讨论的一些问题。

综合来看，本书所及属于基础、理论性的研究，由于这种研究，始终建立在较为广博的资料搜集、较为严密的辨析考证和较为深入的分析、论述上，似在相当程度上可以弥补学术界长期以来在这一领域研究的诸多不足。相信这样一项研究，有助于推进古代中外文化交流史、中国古代天文学史、中国伊斯兰文化史等学科相关问题的讨论，也期望能为正在进行中的中国改革的某些方面，如监督竞争机制的建立、运作，提供某些有益的启发和参考。

第一章

阿拉伯伊斯兰天文学的历史轨迹与特点

　　唐宋，特别是元明以后，中国有了伊斯兰天文学、星占学。众所周知，这种学术本来就渊源有自，即来自阿拉伯、波斯及其周边的伊斯兰世界。那么，作为人类历史上有着重要地位和重大影响的天文学分支，伊斯兰天文学有着怎样的发生、发展轨迹，其基本内容如何，是否存在自身的特点？笔者注意过，这些问题在此前学界，特别是国内有关撰述中涉及不多，或者论述不够明确，而对于本书来说，它们又确属题中应有之义，不可回避。所以，本章将着力点放在上述问题的梳理和评介上。

第一节　伊斯兰天文学的历史轨迹与内容

　　伊斯兰天文学源远流长。早在伊斯兰教产生之前，生活在沙漠地带的阿拉伯原住民就已经具有观测太空的传统和一些基本的天文知识。他们习惯靠星辰来断定游牧和旅行的方向，而对恒星和行星的运行也具备一定的认识。不过，上述技能和认识还比较初步。伊斯兰天文学产生于阿拉伯人建立的伊斯兰帝国。它是在广泛吸收古代印度和古代希腊相关成就，并融汇阿拉伯半岛及波斯古代天文、星占学知识的基础上，由帝国的天文学家建立起来的。伊斯兰天文学大体经历三个重要时期，各时期都有不同的成就。

一 起步和准备时期

从穆罕默德创教到伍麦叶王朝统治的结束（公元 610—750 年）。此时期伊斯兰天文学处于起步和为日后发展准备的时期。这样一个时期，首先得到关注的问题是与宗教生活密切相关的伊斯兰教历。在前伊斯兰时代，阿拉伯流行的是一种太阴历，它是以 12 个朔望月为 1 年。如此则与太阳回归年难以同步而导致与季节变化脱节。为解决这一问题，即采取在适当时候外置一闰月来加以调整。可是伊斯兰教的创立者穆罕默德反对这样置闰，倡导和推行一种纯阴历。如在《古兰经》和《圣训》中，都可以看到先知在这一问题上，他是有所坚持、且一再重申有关原则的。

> 依真主的判断，月数确是十二月。真主创造天地之日，已记录在天经之中（9：36）①

又，艾卜·胡赖腊有如下表述。

> 穆圣说："我们属于文盲，不会写，也不会算。计月份是这样的，这样的，这样的（三次出示双手，意即一月为三十天）；计月份是这样的，这样的，这样的（第三次出示双手时，缩回了一个拇指，即二十九天）"。

综合上面所引，先知倡导的编制历法的基本原则是：依照月亮的圆缺计月，大月 30 天，小月 29 天，一年 12 个月。不过，仅有这些原则，自然还是不能保证编制出一种合理、科学的历法。首先，即使以月亮的圆缺，也即以月球绕地球公转计月，其一月的时间应是 29 日 12 时 44 分 3 秒，全年历时 354 日 8 时 48 分 33.6 秒。如此

---

① 《古兰经》，马坚译，中国社会科学出版社 1981 年版。下引同书，均据此本。

若一太阴年以 354 日计，则所余 8 时许积至 3 年就多出 1 日。所以，必须考虑设置闰日，方可避免与月亮的实际运行情况脱节。其次，任何历法都有它的起算点，也就是历元，纯阴历的伊斯兰教历自然不能例外。鉴于上述情形，伊斯兰学者逐步解决了这些问题。对于置闰，伊斯兰教学者以 30 年为周期，设置平年（354 日）和闰年（355 日）。于第 2、5、7、10、13、16、18、21.26、29 年计 11 年为闰年，其余 19 年为平年。所谓闰年就是于该年的 12 月末加 1 日。而关于历元，最终做如下规定：公元 622 年 9 月 24 日，穆罕默德率众由麦加迁往麦地那，为纪念这一伊斯兰教史上意义非凡的"迁徙""出走"（阿拉伯音译为"希吉来"），第二任哈里发欧麦尔规定，把"希吉来"定为纪元年号。为沿袭太阴年传统，又把迁徙实际日期提前两个月零几日，使得希吉来纪元元旦和太阴历元旦相符合。将该年阿拉伯太阴历岁首（公元 622 年 7 月 16 日）定为伊斯兰教历元年元旦。按照我国历史纪年，伊斯兰教历元年元旦，相当于唐高祖武德五年（壬午）六月初三（癸丑）日。至此，纯阴历的伊斯兰教历基本确定。

需要注意的是，此后文献中所见的伊斯兰历法，远比上述介绍的要复杂、丰富得多。除推算纯阴历的伊斯兰教历必要的数据和方法外，还融入了太阳历的因素，特别是还包括推算日月及五大行星运行位置的若干数据及方法等，甚至若干星表等内容。鉴于日月及五大行星位置的观测推算及恒星星表等因素较为后起，这里仅稍稍涉猎一下伊斯兰历法中的太阳历因素。

伊斯兰历法中的太阳历因素，被称为"宫分年"，又称为"宫分历"，其实际上是黄道十二宫的一种应用。作为人类识别、划分星空的一种方法，黄道十二宫起源甚早，可能产生于两河流域的古巴比伦，后来流传于希腊、印度和阿拉伯。以太阳为中心，地球绕太阳旋转经过的轨迹称为黄道。黄道被等分为十二段（每段占居30°的宽度），并以代表性的星座命名，即白羊、金牛、双子、巨蟹等十二宫。从历法上来看，黄道十二宫的划分，本身就是一种太阳历。从春分点起算，太阳在黄道带上视运动每经过 30 度为一宫，其实也就是一个太阳月。视运动每完成 360 度，也就是一个太阳年，相当于 365 日 5 时 48 分许。如上所述，纯阴历的伊斯兰教历，一年仅有 354 或 355 天。因不置闰月之故，就完全与太阳年，特别是与一年的季节变化完全脱节。为解决这样的问题，伊斯兰历法便将黄道十二宫因素引入，借助黄道宫度确定季节，以此形成太阳年法，即宫分年。至于这种因素何时加入，具体有着怎样的历史过程，文献中似不存在明确、一致的说法。有人认为是吸收了古代波斯伊嗣侯太阳历，历元为公元 632 年 6 月 16 日。宫分年的前 6 个月中，除 4 月为 32 天外，其余都是 31 天；在后 6 个月中，除 9、10 两个月为 29 天外，其余都是 30 天。平年 365 天，历 128 年置闰 31 次。逢闰之年，增加一闰日于双鱼宫（十二月）之末，为 366 日。

综合来看，伊斯兰历法两种年法即月分年和宫分年，其功能明显不同，月分年即伊斯兰教历，主要用于安排宗教生活和计时记事；宫分年即太阳历部分，则在于明确季节变换，用于安排经济生活。

正统哈里发和伍麦叶王朝时期（公元 632—750 年），伊斯兰天文学的贡献，自然不止创立了月分历和宫分历的伊斯兰历法。事实上，即使看起来较为简单的伊斯兰教历，也有它复杂和难于操作的一面。这主要体现在伊斯兰教历九月（称"斋月"，或按音译名为"莱麦丹月"）的起、终点的安排上，它主要不是依据推算而是实际观测。这是《古兰经》和先知确定的原则。

> 艾布·胡莱勒传述，穆圣说：你们且莫封斋，直至看见新月；你们也不要开斋，直到新月再现。倘若新月被云掩蔽，你们当进行推算，也就是说，你们要算足三十天。（《圣训》）
>
> （真主说）他们询问新月的情状，你说：新月是人事和朝觐的时计。（《古兰经》2：189）

除了斋月的起、终点需要实际观测外，对于穆斯林来说，确定每日祈祷的时刻及各地清真寺的朝向，也需要开展天象观测或辅助于具体的推算等，也就是说，从伊斯兰教创立之日起，在教历外，穆斯林实际上已涉及更为广泛的天文学问题。伊斯兰经典中的有关经文于此恰恰可以激发和鼓励教徒去开展这方面的探讨和研究。

> 天地的创造，昼夜的轮流，利人航海的船舶，真主从云中降下雨水，借它而使已死的大地复生，并在大地上散布各种动物，与风向的改变，天地间受制的云，对于能了解的人看来，此中确有许多迹象。（2∶164）
>
> 他曾以太阳为发光的，以月亮为光明的，并为月亮而定列宿，以便你们知道历算。真主只依真理而创造之，他为能了解的民众而解释一切迹象。（10∶5）
>
> 昼夜的轮流，以及真主在天地间所造的森罗万象，在克己的民众看来，此中确有许多迹象。（10∶6）
>
> 你们要观察天地之间的森罗万象。（10∶101）
>
> 我确已在天上创造了（十二）宫，我为观察者而修饰了天空。（15∶16）
>
> 日、月是依定数而运行的。（55∶5）

既然真主"依真理"创造的星空潜藏着种种"迹象"和"定数"，信徒自然就难以抑制寻求、探索的渴望和热情。何况，伊斯兰教总是大力贬斥愚昧，倡导人们去追求知识和智慧：例如，"据真主看来，最劣等的动物确是那些装聋作哑，不明真理的人"（8∶22）；又如，"他以智慧赋予他所意欲的人；谁禀赋智慧，谁确已获得许多福利。唯有理智的人，才会觉悟"（2∶269）。这些经文都号召人们学习知识、追求智慧、探索真理，而天文现象、宇宙奥秘，自然也属于知识、智慧和真理。文献记载也表明，早在伍麦叶王朝时期，穆斯林对域外典籍的翻译已经起步，如哈里发穆阿威叶的孙子哈立德·叶基德就曾让生活在叙利亚、埃及一带的精通阿拉伯语的基督教徒，将有关医学、炼金术和星相学的希腊文、古叙利亚文和科普特文的著作翻译成阿拉伯文。①

二 翻译引进、打造辉煌时期

时间大体与阿拔斯王朝的历史相始终（公元751—1258年）。尽管伊斯兰天文学在正统哈里发和伍麦叶王朝时期已经起步，但也正如历史表明的那样，那时穆斯林忙于军事征服以及缔造帝国版图和推行伊斯兰教，对有关天文学成果的传承、学习（主要表现为对相关文献的引进、翻译）尚无系统，没有计划，仅出于个人自愿，因而成效不大。事实上伊斯兰天文学真正的发生、发展，正是从翻译、引进有关成果这一最基础性的工作开始的。在伊斯兰文化史上，正式的、大规模的翻译运动，发生于公元8世纪中期到9世纪中后期的一百多年间，此即著名的"百年翻译运动"：

> 自公元750年到900年的近200年间，阿巴斯王朝以阿拉伯人特有的一种民族心态，即对古代文明的嗜好以及对被征服地区人民的风俗习惯和文化知识的吸纳战略，使穆斯林成为希腊古典学术思想的继承者，成为"整个中世纪时期高举文明火炬的人物"②。

总之，军事征服后的社会安定，经济繁荣，哈里发及伊斯兰社会高层的大力倡导，帝国上下翻译典籍、研究学问，一时争先恐后，形成风气。

---

① 纳忠、朱凯、史希同：《传承与交融：阿拉伯文化》，浙江人民出版社1993年版，第173页。

② 秦惠彬主编：《伊斯兰文明》，福建教育出版社2008年版，第54页。

　　翻译、引进的文献，分别来自印度、波斯、叙利亚和希腊等，这里也只能略举其要，如公元 771 年，易卜拉欣·法萨里（Ibrāhīm Fazāri）将印度的一篇题名为《西德罕塔》[Siddhānta，阿拉伯译名是《信德欣德》（Sindhind）] 的天文学论文译为阿拉伯语，就立即被学者当作范本。不久之后，波斯萨珊王朝时代编纂的《帕莱维历表》（Pahlawi zij）也被译出。希腊的成分，虽然在最后加入，却是最重要的成分①。托勒密（Ptolemy）的《四部集》《天文大集》、亚里士多德的《逻辑学》和欧几里得的《几何原本》等，都不仅译出，而且有了重译本甚至注释本。

　　翻译赢来了学术，"古代名著译成阿拉伯语后，在几个世纪期间，由阿拉伯人的智力加以重大改变，增加了许多新颖的贡献"②。以致"哪些是翻译的，哪些是创作的，要想划一条分界线，往往是划不清楚的"③。综合来看，阿拔斯王朝时期，伊斯兰学者在天文学领域的主要贡献是以下四个方面。

（一）对托勒密体系的修正和补充

　　托勒密是古代希腊天文学的集大成人物。科学史家认为："对中世纪的阿拉伯和拉丁文明来说，《至大论》就成为无与伦比的、令人敬畏的遗产；对于他们的天文学家来说，托勒密这位先辈简直就是高山仰止。"④ 不过，敬畏、崇拜并不能阻止人们追求真理的脚步，即使最优秀的成果也一定存在缺陷，可以改进和发展。进入阿拔斯王朝时代，帝国各地建起大型天文台，天文学家们使用精密的仪器，通过认真观测，深入研究，对托勒密体系展开修正和补充，显示出伊斯兰天文家继往开来的活力和勇气。其中哈里发麦蒙统治时期（公元 813—833 年），对天体运动进行系统的观测，校正了托勒密

---

① ［美］希提：《阿拉伯通史》，马坚译，商务印书馆 1995 年版，第 440 页。
② ［美］希提：《阿拉伯通史》，马坚译，第 425 页。
③ ［美］希提：《阿拉伯通史》，马坚译，第 425 页。
④ ［英］米歇尔·霍斯金主编：《剑桥插图天文学史》，江晓原、关增建、钮卫星译，山东画报出版社 2003 年版，第 19 页。

《天文大集》里的黄道斜角、二分点的岁差和岁实等①。同时，包括花剌子密（Abū' Abdallāh Muhammad ibn Mūsā al－Khwārizmi，780－850）在内的天文学家还精密地测量过地球子午线一度之长，并据此推算地球的体积及圆周②。白塔尼（Muhummad al－battani，约858—928）的观测和研究，在订正托勒密许多错误的同时，修正了太阳轨道和某些行星轨道的计算方法，证明太阳环食的可能性，更正确地确定了黄道斜角，提出决定新月可见度的独创理论③。比鲁尼（Bīrūni，973－1050）讨论了地球以地轴为轴而自转的问题，而且对地球的经度和纬度做出了精密测定④；塞尔柱克王朝素丹哲拉勒丁·麦里克沙（1072—1092年在位）执政时，精密地测定了回归年的长度等，并据此测定对现行历法做出重要改革⑤。西班牙后伍麦叶王朝时期的天文学家宰尔嘎里（Zarqāli，约1029—约1087），与一些穆斯林和犹太教徒合作，开展观测和研究，经过长期测定，得出较为理想的太阳远地点在黄道上的运动值⑥。

上所举仅荦荦大者，而事实上，对托勒密体系的修正和补充，是中世纪整个伊斯兰天文学的重要内容。

（二）完成一批重要的天文学著作

这方面的成就，不胜枚举。这里略提数种，以见一斑。例如，《花剌子密历表》是伊斯兰天文学史上较早的一个历表。撰成一个半世纪以后，西班牙天文学家麦只里帖（？—约1007）曾加以校正，成为东西各种历表的蓝本；苏非（？—986）的《恒星集》被誉为

---

① ［美］希提：《阿拉伯通史》，马坚译，第440页。

② ［美］希提：《阿拉伯通史》，马坚译，第441页。

③ 上据［美］希提《阿拉伯通史》，第443页；而英国学者米歇尔·霍斯金指出：巴塔尼的"《积尺》，包括对太阳相对于地球的周年视运动轨道的一个改进，经过穆斯林的西班牙，传到了基督教世界……哥白尼对此书颇多引用，在《天体运行论》中，哥白尼提到此书作者的名字不下23次"（《剑桥插图天文学史》第54页）。

④ ［美］希提：《阿拉伯通史》，马坚译，第443—444页。

⑤ ［美］希提：《阿拉伯通史》，马坚译，第444页。

⑥ 江晓原：《历史上的星占学》，上海科学技术出版社1995年版，第205页。

伊斯兰"观测天文学上的一部杰作"①，书中给有关的星图画出了星等。比鲁尼《古代遗迹》讨论了古代各国人民的历法和纪元。埃及的伊本优努斯（？—1009）《哈基木天文表》，计算理论、方法和数据俱全，汇编了自829年至1004年间阿拉伯天文学家和他本人的许多观测记录。西班牙的宰尔嘎里等，编制《托莱多天文表》，其中有仪器的结构和用法的说明，并以椭圆形的均轮代替水星轮，兴起了反托勒密思潮。

上述撰述及其他未提到的更多的论著，既是对域外相关成果的继承，也是在伊斯兰文化土壤中的发展创新，还为同时代和后来人的进一步开拓、研究竖起路标和丰碑，在伊斯兰天文学史上具有重要地位。

（三）对天文计算方法的贡献

正确、先进的数学方法的运用，是天文学取得进步的关键之一。伊斯兰天文学、星占学十分重视数学方法的应用，以至于有学者将这一点视为"伊斯兰天文学家常见的通病：缺乏观测。他们致力于将数学应用于天文学，但他们的工作场所经常是书房而不是开放的天空"②。无论如何，伊斯兰天文家在此方面取得不少进展。他们已知二次方程有两个根，会运用曲线图解高次方程。在继承印度的遗产中，有最重要的发展是三角学。以致有人认为"正如代数学和解析几何学一样，三角学大部分是阿拉伯人创立的"③。伊斯兰学者深入探讨了平面三角形和球面三角形。白塔尼提出了今天用的三角比的许多初步概念；伊本·优努斯用正交投影的方法解决了许多球面

---

① ［美］希提：《阿拉伯通史》，马坚译，第442页。

② ［英］米歇尔·霍斯金主编：《剑桥插图天文学史》，江晓原、关增建、钮卫星译，第55页。不过，这种批评或有失偏颇，实际上穆斯林天文家是算、测并重的，既重视数学方法的运用，也不偏废实际观测，如明洪武中所译10—11世纪伊斯兰天文家阔识牙耳《天文书》中就说："要知天轮行度之法，必用浑仪并测星之物，以算法推详其理。"（马明达、陈静：《中国回回历法辑丛》第3页）。

③ ［美］希提：《阿拉伯通史》，马坚译，第684页。

三角学的问题。

其实，将印度算术及数字（包括零号），特别是后者引入阿拉伯，成为著名的"阿拉伯数字"，也可算得上是穆斯林的一项特殊贡献。由于这一套数字的应用，对天文计算方法的改进和推动作用，是无法估量的。

（四）观测设备、仪器的创造，特别是星盘的改良

观测设备、仪器方面，伊斯兰天文家最初所使用的，是小型和便携式的。后来随着对观测精度要求的提高，则寻求对大型、固定仪器的建造，其中就有扬名于世的大型天文台的兴起。它们一般是受到君主和有势力者的赞助，所以往往资金雄厚，仪器（如象限仪、星盘、日晷仪、天球仪和地球仪等）完备，工作团队庞大。

星盘被认为是一种"用途广泛而且便于观测和计算的仪器"[1]，它的出现可以追溯到古代希腊，在伊斯兰世界得到改良而臻于完备。其基本原理是将天球坐标投影到圆盘形的平面上。仪器的基本部件是一黄铜圆盘，圆盘背面设置一个可以围绕圆盘中心轴旋转的观测条。只需简单地将此装置悬挂起来，这样它就垂直竖立了，沿着观测条看并让观测条指向要测量的天体，就可以在圆盘边沿的刻度上读出该天体的地平高度。星盘的正面是一个计算装置，包括天球和当地坐标系统，使用者可以由此测量天体的位置[2]。另外，星盘还有测定每天的时间（此功能类似今日的时钟）、指示某个天文事件发生的时刻等用途。科学史家指出："在伊斯兰和基督教的中世纪，星盘对于天文学、星占学、星占医学来说，都是基本的仪器。"[3]

---

[1] ［英］米歇尔·霍斯金主编：《剑桥插图天文学史》，江晓原、关增建、钮卫星译，第55页。

[2] ［英］米歇尔·霍斯金主编：《剑桥插图天文学史》，江晓原、关增建、钮卫星译，第58页。

[3] ［英］米歇尔·霍斯金主编：《剑桥插图天文学史》，江晓原、关增建、钮卫星译，第61页。

三 蒙古人统治下的后续发展时期

1258 年，阿拔斯王朝在蒙古大军的围攻之下寿终正寝，伊利汗国在伊斯兰帝国的废墟上建立起来，伊斯兰天文学在蒙古统治者的支持下获得继续发展。旭烈兀"迷恋星占学"，从 1259 年始，在大不里士城南马拉加（在今伊朗北部）动工建造大型天文台，台上安置许多先进仪器，工作人员包括来自中国[①]、西班牙在内学者，由担任首相职务的著名天文学家纳速剌丁·图西（Nasir al – Din al – Tusi，1201 – 1280）主持。天文台用十多年的时间，完成了一部《伊儿汗历数书》（*Zij Il – Khānī*），测定岁差常数为每年 51″[②]，相当准确。纳速剌丁还以一个球在另一个球内的滚动，来解决行星的视运动，他对三角学的研究也很有成绩。

伊利汗国灭亡之后一百年，帖木耳帝国君主乌鲁伯格（Ulūgn Beg，1394 – 1449）在撒马尔罕（今乌兹别克境内）建立天文台，此天文台最大的成就是对 1000 多颗恒星进行长时间的位置观测，并在此基础上编成《新古拉干历数书》（后世称之为《乌鲁伯格天文表》）。这份成果被认为达到当时世界上的最高水平，成为中世纪重要的星表之一[③]。

第二节 伊斯兰天文学的特点

作为世界天文学的重要分支，伊斯兰天文学自然具有自身的一些特质，从本书的视角来观察，笔者以为可以有以下几个方面的归

---

① 据 [瑞典] 多桑《多桑蒙古史》下册，第 93—94 页。记载："旭列兀曾自中国携有中国天文家数人至波斯，其中最著名者 Fao – moun – dji 博士，即当时人习称为先生（Singsing）者是已。纳速剌丁之能知中国纪元及天文历数者，盖得自于是人"也。

② 江晓原：《历史上的星占学》，第 201 页。

③ [英] 米歇尔·霍斯金主编：《剑桥插图天文学史》，江晓原、关增建、钮卫星译，第 53 页。

纳和概括。

一　同伊斯兰教密切结合

与伊斯兰教有着极为密切的关系，最显著者莫如教历部分。其与穆斯林的宗教、世俗生活都密切相关。这一点至为重要，正是缘于此，便决定了它势必与伊斯兰教一起，伴随着穆斯林的脚步，传遍世界各个角落。说伊斯兰天文学与伊斯兰教存在密切关系，还在于体现伊斯兰天文学成果的伊斯兰历法，其中许多数据的起算点等用的也是纯阴历。还有观测新月出现的方法、确定祷告时间以及辨别确认清真寺的朝向等，伊斯兰天文学都有其独特的方法。正因为如此，伊斯兰天文学、伊斯兰历法与伊斯兰教就天然地被捆绑在一起。从更广的视角来看，伊斯兰天文学的产生和形成不但是在伊斯兰旗帜下，在伊斯兰文化的氛围中，是由数以百、千计的穆斯林在充分吸收、融汇有关人类优秀知识的基础上创造出来的成果，而且这些成果的若干因素又进一步渗透、融入伊斯兰教文化的方方面面。以至于水乳交融，难解难分。

二　属于西方体系

伊斯兰天文学主要是在继承希腊天文学的基础上发展起来的。最初翻译和学习印度、波斯等天文学，"在促使阿拉伯人热爱天文学这一点上，印度和波斯学者的影响要比希腊人早一些"[1]，可是"希腊成分虽然在最后加入，却是最重要的成分"[2]。前面已经指出，中世纪阿拉伯天文学最主要的内容之一，就是对托勒密体系的修正和补充；而从世界天文学史的角度看，阿拉伯伊斯兰天文学的重要性就在于它在托勒密和哥白尼之间起了承前启后的作用。

---

[1] ［埃及］艾哈迈德·爱敏：《阿拉伯—伊斯兰文化史》第 2 册，纳忠、史希同等译，第 227 页。

[2] ［美］希提：《阿拉伯通史》，马坚译，第 440 页。

值得注意的还有，正因为伊斯兰天文学从内容到形式都属于西方体系，而西方体系和它的各个分支水乳交融，有许多因素是它们共同拥有的，如黄道十二宫、星期日制度，在印度、阿拉伯和后来的欧洲天文学体系中都存在。正是基于这一点，由此在研判此后这一体系中的某些因素输入中国时，就不能武断地认定必是来自其中的某个支系。而需要做更为仔细的、更可靠的研究论证。

三　重视星占术

这一点对中世纪的伊斯兰天文学来说，十分突出。之所以如此，应主要是出于当时的人们对这种学问的重视以及最高当局的支持。有关著作对之多有评介和描述：如说医学和星占术是哈里发庇护的两门学科，备受青睐和重视，"阿拔斯王朝哈里发的注意力首先集中在医学和星相学上，原因是实际生活的迫切需要"[1]，第二任哈里发曼苏尔（754—775 年在位）"笃信星象学，认为星象的变化与地球上所发生的事件紧密相关。因此，他很重视这方面的研究"[2]。也正是从他开始，"医学和星象学就成为两种官方的事业，由国家派人掌管"[3]。而星占术（或称星象学）受到当政者的重视，这是伊斯兰世界各地统治者的共同倾向，法蒂玛王朝哈里发哈基木（996—1021 年在位）"对于占星学的预测，很感兴趣"；他在一座山上建立了观象台，"往往在黎明之前，骑着他的灰驴到观象台去"[4]。

最高当局的态度，对相关学者的治学起到导向的作用。笔者注意到，即使后世公认的当时最顶尖的天文学家，也多有星占学方面

---

[1]　［埃及］艾哈迈德·爱敏：《阿拉伯—伊斯兰文化史》第 2 册，纳忠、史希同等译，第 253 页。

[2]　［埃及］艾哈迈德·爱敏：《阿拉伯—伊斯兰文化史》第 3 册，纳忠、史希同等译，第 15 页。

[3]　［埃及］艾哈迈德·爱敏：《阿拉伯—伊斯兰文化史》第 2 册，纳忠、史希同等译，第 253 页。

[4]　［美］希提：《阿拉伯通史》，马坚译，第 752 页。

的专门著作。例如，上面已提到的巴塔尼，被认为是那个时代"最伟大的天文学家"①，就撰有《黄道十二宫之上升》（*Kitāb Matāli al – Burūj*）、《星占学之应用》（*Kitāb Aqdār al – Ittisālāt*）这样的星占学著作②；而同样被认为是"伊斯兰教在自然科学的领域中所产生的最富有创造性而且学识最渊博的学者"比鲁尼，也有《麦斯欧迪天文学和占星学原理》（*al – Qānūn al – Mas'ūdi fī al – Hay'ah w – al – Nujūm*）、《占星学入门解答》（*al – Tafhim li – Awā'il Sinā'atal – Tanjim*）等星占学成果③。更多学者的相关著作中，是把星占学作为其中的重要内容来处理的，这里仅举一例。如昂沙・迈阿里（Onsor al – Ma'āli，约 1021 – 1101），是位王子或实际践履过王位。他晚年撰写了一部教子之书《卡布斯教诲录》（*Qābus Nāmeh*），讲论一个王子应该具备的学养，其中把星占学列为应该通晓的重要常识之一④，且为之喋喋不休。

中世纪伊斯兰的君主们在重大事务上，听命于星占术也是很突出的，如巴格达城的规划、开工日期的择定等，曼苏尔都是根据星象学决定的。⑤ 这一传统即使在以后若干世纪，也没有改变。成吉思汗西征花剌子模时，当地素丹十分迷信星占术。当其子扎兰丁请求抵抗时，"摩诃木不从其言，反斥其少不更事。谓吉凶有定，灾祸之来，孰能抗之？不如待天象有利于我之时"⑥。摩诃木的不抵抗，最终导致花剌子模国家及自身的毁灭。

需要指出的是，笔者在这里将重视星占术作为中世纪伊斯兰天文学的一个特点，只是为了强调这一重要事实，从而引起读者的注意。其实，占星学与天文学原本关系密切，这一点经过江晓原教授

---

① ［美］希提：《阿拉伯通史》，马坚译，第 443 页。
② 江晓原：《历史上的星占学》，第 193 页。
③ ［美］希提：《阿拉伯通史》，马坚译，第 443 页。
④ 江晓原：《历史上的星占学》，第 195 页。
⑤ ［埃及］艾哈迈德・爱敏：《阿拉伯—伊斯兰文化史》第 3 册，纳忠、史希同等译，第 15 页。
⑥ ［瑞典］多桑：《多桑蒙古史》（上册），第 95 页、104 页。

多年以来深入、缜密的探讨，现在已毋庸置疑。根据他的研究，可以证实在中世纪以前，世界范围内的各种系列的天文学基本上都是以星占为目的，自然也是以星占为其核心内容的①。由此，伊斯兰天文学在这方面表现出来的也远非特例。

不过，行文至此，有一个问题不能不去涉及：那就是伊斯兰教对星占学究竟持何种态度？其实，这一点很明确，原不成问题，那就是伊斯兰教反对星占学。对此，我们不难从其教典中看到这样的立场，如《古兰经》说：

　　我确已以众星点缀最近的天，并以众星供恶魔们猜测。我已为他们预备火狱的刑罚（67：5）

又《圣训集》也有相应的记载。

　　伊本·欧麦尔传述，使者说"五件事属奥秘，除安拉外谁也不知晓，即次日将会发生什么，谁也不知道；母亲腹内孩子的状态，谁也不知道；人不知道明天自己会怎样；人不知道自己将死于何处；任何人都不知道何时下雨"。②

综上所引不难看到：伊斯兰教之谴责、反对星占学的态度和立场，明确而坚决。这是很容易理解的，真主自有永有，创造天地万物和人类，也主宰着一切。所以"除了真主，没有人能够预知未来"。如果人们去相信星占家的胡言乱语，则无疑会动摇真主的绝对权威和伊斯兰教的神圣。可是，也正如历史事实表明的那样："尽管伊斯兰宗教领袖和他们的基督教同行一样地坚决谴责星占学——也一样的无效。统治者和民众都认为，星占学有巨大的实

---

① 参见江晓原《天学真原》《历史上的星占学》等著作。

② ［阿］拉伯丁穆罕默德·本·伊斯玛仪·布哈里辑录：《布哈里圣训实录全集》第1部《求雨篇》，康有玺译，杨宗山审定，经济日报出版社2001年版，第308页。

际应用价值。"① 这也就是为什么即使有教典的明确而决绝的反对，现实社会中也不乏切实反对乃至排挤、打击星占学的宗教权威或君主②，但与欧洲、东方等民族、国度里一样，星占学在中世纪的伊斯兰世界也拥有广泛市场的原因。

---

① ［英］米歇尔·霍斯金主编：《剑桥插图天文学史》，江晓原、关增建、钮卫星译，第50页。

② ［英］米歇尔·霍斯金写道，"部分宗教权威对星占学的敌视，以及某个赞助者的死亡，或是他失去了面对批评的勇气，将给天文台带来末日"，同时，作者在自己的著作中，也有例证（参见《剑桥插图天文学史》，第51页）。

第二章

伊斯兰天文学、星占学向中国
输入之历史过程

伊斯兰天文学、星占学向中国的输入，因受其自身形成发展过程、伊斯兰世界与中国交往之历史现状以及中国天文学自身发展状况等因素的制约，时断时续，前后历时近千年，主要经历唐宋、蒙元和明清等各具特点的时期。

第一节　唐宋时期：输入序曲

此时期，中阿官方政治交往已较频繁，民间商贸往来也趋兴盛。一批批穆斯林通过陆、海丝绸之路来华，经商定居，在中原都市以及东南沿海形成若干大小不等的"蕃坊"（居民主要是穆斯林），伊斯兰教教义及礼拜仪式等随之输入。在西北边疆，出现我国历史上第一个接受伊斯兰教信仰的地方民族政权——哈喇汗王朝。上述中、阿接触、交往的"大环境"，较有利于双方文化交流的开展。但是，从当时中国、伊斯兰教世界各自天文学发展、变化的"小气候"来看，似还不是伊斯兰天文学全面输入中国的最佳时辰：在这一阶段的前期（约公元 900 年前），伊斯兰天文学主要处于自印度、波斯、叙利亚和希腊等周边地区翻译、引进天文学文献、学习消化有关成果的时期，而在接下来的 300 年间，伊斯兰天文学界似乎在忙着创造成果，打造辉煌，而不是传播、推销其文化成果；就当时中国天文学界的发展形势来看，自六朝以来佛教大规模输入之背景下，印度天文学也流播中国。唐代一些有着印度背景的僧人、学者进入官方天文机构，赢得较高声誉。印度天学体系中的某些因素，被接纳并融入中国传统的体系之中。有了印度天文学的加盟，处于上升时期的中国传统天文学似乎缺乏继续向外探求的动力。可能正是上述这样一些"大环境"和"小气候"，便决定了唐宋时期伊斯兰天文学向中国传播的特点：在进程上，时断时续，进展缓慢；在内容上，基本限于伊斯兰教历。由此，从总体上来看，是输入的初期阶段。

一　唐代

认为伊斯兰天文学自唐朝起开始向中国传播，这在很大程度上还只是据理推断：既然伊斯兰教此时已经开始传入，其教徒来华人数也已有一定的规模，则与教徒宗教生活和世俗生活密不可分的伊斯兰教历应与之同步或稍后传入。可是，有关记载都是晚出、稀少，史源不清，带有浓厚的传说色彩，一般说来可信度不高，实难信据。例如，水子立先生《中国历代回教名贤事略汇编》载唐朝一入华回教名贤："陶八八，西域回人，至长安栖大学习巷诸寺，精通天方诸国经籍及历学。天宝中，玄宗闻其名，频召入禁中谈经。"① 无名氏《回回原来》更说：由于唐朝入华的伊斯兰教徒"能达阴阳，善察未来"，而被皇室挽留中土，"封为钦天监掌印"，等等②。学界公认较早向中国介绍伊斯兰社会的《经行记》，在论及伊斯兰教的仪式和节日时，稍稍涉及伊斯兰教历的一些因素。例如，说"一日五

---

① 李兴华、冯今源：《中国伊斯兰教参考资料选编》，宁夏人民出版社 1985 年版，第 660 页。

② 光绪甲午（1894）重抄本。

时礼天，食肉作斋，以杀生为功绩"，又"每七日，王出礼拜"等。白寿彝先生就认为前一句是把开斋和斋牲两个节日合在一起说了①。不过，这种记载，虽在一定意义上涉及伊斯兰教历，但还十分模糊。

另外，羽离子先生曾对"穆护"一词进行考证②，认为唐代"穆护"是"穆柯末"的异译，并顺此提出唐宋以来一批穆护文献，其实是伊斯兰文献，并引《崇文总目》残存五行类下有《牧护词》一卷，宋代姚宽谓是书"乃李燕撰，六言文字，记五行灾福之说"（姚宽《西溪丛语》卷上）。作者认为这是吟咏阿拉伯天象地理等星占、物占灾福的书。羽离子先生的观点可以成立吗？笔者认为，先生之"穆护"是"穆柯末"的异译以及穆护文献是伊斯兰文献的说法，应该还存在较大的商讨空间③，但认为《牧户词》关涉阿拉伯星占、物占灾福等，应不存在问题。种种迹象表明，这些因素后来确实被伊斯兰天文学吸收。

综上所述，说伊斯兰天文学自唐朝开始向中国传播，从理论和实际可能性上应不存在问题。但是，从文献记载考之，目前尚无真凭实据。至于清初梅文鼎及今人陈久金先生等将印度的《九执历》、陈久金甚至将受到印度天文学影响的《符天历》，视为伊斯兰天文学（他们的著作中称为"回回历法"）传入中国的开始，从源流上讲，这些说法是有道理的。但是，《九执历》等属于印度历法，从其文献来源到今学者的研究结论，几无异词。由此，将其直接作为伊斯兰天文学输入中国的开始，混淆了印度天文学与伊斯兰天文学应有的

---

① 白寿彝：《中国伊斯兰史存稿》，载龚书铎主编《白寿彝文集》第 2 卷，河南大学出版社 2008 年版，第 14 页。
② 羽离子：《唐代穆护及其首次遭逢灭教》，《海交史研究》1992 年第 1 期。
③ 如饶宗颐先生《穆护歌考——兼论火祆教入华之早期史料及其对文学、音乐、绘画之影响》（饶宗颐：《选堂集林·史林》中册，中华书局 1982 年版，第 472—509 页）一文就认为，所谓"穆护"，实际上是指火祆教（即祆教）僧人。

畛域，笔者认为未必妥当①。

二 宋代

相形之下，伊斯兰天文学于宋朝已输入中国，则有较多的史实根据和线索。史实主要来自宋王朝版图内的东南沿海以及在当时尚不受宋王朝节制、但地处现我国新疆西部的穆斯林社会。前一种情况如广州、泉州等沿海城市，都发现宋代以后的一些伊斯兰石刻资料，可以看到这些石刻有采用伊斯兰教历记载日期的情况。例如，泉州穆斯林墓碑石刻中，一些就是宋代的。其中，墓主为侯赛因·本·穆罕默德的一碑载曰：

> 这是侯赛因·本·穆罕默德·哈拉提的坟墓。真主怜悯他。卒人［伊斯兰教历］567 年 4 月〔公历 1171 年 12 月，南宋乾道七年，辛卯〕……②

墓主是曼苏尔的，碑载云：

① 梅文鼎的相关说法，见于其《勿庵历算书记》《历学疑问》以及《历算全书》等许多著作。陈久金之见解及相关论证载于先生本人《回回天文学史研究》第 3 章第 2—3 节。陈先生主要用清代如《明史·历志》、李兆洛、梅文鼎和阮元等说，又顾及印度天文学与伊斯兰阿拉伯天文学的密切关系、"明初以前，几乎没有传入古希腊和巴比伦人的学术著作"等实际情况，认为"中国古代学者将《九执历》看作是《回回历法》的本源理所当然的"（见陈久金书第 50 页）。至于《符天历》，大约从宋代起，就不断有人指出它是来自天竺历法的。但陈久金认为，"由于文献资料尚不充分，很难说《符天历》是西域人的历法还是阿拉伯人的历法。但即使尚未受到伊斯兰文化影响的西域历法，其二者也属同一个系统，差异是不大的"。鉴于上述认识，陈先生遂将这两种历法在华的传播和研究，写入他的《回回天文学史研究》一书中，即作为回回历法在唐朝传入中国的证据（陈书第 51 页）。久金先生的上述说法和做法，也不是毫无道理。但是，特定天文体系还是应尊重其所存在的畛域。确实，从源流而论，希腊、印度和阿拉伯伊斯兰天文学都属于西方体系，但不能因此就混为一谈。还有，必须进一步探究，像黄道十二宫、星期日制度等在《九执历》中的实际存在状态。如果它们与伊斯兰天文学的关系，果如陈久金所说"属同一个系统，差异是不大"，则陈久金认为《应天历》中的有关因素，是宋初马依泽入华并参与修历的证据，则明显自相矛盾，无法圆通。

② 陈达生：《泉州伊斯兰教石刻》，福建人民出版社 1984 年版，第 15 页。

这是曼苏尔·本·哈吉·葛斯姆·贾杰鲁米之墓。他卒于〔伊斯兰历〕676 年 6 月 21 日星期四〔公元 1277 年 11 月 19 日，宋景炎二年，元至元十四年，丁丑。〕①

由上引述可见，作为伊斯兰天文学的重要因素，伊斯兰教历传入和被用来计时记事的事实。后一种情形是，10 世纪 60 年代（也即北宋建国前后），回鹘（后来的维吾尔）贵族建立的喀喇汗王朝，皈依了伊斯兰教②，从而为伊斯兰天文学在其境内的传播创造了良好的土壤。在喀什噶尔等地所建萨吉耶等著名经学院中，将阿拉伯天文学纳入学校教育内容③。其百科全书式的巨著《突厥语大词典》等，也搜集和注释了有关天文术语、民间历法、月份和周日名称等等在内的知识④。也有文学家、诗人把伊斯兰天文学知识作为素材，写进他们的作品里，其中，以尤素福·哈斯·哈吉甫《福乐智慧》最具代表性，如第五篇中描述了七星黄道十二宫。

最高的为土星，两年零八个月留在宫中。第二是木星，它在一宫中留十二个月。

此外还有黄道十二宫，有的成对，有的孤零零。白羊座为春季之星，还有金牛座。

双子座同巨蟹座是朋友，狮子座和处女座是邻居，天秤座、天蝎座和人马座是友人。三个是春季星，三个是夏季星，三个是秋季星，三个是冬季星。三个是火，三个是水，三个是风，三个是土，这样才形成世界。⑤

又，第四篇中有："太阳将要归入其原位，从鱼尾移到羔羊鼻方

① 陈达生：《泉州伊斯兰教石刻》，第 15 页。
② 魏良弢：《喀喇汗王朝史稿》，新疆人民出版社 1986 年版，第 74—78 页。
③ 夏米西丁·哈吉：《维吾尔与伊斯兰经院教育》，《文史知识》1996 年第 2 期。
④ 魏良弢：《喀喇汗王朝史稿》，第 228 页。
⑤ 耿世民、魏萃一汉译本，下引均据此。

位。"可见，诗人对太阳在黄道十二宫路径的描述是清楚的，且点出了回历"宫分年"，"春季起于白羊"，太阴历借助黄道十二宫确定季节的事实。把十二宫分组与火、水、风、土对应，透露出的正是伊斯兰天文学以西方文化为背景，坚持万物由四元素变化组成的思想。这一点在后传入的阿拉伯星占学著作《明译天文书》中也有反映①。《福乐智慧》还是我国文献中较早使用伊斯兰教历纪年的著作。在第七十六篇《书的作者侍从官尤素福给自己的留言》中说：

> 四百六十二年，我用全身心完成了此书。我字斟句酌，一共用了十八个月。

这个记载成书时间的年代，用的就是伊斯兰教历。"四百六十二年"，相当于公元纪年的 1069—1070 年。在作者生活的那个时代，世界纪年的历法多种多样。比如，有埃及历、巴比伦历、希腊历、印度历等。当时中原地区宋王朝采用的历法有《应天历》（963 年）、《乾元历》（981 年）等。在这众多的历法中，作者采用回历，表明当时受伊斯兰文化的影响很大。伊斯兰天文学在喀喇汗王朝境内的传播情形，目前学术界尚未进行系统、深入的研究，然而它是非常重要的：在蒙古因素加入之前，喀喇汗王朝是中原内地与阿拉伯世界陆路交流的媒介，伊斯兰天文学和其他伊斯兰文化，从这里逐渐向东扩展、渗透。

值得注意的还有，一些后来确定无疑属于伊斯兰星占学的内容，在宋代已传入中国。有一份编号为 P4071，注明时间是宋开宝七年（974）十月的敦煌文书，称"班达希申"②，内容是星占术，有

---

① 《明泽天文书》是阿拉伯阿布·哈桑·阔牙耳的著作，明洪武十六年（1383）由马沙亦黑、马哈麻和吴伯宗等译为汉文。常见有《涵芬楼秘笈》本和马明达、陈静《中国回回历法辑丛》本。

② 这份敦煌文书，笔者未能经眼。下所援引采自姜伯勤《敦煌吐鲁番文书与丝绸之路》，文物出版社 1994 年版，第 61—63 页。

三个特点。

首先，以黄道十二宫推命：

> 四十五，行年至巨蟹宫，火星在摩羯宫、对照行年宫。木星照命宫。注：先喜而后忧，必破财，口财厄防备。

其次，有财帛宫、命宫、福德宫之十二位，如：

> 四十，运至卯上星辰为命宫，火星照财帛宫，必有小厄，身心不定。
> 四十九，天运行年到命宫，木星照财帛宫。注：求财吉，凡事通达大吉。
> 五十四，天运行至白羊宫，土星入身宫主。注：福德自如，凡财帛亦滞……缘大运至辰上长作济惠，福德吉。

最后，已明显地加入中国传统元素，如二十八宿、州郡分野等成分，如文书载云：

> 太阴在冀，照双女宫，楚分，荆州分野。太阳在角八度，照天秤宫，郑分，兖州分野。木星退危三度，照宝瓶宫，齐分，青州分野。火星在轸，照双女宫，楚分，荆州分野。

前两点与伊斯兰星占术已十分相似：只要去翻翻明洪武中由中外学者合作完成的《明译天文书》就可知道。但姜伯勤先生通过对此文书及传入中国路线的考察，指认此属古波斯祆教文化遗存①。其实，关于这件文书的性质，还可以有别的解读：自文书表现出的中国化这一点看，其输入之后应该已有一段时间，但波斯在公元650年就亡于新兴的阿拉伯伊斯兰帝国，"班达希申"的撰写于其亡国

---

① 姜伯勤：《敦煌吐鲁番文书与丝绸之路》，第63页。

300 多年之后。由此或可认为，这件文书的核心元素（上说文书的第一、二点）东传时，原波斯地区应该早就在伊斯兰文化的覆盖之下。后来伊斯兰天文学中的星占学部分，正是在广泛吸收包括原波斯地区祆教文化遗存的基础上形成的。例如，《明译天文书》的作者阔识牙耳，是波斯（今伊朗北部）人，他的著作融汇、传承波斯星占文化遗产也是很自然的事情。这里要说的是，据此文书之内容及文化属性，也可以认为元明时期阿拉伯—波斯星占学中的一些成分，已在宋代输入中国。

除上述史实之外，有关伊斯兰天文学于宋代向中国的输入，目前还有一种十分流行、从而影响很大的说法，即宋初回人马依泽之入华修历。此主要根据创谱于明成化五年（1469）、续修于清光绪二年（1876）的《怀宁马氏宗谱》。据此谱记载，宋建隆二年（961）回人马依泽携三子马额、马怀、马忆入华，马依泽曾参与王处讷等人主持的《应天历》的撰修，并与长、次子长期担任钦天监监正、监副职，且得封袭侯爵等。又，上引光绪二年《马氏宗谱》转引一篇河北《青县马氏门谱·谱序》，称《青县马氏门谱》编修于成化二十二年（1486），其祖先也为马依泽，同有入华修历之说。此事尚有进一步研讨的余地，主要是所据文献过于晚近（光绪年间，上距宋初超过 900 多年），甚至于上称两种创修于成化间的家谱今也无一存留。即使如光绪年间谱所称，成化间"创谱"为实有且确载马依泽之事，则上距宋初也已超过 500 多年。如此晚近的、近似孤立的说法究竟能否信据呢？陈久金、马肇曾两先生认为可以，他们据光绪年间的续谱之载述，撰写发表专题文章[①]，认为所记完全可信，且称经过研究，《应天历》在中国历史上首次引进了星期日制度，杨惟德、曾公亮等《武经总要》第一次载出黄道十二宫日期，都与马依泽父子在华的工作有关，从而反证上述家谱所载真实可靠，甚至对

---

① 陈久金、马肇曾：《回人马依泽对宋初天文学的贡献》，《中国科技史料》1989 年第 10 期。

马依泽父子前后四五十年出任宋天文机构主要负责人（即所谓的"钦天监监正""钦天监监副"）的说法都照单全收，认为均可以信据。其实这些说法疑点重重，很难服人①。例如，黄道十二宫、周七日记事等因素，同是古代巴比伦、印度等天文体系中的基本因素，且在唐宋之前就通过佛教经典传入中国，所以很难作为伊斯兰文学传入中国的绝对证据②。江晓原先生就指出："完备的黄道十二宫体系其实至迟已在公元 6 世纪传入中国，并有多套对应的中文译名。"③"七曜历由印度佛教传入中国。"④ 至于说马依泽等人职务，据《马氏宗谱》所载，更应视为无根之语。且不要说一个域外人士，一朝进入中国就立即被任命为中国天文机构的长官，且一下就独具此职数十年如何地有违常理⑤，即使认可这种特例的存在，则成书于五代及宋代的新旧《唐书》，对于有着域外背景又担任过官方天文部门主要官员的人士多有记载，何以宋元以来，特别是宋代汗牛充栋的官方文献，对马依泽那样一个有着如此卓异表现的天文家庭却选择集体失声？而宋初以来一直到明代中期更为丰富的私家文献也没有记载？总之，此事要真正变为信史，还需要新史料的发掘及更为严密的论证。

陈久金先生曾利用《宋史·方技传》，考证太祖、太宗两朝司天监长官的任职情况，指出在马依泽来华（962）至他死去（1005）

---

① 奇怪的是学界的反应。自陈、马文章发表以来，很少看到质疑或进一步去研究、推敲的后续之作，而是一边倒，随声附和：20 世纪 90 年代以来所刊行的有关论著，只要是涉及伊斯兰天文学在华史事的，无不将之作为定论，予以采信。笔者认为这非但不是正确的治学态度，且实在有违严谨、求实的科学精神。

② 黄道十二宫属于巴比伦，后传入希腊、埃及和罗马，公元前后东传至印度。这是学界公认的。关于其输入中国的问题，冯时先生就指出隋代初年十二宫的名称出现在汉译佛教经典中，而在传世的 7—8 世纪的吐鲁番星占文献中可以看到其图像（参见冯时《中国天文考古学》，中国社会科学出版社 2010 年版，第 453 页）。

③ 江晓原：《历史上的星占学》，第 37 页。

④ 江晓原：《天学真原》第 6 章第 3 节有系统论述，第 323—355 页。

⑤ 其实，这里可与风气更为开化的唐朝做些比较，著名的"天竺三家"以及原籍波斯的李素、李景亮父子，他们从进入中国天文机构任职到最后做到这种部门的长官，都花费了颇为漫长的岁月。例如，据赖瑞和先生考证（《唐代的翰林待诏和司天台——关于李素墓志的再考察》，《唐研究》第 9 卷，第 315—342 页），二李都用时 30 年以上。

的 40 余年间，除王处讷在临终前做过一年多司天监外，均未有人担任过司天监监正的职务，因此认为《怀宁马氏宗谱》载马依泽曾长期担任司天监一事确实可信。其实，应是先生对宋代官制的诸多特点不够了解，才会有如此推论。就以宋初的司天监为例，司天监设监，作为司天监长官，实自宋太宗始。从三品，编制一人。因官品高，故不常置，而是多以他官"兼判""同判""知"，或者"提举司天监"等主持司天监的日常事务。据笔者仔细研读《宋史》卷四六一《方技传》《宋会要·职官》及李焘《续资治通鉴长编》等文献，发现自宋太祖建隆至太宗至道近 40 年间的时间中，至少先后有赵修己（建隆年间）、王处讷（太平兴国间）、史序（雍熙二年之后）、苗守信（端拱二年之后若干年）、马绍、楚芝兰（淳化间）等人，以"判监事""判司天监""判司天事""同判司天监事""知监事"等头衔，实际主持司天监事务。也就是说，这 40 多年间，宋官方天文机构的负责人就是上列带有"判""同判""知"监事的人；由此即使文献中不载其他人士出任"司天监（监正）"一职，也完全不能证明《马氏宗谱》所载马依泽出任此官职就是可信的。

第二节 蒙元时期：输入高潮

成吉思汗及其子孙的三次西征（1219—1225 年，1235—1243 年，1252—1260 年）及横跨亚、欧的蒙古大帝国的建立，使得中国与中亚、阿拉伯世界连成一片。随后元帝国建立，除陆路继续畅通外，前往阿拉伯沿岸的海路也波澜不生，伊斯兰世界向中国的大批移民潮又正逢其时。上述背景使得中、阿文化交流，于此一时期进入空前绝后之佳境。

蒙古统治者崛起于朔漠，其原来的文化素养较低，天文学在那里极不发达，但受到周边特别是中原文化的影响，蒙古统治者在一系列的军事征服过程中和征服之后，都十分注意引进、吸收被征服地民族先进的天文学成就。在继承、发展中国传统天文学的同时，也积极引进、吸纳此时期已完全发展成熟的伊斯兰天文学成果。这样，就造成伊斯兰天文学、星占学向中国输入的高潮期，主要表现在以下四个方面。

一　天文人才的东来

成吉思汗西征前后，在其帐中就有供其驱使的伊斯兰天文家。从征的著名人物耶律楚材，曾就两次月食的有无与之进行争论。

> 回鹘人奏五月望夕月食。公言不食，及期果不食；明年，公奏十月望夜月食。回鹘人言不食，其夜月食八分。①

这里的"回鹘人"，杨志玖先生认为是"回回"的别写，他们是穆斯林。应诏前往的道士丘处机，曾在撒马尔罕考察日偏食问题，"时有算历者在旁，师因问五月朔日食事"②。"算历者"似也属这类人。自此而后，一直到定宗皇后斡兀立海迷失执政时期（公元1249—1250年），伊斯兰天文家的活动踪迹不很明朗。宪宗蒙哥执政时期（公元1251—1259年），情况有很大改变：忽必烈时期的一些著名西域天文家，在这个时候已来到中国，其中最有代表性的是札马剌丁和忽撒马丁。

札马剌丁，生卒年不详，来华年代按照李约瑟说法当是13世纪50年代末：认为其来自伊利汗国的马拉加城，"可能就是扎札马鲁·丁·伊宾·摩阿末·纳查里（Jamāl al－Din ibn Muammad al－Najjārī）。这个人于公元1258年曾表示不愿负责建筑马拉加天文台"，所以被旭烈兀派到中国③，李氏的见解，后被绝大多数研究中

---

① （元）宋子贞：《中书令耶律公神道碑》，载耶律楚材《湛然居士文集·附录》，中华书局1986年版，第324页。
② （宋）李志常：《长春真人西游记》卷上，载《王国维遗书》，上海书店1983年版。
③ ［英］李约瑟：《中国科学技术史》第4卷《天学》，（香港）中华书局香港分局1978年版，第476页。

国科技史的学者沿用①。但也有持不同说法者，如早在 20 世纪 40 年代初，李俨先生就指出"札马鲁丁已于宪宗二年（1252），供奉蒙古王庭矣"②。李俨所据为《多桑蒙古史》。

> 六五〇年（1252）回教斋日，蒙哥所之回教徒集于皇帝之斡耳朵前，盛礼庆贺此节。先由忽毡城人大法官札马鲁丁·马合木（Djémal – ud – din Mahmoud）主持祈祷，为皇帝祝寿。蒙哥命其重祷数次，遂以金银及贵重布帛数车赐之。③

很可能是引文中的人物头衔是"大法官"，与人们熟知的同名人物是"天文家"不一致（实际上两者于札马剌丁是可以统一的），所以，李俨的主张发表半个多世纪以来，似未引起反响，但札马剌丁最迟在宪宗执政初年就已来到中国似为事实。《史集》中有段不为人注意的史料可证实这一点。

> 蒙哥合罕以其智慧的完美和远见卓识，卓异于（其他）蒙古君王，他曾解答欧几里德的若干图。他有卓绝的见解和崇高的意念，认为必需在他强盛时代建造一座天文台，他下令让札马剌丁·马合谋·塔希儿·伊宾·马合谋·集迪·不花里着手办这件重要的事。这方面的某些事情对他们来说是有问题的，而有关纳昔剌丁卓绝品质的传闻像风般地传遍全世界。［因此］蒙哥合罕在同其兄弟（指旭烈兀——引者）告别时对他说："当邪教徒诸堡被征服时，把火者纳昔剌丁送到这里来吧。"④

---

① 参见［日］薮内清《中国的天文历法》，日本平凡社 1975 年版，第 203 页；中国天文史整研组《中国天文学史》，科学出版社 1981 年版，第 199 页。
② 李俨：《伊斯兰教与中国历算之关系》，《回教论坛》1941 年第 5 卷 3—4 期。
③ ［瑞典］多桑：《多桑蒙古史》上册，冯承钧译，第 262 页。
④ ［波斯］拉施特主编：《史集》第 3 卷中译本，余大钧、周建奇译，商务印书馆 1986 年版，第 73—74 页。

这段资料有许多引人注目之处，其中在旭烈兀西征之前就已来中国、蒙哥令其筹建天文台、名字中有"札马剌丁"的人物，李迪先生以为就是忽必烈时期大名鼎鼎的同名伊斯兰天文家："按照中国人的习惯，把后面的一串字省略了，所有中国古籍上出现中亚和阿拉伯人的名字都是如此。"① 此说甚有理。日本学者山田庆儿也有类似观点②。无论如何，札马剌丁最迟在 13 世纪 50 年代末之前就已东来。这可以得到中国文献的印证。

> 世祖在潜邸时，有旨征回回为星学者，札马剌丁等以其艺进，未有官署③。

说"札马剌丁等"，可知还有别人，忽撒马丁很可能就是其中的一个。

忽撒马丁，汉文典籍中未发现相关资料，有关研究者也从未提及。《史集》载其事迹说，旭烈兀进攻巴格达前（约 1256 年底至 1257 年初），"叫来了按照合罕（指蒙哥——引者）圣旨伴随他的一名星占家忽撒马丁，让他选择出征和休息的时辰，并吩咐他说：'不要奉承，把观察星座所见到的一切说出来吧。'"④ 这段记载确凿地说明，忽撒马丁一定在旭烈兀西征前（1253 年）曾来过中国，且有出色的表现，赢得了蒙哥的信任，从而得到受命伴随旭烈兀做随军星占家。那么其出色的表现是什么呢？如果拉施特的记载可靠，则蒙哥能"解答欧几里德的若干图"，当与此人和札马剌丁的传授有关，且"有关纳昔剌丁卓越的品质"大概也是由他们传达给蒙哥的。

不过，忽撒马丁再未能回到中国。很可能是出于一个虔诚的教徒对伊斯兰帝国首都的热爱，所以，当旭烈兀令其选择攻取巴格达

---

① 李迪：《纳速拉丁与中国》，《中国科技史料》第 1990 年第 11 卷 4 期。
② ［日］山田庆儿：《授时历之道》，理想社 1980 年版，第 51—56 页。
③ （明）宋濂等：《元史》卷 90《百官六》，第 2297 页。
④ ［波斯］拉施特主编：《史集》，第 3 卷，第 57 页。

良辰时，他竟做出下面一段预言：

> 企图侵害阿拔斯家族、出兵报达是不幸的，因为迄今为止任何一个企图侵犯报达和阿拔斯朝君主的君王都不能享有王国的称号和生命①。

最后他警告说："如果君王（指旭烈兀）不听微臣之言向那里进军，将会发生六件不祥的事：第一，马倒毙，士兵得病；第二，太阳不升起；第三，雨水不降；第四，将刮起一场寒冷的旋风，世界毁于地震；第五，植物不会从地面上长出；第六，大王将于当年去世。"② 而"旭烈兀汗要求所说这些话的证明，并索取了书面证词"③。六年后也即公元 1262 年 11 月，"审判星占家忽撒马丁，定罪后，由于他对报达的预言，予以处死"④。

除以上二人外，在蒙哥时期，还有一位精通天文学的人物在哈剌和林为蒙古统治者效力，此人被认为是"十三世纪下半叶忽必烈左右最有势力的基督教徒"⑤ 爱薛（1227—1308?）。据《元史》本传，其籍弗林（今叙利亚），早在定宗贵由时期就来到中国。"通西域诸部语，工星历、医药"，"世祖在潜邸，器之"，中统四年（1263），"命掌西域星历、医药二司事"，由此可能为伊斯兰天文学的引进做过建树。沈福伟先生认为其是马拉加科学家群体中的阿布·舍克尔⑥，但证据似不充分。

除上述数人外，元朱德润集子中，有下面一段材料，因其重要，现附录于下。

---

① ［波斯］拉施特主编：《史集》第 3 卷，第 57 页。
② ［波斯］拉施特主编：《史集》第 3 卷，第 57 页。
③ ［波斯］拉施特主编：《史集》第 3 卷，第 57 页。
④ ［波斯］拉施特主编：《史集》第 3 卷，第 92 页。
⑤ ［法］伯希和：《蒙古与教廷》，冯承钧译，中华书局 1994 年版，第 59 页。
⑥ 沈福伟：《爱薛事迹新论》，《中外关系史论丛》第 2 辑，世界知识出版社 1987 年版。

　　皇元混一区宇，际天所覆，冈（莫？）不臣服，于阗尤先效
顺。时则有若不花剌氏，以佃巧手艺入附，徙置和林，又迁于
西京。朝廷设局院官曹以领之，今资善大夫中政院使买述丁之
曾祖洪城公实在焉。公讳马合麻，以天文之学获知于朝，不属
局院。中统初，亲王阿里不哥叛，公与其子撒的迷失随官军相
事有功，诏赐名马白金。至元十七年，国家建洪城屯卫，授公
百夫长……①

　　由此看来，引文中的这位马合麻及其子撒的迷失，也是此时期
服务于蒙古王庭的伊斯兰天文、星占家。

二　历法的引进

　　毋庸讳言，由于资料缺乏，研究历法更需要一定的专门知识。
长期以来，历史学家对元初以前蒙古所行历法状况缺少研究。由此，
很多问题一时搞不清楚。大概说来，蒙古民族没有属于自己独创的
历法，其在诸部统一前，采用十二生肖纪年；汗国建立后，始采用
汉族的干支纪年，后又承用金朝的《大明历》②。成吉思汗十七年
（1222），耶律楚材有感于《大明历》差谬，上所编《西征庚午元
历》③，但未颁行。这之后的情形究竟如何，文献载述十分模糊。值
得注意的是，因伊斯兰历法于此时已经输入，所以有人主张，它可
能代替过《大明历》，填补过"初，国朝未有历学"的空白。

　　此说源于王国维，他之所据为耶律楚材的集子。耶律氏《和李
德修韵》："衣冠师古承殷辂，历日随时建夏寅。"又，《谢非熊召
饭》："圣世因时行夏正，愚臣嗜数愧春官。"上二诗均作于太宗初

---

　　① （元）朱德润：《资善大夫中政院使买分世德之碑铭》，载《存复斋文集》卷1，
见《四部丛刊续编》。
　　② （元）脱脱等：《金史·历志》认为其采用年代是1215—1280年。
　　③ （元）耶律楚材：《进西征庚午元历表》，《湛然居士文集》卷8，中华书局1986
年版。

年。另，王国维还举出释行秀在《湛然居士文集序》中称耶律氏"志天文以革西历"。王国维据上所列，下结论说："太祖末年，必曾用回回历，否则不必作是语也。"① 揆之所据，王国维之说颇有几分道理。耶律楚材曾做过"春官"（即历官、占星官），这一点可以得到证实。例如，在《进西征庚午元历表》中，耶律氏说自己"钦承圣旨，待罪清台，五载有奇，徒旷蓍龟之任"。韩儒林先生在他的有关文章中，也认为耶律氏的作用主要在星占方面②。但是，太祖末年曾用回回历的说法，似找不到其他资料印证。看来，要使王国维所说成为定论，还有待于新资料的发现。

无论如何，大蒙古国时期伊斯兰历法确已传入。从现掌握的文献资料来看，此事首先要归功于耶律楚材。前面引述他曾在中亚与伊斯兰天文家辩论月食之有无问题，表明他识高一筹。不过，他没有固步自封，"尝言西域历五星密于中国，乃作《麻答把历》"③。关于此历，文献中几乎仅见其名，唯宋子贞指出它是一种回历（原文曰："盖回鹘历名也。"）④ 这一点大概是可信的。在中国历史上，耶律楚材很可能是第一个引进并编纂过回历著作的人物，可他同时又"志天文以革西历"，这的确耐人寻味。

完整的伊斯兰历法的输入，应是通过札马剌丁的工作实现的。史载："至元四年（1267），西域札马鲁丁撰进《万年历》，世祖稍颁行之。"⑤ 但对于其性质和内容，元朝官方文献缺少记载，后来也

---

① 王国维：《耶律文正公年谱余记》，见载（元）耶律楚材《湛然居士文集》附录3，中华书局1986年版，第377页。

② 韩儒林在《耶律楚材在大蒙古国中的地位与作用》一文指出：耶律氏为成吉思汗、窝阔台所提供的服务主要是星占术；耶律氏不是以其儒术治国的本领，而是以医卜星相之术为当时的统治者服务。参见《韩儒林文集》，江苏古籍出版社1985年版。

③ （元）宋子贞：《中书令耶律公神道碑》，载耶律楚材《湛然居士文集·附录》，中华书局1986年版，第334页。

④ （元）宋子贞：《中书令耶律公神道碑》。关于"麻答把"，方豪有一推测，认为即明清文献中的"土板""土盘"的异译。此说很有见地。参见方豪《中西交通史》，岳麓书社1987年版，第577—578页。

⑤ （明）宋濂等：《元史》卷52《历志》，第1120页。

罕见有明确的追述。例如，明初宋濂说：

> 抑余闻西域远在万里之外，元既取其国，有札马鲁丁者献《万年历》。其测候之法，但用十二宫而分三百六十度；至于二十八宿次舍之说，皆若所不闻。及推日月之薄蚀颇与中国合者①。

不过，对其属于回历，从未有人怀疑过。柯劭忞就曾下断语说："扎马鲁丁之《万年历》，实即明人所用之《回回历》。"② 至于证据何在，不曾指出。

蒙元时期，政府还统销过一种《回回历》。它不是《麻答把历》《万年历》之外的又一种伊斯兰历法，而很可能是据《万年历》推算出的回回历谱，或者回回具注历。对此留待后文再做讨论。

三 仪器的研制

此时期，独具伊斯兰风格的天文仪器在中国也被研制出来。史载："至元四年，札马鲁丁造西域仪象。"③ "西域仪象"即伊斯兰天文仪器，一共七种。其形制及性能，见载于《元史·天文志》中。以往，学者对这批仪器有过两方面的研究和论述。第一方面，是有关这批仪器的来源问题。传统观点即李约瑟等人的说法，认为不是在中国研制，而是伊利汗国马拉加天文台派札马剌丁送往中国的。此说近年来受到许多学者的批评。显而易见，札马剌丁早在马拉加天文台建造前若干年已到汉地，"派送"就不大可能；尤其是这批仪器中的一些，必须是现场制造（有房屋等配套设施）。毫无疑问，

---

① （明）宋濂：《革象新书序》，载宋濂《文宪集》卷5，文渊阁《四库全书》，第1223册，第373页。按，宋濂其人学识涉及术数，他曾撰写《禄命辨》，谈及七曜、十一曜及《聿斯经》等。饶宗颐《论七曜与十一曜》（《选堂集林·史林》，中华书局香港书局1982年版，第771—793页）有所讨论。

② 柯劭忞：《新元史》卷34《历志》，《元史二种》，上海书店1989年版。

③ （明）宋濂等：《元史》卷48《天文一》，第998页。

它们是札马剌丁等伊斯兰天文家在汉地研制的。第二方面，对这批仪器的结构和性能进行了注释。本来《元史》的记载是较完备的，但因注释者多为国外学者，他们对阅读汉语文有一定障碍，故有不少误会，20 世纪 90 年代陈久金先生参照宫岛一彦先生的研究成果，对前人的研究做了校正①陈久金：《回回天文学史研究》，广西科学技术出版社 1996 年版，第 96—105 页。，现以陈说为主，略举他人不同看法，编制成表 2 - 1。

表 2 - 1　　　　　　　　　　札马剌丁"西域仪象"表

原音译名	《元史》汉译名	陈久金释名	他人异见
咱秃哈剌吉 Dhatu al halaqi	混天仪	黄道浑仪	（德）哈特纳：多环仪 （英）李约瑟：赤道式浑仪②
咱秃朔八台 Dhatu' sh – shu' batai	测验周天星曜之器	托勒密长尺	
鲁哈麻亦渺凹只 Rukhāmah – i – muwjja	春秋分晷影堂	石制春秋分仪	（英）李约瑟：非均匀平板日晷③
鲁哈麻亦木思塔余 Rukhamah – i – musta – iya	冬夏至晷影堂	冬夏至晷影堂	（英）李约瑟：均匀平板日晷④
苦来亦撒麻 Kura – i – samā	浑天图	天球仪	
苦来亦阿儿子 Kura – i – ard	地理志	地球仪	
兀速都儿剌不列 Usturlab	定昼夜时刻之器	星盘	（德）齐纳：漏壶⑤

① 陈久金：《回回天文学史研究》，广西科学技术出版社 1996 年版，第 96—105 页。
② ［英］李约瑟：《中国科学技术史》第 4 卷《天学》，第 477—479 页。
③ ［英］李约瑟：《中国科学技术史》第 4 卷《天学》，第 477—479 页。
④ ［英］李约瑟：《中国科学技术史》第 4 卷《天学》，第 477—479 页。
⑤ ［英］李约瑟：《中国科学技术史》第 4 卷《天学》，第 477—479 页。

除上述仪器外，还有小天球仪、万能仪（星盘）、小黄道仪及圆规等小型甚至是模型天文器具，它们曾存放于札马剌丁家中，大约是从阿拉伯带来的。有关这些器具的音译名、汉译名，见载于（元）王士点、商企翁《秘书监志》卷七中。综观上述仪器，其基本特点是西方式的（为黄道系统的观测制作的）、阿拉伯式的（如有星盘、仪器的巨型化等）。因此，其在中国的研制，应该是对阿拉伯同类天文仪器的引进和复制。所以，札马剌丁等造天文仪器仍只能算是伊斯兰天文学向中国输入的一种活动。

四　典籍的收藏

现能看到的是一份至元十年（1273）回回司天台向秘书监申报的参考书目名单，共 22 种①。以往马坚先生对其进行过杰出研究：注音、解释，并译出新名②。20 世纪 80 年代以后刘迎胜③和日本山田庆儿④等先生在马坚的基础上，进一步做了订正。现综合诸家，编制成表 2 – 2。

表 2 – 2　　　　　　　　　回回台参考书目表

序号	原音译名	注音	原汉译名	今译名	卷数
1	兀忽列的	euclid	四擘算法段数	几何原本	15
2	罕里速窟台		允解算法段目	知识和学问	3
3	撒唯那罕答昔牙	Sarina Hand Si – ya	诸般算法段目并仪式	几何学	17

①　（元）王士点、商企翁：《秘书监志》卷 7，载《元代史料丛刊》，浙江古籍出版社 1992 年版，第 129—130 页。

②　马坚：《元史书监志·回回书籍释义》，载《光明日报》1955 年 7 月 7 日。

③　刘迎胜：《13—18 世纪回回世俗文化综考》，载《中国回族研究》第 1 辑，宁夏人民出版社 1991 年版。

④　［日］山田庆儿：《授时历的道》，株氏会社みすず书房 1980 年版，第 97—98 页。

（续表）

序号	原音译名	注音	原汉译名	今译名	卷数
4	麦者司的	almagest	造司天仪式	天文学大成①	15
5	阿堪	Ankam	决断诸般灾福	诸星断决	?
6	蓝木立	Raml	占卜法度	沙卜法	?
7	海牙剔穷	Hayat	历法段数	天文学	7
8	呵些必牙	Hisabiya	诸般算法	算学	8
9	积尺	Zidj	诸家历	天文历表	48
10	速瓦里可瓦乞必	Suwāli – kawākibi	星纂	星象答问	4
11	麻合塔止	Mahtaj	灾福正义	占卜必读	11
12	撒那的阿剌忒	San'at Alāt	造浑仪香漏	仪器的工艺	8
13	撒非那	Sāfina	诸般法度纂要	××集	12

以下"提点家内诸般合使用文书四十七部"：

序号	原音译名	注音	原汉译名	今译名	卷数
14	亦乞昔儿	Iksir	烧丹炉火	点金术	8
15	忒毕	Tibb	医经	医经	13
16	艾竭马答	Hikmat	论说有无源流	哲学	12
17	帖里黑	Tārikh	总年号国名	历史	3
18	密阿	Mlr'at	辨认风水	幽玄宝鉴	2
19	福剌散	Firasah	相书	相术	1
20	者瓦希剌	Jawāhir	辨认宝贝	识宝书	5
21	黑牙里	Hiyai	造香漏并诸机巧	机械制造法	2

---

① 对此有不同看法。例如，江晓原即认为"似不可信"，因"造司天仪式"，显然是讲天文仪器制造的，但《至大论》（《天文大成》另一译名）中并不讲仪器制造。况《至大论》全书13 卷，也与"15 部"之数不合。参见江晓原《元代华夏与伊斯兰天文学接触之若干问题》，《传统文化与现代化》1993 年第 6 期。

（续表）

序号	原音译名	注音	原汉译名	今译名	卷数
22	蛇艾立	Shi'r	诗	诗	1
	兀速土剌八窟勒	Usturolobkura	小浑天图	小天球仪	
	阿剌的杀密剌	ʻālātshāmila	测太阳晷影	万能仪（星盘）	
	牙秃鲁	yaoturu	小浑仪	小黄道浑仪	
	拍尔可尔潭	Pargār	定方圆尺	圆规	

综合所列可知，天文数学共 13 种，约占 22 种的 60%。其中星相占书 6 种，天文学 3 种，数学 4 种。天文数学中有托勒密《天文学大成》和欧几里得《几何原本》，它们是古希腊学术名著，在中世纪的阿拉伯极受推崇。星相卜书占如此大的比例，耐人寻味，它在一定程度上反映了伊斯兰天文家在中国天文工作的特点，此留待后文详细讨论。其他 9 种的情况是，讲仪器制作的 2 种，点金术、医学、历史、哲学、诗歌、识宝各 1 种。另有一种，即"撒非那诸般法度纂要"。因"撒非那"以后可能有文字省略，故对"诸般法度"的具体内容不能推知。从上述后 9 种中可以看到在元上都司天台工作的阿拉伯天算家的"外学"修养和志趣，同时也可见这些学科在元初中国流传之一斑。从时间上观之，上述四个方面，即人才的东来、历法的输入、仪器的制造、有关典籍的配置，在至元十年左右即告一段落。这些因素为伊斯兰天文家在元朝的天文工作，做好了必要的准备。

第三节 明初和清中后期：输入尾声

正如本节标题所表明的那样：放在一起论述的其实是两个中间相差 400 多年、互不连接的时期。如此处理，主要是鉴于这两个时间段中所谓的"输入"，内容上基本上是有关文献的汉译或编译，且规模不大，时间亦靠后。而就整个伊斯兰天文学输入中国之总进程来说，确属尾声。

一 明初

自明朝起，影响伊斯兰天文学向中国输入的三个因素有较大变化：中阿双方的交往，在明初，特别是永乐时期的极盛之后迅速走向封闭；伊斯兰天文学自身的发展在经历帖木耳帝国乌鲁伯格时期的短暂繁荣后渐趋沉寂；中国传统天文学则从元朝的巅峰上逐渐滑落，艰难维持。这些状况便决定了除洪武间有少数伊斯兰天文家直接从伊斯兰世界入华并带来某些阿拉伯天文因素外[①]，此时期伊斯兰天文学的输入，实际上主要是进行内部消化；在元朝输入成果之基础上，做典籍的汉译和编译。当然，这方面的工作本身，在整个中国伊斯兰天文学的输入史上仍然十分重要。

明朝最大限度地继承了元朝的天文学遗产。洪武元年八月明军攻入大都，十月朱元璋特诏：

> 秘书监、国子监、太史院、太常法服、祭器、仪卫及天文仪象、地理户口版籍、应用典故文学，已令总兵官收集。其或迷失，散在军民之间者，许赴官送纳[②]。

与此同时，又下令征用包括伊斯兰天算人才在内的故元天文家：

> 诏征元太史院使张佑、张沂，司农卿太史院使成隶，太史院同知郭仪、朱茂，司天少监王可大、石泽、李仪，太监赵恂，太史院监候刘孝忠，灵台郎张容，回回司天太监黑的儿、阿都

---

① 主要是马沙亦黑等人的入华，即所谓"洪武十八年，远夷归化，献土盘历法"事，第四部分详论。
② （明）胡广等：《明太祖实录》卷35，"洪武元年十月戊寅"条，（台北）"中央"研究院语言研究所1962年影印本，第632—634页。

刺，司天监丞迭里月实，一十四人至京。①

　　洪武二年四月又为同一目的，颁发了第二批征用名单："征故元回回司天台官郑阿里等十一人至京，命给饩廪，赐衣服有差。"② 通过上述努力，故元天文学遗产人才、图籍、仪器等，可能大多都转入明政权手中（之所以讲是"大多"那是因为元朝统治者十分迷信星占学，很难设想，他们逃离时不带走一些伊斯兰星占家或后一人群没有追随而去者）。洪武十五年，朱元璋下令组建翻译班子，译介伊斯兰天文历法典籍。对此举的缘起、经过等，译介班子的主持人之一吴伯宗有过详细介绍。

　　　　爰自洪武初，大将军平元都，收其图籍经传子史，凡若干万卷，悉上进京师，藏之书府，万机之暇，即召儒臣进讲，以资治道。其间西域书数百册，言殊字异，无能知者。十五年秋九月癸亥，上御奉天门，召翰林李翀，臣吴伯宗而谕之曰："……迩来西域阴阳家推测天象至为精密有验，其纬度之法又中国书之所未备，此其有关于天人甚大，宜译其书，以时披阅……"遂召钦天监灵台郎臣海达儿、臣阿答兀丁、回回大师臣马沙亦黑、臣马哈麻等咸至于廷，出所藏书，择其言天文阴阳历象者，次第译之。且命之曰："尔西域人，素习本者，兼通华语，其口以授儒；尔儒译其义，辑成文焉。惟直述，毋藻绘，毋忽。"臣等奉命惟谨，开局于右顺门之右，相与切摩，达厥本指，不敢有毫发增损。越明年二月，《天文书》译既，缮写以进，有旨命臣伯宗为序③。

----

　　① （明）胡广等：《明太祖实录》卷35，"洪武元年十月戊寅"条，（台北）"中央"研究院语言研究所1962年影印本，第636—637页。

　　② （明）胡广等：《明太祖实录》卷41，"洪武二年四月庚午"条，（台北）"中央"研究院语言研究所1962年影印本，第817页。

　　③ （明）吴伯宗；《〈明译天文书〉译序》，载马明达、陈静辑《中国回回历法辑丛》，甘肃民族出版社1996年版，第2页。以下本书对《明译天文书》的有关引述、讨论，均依据此版本。

需要指出的是，上述情形，主要是就《明译天文书》而言的；《回回历法》有所不同，其属编译，可能完成于洪武末年，理由及有关两书详情，第四部分将予专门讨论。

二　清中后期

清朝中后期，中国和世界时局大变。

事实上，入清以后，中国天文学格局已发生根本性的转变，西洋耶稣会传教士，主持官方天文部门工作，欧洲天文历法取中国传统体系而代之；伊斯兰天文学早在康熙八年就彻底丧失自元朝以来之官学地位，只限于穆斯林民众中实现为宗教生活服务的功能。当时，一些伊斯兰学者，主要是为解决教徒在确定宗教活动日期上的固有分歧，遂向这门学问产生之阿拉伯本部追根求源。于是，有了这方面的知识在清后期向中国的后续输入。但是，从引进之内容、影响及整个输入之历史进程观之，只能算是"尾声"中的尾声。

从事这方面之工作的，似只限于清朝后期著名回族学者马德新（1794—1874），他的《天方历源》和《寰宇述要》，就是这方面的成果。马氏 50 岁时"裹粮负笈，独行万里"，赴阿拉伯朝觐、求学。自道光二十一年（1841）至二十八年（1848），费时 7 年，辗转于沙特阿拉伯、埃及、土耳其以及耶路撒冷等地。每到一处，皆勤搜典籍、抄录珍本，并向当地学者学习伊斯兰教经典、哲学、法律、历史、天文学等知识。上述两书就是在此种经历后完成。

《天方历源》，咸丰元年（1851）以阿拉伯文写成，后译成汉文，全书 2 卷。以反复解释《天方历源图》的使用为主，追寻穆罕默德教谕及阿拉伯世界在确定封、开斋日期上的范例，从而解决教内的争端。《寰宇述要》是从《天方寰宇述要》《天文正制》《天方格致》等阿拉伯天文书籍中撮其最要，于 1862 年节译择录而成。马氏认为，"九天日星乃皇天垂大象以示人者也，不可不知"①，所以

---

① 该书卷首《自序》，马廷元 1892 再版重印本。

他才会有如此作为。书的前半部分是用文字讲解环宇宫分、日食、九天等天文现象，后半部分为环宇图表、四季变迁、星座位置及星球图。两书内容，均颇有新意，特别是第二种书中的许多内容，在这之前从未输入中国。两书的影响也很可观，前者在后来以多种版本翻印，成为我国穆斯林确定宗教节日的重要参考书；后者与著名的西安化觉巷回回昆仑图有直接的渊源关系①。

总体来看，伊斯兰天文学向中国的传播节奏缓慢，内容也不很丰富。这应该是众多因素综合作用的结果。所谓众多因素，如伊斯兰天文学体系与中国传统天文学的发展状况、中外的交通条件、中国社会的需求程度、担当输入、引进重任的学者人群的能力、素质等。

无论如何，伊斯兰天文学向中国的输入仍然十分重要，正是缘于这种输入，才有了这方面的机构，有了在这种机构工作的伊斯兰天文家，有了中国的伊斯兰天文、历法之学。

---

① 可参考李晓岑先生《回历〈寰宇术要〉研究——纪念杰出的天文学家马德新诞辰200 周年》（《中国科技史料》1994 年第 3 期）和《云南回族学者马德新及其天文工作》（《中国少数民族科技史研究》第 5 辑，内蒙古人民出版社 1989 年版）等专题论文。

第三章

中国伊斯兰天文机构及天文家的工作

自元代起，中国官方始设伊斯兰天文机构，明代及清初也继之续之。这种机构不仅是伊斯兰天文学在中国拥有官方地位的标志，而且更为重要的，它还是伊斯兰天文家在华从事相关工作的主要基地。在这一章里，笔者将关注点放在这种机构的沿革、与中国传统天文机构的关系以及这种机构具体所从事的天文工作等问题上。应该承认，由于文献记载存在较多缺陷，目前上述问题远未得到系统、深入的论述。

第一节　中国伊斯兰天文机构的设置及变迁

中国伊斯兰天文机构自始置到废除，前后持续 400 余年。机构本身不大，但牵涉问题不少，尤其是处于早期的元代，由于记载严重不足，有关事实真相云山雾罩，扑朔迷离，很难厘清。为能尽量明晰地勾勒和论述这一机构数百年的历史脉络，下面分三个问题来进行探讨。

一　"西域星历司"与伊斯兰天文机构的始设

（明）宋濂等《元史》卷一三四《爱薛传》载，忽必烈于中统四年（1263）任命爱薛"掌西域星历、医药二司事"，其中"西域星历司"一向被学者视为中国政府为奉行伊斯兰体系的天文家设立的专门机构。笔者也同意过这种说法，但现在仔细思量起来，疑问颇多。主要者可举两点：第一，学界已有公论，爱薛是弗林（今叙利亚一带）聂斯脱里派基督教教徒。而后者与穆斯林早有历史积怨在先，"来到中国后，同属被元朝皇帝倚重的色目人集团，为排斥异己，邀宠固幸，两者之间争斗也便十分激烈"①。各种记载恰恰表明，爱薛本人在这种争斗中是站在基督教教徒一方最前列。因此，若西域星历司果真是个伊斯兰天文机构，则深知上述纷争的忽必烈有这样的任命，就十分令人费解。第二，史料表明，唐代就有基督教徒（来自中亚的聂斯托利派）在华天文机构任职②，而蒙元时期入华基督教教徒不但拥有自成一体的"星历"之术，而且以此作为向蒙古统治者接近的重要手段。他们以此追随蒙古统治者的时间很早，据说在成吉思汗与长老约翰作战时，已有基督教星占者为其明示吉凶③。之后，无论是"酷信巫觋卜筮之术，凡行事必谨叩之"④的宪宗蒙哥⑤，还是"笃信星术"的元世祖忽必烈，在他们倚重的星占家群体中，都有相当数量的基督教星占者。例如，马可波罗在谈到忽必烈时期大都的星占家群体时说：

> 汗八里城诸基督教徒，回教徒及契丹人中，有星者、巫师约五千人，大汗亦赐全年衣食……其人惟在城中执术，不为他业⑥。

　　① 周良霄：《元和元以前的基督教徒》，《元史论丛》第 1 辑。
　　② 这里指波斯景教徒的李素、李景亮父子。参见荣新江《一个入仕唐朝的波斯景教家族》（《中古中国与外来文明》，生活·读书·新知三联书店 2014 修订版，第 210—228 页）、赖瑞和《唐代的翰林待诏和司天台——关于李素墓志的再考察》（《唐研究》第 9 卷，第 315—342 页）等文。
　　③ ［意］马可波罗：《马可波罗行纪》，冯承钧译，中华书局 1954 年版，第 233 页。
　　④ （明）宋濂等：《元史》卷 3《宪宗纪》，第 54 页。
　　⑤ ［英］道森编：《出使蒙古记》，吕浦译，周良霄注，中国社会科学出版社 1983 年版，第 178—179 页。
　　⑥ ［意］马可波罗：《马可波罗行纪》，冯承钧译，第 413 页。

五千人的"星者、巫师"中，属于基督教教徒的应该不是小数，而爱薛本人就"工星历"①。综上两点，西域星历司或并不是伊斯兰天文机构，倒有可能是忽必烈为基督教星占家设立的专门机构？总之，此问题尚存在进一步探讨的余地。

可以确认中国的伊斯兰天文机构，是至元八年（1271）设置的回回司天台。有关这一机构的情况，《元史》卷九〇《百官志》"回回司天监"条有较为明确的记载，为便于下文讨论，现过录于下。

> 回回司天监，秩正四品，掌观象衍历。提点一员，司天监三员，少监二员，监丞二员，品秩同上；知事一员，令史二员，通事兼知印一人，奏差一人。属官：教授一员，天文科管勾一员，算历科管勾一员，三式科管勾一员，测验科管勾一员，漏刻科管勾一员，阴阳人一十八人。世祖在潜邸时，有旨征回回为星学者，札马剌丁等以其艺进，未有官署。至元八年，始置司天台，秩从五品。十七年，置行监。皇庆元年，改为监，秩正四品。延祐元年，升正三品，置司天监。二年，命秘书卿提调监事。四年，复正四品。

可见，自机构设立，人员配置，到官秩的调整变化，都基本上有所涉及。这里暂且按下，后面再做论述。

二 元代回回台、监及与奉行中国传统体系之机构的关系

由于文献记载含糊不清，元初所建回回司天台具体设置在上都（开平，位于今内蒙古自治区锡林郭勒盟正蓝旗上都镇）还是大都（今北京），或者两处都有相应机构？这是一个需要进一步讨论和澄清的问题，但短时期很难得出明确结论，困境仍来自记载的模糊和

---

① （明）宋濂等：《元史》卷134《爱薛传》，第3249—3250页。

不足。陆思贤和李迪先生说是建在上都①。他们认为元朝的上都存在一座名为"承应阙"的建筑，且这座建筑就是回回司天台。这种说法是作者据《元史·百官志》"司天监"条中"至元八年，以上都承应阙官，增置行司天监"②的记载推断的。认为这几句话"说明至元八年以前，这个阙上有负责官员，他的职能可能也是管理天文，只是没命名，所以才有承应阙官增置行司天监之举。这个监或名'回回司天监'，或简称行监"。两位学者在对上列文字做了这样的解读后，还认定 1973—1977 年内蒙古文物队发掘元上都内城北墙的一座凹字形建筑遗址，就是所谓的"承应阙"遗址，也即回回司天台所在。上述解读和看法能否成立？笔者为此专门请教过蒙元史学家、也同是元上都研究最权威的学者陈高华教授。他认为陆、李的说法，"完全是错误的"，理由是"关键在于对'至元八年，以上都承应阙官，增置行司天监'这句话的解释。陆、李以为此可以得出上都有'承应阙'，即回回司天台。大误。'承应'是动名词，'阙'是动词。原意是说因为上都缺少为皇帝服务的官员，所以增置行司天监。怎么能断章取义成为'承应阙'呢？行司天监者，司天监之临时分支机构也，如何能断定此即回回司天监呢？上都并不存在'阙'一类建筑名称。从文中所述，我想大概是穆清阁，皇帝宴会游玩之所"③。

值得注意的是，元政府在天文机构的设置上，所行为双轨制。在为穆斯林天文家设立机构之前，就为汉人设立另一套天文机构，初称司天台，后同样经历一系列变化。

---

① 陆思贤、李迪：《元上都天文台与阿拉伯天文学传入中国》，《内蒙古师院学报》（自然科学版）1981 年第 1 期。

② （明）宋濂等：《元史》卷 90《百官志》，第 2297 页。

③ 这段引文来自陈高华老师给学生陈占山的复函，时间是 1997 年 4 月 15 日。占山按，回头来看《元史》卷 90《百官志》中"至元八年，以上都承应阙官，增置行司天监"的记载，倒是我们坚信，所置这个"行司天监"，其实是"司天监"的一个派出、临时机构。最鲜明者，这条记载是连写在（汉）"司天监"后面的文字，而非与之并列的"回回司天监"条之后。对于元上都穆清阁遗址及此建筑当时的其他功能，参见陈高华、史卫民《元代大都上都研究》，中国人民大学出版社 2010 年版，第 208—209 页有关论述。

司天监，秩正四品，掌凡历象之事。提点一员，正四品；司天监三员，正四品；少监五员，正五品；丞四员，正六品；知事一员，令史二人，译史一人，通事兼知印一人。属官：提学二员，教授二员，并从九品；学正二员，天文科管勾二员，算历科管勾二员，三式科管勾二员，测验科管勾二员，漏刻科管勾二员，并从九品；阴阳管勾一员，押宿官二员，司辰官八员，天文生七十五人。中统元年，因金人旧制，立司天台，设官属。至元八年，以上都承应阙官，增置行司天监。十五年，别置太史院，与台并立，颁历之政归院，学校之设隶台。二十三年，置行监。二十七年，又立行少监。皇庆元年，升正四品。延祐元年，特升正三品。七年，仍正四品①。

值得注意的是，终元之世，两套不同体系机构的并存格局，始终没有改变。这在中国历史上并不多见，元朝实为首创。为便于比较，下将两套机构有关信息，编制为表格 3 – 1。

表 3 –1　　元代回回司天监与（汉）司天监人员设置对照表

回回监	职　名	品　秩	人　数	汉监	职　名	品　秩	人　数
官　　员	提　点	正四品	1	官　　员	提　点	正四品	1
	司天监	正四品	3		司天监	正四品	3
	少　监	正五品	2		少　监	正五品	5
	监　丞	正六品	2		丞	正六品	4
	知　事		1		知　事		1
	令　史		2		令　史		2
	通事兼知印		1		译　史		1
	奏　差		1		通事兼知印		1

---

① （明）宋濂等：《元史》卷 90《百官志》，第 2296—2297 页。

（续表）

回回监	职　名	品　秩	人　数	汉　监	职　名	品　秩	人　数
	教　授		1		提　学	从九品	2
	天文科管勾		1		教　授	从九品	2
	算历科管勾		1		学　正	从九品	2
	三式科管勾		1		天文科管勾	从九品	2
属	测验科管勾		1	属	算历科管勾	从九品	2
	漏刻科管勾		1		三式科管勾	从九品	2
员	阴阳人		18	员	测验科管勾	从九品	2
					漏刻科管勾	从九品	2
					阴阳管勾		1
					押宿官		2
					司辰官		8
					天文生		75
合计			37				120

第一，两套机构，官员品秩相同：从提点到监丞，都是从正四品到正六品，但人数已有明显差距：回监 13 名，汉监 18 名。据载，元政府在对其调整时，两监基本同步进行，并大体保持一种均衡。例如，官品，汉监于"皇庆元年（1312 年）升正四品，延祐元年（1314 年）特升正三品，七年仍正四品"，回回监与此也大体一致。这说明统治者对两套机构，基本上是平等对待。

第二，两监属员人数有比较明显的差别。汉监中的"提学""学正""阴阳管勾""押宿官"和"司辰官"，共计 5 项 15 名为回监不设；两监均置属员中，汉监名额一般是回监的 2 倍，有的甚至达到 4 倍多（如汉监天文生与回监阴阳人的比例）。

第三，汉人司天台建于中统元年（1260），比伊斯兰机构建台为早；在品秩上也有不同：延祐间汉监由三品下调为四品的时间，比回回监迟三年。汉监属员漏刻科管勾以上均为从九品，而相应回监人员很可能是无品（文献不注）。

综合上述中的同与不同，可以看得出，在元朝最高当局的心目中，中国传统的一套更为重要一些。元统治下的民族主要是汉族，元帝国统治的中心区域是自古以来中国传统文化浸润的中原地区，所以在政治制度和文化策略上，尽管可以兼容并蓄域外文化，但仍然不能不有所侧重。上述两套天文机构差异的存在，应该就是出于上述这样一些背景因素的决定。更重视汉人文化传统和相关制度，是元统治者整个大政方针的主轴。不过，在指出元统治者对汉人天文机构有所侧重的同时，也应看到其对所设伊斯兰天文机构也颇为重视：伊斯兰天文学毕竟自域外传入，其天算家远道而来。在这种情况下，仍赢得与中国传统天文学、天文家某种程度上的等量齐观，就可以充分说明这一点。

伊斯兰天文机构在规模上虽小于汉监，但与后者并无从属关系，二者同受秘书监领导。秘书监成立于世祖至元九年（1272），"掌历代图籍并阴阳禁书"。十年闰六月奉旨："回回、汉儿两个司天台，都交秘书监管者。"① 此后，这条指令作为成宪之一，一直没有废弃。作为下属部门，两套机构官员的考选、升迁、参考文献的置办收藏，都要向秘书监申报；后者对下属两机构设施的建设及日常的天文工作等，也多有敦促和监督，且还兼有印造历日的任务。不过，上述情形主要反映秘书监与汉人司天监的关系。对伊斯兰天文机构的领导，秘书监虽也有直接下达指令的情形，如：

> 至元十五年五月十一日，秘书监照得，本监应有书画图籍
> 等物，须要依时正官监视，仔细点检曝晒，不致虫伤虫泡变损

---

① （元）王士点、商企翁：《秘书监志》卷7，载《元代史料丛刊》，第115页。

坏。外据回回文书就便北台内令兀都蛮一同检觑曝晒①。

又如，《秘书监志》卷七所载录的"回回书籍"，就是据秘书监指令，由回回司天台于至元十年向前者申报的。但是，更多的情况是以秘书监长官（始称"秘书监"，至大四年改为秘书卿）或副长官（秘书少监）直接提点（或称"提调"）的方式实现的。《元史·百官志六》载此制始于延祐二年（1315 年），但从《秘书监志》等文献看，自至元十年（1273 年）后实已行此制。下将延祐二年前这方面的情况编制为表 3-2，以说明之。

表 3-2　　秘书监兼管、或提点（提调）回回司天台（监）信息表

姓名	始任秘书监官	始兼回回司天台（监）官	高阶职衔或荣衔	资料出处
札马剌丁	至元十年闰六月充秘书监	同年同月，以秘书监兼管回回司天台事	集贤大学士，中奉大夫（时间不详）	《秘书监志》卷7；卷9
可马剌丁	至元二十七年十月升秘书监	同年同月兼回回司天监	元贞二年加太中大夫	《秘书监志》卷9
赡思丁	至元二十七年升秘书少监，大德元年升秘书监，至大四年，升秘书卿	大德五年九月提点回回司天台事	大德五年九月为集贤大学士、中奉大夫、延祐初加守司徒	《秘书监志》卷9
忙古台	大德元年八月升秘书少监，至大四年改为卿	大德二年提调回回司天台事	大德四年加承直郎，九年加奉议大夫	《秘书监志》卷9
苦思丁	大德十一年升秘书少监，至大三年升秘书监，四年改为卿	至大元年以秘书少监，三年以秘书监提调回回司天台事	至大元年至三年间加集贤大学士、中奉大夫	《秘书监志》卷9

① （元）王士点、商企翁：《秘书监志》卷6，载《元代史料丛刊》，第108—109 页。

需要稍做说明的是：

第一，一般以为"赡思丁"与"苫思丁"为一人。但是，据《秘书监志》卷九《题名》观之，并非如此，如二人在"秘书监"和"秘书少监"项下并列出现，且仕历也不吻合，故今分别列之。

第二，"塔木丁"原注"永昌人"，大德二年（1298）升秘书监，"提调司天台事"。从姓名看，颇类回回，其所提调司天台，或也回回台？因不明确，存疑不列。

第三，以秘书监长官兼负汉人天文机构之事，如岳铉于至元二十五年（1288）升秘书监行司天台事。行者，兼摄也。似仅此一例，非特制也。

第四，从表中所列可以看出，兼任、提点回回天文机构的官员，多有"集贤大学士"头衔，值得注意。不过，稍做文献检索，便知集贤院从二品官署，因其"掌提调学校、征求隐逸、召集贤良，凡国子监、玄门道教、阴阳祭祀、占卜祭遁之事，悉隶焉"①，所以，有关人士加有这样的职衔或荣衔，合乎情理，不足为奇。相形之下，以秘书监主要官员，直接对伊斯兰天文机构行使领导的方式，是比较特殊的。这很可能与后者遵循的天文体系、天文工作的内容及语言障碍等因素直接相关。从表中所列5人看，都应为色目人。

除秘书监主要官员对伊斯兰天文机构行使职权外，在元末还可见到一些高级官员"领""提调"后一机构之事。不过，这种情况也包括对汉人天文机构，如惠宗元统元年（1333）六月辛未，"命伯颜为太师、中书右丞相、上柱国、监修国史，兼奎章阁大学士，领学士院、太史院、回回、汉儿司天台事"②。又，至正十三年（1353）三月丁亥，"命脱脱以太师开府，提调太史院、回回、汉儿司天监"③ 等。还需要指出的是，两套机构在至元十年后，一度奉

① （明）宋濂等：《元史》卷87《百官三》，第2192页。
② （明）宋濂等：《元史》卷38《顺帝纪一》，第817页。
③ （明）宋濂等：《元史》卷43《顺帝纪六》，第908页。

旨"合并"，但不久又核准："司天台虽合并了，回回、汉儿阴阳公事，各另奏说。"① 可见，"合并"之事过于勉强，后再未见提及，或可视为作罢。

三　明清伊斯兰天文机构的变迁

明朝建立，在天文机构的设置上，仍沿用双轨制。洪武元年，汉人、回回两监并立。初分别称"司天监""回回司天监"。洪武三年又改称"钦天监"和"回回钦天监"，并始在两监下，分设天文、漏刻、大统历、回回历四科。四科是职掌之划分，同时也兼有培养各自科属专业人才之使命（培养人才，后面有专门论述）②。值得注意的是，此时回回监仅设监令（正四品）1 人，少监（正五品）2 人，丞（正六品）2 人，其他无设，而且品秩上与相应的汉监相差一级。后者除设回监三种官职外，还设有主簿、主事、五官正、五官副、灵台郎、保障正、监候、司辰、漏刻科博士等官③。至十四年，两监品秩持平，与翰林院、太医院，均为正五品衙门④。至二十五年，朱元璋以为：

> 中外文武百司职名之沿革，品秩之崇卑，勋阶之升转，俸禄之损益，历年兹久，屡有不同，无以示成宪于后世。乃命儒臣重定品阶勋禄之制，以示天下⑤。

在所颁行"成宪"中，除维持十四年两监为平级机构的格局外，

---

① （元）王士点、商企翁：《秘书监志》卷 7，载《元代史料丛刊》，第 126 页。

② 关于"回回科"设置之时间，石云里先生认为应是在洪武三十一年。为此，他有较为翔实的论证，参见其所主编《海外珍稀中国科学技术典籍集成》第 458—465 页《〈纬度太阳通径〉提要》。

③ （清）张廷玉等：《明史》卷 74《职官三》"钦天监"条，中华书局 1974 年版，第 1810—1812 页。

④ （明）胡广等：《明太祖实录》卷 139，"洪武十四年九月癸未"条，还可见《明史·职官志》。但（明）申时行等修《明会典》卷 223 将此变更载于洪武三年，疑误。

⑤ （明）胡广等：《明太祖实录》卷 222，"洪武二十五十一月"，第 6—10 页。

还补充和完善回回监的其他职官建制。

正五品　钦天监、回回监正　禄月米一十六石

正六品　钦天监　回回监副　五官正　禄月米一十石

从七品　钦天监、回回监五官灵台郎　禄月米七石

正八品　钦天监、回回监主簿、五官保障正　禄月米五斗①

但不知什么原因，六年之后即洪武三十一年（1398），朱元璋突然改弦更张，废除回回钦天监。具体时间是这年四月丁丑②。回回监虽废，回回科得以存留，兼负起原监中的部分事务，附钦天监下，终明之世，似再未变更。但也有记载说："旧有回回监官，后俱革。止设回回科博士三员，今亦革。"③ 其中，后一说未知何据。

有关明朝伊斯兰天文机构的演变，还有一特殊情况必须予以注意：由于永乐迁都北京，明政府机构大多都保持南北两套，伊斯兰天文机构如何？北京的钦天监有此种机构，不成问题；南京钦天监中是否例设，则不见汉文献记载。德国人魏特《汤若望传》说：

回教徒同中国天算家之共同工作，已经有数百年之久了。当第一批耶稣会士留居南京的时候，南京北极阁之天文台上还住有回教徒④。

据《利玛窦中国札记》，第一批耶稣会士留居南京，始于万历二十七年（1599）。由是看来，一直到万历中，南京还有伊斯兰天文台，或在汉人的观象台上，有从事天文工作的伊斯兰天文家。若是前一种情形，则伊斯兰天文机构在永乐以后也为南北两套。

入清以后，以汤若望为首的耶稣会士入主中国官方天文机构，

---

① （明）胡广等：《明太祖实录》卷222，"洪武二十五十一月"，第6—10页。

② （明）胡广等：《明太祖实录》卷257，第1页。

③ （明）申时行等修：《明会典》卷223，中华书局1989年影印本，第1102页。

④ 杨丙辰译本，商务印书馆1949年版，第148页。

但多尔衮觉得出于不同系统的伊斯兰天文学仍有存留的价值，故"顺治元年，设钦天监、分时宪、天文、漏刻、回回四科"①。"回回科"存吴明炫等 5 人"以备参考"②，但此远非定制。顺治二年二月又拟定："（回回）科应革，其官生尽属应裁"③，因故没有变成事实④。一些文献载说，"初沿明制，设回回科，顺治初裁革"⑤，是错误的。

至此，回回科的存留初步稳定下来，但由于汤若望决心把钦天监变成一个由天主教教徒把持的机关，更因伊斯兰教与天主教长期对立的历史背景，回回科遂成汤若望急欲排挤的对象。顺治元年十月，"回回科不许再报交食"；三年五月，"回回凌犯历不必用"；九年五月"回回科不必再报夏季天象"⑥，回回科天文工作实被取消。十一年三月，吴明炫失意至极，私自回籍，遭礼部题参革职。十四年（1675 年）四月，吴氏希图复职，重振回回科，遂上疏称：

> 臣查若望所推《七政历》，水星二、八月皆伏不见，今水星于二月二十九日仍见东方，又八月二十四日夕见。皆观象占，不敢不据推上闻⑦。

经查验，吴氏"诈不以实"入狱拟绞。后虽遇赦释放，但回回科因此一度被革。对此，文献记载略有出入。《大清会典》载云：

---

① （清）伊桑阿等纂：《大清会典》卷 1103，"钦天监"条，（台北）新文丰出版股份有限公司 1976 年版。

② ［德］汤若望：《汤若望奏疏》顺治元年八月二十五日奏折，中国科学院图书馆藏清刻本，第 40 页。

③ ［德］汤若望：《汤若望奏疏》卷 2，第 87—88 页。

④ 黄一农先生从《顺治御屏京官职名册》发现顺治二年三月，有其科职员出身和升擢的记载。见黄一农《清初天主教与回教天文家间的争斗》，台湾《九州学刊》1993 年第 5 卷第 3 期。

⑤ （清）刘锦藻：《皇朝通典》卷 28，第 11 页。

⑥ 以上三个引文，均据《汤若望奏疏》卷 3，第 26—27 页。

⑦ （清）伊桑阿等纂：《清世祖实录》卷 109，"顺治十四年四月庚辰"条，第 853 页。

十四年议准，回回科推算虚妄，革去不用，止存三科①。

《清史稿·职官志》则载："十四年省回回科，改其职隶秋官正，寻复旧制。"又据杨光先在顺治十七年（1660）所撰《孽镜》云：

> 羲和之旧不讲羲和之学已十七年矣！是羲和之法已绝，而未绝者，独回回科尔。若望必欲尽去以斩绝二家之根诛，然后新法始能独专于中夏，其所最忌，唯回回科为甚②。

杨氏所说应有所本，是回回科于十四年废后不久又复置。例如，顺治十五年汤若望说：

> 回回科秋官正一员博士四员，明季历未修改，存此科以备参考，国朝历法大全，历典永定，回回科历虽不用，苟无罪愆，仍禄养其人以终其身③。

从回回科屡次废、置来看，其后面当有一系列的较量存在。而能够屡废屡复，则可以说明回回科必定积累一定的人脉，并存在较大的活动能力。但是，无论如何，康熙三、四年，重振回回科的最后一次机会出现：杨光先欲排斥天主教，利用伊斯兰天算家和中国守旧势力之仇教情绪，借历法问题发难，于康熙四年（1665年）成功地扳倒汤若望，并在屡辞未允的情况下，出任钦天监监正。杨氏上任后，将熟悉西洋历法的监官，"借端倾陷，先后题参"④，并以

---

① （清）伊桑阿等纂：《大清会典》卷1103《钦天监》。

② （清）杨光先等：《不得已附二种》，陈占山校注，载《安徽古籍丛书》，黄山书社2000年版，第66页。

③ ［德］汤若望：《汤若望奏疏》，顺治十五年六月十九日奉旨呈报钦天监员数及职掌事，第2册，第67页。

④ （清）黄伯禄：《正教奉褒》，光绪甲午（1894）上海慈母堂重印本，第44页。

"推算（月五星）凌犯乏人"为由，荐补吴明炫为钦天监监副①。回回科至此不仅名存，势亦复壮。此科所主持的回回历法，身价骤然复涨，以至于康熙七年（1668）八月奉旨：

> 自康熙九年以后（因八年历书已按大统历法制订，颁行各省，不便更换），将七政经纬躔度、月五星凌犯等历及日月交食，俱交吴明炫推算②。

这是康熙四年以来正式提出用回回历法的动议。不过，自同年十一月下旬，康熙已全面开始清理杨光先、吴明炫等的历法错误。经过一系列测验取证，八年三月授南怀仁为钦天监副。至此，"大统、回回两法俱废，专用西洋法"③，回回科被废除。伊斯兰天文学在中国的官方正学地位，至此也永久性地画上了句号。

现在，稍稍总结一下上面的讨论。

把西域星历司作为中国的伊斯兰天文机构，目前还难成定论。至元八年（1271），回回司天台设立，这是文献中明确记载伊斯兰天文机构在中国设立的开始。此种机构组织严密，官员配备也较完善。自元朝起，我国天文机构行双轨制，奉行中国传统天文学体系的机构与伊斯兰并设，二者之间不存在隶属关系，地位大致平等，并同受秘书监领导。明承元制，天文机构继续双轨并行，但伊斯兰一轨自洪武三十一年（1398）后明显被削弱，行政上也隶属传统一轨。永乐北迁，明行政机构保持南北两套，伊斯兰天文机构也与之相类，终明之世，没有改变。清康熙八年，伊斯兰天文机构彻底废止。就其实质言，这实际是基督教文化与伊斯兰文化自晚明以来在中国较量的一个结果。

---

① ［比］南怀仁：《熙朝定案》，（台北）台湾天主教东传文献初编本，第63页。
② 《清圣祖实录》卷27，"康熙七年八月丙申"条，第370页。
③ 赵尔巽等：《清史稿》卷45《时宪志》，中华书局1977年版。

第二节　中国伊斯兰天文机构及天文家的天文工作

有着悠久历史传统的中国天文机构，早就形成一整套属于自己例行的工作任务，最重要者如天象的观测与预报（以星占为目标）；历法的推算制定及历书的编写、印刷和颁发；为朝廷和官方各种事务选择良辰吉日（如祭祀祈福，施恩封拜，婚丧嫁娶，上册进表，招贤遣使等）。还有，为做好上述工作，古代中国的天文部门还必须研制天文仪器，培养专门的天文、历算人才等。那么，作为中国政府为奉行域外体系的天文家设立的专门机构，伊斯兰天文机构的职责是什么？其工作任务与在设的、奉行中国传统体系的一套存在怎样的差异？对此，学术界基本上还没有系统而深入的研究成果。不过，从前有一种很流行的说法，认为这种机构的职责是（或说"主要是"）为满足国内穆斯林宗教生活的需要，每年编制并颁行回回历书①。然而具体的论证，很少见到。研究的薄弱，大概主要是由于文献记载的笼统和贫乏。例如，关于元朝"回回司天监"的职责，《元史·百官志》仅有"掌观象衍历"寥寥数字的记载；《元典章》等有关文献，对此或语焉不详，或缺而不载。对明代和清初有关情况的记载，后继文献也大体如此。不过，伊斯兰天文机构毕竟在中国有数百年的设置，其天文家世代相承，效力于此，或者其人并不在天文机构任职，但以相关事务为谋生手段。无论属于哪一种情况，他们在中国长达数百年的天文活动不能不留下种种蛛丝马迹。由此，尽力挖掘、比对中外文献，对之进行必要的研究还是可行的。

笔者认为，元明伊斯兰天文家的天文工作主要是在天象观测基础上从事星占，其次是编修历法。后者实际上与前者紧密相关，在

---

① 参见陈遵妫《中国天文学史》，上海人民出版 1980 年版，第 238—239 页；中国天文学史整理研究小组《中国天文学史》第 38—39 页；胡乔木、姜春芳、梅益等《中国大百科全书·天文卷》"中国天文学史"条；钱宝琮《中国数学史》，科学出版社 1981 年版，第 224—225 页。

本质上是为前者服务的。除上述两项工作之外，尚兼有培养有关专门人才的任务。而实施对现行的、奉行传统体系的另一套机构天文工作的监督，也是这一机构的职责。

一　预卜吉凶是设置机构的主要目的

忽必烈为伊斯兰天文家始设专门机构，可能有很多考虑。比方说论功行赏：伊斯兰天文家自成吉思汗时就来到中国，至忽必烈即位，其为蒙古统治者已效力 50 年左右，由此可以设官以酬其劳；或者，随着蒙古军队三次西征的结束，入华的伊斯兰天文家群体日益庞大，为不至于使其"泄露天机"，成为朝廷之祸端，设此专门机构笼络和控制之，也应是忽必烈政治谋略中事；或者，诚如一些学者指出的那样，忽必烈可能还会想到国内业已存在的大批穆斯林，设立机构为其编制宗教生活所需之教历。笔者认为，上述三个方面或是忽必烈始设伊斯兰天文机构的动因，但都不是最重要的。最重要的应当是他要利用伊斯兰天文家的星占术，还有，对同时在设的、奉行中国传统体系的另一套机构的工作实施对照、监督。在本章中，我们将主要对前一点进行论述。

说利用伊斯兰天文家的星占术，是此种机构设立的基本原因。这可首先求证于忽必烈之前蒙古统治者热衷求卜的传统。成吉思汗就十分迷信占卜：

> 帝每征讨，必命楚材卜，帝亦自灼羊胛以相符应①。

窝阔台亦乃父风格，凡事必决于一卜。太宗四年（1232）三月，木华黎孙塔思向其请求："愿分攻汴城一隅，以报陛下。"帝壮其言。

---

① （明）宋濂等：《元史》卷 146《耶律楚材传》，第 3456 页。[瑞典]多桑：《多桑蒙古史》也有同样的说法："成吉思汗得辽后裔名耶律楚材……知其明于星术，乃处之左右，不复离，凡有征伐皆使卜。蒙古俗习用羊胛骨卜吉凶。汗亦自灼羊胛以符之然后行。"（冯承钧译本上册，第 74 页）

命卜之，不利，乃止①。定宗贵由执政时间（1246—1248）很短，笔者经眼文献似未留下这方面的记载。然其妻斡兀立海迷失摄政时期"嗜巫术，终日与珊蛮共处"②。至宪宗蒙哥，"酷信巫觋卜筮之术，凡事必谨叩之，殆无虚日，终不自厌也"③。目睹过此状的欧洲人鲁不鲁乞写道：

> 正如蒙哥汗所承认的，他们的占卜者是他们的教士，占卜者命令做的任何事情，统统立即执行，毫不迟延……占卜者们宣布有利于或不利于进行各种事情的日子。因此，除非他们同意，蒙古人从来不进行军事演习或出发作战④。

鲁不鲁乞的记载，具有广泛的代表性，可以真实地反映忽必烈之前蒙古统治者的一贯作风。文献记载也同样表明，在听命于卜者这一点上，忽必烈完全继承他前任的作风，所谓"帝笃信星术"⑤。

只是必须指出，在求卜请示的对象上，忽必烈即位后有一个明显的转折：由此前主要听命于萨满，到此后转变为主要求教于星者。一般说来，蒙哥之前采用的卜术十分原始。赵珙《蒙鞑备录·祭祀》载说：

> 凡占卜吉凶、进退杀伐，每用羊骨扇，以铁椎火椎之，看其兆坼，以决大事。类龟卜也⑥。

彭大雅、徐霆《黑鞑事略》也载云：

> 其占筮，则灼羊之枕子骨，验其文理之逆顺而辨其吉凶。

---

① （明）宋濂等：《元史》卷146《耶律楚材传》。
② ［瑞典］多桑：《多桑蒙古史》（上册），冯承钧译，第263页。
③ 《元史》卷3《宪宗纪》，第54页。
④ ［英］道森编：《出使蒙古记》，吕浦译，周良霄注，第216—217页。
⑤ ［瑞典］多桑：《多桑蒙古史》（上册），冯承钧译，第347页。
⑥ 王国维：《蒙鞑备录笺证》，载房鑫亮、谢维扬主编《王国维全集》第11卷，浙江教育出版社2009年版，第356页。

天弃天予，一决于此，信之甚笃，谓之烧琵琶。事无纤粟不占，占必再四不已①。

自忽必烈开始，大力起用拥有不同传统的中国天文家和阿拉伯天文家，使其择吉推卜的方式为之一变。有迹象表明，忽必烈正是在后一派天文家的直接推动下，同意为其设置专门机构，建立天文台的。据拉施特《史集》，为伊斯兰天文家设置天文台的想法始于宪宗蒙哥。由于某些条件不具备，才使这一愿望暂告搁置。忽必烈即位前，伊斯兰天文家札马剌丁等就投靠了他。这批人必然要以蒙哥时期未实现之愿望复请于忽必烈，遂有置西域星历司，建回回司天台事。然而，十分耐人寻味的是，一向以烧羊骨以卜吉凶的蒙哥，是如何看待建天文台这件事的？忽必烈又是抱着什么目的终于将其付诸实施呢？对此，汉文献不见相关记载，而多桑笔下伊儿汗国马拉加天文台建立之缘起极富启发性：

> 天文学家纳速剌丁求择地建一天文台，旭烈兀许之。纳速剌丁曾建言曰：欲卜事变吉凶，必须编定良善天文表，按日指示日、月、五星之方位②。

可是，当纳速剌丁将建台的经费单呈批时，"旭烈兀嫌其费巨"，于是君臣之间有如下对话：

> （旭烈兀）乃询：天文台有何功用，而所费如此之多？纳速剌丁请其命人持一铜盘击之山上，士卒闻声皆仓卒出帐观之。旭烈兀与纳速剌丁知此声之所自来，则不为动。纳速剌丁曰：星宿运行认识之功用在此。盖其预示事变，知之者可能预防，

---

① 王国维：《黑鞑事略笺证》，载房鑫亮、谢维扬主编《王国维全集》第 11 卷，第 396 页。鲁不鲁乞的记载可印证上述说法，见［英］道森编《出使蒙古记》，吕浦译，周良霄注，第 182—183 页。

② ［瑞典］多桑：《多桑蒙古史》（下册），冯承钧译，第 93—94 页。

不知者则惊愕也。旭烈兀许以巨款建天文台①。

上引两段文字是耐人寻味的。首先，作为中世纪伊斯兰天文学界巨星之一的纳速剌丁，竟对天文台的功用反反复复做了如此不同寻常的解释；其次，作为旭烈兀的亲信大臣，同时也是虔诚的伊斯兰教徒，纳速剌丁在解释即将建造的天文台的功能、职责时，竟只字未提编订教历之类的事情。显而易见，无论是与忽必烈、朱元璋，还是康熙统治下的中国相比，在伊斯兰帝国废墟上建立起来的伊儿汗国才是穆斯林的海洋。难道旭烈兀没有觉察出穆斯林的这一需要，纳速剌丁也没有想到？实际上上述两点都不成问题。只是长期以来，我国学界已习惯于以现代天文学的概念，去认识和诠释古代天文学的功能罢了。无论如何，可以认为蒙哥、忽必烈同意为伊斯兰天文家建台，与旭烈兀的着眼点是完全一致的：他们看重的是天文台测定星宿、预卜吉凶的功能。加之，重视星占术原本就是阿拉伯伊斯兰天文学的特点②。由此可以推断，作为一贯热衷于择吉推卜的蒙古统治者的继任者忽必烈设立专门机构，任用札马剌丁等西域天文家，其主要用意也不外乎此。

伊斯兰天文机构在明朝得以复置，从表面上看，很像萧规曹随、因循前朝旧例，朱元璋自己也说："朕仰观天象，敬授民时，乃循近制，仍设其职。"③可深层的原因与忽必烈创设时的动机仍是一致的。

首先，是要利用伊斯兰星占术。他说：

> 天文之学，其出于西域者约而能精，虽其术不与中国古法同，

---

① ［瑞典］多桑：《多桑蒙古史》下册，冯承钧译，第93—94页。

② 如一些专门研究伊斯兰文化的学者就指出："阿拉伯民族自古便有一种对于天象的兴趣，无论作什么事——大至战争、盟约，小到日常生活，必先观摩星象，问卜于占星家，以判断吉凶祸福"（纳忠、朱凯、史希同：《传承与交融：阿拉伯文化》，第283页）。

③ （明）王祎：《温都尔除回回司天少监诰》，《王忠文集》卷12，文渊阁《四库全书》，第1226册，第254页。

然以其多验，故近世多用之，别设官署，以掌其职，盖慎之也①。

又，洪武中，朱元璋下令翻译伊斯兰天文典籍的理由是：

> 迩来西域阴阳家，推测天象至为精密有验，其纬度之法又中国之书所未备。此其有关于天人甚大，宜译其书以时披阅。庶几观象可以省躬修德，思患预防，顺天心，立民命焉②。

这些表白均可见朱元璋之本心。其实，朱元璋之痴迷星占术，是可以找到大量文献根据的。就以《明实录》中载述"最为率略"③的《太祖实录》为例，其中就可以看到，朱元璋在军事决策中，自觉而经常性地参考星占家的意见；他自己也亲自观测，并用以警示诸子。

其次是要笼络、控制故元的天文家。这也应当是洪武元年、二年两次征召其人的原因。在这一点上，朱元璋与此前历代中国统治者的心思毫无二致，这里无须赘论。清初回回科的续设，大体也有着与元明同样的原因。

可是，一个新的问题是：中国本来就具有自己的星占术，何以要从国外引进另外一套？这是一个并不难于回答的问题。要而言之，上面征引已足以说明，那是因为伊斯兰星占术"不与中国古法同"而"推测天象至为精密有验"，由此独具一格，拥有可与中国星占术相辅而行的参考价值。至于更为细致、深入的论述，笔者会在后面的有关章节中进行。

二　具体星占工作考述

注重星占术尽管是元明政府设置伊斯兰天文机构的主要动机，

---

① （明）王祎：《温都尔除回回司天少监诰》，《王忠文集》卷 12，第 254 页。
② （明）吴伯宗：《明译天文书译序》，载《中国回回历法辑丛》，第 2 页。
③ 此徐乾学语。徐氏《修史条议》称："明初之实录，洪（武）永（乐）两朝，最为率略。"（明）吴乾学：《憺园文集》卷 14。

但其人具体从事这方面事务的史实，有关文献很少记载。现就搜集到的资料，把元朝伊斯兰天文机构任职的或并未在此机构任职，却以相关事务为谋生手段的天文家的有关活动归纳、考述于下。

（一）禜星：祭祀星宿

据《元史·祭祀一》称："日星始祭于司天台，而回回司天台遂以禜星为职事。"这样就把回回天文机构的职责与"禜星"联系起来。可是，究竟什么是"禜星"？它怎么会成为伊斯兰天文机构的"职事"？与此有关的问题目前尚未见笔者之外的学者注意过。既然文献明确记载此事与伊斯兰天文机构有关，那么就有必要纳入本课题的研究中来。

什么是"禜星"？对之，元代文献未见记载，明初修《元史》者也没有追述，这就为后人的考察留下更多的困难。考虑到《元史》汉语语境关系，我们还是先从汉文典籍中追寻它的源头。从种种迹象看，禜（yǒng，音永）星本是一种相当古老的祭祀。据《周礼·春官》记载，其为大祝所掌六祈之一。六祈者，"一曰类、二曰造、三曰禬、四曰禜、五曰攻、六曰说"。又，何谓"祈"？郑氏注云："祈，嘄也。谓为有灾变，号呼告于神以求福。天神人鬼地祈不和，则六疠作见，故以祈礼同之。"对于"禜"，郑氏注曰："日月星辰山川之祭也。"《左传·昭公元年》曰："日月星辰之神，则雪霜风雨之不时，于是乎禜之。"由上引述，已足以说明禜星在古代中国究竟是一种什么性质的活动。

不过，由于被规定为伊斯兰天文机构的"职事"，那么，它是否有来自阿拉伯的可能？答案应该是否定的：一方面伊斯兰教唯崇奉真主安拉，反对任何偶像崇拜，因而不可能祀星；另一方面，伊斯兰星占文献《明译天文书》中也无任何这类活动的痕迹。

鉴于蒙古统治者兴起于大漠，元朝文化是吸收、融合包括汉族在内的周边各民族文化的基础上形成的，由此笔者以为这种活动的直接来源有下述三种可能：一是从中原的传统文化中来。的确，秦汉以后至宋代之前，以"禜星"为名目的星宿祭祀活动在传统汉文典籍中已很难看到，可是名异实同的相关星辰（或星神）祭祀活动从未停止，如历代正史中的《礼仪志》（或称《礼乐志》《祭祀志》）就有程度不同的反映。二是佛教密宗经典。在汉文《大藏经》中，这类文献较集中地收载于《密教部》，内中载有许多有关星占和以七曜或九曜为对象的禳灾祭祀活动①。密宗（又称密教）在唐代之后的中原地区有一定的传播，同时是藏传佛教的基本来源。元朝统治者与喇嘛教高僧的亲密关系众所周知，所以完全有理由将之与元代的禜星联系起来。三是来自西夏国。12 世纪西夏王朝通过翻译藏、汉佛典，接触并接受密教中的星辰崇拜，使得这种活动在西夏地区颇为兴盛②。笔者认为上述三种来源中，第一种可能性最大，其他两种的影响和推波助澜也不能排除。

至于这种活动为何被规定为伊斯兰天文机构的职事？应是与禜星之星或七曜或九曜有关，也就是说与"天文"有关，这样也就能与天文机构联系起来。而为什么与伊斯兰天文家联系起来？一方面后者要想在元朝官方天文机构立足，就不能不接受最高当局要求做的任何事情。另一方面，有记载表明，此事伊斯兰天文机构远未得专，并行汉人天文机构禜星的次数实倍于前者。下据《元史》所载，将有元一代禜（祭）星活动列为表 3 - 3，以资考证。还有三次禜星未能列入表中：至元三十一年（1294）五月壬子祭紫微星于云仙台；至治二年（1322）五月庚寅禜星于五台山。这两次禜、祭星活动均

---

① 如《大正新修大藏经》［（台北）大藏经刊行会 1983 年版］第 21 册所载 1299—1312 号共 14 种均为这类典籍。

② 对此种事实的描述和研究，可参考以下三文：［苏联］H. A. 聂历山《12 世纪西夏国的星曜崇拜》，崔红芬、文志勇译，《固原师专学报》2005 年第 2 期；［俄］萨莫秀克《西夏王国的星宿崇拜——圣彼得堡艾尔米塔什博物馆黑水城藏品分析》，谢继胜译，《敦煌研究》2004 年第 4 期；韦兵《星占、历法与宋夏关系》，《四川大学学报》2007 年第 4 期。如最后一文就指出，西夏人在翻译汉、藏佛经的过程中，认识和掌握了佛教密宗的一些观星术，同时吸收汉地占星术的内容，发展成为西夏民族独特的星曜崇拜。西夏流行佛教密宗的炽盛光佛崇拜，这就是一种和星曜密切相关的信仰，火星、土星等灾星恶曜照临本命星宫或国家分野时就会带来灾难，必须依照仪轨进行星曜祭祀才能祛灾。

不在天文机构进行，亦不详由何派天文家（或系别的官员）主事。又，至顺元年（1330）七月壬子，"命西僧禜星"。"西僧"通常即指藏传佛教僧人，这次也未具禜星地点。

表3-3　　　　　　　　元代回回、汉人天文机构禜星对照表

	时间	卷,页		时间	卷,页	时间	卷,页
回回天文机构	至元二十六年十二月丁亥,命回回司天台祭荧惑	15,328	汉人天文机构	至元二十五年春正月庚寅祭日于司天台	15,307	至治三年十一月乙卯,禜星于司天监	29,640
	至大四年夏四月癸卯,禜星于回回司天台	24,541		至元三十一年五月壬子祭太阳、太岁、火、土等星于司天台	18,383	十二月壬申禜星于司天监	29,641
	延祐六年二月丁亥朔,禜星于回回司天监	26,588		元贞元年十二月庚子朔,集贤院使阿里浑萨理祭星于司天台	18,398	泰定元年五月癸丑,命司天监禜星	29,647
	延祐七年十二月乙丑,禜星于回回司天监四十昼夜	27,608		大德九年八月乙卯命太常卿丑闾、昭文馆大学士靳德进祭星于司天台	21,456	秋七月丁未,禜星于上都司天监	29,649
	泰定元年十一月甲午禜星于回回司天监	30,651		至大四年闰秋七月甲辰,禜五星于司天台	24,545	泰定二年七月甲寅,禜星于上都司天监	29,657
	泰定二年二月丁酉禜星于回回司天监	30,655		皇庆二年夏四月甲子,禜星于司天台	24,556	泰定三年三月壬子,禜星于司天监	30,688
	泰定四年夏四月乙未,禜星于回回司天台	30,678		延祐五年五月戊辰,遣平章政事王毅禜星于司天台三昼夜	26,584	天历元年九月丁丑,命司天监禜星	32,711
	天历二年八月甲辰,命司天监及回回司天监禜星	33,739		六年正月乙卯,禜星于司天台	26,587	辛巳,命司天监禜星	32,711
	至顺元年正月辛酉,命回回司天监禜星	34,749		九月壬辰,禜星于司天台	26,591	二年五月己未,命司天监禜星	33,
				七年八月戊申,禜星于司天台	27,605	至顺元年十一月甲辰,命司天监禜星	34,770
				至治元年六月丁卯,禜星于司天台	27,612		

注：表中《元史》卷数、页码，均据中华书局本。

从表 3−3 可以看出，这种祭祀星宿的活动，实际上是元朝两套天文机构的共同职事。故可综合，放在一起讨论。据表，我们以为至少有下述三个观察点值得注意。

第一，禜星的种类。绝大多数情况都不详确指，估计当时举行仪式时就不曾分别，属泛禜情形；有少部分具体指出了所禜之星，计有太阳和火、水、木、金、土五颗行星，而火星（即荧惑）似被特别强调。在伊斯兰天文机构总共 9 次禜祭中，唯一有确指的 1 次即以荧惑为对象。汉人天文机构 3 次有明确目标的禜祭中 2 次都有它。火星在伊斯兰和中国传统星占学中，均属灾星。例如，《明译天文书》载：

> 土星、火星、凶。土星性极寒，火星性极燥热。因极寒、极燥热，故凶。（第一类第三门）
>
> 若火、土二星相冲，或二弦照，则有灾祸征战之事。（第二类第三门）。

《汉书·天文志》说：

> 荧惑为乱，为贼，为疾，为丧，为饥，为兵，所居之宿国受殃。

由此，元朝伊斯兰、汉人天文机构把火星等作为祭、禜的重点，是深合禜星消灾弭变之本意的。

第二，禜星的时间及重要性。若以"年"为单位，即可发现两套机构禜星之具体月份除十月为空白外，在其他的十一个月中均有举行，殊无规律。据《元史·世祖本纪》至元五年十二月戊寅："敕二分二至及圣诞节日，祭星于司天台。"但这五个时日一般应分别在二月（春分）、八月（秋分）、十一月（冬至）、五月（夏至）和八月（中国传统阴阳合历比现行公历迟一月；圣诞指忽必烈生日，其生于八月），似也多不合。另，政府一般向两套机构下达的禜星时间不同，但也有例外，如天历二年（1329）八月举行的一次即在同一个时辰，禜星所费时间大部分不具，但就有记载的两次看，英宗执政初在回回司天监举行的一次长达四十昼夜，延祐五年五月在司天台进行的一次是三昼夜，可以说都费时不短。若再把元政府先后派遣过集贤院使阿里浑萨理、太常卿丑闾、昭文馆大学士靳德进及平章政事王毅等主持、参加汉人天文机构禜星等因素考虑在内，可知蒙古统治者对这种活动非常重视。又，有元一代十一任皇帝执政，禜星次数最多者为泰定帝也孙铁木耳。其执政不到五年（1323 年 9 月至 1328 年 7 月）却禜星 9 次，约占元朝天文机构总共禜星 29 次之三分之一。从《元史》等有关文献看，泰定一朝，灾变连年，国家、民众处于危难之中。外籍文献也载说：

> 也孙铁木儿即位之初年，地大震，月全蚀、大雨淹没田亩，复有旱蝗等灾，尤以彗星见一事，为中国人及蒙古人所警惕，盖其视为天怒之征①。

可见，如此频繁的禜星活动，必然与当时灾变的频生有紧密联系。

第三，禜星与星占的关系。正如上文指出的那样，在中国传统天学体系中星占预报在多数情形下是"凶多吉少"，预报的目的之一就是图谋"先期救护"，消灾弭变。禜星为救护措施之一种，所以它与星占密切相关。

明朝建立后，最初也从元朝继承了禜星的活动，但洪武二十一年却最终为这一活动画上了句号：

> （洪武二十一年三月）乙酉，增修南郊坛壝于大祀殿丹墀

---

① ［瑞典］多桑：《多桑蒙古史》（上册），冯承钧译，第 363 页。

内，叠石为台四，东西相向，以为日月星辰四坛，又于内壝之外亦东西相向，叠石为坛，凡二十……择日祭之，日月星辰既已从祀，其朝日、夕月、禜星之祭悉罢之。①

综上所述，禜星是一种古老的以星辰为对象的禳灾活动。元朝统治者将其作为包括伊斯兰在内的两套天文机构的共同职事，从远源上讲，可以追溯到先秦，从近缘上看，很可能接受的是藏传佛教密宗经典和西夏王朝星辰崇拜的文化传承。这方面的探讨可以说刚刚开始，还有较大的进一步探索的空间。

（二）为朝廷预言天变

《元史·泰定帝纪二》载：

> （泰定三年十二月）丙戌，以回回阴阳家言天变，给钞二千锭，施有道行者及乞人、系囚，以禳之。

有关记载仅此一条，但它十分重要，如前所述忽必烈创设伊斯兰天文机构本为预测吉凶，所以"言天变"正是伊斯兰天文家的工作。灾变频生之世，往往是星占家可以突出表现的最佳时辰，看来伊斯兰天文家也抓住了这样一个机遇。

（三）为王侯贵胄和一般民众提供星占服务

此类与伊斯兰天文机构的职责没有直接关系，其基本属于天文家的个人行为。天文机构之外的伊斯兰星占家可能是这类事务的主要参加者，有迹象表明官方天文机构的星占家确实有人也参加这类活动。这类活动有广泛的代表性，很可能是元朝伊斯兰天文家在中国活动的主流。下面，将涉及两种不同场合下的星占活动：一是重点关注于王侯贵胄家进行的、屡被元政府取缔的特殊星占活动；二

---

① （明）胡广等：《明太祖实录》卷189，第3页。又，（清）秦蕙田《五礼通考》卷34有相近记载。

是稍事涉猎一下在公开场所合法进行的、主要为一般民众提供的星占服务。

先讨论前一种情况。现在把有元一代屡禁阴阳术士等与王侯贵胄交通的史实，编制为表 3 - 4。

表 3 - 4　　　　　　元朝政府禁止天算家出入王侯贵胄家信息表

时　　间	禁　　　令	资料出处
元贞元年(1295)四月	设各路阴阳教授，仍禁阴阳人不得游于诸王、驸马之门	《元史》卷18，第 392 页
大德五年(1301)七月	诏禁畏吾儿僧、阴阳、巫觋、道人、咒师，自今有大祠祷必请而行，违者罪之	《元史》卷20，第 436 页
至大二年(1309)正月	禁日者、方士出入诸王、公主、近侍及诸官之门	《元史》卷23，第 509 页
至大四年十一月	禁汉人、回回术者出入诸王、驸马及大臣家	《元史》卷24，第 548 页
皇庆元年(1312)正月	重申至大四年十一月之禁	《通制条格·杂令》[①]
延祐七年(1320)正月	禁巫、祝、日者交通宗戚、大官	《元史》卷27，第 598 页
至治元年(1321)五月	禁日者毋交通诸王、驸马，掌阴阳五科者，毋泄占候	《元史》卷27，第 612 页
至治二年六月	申禁日者，妄谈天象	《元史》卷28，第 623 页
泰定二年(1325)正月	禁后妃、诸王、驸马，毋通星术之士，非司天官不得妄言祸福	《元史》卷29，第 653 页
至顺三年(1332)六月	禁诸卜筮、阴阳人，毋出入诸王公大臣家	《元史》卷36，第 805 页
元统二年(1334)七月	戒阴阳人毋得于贵戚之家妄言祸福	《元史》卷38，第 823 页

① 　（元）完颜纳丹等：《通制条格》卷28，载《元代史料丛刊》，浙江古籍出版社1986 年版，第 317 页。

元朝的法律文献中，也有可印证和补充上述禁令的资料。

　　诸阴阳家天文图谶应禁之书，敢私藏者罪之……诸阴阳家者流，辄为人燃灯祭星、蛊惑人心者，禁之。诸妄言星变灾祥，杖一百。诸阴阳法师，辄入诸王公主驸马家者，禁之①。

上所列举，基本上包括了元朝政府在不同时期颁发的这类天文禁令。现据之，做如下三方面的讨论。

首先，屡禁究竟说明了什么？本来行天文之禁，对中国历代王朝说来，属老生常谈②，原因是担心私习者，或者业已精通此道的人，"妖言惑众"，或者给那些觊觎皇位并试图秘密谋取的人"泄露天机"。应该说元朝之禁的基本原因与此也是一致的。引人关注的是此种禁令发布的频繁程度，在约40年的时间中多达十数次。这一异乎寻常的记录，至少可以说明两个问题：一是被禁的活动确实深切地触动了统治者的中枢神经；二是有关术士形成了一定的气候，以致不惜干禁，屡令不止。对本书的讨论，这两点都显得十分重要，须予以高度的注意。

其次，被禁者与本书所讨论天文家的关系。若对上述禁令所涉及术士做一番处理：去掉重复，并删除与天文家关系不大、明显属于教士者如畏吾儿僧、道人等，以及与本书讨论关系不大如汉人等，则留下如下一份名单：

　　阴阳人（或称阴阳家、阴阳）、巫觋、日者、方士、回回术

---

　　① （明）宋濂等：《元史》卷105《刑法志》4。其实，"禁令"或法律条文之外，还可以看到元统治者在有人犯禁之后的处置措施，从中也能见到相关信息。如说"（延祐七年八月）丁卯太白犯太微垣右执法，宫人官奴坐用日者请太皇太后禜星，杖之，籍其资"（《元史》卷27，第605页）。

　　② 如（五代后晋）刘昫等《旧唐书》卷36就有如下记载："开成五年十二月敕令：司天占候灾祥，理宜秘密。如闻近日监司官吏及所由等，多与朝官并杂色人交游，既乖慎守，须明约之。自今以后，监司官员并不得更与朝官及诸色人等交通往来。仍委御史台察访。"李约瑟先生也注意到这一情况，本书第六部分会专门谈及。

者、掌阴阳五科者、星术之士。

也许上列七种名目中，还可排除此时已与天文工作关系不大的巫觋。而余下者，"回回术者"无疑可直接划入本书讨论范围，其他五种也极可能包括伊斯兰天文家。因此，他们都是本书讨论中不可再剔除的对象。显而易见，禁令非一时所发，所指也大都笼统。如果以为那些没有明确提到"回回术者"等字眼的禁令，即与伊斯兰天文家无关，则无疑是错误的。事实上，再排除和确定什么，对下文即将进行的讨论已无关宏旨。因为我们依据的基本史料"禁令"所禁的活动是综合的。

最后，上述六种名目的人士，究竟在王侯贵胄家做了什么？这是至关重要的。答案仍主要须从前述各种禁令中寻求。遗憾的是其大部分并没有涉及我们感兴趣的问题，但有数条确有关系。据之去掉重复，并删除朝廷所加"妄"等字眼，可得出如下结果：

大祠祷、泄占候、谈天象、言祸福、燃灯祭星、言星变灾祥。

对此，需稍做分析："大祠祷"的性质不好把握。观原条禁令，参加者中虽有与天文关系颇密切的"阴阳"，但仍然不能贸然断定此种祭祀一定与天文活动有关。"泄占候"一项，原是专对"掌阴阳五科者"言的，是禁止此类人士出卖官方天文情报。从性质上说，它与天文星占并不相类，但可能与其人或他人私自进行的星占活动有关。而把这一点署为令，可见一定不是个别人士的偶然行为，所以值得注意。其他几种，所谓"谈天象"（可包括"言星变灾祥"）、"言祸福"和"燃灯祭星"等，毫无疑问，均属星占活动。

由此，有着六种名目的术士，在王侯贵胄家从事的是星占活动。不过，如果结论仅限于此，那屡颁禁令也就太有点小题大做了。但是，事情当然不会如此简单，前文已经指出：蒙古贵族有热衷求卜、唯卜是听的传统。历史表明，蒙元时期统治者内部权力争斗的剧烈程度，在中国历史上也是不多见的。这样，星占活动就很容易成为权力争斗，尤其是那些觊觎皇位的野心家的指示器。例如，元仁宗爱育黎拔力八达当初为己及兄海山谋位，欲发动宫廷政变。这时阿难答一方势力强大，形势不利于海山。不知如何之际，爱育黎拔力八达曰："当以卜决之。"当卜者"但言其吉"后，"仁宗喜，振袖而起"，遂得大位①。无资格继皇位者，也因权势利害的需要，"潜呼日者，推测圣算"②。天历初，丞相别不花及平章速速等即属此类。这些情形正是已获得皇位者最为担心且屡颁禁令的根本原因。爱育黎拔力八达执政期间，就曾两颁禁令，又正好说明这一点。

下面看看公开场所面向一般民众的星占活动。一向被认为是反映"蒙古帝国最充分和最可靠的情报"的鲁不鲁乞《东游记》，载述了当时活跃于蒙古帝国、特别是大蒙古国时期的都城哈剌和林占卜者的情况。据此，这些占卜者中有"撒拉森"（即穆斯林）人，包括撒拉森在内的占卜者中，"有些人熟悉天文学，特别是他们的首领，他们预言日蚀和月蚀的时间"，"宣布有利于或不利于进行各种事情的日子"，"当任何男孩生下来时，占卜者也被叫来，以便预言他的命运"③。

一般说来，在蒙哥时期，穆斯林星占家在汉地尚未形成一定的气候，这可从鲁不鲁乞的记载中得到证实：占卜者多为偶像崇拜者，卜术也如前文所述即较原始和低级。进入中统、至元间后，情况则大不相同，《马可波罗行纪》载有忽必烈执政时期"汗八里城（元大都）之星者"的情况，由于十分重要，故节录于下：

> 汗八里城诸基督教徒、回教徒及契丹人中，有星者、巫师约五千人，大汗亦赐全年衣食……其人惟在城中执术，不为他业。

---

① （明）宋濂等：《元史》卷175《李孟传》，第4086页。
② （明）宋濂等：《元史》卷33《文宗纪》2，第740页。
③ ［英］道森编：《出使蒙古记》，吕浦译，周良霄注，第217—218页。

彼等有一种观象器，上注行星宫位，经行子午线之时间，与夫全年之凶点。各派之星者每年用其表器推测天地之运行，并定其各月之方位，由是决定气象之状况。更据行星之运行状态，预言各月之特有现象。例如，某月雷始发声，并有风暴，某月地震，某月疾雷暴雨，某月疾病、死亡、战争、叛乱，彼等据其观象器之指示，预言事物如此进行，然亦常言上帝得任意增减之。记录每年之预言于一小册子中，其名曰《塔古音》（*Tacuin*），售价一钱（gros）。其预言较确者，则视其术较精，而其声誉较重。

设有某人欲经营一种大事业，或远行经商，抑因他事而欲知其事之成败者，则往求此星者之一人，而语之曰："请检汝辈之书，一视天象，盖我将因某事而卜吉凶也。"星者答云：须先知其诞生之年月日时，始能作答。既得其人年月日时以后，遂以诞生时之天象与其问卜时之天象，比较观之，夫然后预言其所谋之成败①。

马可波罗的记载，至少给后人留下为其他文献不载的三个方面的独特信息：

第一，交代了元大都之"星者巫师"群体的构成情况（由基督教徒、回教徒和契丹人组成）、人数（"约五千"，可能是个夸大了的数字，但也说明数量确实不小）、由皇家眷养及以预卜星占为业；

第二，介绍了星占者的仪器特征及星占内容；

第三，举例中描述了具体的占法。

据上三个方面的介绍、描述，从中可以看到很重的伊斯兰星占术的影子。伊斯兰星占术，十分关注和强调仪器的使用，对照马可波罗的记载，颇为吻合；且似可以断定，所谓"观象器"即中世纪伊斯兰天文—星占家广泛使用之星盘。在《明译天文书》中译称

---

① ［意］马可波罗：《马可波罗行纪》，冯承钧译，第256页。

"年命星盘"或"安命星盘"。又，伊斯兰星占术"选择"，强调求占者"当生命宫"（初生时东方地平线上之宫度）与求占时命宫之比对。从《马可波罗行纪》所举占例、占法看，与此亦深相契合。所谓"遂以诞生时之天象与其问卜时之天象，比较观之，夫然后预言其所谋之成败"。由此，必然是伊斯兰星占家的活动，给马可波罗留下了很深的印象，方如此生动确切地行诸笔端。

除此以外，《马可波罗行纪》所载星占家汇录每年预言的小册子《塔古音》，也是值得注意的。此可放在下一个问题讨论。

至此，有关元朝伊斯兰天文家星占活动的讨论可暂告一段落。接下来看看明朝及清初二十余年的情形。截至现在，尚没有发现记载可以证实明代伊斯兰天文家仍从事了与元朝相同的星占活动，但他们以预报日月交食和上进《月五星凌犯历》等形式，照例从事了星占为主的天文工作。由于这两方面的内容，向来归于历法，故安排在下一个问题里讨论。

三　编修历法与培养人才

（一）推算、编修历法

需要指出的是，至元四年（1267），世祖同意颁行的《万年历》，并不能直接用来指导穆斯林的宗教生活：从一部历法到伊斯兰教历，还需要转化。这里有一个不容忽视的概念问题，必须先搞清楚。对之，笔者深受江晓原先生《天学真原》的启发。江晓原认为：对于"历法"，中国古代文献的使用比较含糊，现今学术界也缺乏严格的说明和界定，以致一提起它，人们很容易把它与历谱之类的东西联系起来。可事实上，历法的内容和科学含量是绝对大于历谱（或历书）的，后者只是根据前者的极小一部分因素予以推算排定，再根据需要加注节气、节日和历忌就可以了。明确这种不同无疑十分重要，由此来观照《万年历》之与伊斯兰教历的关系也是如此。伊斯兰教历属纯阴历，有现成的历法（《万年历》），则只需根据月相盈缺规律（这一点由历法提供），并参照先知穆罕默德关于月份大小的一些特别规定即可工作。如果考虑到宗教历的功能，则可在有关历日上加注宗教节日；又，为便使用者了解季节变化，可再加注黄道十二宫的入宫日期，这样就已足够。可是，作为一部历法，《万年历》要复杂和丰富得多：它须具备一般历法必备的诸多要素。据明初宋濂的追述，《万年历》中至少就含有编修教历不需要的日月交食的推算方法①。因为教历的编订简单易行，因此很难说成是伊斯兰天文机构的职责或"主要职责"。纳速剌丁劝说旭烈兀建立天文台时没有提到这种职责；事实上，中国明朝和清初的伊斯兰天文机构似也没有这种职责。一般教职人员即可为之的事情，有什么理由要劳官府大驾？如果这种工作一定是要在官府任职的伊斯兰天文家才能做，则明察秋毫、谙熟统治术的康熙皇帝废除这方面的机构就太不合情理。不过，确有迹象表明，元代中国伊斯兰天文机构的个别官员（无须多人），曾据《万年历》等编订过教历。司天少监可马剌丁就做过这种事情：

> 至元十五年十月十一日，司天少监可马束（剌）丁照得：在先敬奉皇子安西王令旨："交可马束（剌）丁每岁推算写造《回回历日》两本送将来者。"敬此。今已推算至元十六年历日毕工，依年例，合用写造上等回回纸札，合行申秘书监应付②。

现在学术界多沿用《史集》的说法，以为安西王忙哥剌子阿难答是位纯真的穆斯林，其统治区域唐兀惕（宁夏）等地是回回较集中的一个地区③。由此，可马剌丁之推算写造，必伊斯兰教历无疑。元代伊斯兰天文机构的个别人员，兼负编订教历除可能要方便教民

① （明）宋濂等：《革象新书序》，宋濂《文宪集》卷5，文渊阁《四库全书》，第1223册，第373页。

② （元）王士点、商企翁：《秘书监志》卷7，载《元代史料丛刊》，第124页。

③ 有学者表示异议，如王宗维《元代安西王信仰伊斯兰教说质疑》（载《民族研究》1993年第2期）。王先生文中没有用《秘书监志》中的材料。

外，还另有原因：元政府一直在统销《回回历》。有关资料主要两条：《元史·世祖本纪》至元九年七月"禁私鬻《回回历》"；同书《食货志》"额外课"项下，列天历元年（1328）《回回历》五千二百五十七本，每本钞一两。计一百五锭七两。对此，《元史》有如下解释：

> 元有额外课。谓之额外者，岁课皆有额，而此课不在其额中也。然国之经用，亦有赖焉。课之名凡三十有二，其一曰历日……其岁入之数，唯天历元年可考云。

观"历日"项下，将腹里（元大都直辖区）与行省售出数分别统计；又，历日种类有"大历""小历"及"回回历"等名目[1]。上述两条记载确实很重要，除可知元政府经营历日并作为额外课外，还可以得到两个信息：伊斯兰教历正式颁行（以统销的方式进行）时，即称《回回历》；此种统销自元初开始后，大概一直持续到元末：迟至天历元年还在进行。由此，有必要纠正一个长久以来的错误：明万历以后，学者们对《元史·历志》中有关"《万年历》不复传"的记载，做了错误的理解，致使产生了"《授时历》（至元）十八年颁行天下，《万年历》不复行""之类的说辞[2]。这显然是没有根据的。错误的原因是把"颁行"与"不复传"两件事强拉一起，硬做解释。可事实上《元史》在这两事之间还有一段别事陈述；更重要的是说《万年历》不复传是现代时，即明初的情形，作为一部在元朝颁行过的历法，宋濂等原打算是要将其附录在《历志》里。

> 今衡、恂、守敬等所撰《历经》及谦《历议》故存，皆可

---

① 《元史》卷94《食货二》，第2403—2404页。
② 误解似开始于明万历年间之《万年历备考》。见（明）朱载堉《圣寿万年历》，文渊阁《四库全书本》，第786册，第544—545页。

考据，是用具著于篇。惟《万年历》不复传，而《庚午元历》虽未尝颁行，其为书犹在，因附著于后，使来者有考焉。①

可见已说得很清楚。上述错误至今仍在延续，尚无笔者之外的学者指出过。

在此还须提到，据前引《马可波罗行纪》第103章《汗八里城之星者》，元初在北京等地区还流行过一种称为《塔古音》的小册子，本章后注曰：

> 《塔古音》，波斯语犹言历书。据 Tavernier 书，《塔古音》原为行星经纬推算表之称，内载预言战争、瘟疫、饥馑等事，指示穿着新制衣服、放血、服泻药、旅行等事之适宜时间，人颇信之。

从《马可波罗行纪》所载及此注文观之，《塔古音》是一种加注有许多宜忌内容的具注历，而宜忌事项与《明译天文书》第四类"细分选择条件"一门颇为接近。但仅此，尚不能断言其即为伊斯兰天文家编写之具注历。不过，这种可能性确实很大。

明代以后，伊斯兰天文机构的职责变得明朗起来，即推算日月交食及月、五星凌犯天象，并以其推算结果与汉人相应机构的推算相比较，以期实现与大统历相参推步，使预报的结果更为准确的目的。而上述所说这种职责，还可延伸出在本章一开始就已指出的伊斯兰天文机构兼负的一种使命，即对在设的奉行传统体系的另一套机构工作的监督。而仅就监督而言，应该不限于明代，在元代可能就已经如此。而这方面的问题，这里只是顺便涉及，第六章还会专门讨论。现在，把讨论的问题仍放在天象的观测上。说推算日月交食及月、五星凌犯天象是明代伊斯兰天文家的重要职责，这可征引

---

① （明）宋濂：《元史》卷52《历志》，中华书局1976年版，第1120页。

下列几位人士的言论为凭：清初回回科秋官正吴明炫在追叙马沙亦黑等明代回回科官员及他在清初的天文工作时说：

> 专管星行度宿吉凶，每年推算太阴、五星凌犯天象，占验日月交食，即以臣科白本进呈御览，著为定例①。

清初回回科的天文工作权限是直接上承明代而来，吴明炫的说法可以信据。除此以外，梅文鼎是清初历算大家，对伊斯兰天文学及其在华史实颇有研究，他的有关言论，也可印证吴氏之说：

> （明）设回回科，隶钦天监。每年西域官生依其本法奏进日月交食、五星凌犯等历。

又，万历二十五年（1597）监官张应候奏疏中说：

> （太祖高皇帝）又取之西夷，设监立官，推步回回历数，较对《大统》，务求吻合，以成一代之典，是遵祖宗之定制也。②

万历年间在中国定居的利玛窦记载说：

> 当今皇帝花费很多钱支持两个不同的历算学派……这两派中之一遵循中国人的方法，中国人宣称自己掌握了测定日历和日月蚀的知识。另一派遵循撒拉逊人的体系，把同样的事实纳入由国外传来的表格。各派或钦天监得出的结果经常要做比较，从而可以相互补充和矫正，以便做出最后的决定③。

---

① 《清世祖实录》卷109，"顺治十四年四月庚午"条，第853页。
② （明）朱载堉：《圣寿万年历·附录》，文渊阁《四库全书》，第786册，第552页。
③ ［意］利玛窦、［比］金尼：《利玛窦中国札记》，何高济、王遵仲、李申译，何兆武校，中华书局1983年版，第33页。

综上所列，可见笔者之说不误。至于这些天象有什么样的独特意涵，明代政府为何要将这方面的天文观测、推算作为伊斯兰机构的职责等，这里暂且按下不表，后面会专门讨论。

（二）培养人才

正如上文已指出，中国历代政府为能绝对垄断天文星占、历法制订等事务，历来严厉禁止民间私自钻研、传承相关学问，可这样一来，如何保证这方面的专门人才能够代代辈出，绵延不绝？那就是采取在朝廷的监管之下，由天文部门或在国家天文部门任职的官员来培养。而这种人才培养模式，也同样适合在设的伊斯兰天文机构。

伊斯兰天文机构在中国设置前后 400 余年，需要有源源不断的人才供应和补充。除元初和明初一些天文家直接来自阿拉伯外，其他大部分任职其中者，应出自中国的"土产"。为维持自身的生存，伊斯兰天文机构必须兼负培养人才的职能。可就元代情况来看，这方面的记载很少，仅有一些蛛丝马迹而已。至元十五年（1278）元政府设置太史院，确定其权限说，"颁历之政归院，学校之设隶台"，即汉人、回回司天台兼有培养人才的使命。观回回监职员名目中，有教授 1 员，阴阳人 18 员，可视为这种职能之体现。这方面的实例可举回回人"苦思丁"。其在至元二十二年（1285）由札马剌丁介绍给忽必烈，后者命"交习阴阳勾当者"。四年之后，学艺初成，札马剌丁再次上奏，忽必烈命爱薛为其安排一份差事，遂得到秘书监丞职务。大德四年（1300），钦授宣命颁朔大夫，提点回回司天台事。至大元年（1308）起，先后以秘书少监、秘书监、集贤大学士、中奉大夫、本监官守司徒等职衔，提点回回天台事①。从初学艺到以二品大员专事负责伊斯兰天文机构事务，其成才之速，受宠之隆，十分引人注目。明朝建立后，大体上延续元代于天文机构培

---

① 以上均据（元）王士点、商企翁《秘书监志》，第 1 卷、第 9 卷等。

养专门人才的做法，对于这一点，《明史纪事本末》有比较清晰的记载。

> （洪武）三年六月，改司天监为钦天监。设钦天监官，其习业者分四科：曰天文，曰漏科，曰大统历，曰回回历，自五官正而下，至天文生，各专科肄焉①。

主要根据明清间入华耶稣会士书信材料撰成的《汤若望传》也有如下说法：

> 一三七零年（洪武三年）回教徒所开办之学校经官方正式认为钦天监之附属机关。这些亚拉伯天文学家们除去治历主要任务外，他们还教授球面几何学和代数学。②

所谓"回教徒所开办之学校"，显然指回回科而言的。

由于在人才培养上较好地把握住择生员、选教师以及通过较为严格的管理，在元明时期，伊斯兰天算人才基本可以满足需求。元代部分可从《秘书监志》卷九《提名》看到；而明代还形成了若干以此为职业的回回钦天监家庭。例如，马沙亦黑家族"子孙世官其业，西域之言历者宗焉"③；伍儒家族"（子孙）历五世皆世其官"④等。这些回回天算人才，乃至回回钦天监家族有效地补充和稳定过伊斯兰天机构的人才队伍，有力地支持了有关天文工作的正常开展，使伊斯兰天文学这门与中国传统天文学有较大差别的学问，得以一脉相承，流传下来。

---

① （清）谷应泰：《明史纪事本末》卷73《修明历法》，中华书局1973年版，第1213页。
② ［德］魏特：《汤若望传》，杨丙辰译，商务印书馆1949年版，第148页。
③ （清）梅文鼎：《四省表影立成》，梅文鼎《历算全书》卷19，载文渊阁《四库全书》，第794册，第501页。
④ 无名氏：《金陵伍氏族谱》，传抄本。

入清以后，回回科命运多舛，其人才培养受到严重干扰。顺治元年，在原八名天文生中，汰去五人，止存三人，且令其改习西洋历法①。然而，改习似没有成为事实：顺治元年回回科天文生马以才等于十年（1653）题补为回回科博士②。这之后的情形如何，再不见记载。

关于元明时期中国伊斯兰天文机构之工作职责，如上文已经指出，这里还应论述到其对并行的即由汉族学者主持、奉行中国传统体系的另一套机构天文工作的监督，但考虑到本书第六章对古代中国接纳域外天文学动机的探讨中，将会专门涉及这方面的问题，为免重复，暂且按下。

综合以上讨论，本节的讨论可归结为以下几点。

第一，元明时期中国统治者为伊斯兰天文家设立专门机构的主要目的是利用其人从事星占，预卜吉凶。伊斯兰天文学与中国传统体系不同，在日月食的预报，特别是五星运行位置的推算方面颇为准确，从而具备与中国传统的一套相辅而行的参考价值。

第二，在天文机构任职或在这种机构之外的伊斯兰天文家从事星占的服务对象相当广泛，上至朝廷、皇室贵胄，下到一般百姓。天文机构的天文家们还负责"禜星"，此种事务表面上与天文活动有所不同，但从祭祀对象主要是"凶星"这一点看来，仍与星占有关。

第三，编修历法确为伊斯兰天文机构的职责之一。但是，历法的性质并非或主要不是伊斯兰教历（历书、历谱之类），应是包含诸多推算天象运行的方法及大量相关助算表格在内的广义的历法。这种历法的基本功能，仍是为星占提供服务。

第四，培养人才是伊斯兰天文机构兼负的职责，目的是让伊斯

---

① ［德］汤若望：《汤若望奏疏》卷1，中国科学院图书馆藏本，第40页。

② 《顺治御屏京官职名册》，载台北故宫博物院编《文献丛编》，台北联国风出版社1964年版，第2册，第778页。

兰星占学这一独特的域外学问能在中国得以延续。

第三节　伊斯兰天文家在华工作的变化与调整

元明时期，伊斯兰天文、星占家的天文工作依据中国统治者的需要，并受渊源有自的中国天文、星占学传统和其人在华自身生存发展等因素强有力的制约，曾有过较大的调整和改变。可是，对于这一点，目前尚无学者提出，专门的探讨和论述自然也复阙如。事实上，这一问题对于深入把握和认识伊斯兰天文学、星占学在华的历史和命运，是不能回避的。

伊斯兰天文家在华工作的变化和调整主要是相对于阿拉伯伊斯兰天文学、星占学的固有内容和特点而言的，因其人所依据天文体系与中国传统的一套存在着较大的差异。显而易见，要圆满地完成本节的论题，必须首先明确上述两大体系差异之所在。不过，为便于处理，笔者将这方面的论述安排在第4章，所以这里就开门见山，直接进入核心话题。笔者认为，元明时期伊斯兰天文家在华工作的变化和调整，主要表现在星占服务对象的改变、伊斯兰天文机构职责的鲜明中国特色和《回回历法》主体内容的中国化调整等方面。

一　服务对象被严格限定

伊斯兰天文学、星占学属西方体系，其星占服务对象可以是各种人群：上到统治者下到普通民众，可以为每个人提供。在占事主题上，虽涉及国家大事如战争胜负、王朝盛衰、帝室安危和年成丰歉等军国大事，但尤为关注个人的穷通祸福，也即个人的命运。由此它是一种兼有军国和生辰而以生辰星占为主的天文星占学体系，这些情形在洪武中期译为汉语文本的《明译天文书》中就有反映。从这部书中还可以清楚看到，其生辰星占学的关注点主要是下层社会民众生活中碰到的各种实际问题：其书第四类"细分选择条件"一门涉及共 55 项选择事例中体现得颇为充分①。

伊斯兰教认为除了真主，没有人能够预知未来，由此排斥、反对星占学。例如，《古兰经》说"我确已以众星点缀最近的天，并以众星供恶魔们猜测。我已为他们预备火狱的刑罚（67：5）"。因此，中世纪伊斯兰天文家有关活动在伊斯兰教国家也有遭到反对和取缔的情况，但由于人们普遍对这一古老伪科学的极度痴迷以及对未来命运欲求先知和把握的冲动，通常情况下更多的君主（哈里发）对星占及其基础学科天文学予以大力支持和推动。由此，伊斯兰天文、星占家在阿拉伯、在中亚、在中世纪的伊斯兰世界，其所处的社会氛围大体上是宽松的，他们的服务对象不受限制。正是在这种背景下，天文、星占学才发展成为中世纪伊斯兰俗文化的重要组成部分，一大批学人才能在这一领域里大显身手而声名卓著。

伊斯兰天文家来华之初适逢战乱频仍、王朝更替的宋元之交，他们到达之地也主要是蒙古人占据的中国北方。自成吉思汗到忽必烈即位之前的半个世纪里，蒙古统治者忙于东征西讨，既无暇顾及，事实上也没有能力去完成犹如中原历代统治者那样对天文、星占学的垄断和对有关人才的控制、独占，所以东来的伊斯兰天文家大体上得以延续阿拉伯伊斯兰天文学、星占学原有特点，即在占事主题上兼及军国和生辰两大类，而在服务对象上覆盖社会上下层。这样说的理由是，我们看到这一时期成书或后来追述当时情形的有关中外文献②，都没有明令限制星占术士为个人提供有关服务的情况。可是，随着大规模军事征服的逐渐落幕，特别是对中国的统一，中原历代统治者惯有的对天文、星占学的垄断、独占的一幕很快便在元王朝上演。例如，《通制条格》卷二八《杂令·禁书》载：

---

① 笔者据之曾制作一表，并见第 4 章相关部分。
② 如（明）宋濂等《元史》、［波斯］拉施特《史集》、天主教方济各会修士约翰·普兰诺·加宾尼和鲁不鲁乞等人《出使蒙古记》（［英］道森编，吕浦译，周良霄注《出使蒙古记》）以及《马可波罗行纪》等，在有关记载中都不曾提到这种情况。

至元三年十一月十七日，中书省钦奉圣旨节该：据随路军民人匠，不以是何投下诸色人等，应有天文图书、太乙雷公式、七曜历、推背图，圣旨到日，限壹佰日赴本处官司呈纳。候限满日，将收拾到前项禁书如法封记，申解赴部呈省。若限外收藏禁书并习天文之人，或因事发露，及有人首告到官，追究得失，并行断罪。钦此①。

又《元史》卷十三《世祖纪》载，至元二十一年五月有令："括天下私藏天文图谶，太乙雷公式，七曜历，推背图，苗太监历，有私习及收匿者罪之。"国家完成对有关典籍、人才的独占和垄断之后，接下来就是对其人有关活动的严格限定。在上一节，笔者已将成宗到顺帝时期颁发的禁止有关人士与王公贵胄等私相交通的资料，编制为表3-4。值得特别注意者有两点。

首先，从中可以清楚看到被禁行为主体中有所谓"阴阳人""日者、方土""汉人、回回术者""掌阴阳五科者""星术之士"等，大体上可以覆盖天文、星占人才（包括从事这一行业的穆斯林）。元最高当局之所以禁止这些人出入王公贵胄之家从事天文星占活动，是因为蒙古贵族向有热衷求卜、唯卜是听的传统；加之统治集团内部一直存在着剧烈的权力争斗，星占等预卜活动很容易成为权力角逐，尤其是那些觊觎皇位的野心家行动的指示器；对那些无资格继皇位者，也因权势利害的需要，"推测圣算"②。这些都是最高当局无法容忍的，所以才会三令五申，不厌其烦。

其次，禁令中预卜的服务对象唯有皇室贵胄等（所谓"诸王""驸马""公主近侍""后妃""贵戚""王公大臣"）而不及一般民众。"唯有"的原因，上文已经指出，这里无须再做赘陈，而"不及"究竟说明了什么？能不能理解为既然禁令未提，就表明星占家

---

① （元）完颜纳丹等：《通制条格》，载《元代史料丛刊》，第316页。
② （明）宋濂等：《元史》卷33《文宗纪二》，第740页。

可以自由为他们提供相关服务？当然不能，理由主要有三点，一是上列禁令已明确将有关图籍、法器列为禁物，严令收藏，更不许私习，这事实上也就逻辑地包含着星占术在民间使用为非法；二是忽必烈即位后，大力起用儒臣，推行中原传统文化，元朝的天文、星占学也主要是承继中原的固有传统，而在这一传统中，一般民众个人的穷通祸福在天地交感的天文星占体系中本来就没有任何地位，这就难怪禁令的不及；三是在上列的"不及"之外，也有明确涉及民众的：

> 至元十八年三月，中书省御史台呈：江南行台咨，都昌县贼首杜万一等指白莲会为名作乱。照得江南见有白莲会等名目，五公符、推背图、血盆及应合禁断天文图书，一切左道乱政之术，拟合禁断。送刑部，与秘书监一同议得：拟合照依圣旨禁断拘收。都省准拟。[①]

由此可以看到，对民间的禁藏禁习实还有一深层次的原因，那是统治者意识到天文星占有可能成为来自民间反叛势力的"左道乱政之术"，因为民间的阴谋反叛者也可以用天文星占来推测天意（天命是否转移，反叛是否有机可乘等），煽惑民心，另立朝廷，所以统治者必须防患于未然而加以禁断。

因此，与历代中原王朝的统治者一样，忽必烈之后的蒙元统治者给包括穆斯林在内的各派天文星占家提供的舞台是明确划定的，只能在官方天文机构（太史院，秘书监及其属下的回回、汉人司天监、司天台等）任职，为朝廷和国家服务。明代封建专制程度强于前朝，国家对天文、星占学及其有关人才的控制和独占更为有效。明初制定的《大明律》说"凡私家收藏玄象器物天文图谶

---

① （元）完颜纳丹等：《通制条格》卷28《杂令·禁书》，载《元代史料丛刊》，第316页。

……者，杖一百。若私习天文者，罪亦如之"。实际上惩罚之严厉当不止此，万历间人沈德符就追述说：

> 国初学天文有厉禁，习历者遣戍，造历者殊死。至孝宗弛其禁，且命征山林隐逸能通历学者以备其选，而卒无应者[①]。

所以，在上述境况下，元明时期在华伊斯兰天文星占家，事实上根本无法秉承伊斯兰天文星占学生辰与军国兼有以及可以为上到统治者下到一般民众自由提供相关服务的传统，不得不舍弃庞大的中国社会民众，甚至不能不放弃那些与最高统治者紧密相关的皇室贵胄等人群，而将服务的对象严格限制在国家和政府。这无论是对伊斯兰天文学、星占学的固有功能来说，还是对这种体系支配下在华从事相关工作的伊斯兰天文星占家而言，都不能不认为是一个很大的改变，而这种改变正是为了在华的生存而不得不遵从中国的传统和现行的法律。

二 机构职责的中国化

由于国家对天文、星占服务对象的严格限定，元明时期在华的伊斯兰天文家要想凭借自己的一技之长谋求生存发展，只有进入国家为其设置的专门机构承担相应的职责才行。关于他们的职责，文献记载不是很清楚，但前面已经讨论过。大体上，元朝有"禜星"一事，明代主要是职掌日月交食和月、五星凌犯天象的预报。笔者认为将这些确定为元明伊斯兰天文机构的职责（或称"职事"），完全是中国特色的。

"禜星"一事之中国特色，如上节所讨论，无论其所本是传统文化、佛教密宗，还是西夏国的星辰祭祀，都说明这种职事浓烈的中国色彩。从传世中国传统星占学著作来看，其星占预报在绝大多数

---

① （明）沈德符：《万历野获编》卷20《历法》，中华书局1980年版，第525页。

情形下是"凶多吉少"，而预报的核心目的也是中国固有的：欲"先期救护"，消灾弭变。可见，无论是从这种活动的来源，还是举行这种活动的目的，"禜星"都深深地打上中国的烙印。

下面来看明代伊斯兰天文机构职责的中国特色问题。推算预报日月交食及月、五星凌犯天象时刻，并与遵循中国传统体系的《大统历》比较，此乃明代伊斯兰天文机构的一项重要职责。之所以推算预报这些天文因素，那是因为这些天象被古代中国的天文家赋予了极为重要的星占意义，因而是中国传统天文历法中的核心因素。这里暂且先就前一点略做评介，至于后者其实是中国传统天文历法中的核心因素，笔者后面还要专门论及。

首先，关于日月交食。中国星占学中，太阳被认为是"群阳之精"，特别是最高统治者君主的象征。对于日食产生的原因、象征意义、带来的后果等，在具有中国星占学集大成性的典籍《开元占经》卷九中有十分细致的描述：如说"日蚀有三法：一曰妃党恣，邪臣在侧……二曰偏任权并大臣擅法……三曰宗党犯命，威权害国……"（《春秋感精符》）；"君喜怒无常，轻杀不辜，戮无罪，慢天地，忽鬼神则日蚀"（《礼斗威仪》）；"日蚀皆臣弑君，子弑父，夷狄侵中国之异"（《春秋公羊传》）；"日蚀之下有破国。大战，将军死，有贼兵"（《荆州占》）等。可见，在中国古人的心目中，日食是多么可怕的事情。与日食相对，星占家以为"月为太阴之精，以之配日，女主之象；以之比德，刑法之义；列之朝廷，诸侯大臣之类"[1]。由此，月蚀也是中国古代星占家的关注点之一。对于月蚀产生的原因，《占经》引董仲舒《对灾异》曰："臣行刑罚执法不得其中，怨气盛，并滥及良善，则月蚀。"（卷十七《月薄蚀》）关于月蚀后果，《占经》引《帝览嬉》曰："月蚀从上始，谓之失道，国君当之；从下始，谓之失法，将军当之；从傍始，谓之失令，相当之。"又引《荆州占》曰："月蚀尽，有大战，军破将死，拔邑亡地；蚀不尽，

---

① （唐）房玄龄等：《晋书》卷12《天文志中》，中华书局1974年版，第318页。

军破，将不死。"等，可见灾祸也相当严重。

其次，来看"太阴、五星凌犯天象"。这种说法实际上包括两组极为复杂的天文现象：一是月球在星空中做周期运动时，与恒星、行星发生关系而产生的有关天象；二是水火木金土五星在恒星背景上穿行，它们在观测者的视角上呈现出与恒星以及它们彼此的逼近、掩犯现象。同样，中国古代星占学著作对这些天文现象也赋予了十分丰富而恐怖的星占意义。例如，《占经》引《巫咸占》曰："五星入月中，人主死；不出，臣死。非将即相也。近期一年，远期三年。"（卷十二《月与五星相犯蚀》）引《荆州占》曰："月犯乘心，大人凶，天下大旱，万民灾伤。近期三年，远九年。"（卷十三《月犯东方七宿》）又，引巫咸曰："太白犯木星，为饥，期三年。"引《荆州占》曰："太白犯岁星，为旱，为兵。若环绕与之并光，有兵，战，破军杀将。"（卷二〇《五星占三》）引《海中占》曰："岁星守大角，臣谋主者，有兵起，人主忧，王者戒慎左右，期不出百八十日，远一年。"（卷二八《岁星犯石氏中官》）等。上述天象的发生既然会带来如此严酷、恐怖的社会政治灾难，则及时准确的测算预报就变得极为必要：唯其如此，人们才能够前知、才能于事先救护、防范，从而达到去灾避祸的目的。

那么，推算预报上述天象又何以变成伊斯兰天文机构的职责？综合各种迹象来看，除这些天象是中国传统天文、星占学的核心内容这一根本点外，似还有以下两个方面的原因：一是元明统治者建立天文观测预报对照、监督机制的需要。如上所述，正因为上述天象发生的后果极其严重以及准确及时预报关系重大，所以统治者对之就不能掉以轻心。为慎重起见，建立对照、监督机制就不失为一种有效的措施。中国历史上不少统治者除正式设置官方天文机构外，往往还在宫中组建另一套机构称为内灵台，由宦官主持观测，这样既能够与正式的一套对照，也可借此起到监督作用。但是毕竟是同出一门，所本都是中国传统天学系统，这样比勘的价值就不是很大。元代统治者利用空前大开的中外交流形势，兼容并蓄，征用和接纳不同体系的伊斯兰天文、星占家并为之设立专门机构，明代予以续设，这实际上是对上述对照、监督机制的一种延续。元代这种机制的运作情形有关文献没有明确记载，明代要求伊斯兰天文机构观测预报上述天象，正是为与汉人主持的另一套比较、对照。关于这个方面，本书于第六章还会进行专门论述。

二是伊斯兰天文、星占家受命承担此种事务并非偶然，而是其独树一帜且具有中国传统体系所不及或所欠缺的某些优长。所谓"独树一帜"，是说其人所本伊斯兰天文星占学属于西方体系，与中国传统的一套存在较大差异，因而具有非同寻常的比较、参考价值。对于这一点，明太祖朱元璋就有明确的认识，他说："天文之学，其出于西域者约而能精，虽其术不与中国古法同，然以其多验，故近世多用之，别设官署，以掌其职，盖慎之也。"[1] 所谓伊斯兰体系中有中国传统所不及或所欠缺的某些优长，这也是元明以来对之有较深入了解和研究的人士的一致看法。例如，耶律楚材就认为"西域历五星密于中国"[2]。徐光启说：

> 五星一节，比于日月倍为繁曲。汉以后治历者七十余家，而今所传《通轨》等书，其五星法不过一卷。以之推步，多有乖失。所以然者，日月有交食可证作者尽心焉，五星无有。故自古及今，此理未晰也。回回历则有纬度，有凌犯，稍为详密[3]。

引文中除将"凌犯"说成是回回历固有而明显为谬说外，指出"有纬度"为回回历之长项则颇具法眼。梅文鼎也有同样看法："西

---

[1]　（明）王祎：《温都尔除回回司天少监诰》，《王忠文集》卷12，第254页。

[2]　（元）宋子贞：《中书令耶律公神道碑》，载（元）耶律楚材《湛然居士文集》，中华书局1986年版，第334页。

[3]　（明）徐光启编纂：《新法算术》卷2《缘起》2，载《崇祯历书附西洋新法历书增刊十种》，潘鼐汇编，上海古籍出版社2009年版，第1586页。

历始有者则五星之纬度是也。中历言纬度惟太阳太阴有之（太阳出入于赤道其纬二十四度，太阴出入于黄道其纬六度），而五星则未有及之者。今西历之五星有交点、有纬行亦如太阳太阴之详明。是则中历缺陷之大端，得西法以补其未备矣。"① 引言中所说"西历"是包括回回历法的，梅氏有关著作可证明这一点。当代学者如陈美东、陈久金、石云里等先生的研究也可充分印证古人的看法②，如石云里等人就指出：

> 回回历法之所以得以与大统历长期参用，必然与其自身所具备的特点紧密相关，如它可对月五星黄道纬度进行推算，可对月五星凌犯进行预测并为星占提供服务。这是传统历法所望尘莫及的③。

那么，为什么说伊斯兰天文机构的上述工作具有中国特色？理由是这些天象的推算预报或者不是伊斯兰体系中强调的，或者是其体系没有（或非主流）的，而它们却是中国传统天文、星占学的核心内容。"不是伊斯兰体系中所强调的"，这是就日月交食天象而言的，这种中国传统体系中无比重要的天文现象在《明译天文书》中却仅占全书 56 门中一门的篇幅（第二类第十门《说日月交食》），且"内容显得单薄琐碎，不似其他门那样有系统的推算方法，只是定性地泛泛而谈"④，其不是其体系关注的重点显而易见；"是其体系中没有（或非主流）的"，这是就月、五星凌犯天象的预报而言的。例如，遍索《明译天文书》，就找不到与此有关的天象及其占辞

---

① （清）梅文鼎：《论中西二法之同》，载《历算全书》卷 1《历学疑问一》，文渊阁《四库全书》本，（台北）商务印书馆 1986 年版，第 794 册，第 7 页。

② 参见陈美东《回回历法中若干天文数据之研究》，《自然科学史研究》1986 年第 1 期；陈久金《回历交食原理详解》，《自然科学史研究》1990 年第 2 期。

③ 李亮、吕凌峰、石云里：《〈回回历法〉交食精度之分析》，《自然科学史研究》2011 年第 3 期。

④ 陈鹰：《天文书及回回占星术》，《自然科学史研究》1989 年第 1 期。

的踪迹。上述情形是两大体系对星占天象规定的不同而决定的。所以似乎可以说，月、五星凌犯天象是中国体系中独有的内容，是中国特色的。

至此，似乎必须面对这样一个质疑：既然上述天象的推算预报，或者不为伊斯兰体系重点关注，或根本不是其体系中具有，那么，在华伊斯兰天文家如何能在这些天象的推算预报上做到游刃有余、胜任愉快？问题其实不难回答：无论是东方体系，还是西方体系，其实生活在世界各个角落的天文、星占家们仰望的是同一个硕大无朋的星空，在这个星空中，太阳、月亮及金木水火土五大行星是最引人注目的七大星体。天文、星占家相信这些星体的出没、在恒星背景下的运行以及不同时刻所处的位置等，都与大地上人类的生活和命运息息相关。由此无论天文、星占家们所属的派系多么不同，他们总是围绕着这些天象去做观测推算，并为实有的或想象的形形色色的天象赋予各种星占意义。回到本书论题，也就是说无论伊斯兰和中国两大体系之间在星占天象的具体规定及其星占意义的赋予上存在着怎样的分歧，但依赖上述共通的前提，在华伊斯兰天文家完全可以调动自己的专业知识并运用其遵循体系的各种优长，根据中国的实际需要调整关注点，进而去从容应对他们在华的天文工作。

三 《回回历法》主体内容的调整与《明译天文书》在华的境遇

关于《回回历法》的来源原有两种说法：一是明初得自元都，"言殊字异，无能知者"，洪武中朱元璋命令组织翻译，《回回历法》即这次工作的成果之一；二是贝琳《七政推步》卷一后跋文所说：为洪武十八年归化"远夷"所献，然后由"历官元统去土盘译为汉算，其书始行乎中国"。这两种说法虽在翻译人员及成书时间上存在明显分歧，但有一共同点，即认为《回回历法》与《明译天文书》同样，是一个译本。可是，经过近几十年一些学者的研究，其为编译本的真相愈来愈明确①。学者们用以支持编译的证据，显而易见者如其书以洪武甲子为历元、在正文中提及洪武甲子和洪武年号，在述及回回历法交食推算方法时有与明代现行历法《大统历》对照、印证的话语等，而更为重要的理由是经过一番专业的推算得出的，如发现传世本《回回历法》中的《昼夜宫度立成》《经纬加减立成》等助算表格用的都是南京的地理纬度。可见其绝非一个单纯的译本，成书时一定有过与中国传统历法的比勘对照且更换了历元，一些与地理因素密切的关键数据，还在南京做了重新观测和调整。

其实，笔者以为，以日月交食和月、五星凌犯天象的推算预报为主体部分，是传世《回回历法》为编译本更为直接、更为重要的证据。正如上文不止一次指出，这些事项一直以来都是中国古代天文历法的核心内容。

从我国现存最早的一部有完整文字记载的历法西汉末年的《三统历》观之，就有专门描述五大行星运动的"五步"和推算日月运动有关的"统术"。唐代僧一行等人编订的《大衍历》，此后被历代历法家奉为楷模，在其七部分中，有四部分即"步日躔术""步月离术""步交会术"和"步五星术"，是分别专门研究日、月运动（包括日、月交食）和五大行星运动（主要着眼于五星凌犯）的。《授时历》是中国传统历法中最优秀的一部，其七部分内容中，也有四部分均是研究上述诸天文现象的。然而，中国古代天文家将这些天文因素编入历法中，从主观动机来看，只有一个十分单纯的目的，即为了星占②。历法在古代社会主要是为星占提供专业服务，只要稍稍浏览一下我国古代的星占文献，如历代正史中的《天文志》或专

---

① 此说在国内似首先由陈久金先生提出，他在《马德鲁丁父子和回回天文学》（《自然科学史研究》1989 年第 1 期）、《回历交食原理详解》（《自然科学史研究》1990 年第 2 期）等文中都有论述。此后，石云里、吕凌峰、魏弢等先生在《明末中西历法争论中回回历的推算精度——以六次日月食预报记录为例》（《回族研究》2003 年第 4 期）、《元统〈纬度太阳通径〉的发现——兼论贝琳〈回回历法〉的原刻本》（《中国科技史杂志》2009 年第 1 期）等文用他们的成果支持了陈氏的说法。

② 江晓原《天学真原》第 137—140 页对之有精到的分析和论述，可参考。

门的星占学著作如《乙巳占》《开元占经》等就可以看到，它们无一例外地都把日月交食和月、五星凌犯等天象作为最重要的内容而占据大量篇幅。可以说，中国传统天文机构的工作主要就在于推算、预报上述天文现象的准确时间。因此，一方面，伊斯兰天文学要在中国谋求生存，得到发展，无论其原来传统如何，都必须迎合、适应中国传统天文学的总体精神；另一方面，正如上文已指出的，伊斯兰天文家向以对日月交食，特别是对有关五星运动位置的推算见长，这正好用来推算预报中国传统星占学中上述天文因素。关于这些情况，还可求证属于伊斯兰历法体系的明代各种《回回历法》版本：在各种较为完整的传本中，有关上述天象推算方法的文字和助算表格，均占大部分篇幅，《七政推步》卷七还保留与预报月、五星凌犯天象有关的十数份《凌犯入宿图》；除此而外，还有根据回回历法专门推算、编制的月五星凌犯书籍：石云里教授等于韩国首尔大学奎章阁档案馆发现一份名为《宣德十年月五星凌犯》的文书，文本详细列出明宣德十年全年月亮及金木水火土五大行星之间以及月五星对恒星的“凌犯”现象①。有趣的是，如果把《回回历法》等文献与传世的元明中国传统历法进行比较，就会发现二者在主体内容上有惊人的一致，而这种一致又与中国传统天文、星占学的总体精神吻合。如此以来，似可做一大胆的推断：元代伊斯兰天文学传入中国后，根据中国传统天文、星占学的需要，曾做过较大幅度的调整。如若不然，出于西方体系的伊斯兰历法与中国传统历法能有如此高程度的合拍是不可能做到的。

至此，笔者不能不对《明史·历志》的一种说法表示怀疑。其在谈到《回回历法》的流传现状时说：“但其书多脱误。盖其人隶籍台官者，类以土盘布算，仍用其本国之书。而明之习其术者……又自成一家之言，以故翻译之本不行于世，其残缺宜也。”② 从上文

---

① 石云里主编：《海外珍稀中国科学技术典籍集成》，第 490—506 页。
② （清）张廷玉等：《明史》卷 37《回回历法一》，第 746 页。

所述其人在华天象推算预报关注点的中国化调整，到编译本中有关起算点的更换、重要数据的重新测定以及一些专门针对中国天象预报的天文图表的绘制，可以推断：充分考虑和结合中国实际的《回回历法》①理应是伊斯兰天文家最便捷的工作用书，而"类以土盘布算，仍用其本国之书"的说法很可能并不符合历史事实。

　　与《回回历法》主体内容中国化的调整正好形成鲜明对比，《明译天文书》由于秉承朱元璋"唯直述，毋藻绘，毋忽"、忠实原书直译的宗旨，翻译人员"不敢有毫发增损"，更为重要的是纯粹星占书的性质也决定其不宜做中国化的处理（唯其如此，才不致丧失其别为一家之独特价值）。可是，由于伊斯兰体系对星占天象的规定以及所赋予的星占意义与中国传统的一套存在着巨大的差异，不能中国化，同时也就意味着它很难被接受。这一点，事实上在相当程度上妨碍到其在中国的传播及影响力的发挥。《明译天文书》问世后长期被冷落，除嘉靖、万历间周述学、邢云路②和清初薛凤祚等少数几位学者在他们有关著作中有所提及或援引外，基本上未引起重视。而"《四库》未收，阮文达亦未进呈"③。关于二者的差异，这里仅以《明译天文书》日月交食天象为例，以管中窥豹。如前所述，在中国古代星占学中它们是大凶之兆，且主要应在君主、后宫、大臣及有关军国大事上。相形之下，伊斯兰星占学中虽有"日食则关系君主，月食则关系后妃并臣宰"之说，但仅此而已，倒是在君臣后妃臣宰之外，所应无所不在："人事""六畜""水中之物""蛇蝎蜈蚣""猛兽之类"、大风、雨水、地震、地裂、地陷、"土中所产一切之物"等；更奇异的是交食的发生，不只是预示灾难的降临，在

---

　　①　传世本以《明史·历志》附录本、《四库全书》所收《七政推步》和朝鲜《李朝实录》所载《七政算·外篇》最为完整，它们都应是洪武末年成书的某编译本的再传本。

　　②　这两位学者有关著作中涉及《明译天文书》事，首先由朱浩浩和石云里两研究者发现和指出，见二氏《以回回之法，占中朝之命：薛凤祚对阿拉伯星占学的研究与应用》（《中国科技史杂志》2015年第1期）一文。

　　③　张元济：《涵芬楼烬余书录》，商务印书馆1951年版，涵芬楼秘笈本。

一些境况下竟然是大吉之兆，如说："若亏食主星是木星者，主万物滋长，人事高贵安宁，诸物价贱，食用丰足，六畜蕃息，天气平和，江河不溢。""若亏食主星是金星者，其应如木星之应，有人事中得阴人济……"① 由此亦可见与中国传统一套的格格不入。也正是由于这样，我们完全可以做出一个最基本的推断，元明时期在华伊斯兰天文、星占家在他们的天文工作中只是应用其体系所长，推算预报日月交食及月五星凌犯天象发生的时刻，至于这些天象的星占意义则由现成中国传统星占著作予以提供，而无须伊斯兰天文家给出另外的解释和说明。

诚然，《明译天文书》之在华境遇，也与其相关的知识未能同时译进存在直接关联。关于这一点，朱浩浩、石云里先生在他们近年的有关研究中已经指出②，如说：

> 研读《天文书》就会发现，尽管其中对有关占法的基本概念和论断条件等交待得十分详细，但对关键性的需要使用球面天文学与球面三角学知识的命宫图构造过程（包括划分十二官的官位制问题）却没有介绍。
>
> 在论述日月五星的位置与方位时，《天文书》经常用到本轮小轮等概念。在17世纪传教士带来欧洲天文学之前，并没有一部介绍此类伊斯兰天文学几何模型概念的中文著作。尽管回回历法的天文表与计算程序是以相关几何模型为基础的，但书中并没有对它们的解释。

专业学者的观察和研究结论，应该可以信据。

---

① ［阿拉伯］阿布·哈桑·阔识东耳：《明译天文书》第二类第十门《说日月交食》，（明）马沙亦黑、马哈麻、吴伯宗等译，载《中国回回历法辑丛》，甘肃民族出版社1996年版，第20页。

② 参见朱浩浩、石云里《以回回之法，占中朝之命：薛凤祚对阿拉伯星占学的研究与应用》一文（《中国科技史杂志》2015年第1期）。

第四章

中国伊斯兰天文学的基本文献：
《天文书》与《回回历法》

伊斯兰天文学自唐宋时期开始传入中国，蒙元时期在传播和应用两个环节上都达到一定高度。然而，由于这方面的文献没有经过汉译，所以，其在元代汉文化圈中的影响有限。自明洪武中期始，朱元璋下令组织回汉学者，对有关文献进行翻译和编译，情况随之大有改观。从那以后，无论是明清学者，还是近现代国人，乃至于境外的有关研究者，他们对中国伊斯兰天文学的了解、认识、研究，多以此次翻译和编译的《天文书》和《回回历法》为最基本的资料。上述情形表明，开展对两书的专门研究，仍然是将本课题推向深入的一个关键。

第一节　《天文书》

一　西方星占学源流

《天文书》是一部星占学著作。在正式进入主题讨论之前，先对古代西方这门学科发展、演变的大概情形作一回顾，必有助于说明本书讨论的问题。

星占学几乎在所有古代文明中都占有重要地位。而通常以为，

西方星占术有一共同源头，即来自两河流域的古代巴比伦文明。据
江晓原等先生的研究①，公元前 8 世纪的亚述帝国时期，存在着一种
被称为 "Judicial astrology" 的星占学体系。其特点是以战争胜负、
年成丰歉、王朝盛衰、帝王君主的安危等事项为待占对象。Judicial
astrology 一词，国内尚别无译法，江晓原先生从此术语的实质内容出
发，译为 "军国星占学"②。因颇为贴切，已较普遍为有关研究者采
用。现今欧洲各博物馆收藏大批出土的古巴比伦星占学楔形文字泥
板，全部属于军国星占学。古巴比伦的星占学特别重视行星的运行，
并以此预言军国大事，李约瑟曾介绍过两则楔形文字记录：

> 如火星退行后进入天蝎宫，则国王不应忽视他的戒备。在
> 这一不利的日子，他不应当冒险出宫。
> 如火星在金星之左的某星座，阿卡得将遭受蹂躏③。

约公元前 7 世纪，有一种被称为 "Horoscope astrology" 的星占
学，在两河流域的新统治者迦勒底人那里诞生。其特点是依个人出
生时刻日、月、五大行星在黄道上的位置来预测其人一生的穷通祸
福。国内学者一般译为 "天宫图星占术"，江晓原先生译为 "生辰
星占学"，都称妥当。与军国星占学比较起来，后者影响要大得多，
被称为 "迦勒底人的科学"，其首先进入希腊文化圈，并在那里获得
很多新的发展。公元 1 世纪托勒密据之，写成集大成的著作《四
书》，使这一部分内容成为希腊星占术及西方星占术的主流。后来
埃及、波斯等文明区的星占学也大都自巴比伦传入。虽然在不同
程度上都经历民族化的改造，但就其基本格局和特点，仍可说是
万变不离其宗。在第一章已指出，阿拉伯伊斯兰天文学主要是在
继承希腊天文学的基础上发展起来的。其星占术也是如此，属于

---

① 江晓原：《天学真原》，第 216—219 页。
② 江晓原：《天学真原》，第 216 页。
③ ［英］李约瑟：《中国科学技术史》，第 2 卷，第 380 页。

西方星占学体系。

二　《天文书》的作者、明译底本及翻译人员

关于此书的作者，明译人员马哈麻在他所撰《译西域经书序》中有所交代:

> 大道在天地间茫昧无闻，必有聪明睿智圣人者出，心得神会斯道之妙，立教于当世。后之贤人接踵相承，又得上古圣人所传之妙，以垂教于来世也。圣人马合麻及后贤辈出，有功于大道者，昭然可考。逮阔识牙耳大贤者生，阐扬至理，作为此书，极其精妙。

由此可知，其作者即中世纪著名阿拉伯学者阔识牙耳（Kushyar ibn Labban，约971—1029）。他是伊朗北部人，客居巴格达。平生撰写数学、天文学著作多种。有星占术著作《占星术》及《天文学原则导引》，是阿拉伯星占学的重要著作，现已被学界确认为《明译天文书》的底本。《明译天文书》第一类中有"说杂星性情"一节，在介绍三十颗杂星（恒星）的历元时指出:

> 以上星数，是三百九十二年之前度数如此。其星皆东行，一年行五十四秒，十年行九分，六十六年行一度，观者依次推之。

此应为《天文书》的译者专门加入的内容，其译于洪武十五、六年，自此前推 392 年，为公元 991 或 992 年，此即《天文书》三十颗杂星的历元，也是《天文书》的大致成书年代。此与阔识牙耳的生活年代相符。又，在欧洲至今保存着阔识牙耳的另一部著作《齐全的天文表》（*Zijal－jami*）。其中也有一份星表，星数三十，历元也是公元 990 年前后，其他数值均完全相同。上述情形表明《天

文书》的确为阔识牙耳所作，且原本就是上面提到的那部占星术著作。

在星占学方面，生活在10—11世纪之交的阔识牙耳应有很多前辈。《译西域经书序》说，"圣人马合麻及后贤辈出，有功于大道者，昭然可考"，是说马合麻等是阔识牙耳撰《天文书》遵循的先辈。马合麻即"穆罕默德"的明代译法，作为伊斯兰教徒名，阔识牙耳之前的很多天文家都用过。由此，若强求对应，很容易搞错。从《天文书》内容看，似也可以证实这种推测。它很可能是阔识牙耳据当时诸多星占著作做出的一个汇辑本。书中多有采辑、摘要的痕迹，如第一类第十六门最后说，"每宫度数分属五星者，有六家说，今年内特选此一家之说"；又有综合的迹象，如第一类第十四门，"自古论七曜庙旺度数，并无不同"。

《明译天文书》的底本，洪武初得自元都，是阔识牙耳的著作必在元朝传入中国。这方面的线索，文献中仅发现《秘书监志》所载的那份书单。因此，若不出大的意外，如文献漏载或记载别的传入线索的典籍佚失等，则底本就在5种占书中。现将有关信息编制为表4-1。

表4-1　　　　　　　《秘书监志》所载回回占书

原　名	译　名	今　译　名
阿堪	决断诸般灾福	诸星断决
蓝木立	占卜法度	沙卜
麻合塔止	灾福正义	占卜必读
密阿	辨认风水	幽玄宝鉴
福刺散	相书	相书

除第2种与《天文书》内容明显不符可以排除外，其他4种似均有可能。

关于《天文书》的翻译人员，据吴伯宗所作《〈明译天文书〉译序》（其核心部分，本书在第2章第3节已经录出）可列出如下名单：

汉族学者:翰林李翀、吴伯宗。

穆斯林学者:钦天监灵台郎海达儿、阿答兀丁、回回大师马沙亦黑、马哈麻。

因在下一章中,笔者将专门探讨明清汉族学者对伊斯兰天文、历法之学在华传承和研究的贡献,所以,对于翻译(或编译)人员的评介,这里仅及4位穆斯林官员。

钦天监灵台郎海达儿,应该是洪武元年十月第一批征用名单中之"回回司天监黑的儿"的异写①;阿答兀丁不详,不见于第一批征用名单,而第二批名单今所见文献均书"召回回司天台官郑阿里等十一人",未详全部,故不知是否在其中。值得注意的是,明初在南京供职的伊斯兰天文学家有一部分不是来自故元的两都,翻译班子名单中最后的两位即马沙亦黑和马哈麻就属这种情况(阿答兀丁是否属于,仍无文献记载可以说明)。他们是译介群体中的扛鼎人物,因此,对其事迹,宜稍费笔墨。有关二人的记载颇相分歧,如其从何而来,哪一年入华,就是如此。现将常引三家文献的有关信息,编制为表4-2。

表4-2 马沙亦黑、马哈麻信息表

文献	撰者及完成年代	原籍	来华年代	最高官职
清真释疑补辑	唐晋徽等 光绪七年(1881)	撒马尔罕	洪武十二年	马沙亦黑,曾用汉名"吴谅",内灵台官
"大测堂马"中堂挂轴②	撰者不详,约写于20世纪20—30年代	西域鲁密	洪武二十年	马沙亦黑,钦天监正 马哈麻,钦天监副

---

① "黑的儿"的官衔,文献有不同记载,有"回回司天太监",出自《明太祖实录》卷35"洪武元年十月甲午"条;而《明史纪事本末》卷73《修明历法》载为"司天监"。揆之情理,应为"司天监",故本书选用后者。

② 现收藏于南京市伊斯兰教协会。

续表

文献	撰者及完成年代	原籍	来华年代	最高官职
聚真堂 马氏宗谱①	马良 民国十七年(1928)	满凯百二十里南之准带	洪武二年	马沙亦黑，钦天监监正、四夷馆教习 马哈麻，钦天监监副、文林郎

表中后两种资料均指出马沙亦黑、马哈麻为兄弟关系，此说不见载于其他文献。但是，一般说来，这些文献晚出，利用时须要格外注意。1989年陈久金先生据之，并参照《明史·历志》，撰《马德鲁丁父子和回回天文学》一文②，除指出二人为兄弟外，还肯定三家中的若干记载属实。他认为二人来华年代为洪武二年，而以《补辑》和《挂轴》中"十二年"及"二十年"均为二年之误；关于二人原籍，他信从《聚真堂马氏宗谱》说；后两种所载二人官职及说马沙亦黑为明太祖驸马，陈先生也以为均可凭信。

有关马沙亦黑、马哈麻事迹资料，下述几种较早、较为重要：《明太祖文集》卷八有《翰林编修马沙亦黑、马哈麻敕文》，黄云眉《明史考证》系于洪武十五年十二月。敕文中有"特命尔某为翰林编修"等语，可见二人成编修是译书工作开始三四个月之后事。不过，《明太祖实录》"洪武十五年正月丙戌"条载马沙亦黑与翰林院侍讲火原洁受命编类《华夷译语》事。文中说：

> 上以前元素无文字，发号施令，但借高昌之书，为蒙古字，以通天下之言。乃命火原洁与编修马沙亦黑等，以华言译其语。凡天文、地理、人事、物类、服食、器用靡不具载。复取《元秘史》参考，纽切其字。既成，诏刊行之。自是使臣往复朔漠，

---

① 现藏北京工人文化宫。
② 见《自然科学史研究》1989年第1期。

皆能通达其情①。

如此说来，马沙亦黑早在洪武十五年初以前就有"编修"的头衔，且对明代文化建设方面的贡献，并不限于译介伊斯兰天文、历法文献一事。另外，《清世祖实录》卷一〇九"顺治十四年四月庚辰"条，载吴明炫奏折中有"臣祖默沙亦黑等一十八姓本西域人。"使人想起《清真释疑补辑》中"明吴谅，原名马沙亦黑……其子景忠袭父职，后裔继承家学，终明之世，俱官天文生，世袭无替也"的说法②。还有记载说，马沙亦黑后裔中有名"马德称"的。此见梅文鼎《四省表影立成》：

> 《四省表影立成》者，为友人马德称氏作也，德称系本西域。远祖马沙亦黑、马哈麻两编修公，以善知历见知洪武朝，受敕译西书，其文御制，称为"不朽之智人"。钦天监特置专科肄习，子孙世其官，皆精其业，西域之言历者宗焉。

这段记载，在一定程度上可助马沙亦黑和马哈麻为兄弟的说法。

综合来看，有关二人的记载较为复杂，在没有得到确凿证据之前，宁肯采取大概的但显而易见是正确的说法。例如，只需指出他们是洪武初来自伊斯兰国家的天文家即可，而轻从一说，作过于具

---

① 明人郑晓《今言》一书，也载有大略相同的一段文字。

② 《清真释疑补辑》载云："明吴谅，原名马沙亦黑，撒马尔罕国人也。洪武十二年选礼部员外郎陈诚、吏部主政暹使西域至其国，凡五往返，均相得。谅遂同使者东来入觐。时举止吐属不类远人。高皇帝深奇之。命制浑天仪，以正前代得失，授为刻漏博士。所著有《法象书》数篇，帝褒奖者再。外特设回回博士科，以官其偕来者。并命刘基、吴伯宗译其经。寻受谅内灵台太史院……"一望可知，这段文字中属于常识错误者已有若干。譬如说，陈诚出使西域诸国事，分别发生在洪武二十九年、永乐十一至十三年、永乐十四年、永乐十九年和永乐二十二年，对之，当事人陈诚在所撰《历官事迹》（《竹山文集》内篇卷二）一文中言之凿凿，何来洪武十二年之说？其实，陈诚是洪武二十七年进士，此后不久被任命为行人司行人。仅此一例，即知《补辑》之史实载述存在问题，使用时须格外谨慎。有学者不察，居然全部采信《补辑》的说辞，称"洪武十二年以后明使曾五次通西域，均得马沙亦黑随同做翻译"云云，显然是错误的。

体的结论是不适宜的。至于"大测堂马"挂轴及《聚真堂马氏宗谱》说二人曾分别担任过钦天监监正、监副职，陈久金先生补充说，这是就回回监而言的，并确定任职时间为洪武五年之后。笔者认为此说十分可疑：前引《吴序》，二马姓名前并无这样的官号（前加"回回大师"为尊称，两人在当时可能实无具体官职），此一也；上引《明实录》及梅文鼎文，皆直称二氏为编修，此正与太祖十五年十二月授其为翰林编修事吻合，此二也。回回钦天监在洪武年间颇受重视，地位可与汉监相拟（十四年以前差一级，十四年后调整为同级，即正五品），如他们果真担当过此监的第一、二把手，时人称其官名时，不会舍高就低，这是一般常理。其实，撰于洪武十六年的吴伯宗《〈明译天文书〉译序》，可视为内证，其提到参译回回人员说"遂召钦天监灵台郎臣海达儿、臣阿答兀丁、回回大师臣马沙亦黑、臣马哈麻等咸至于廷，出所藏书，择其言天文阴阳历象者，次第译之"，马沙亦黑兄弟排名在钦天监灵台郎海达儿等人之后。洪武二十五年之前，回回监不设"灵台郎"，由此海达尔的职衔确如所署，是属于并行且社会影响较高的"钦天监"的，但恐并非实受，大体荣衔（寄禄，约正七品）而已。如此说来，至少在洪武中期以前，马沙亦黑兄弟并不曾有回回钦天监正、副的官职（正四、五品），种种迹象表明，两兄弟终其生也不曾出任过这样的官职。可以说，这两点毫无疑问。

综观上述译员情形，并参照朱元璋对他们的具体指令：

> 尔西域人，素习本音，兼通华语，其口以授儒；尔儒译其义，辑成文焉。惟直述，毋藻绘，毋忽[1]。

可知，李、吴之受命参译，并非由于他们在天文学上有什么造

---

[1] （明）吴伯宗：《〈明译天文书〉译序》，载［阿拉伯］阿布·哈桑·阔识牙耳《明译天文书》，（明）马沙亦黑、马哈桑、吴伯宗等译，载《中国回回历法辑丛》，第 2 页。

诣,而是出于其长于文辞,又职翰林,在译介过程中具体任笔译。这种角色,当然不是无足轻重,可有可无①。回回译员的责任似更大一些,身为伊斯兰天文家,又"素习本音,兼通华语",译介环节中,具体做"口授"。口授是否准确,对整个翻译至关重要。

三　《天文书》内容介绍和分析

《明译天文书》在华有多个刻、抄本,名称也不统一,但就内容而言,大同小异。笔者所作评介,所据为天一阁秘笈本。

全书共分为 4 类(实际上相当于四卷)。各类未设总标题②,类下则分若干门,每门均有小标题。全书共计 58 门。

第 1 类,共 23 门,是全书的基础,介绍的是伊斯兰星占术的基本依据和基本占法。首先构建伊斯兰星占所必要的各种天象象征、意义:在第 8 门之前,主要规定日、月、五星和 30 颗恒星(《明译天文书》称"杂星")的属性、性情。诸如七曜的热、寒、润、燥、吉凶,昼夜的配属及杂星的性情等;第 9 — 20 门和第 23 门对天体运行路径黄道十二宫作各种规定,与上述对七曜的规定类似。例如,赋予天体在十二宫上间隔的四个具有特殊意义的度数六合(60°)、二弦(90°)、三合(120°)和相冲(180°)或吉或凶的意义;对十二宫的每一宫,十二宫内各种具有特殊意义的度数与七曜的关系,七曜所属之宫、七曜在何宫度上威力最大最小等进行规定。上述内容就是伊斯兰星占术的基本依据。所谓基本占法是说"要知天轮行度之法,必用浑仪并测星之物,以算法推详其理",这是总的原则,具体而言,主要是在第 21—22 门介绍的命宫十二宫和福德十二箭。无论占何人何事,都要看这两个因素,此乃伊斯兰星占术运作之关

---

① 按,陈久金先生在《回回天文学史研究·前言》称吴伯宗"并没有参加《天文书》的翻译工作"(原书第 6 页),这种说法应属无据。

② 此前学者包括笔者自己沿袭《涵芬楼烬余书录·明译天文书》解题,将全书四类命名为"第一类总说题目""第二类断说世事吉凶""第三类,说人命运与流年""第四类说一切选择",似有强加于古人和以偏概全之嫌,特别是对第一类不适宜。

键。命宫是指人出生时观测到的东方地平线上出现之宫，由此自西向东依次排下为第二，第三，一直到十二命宫，各有所主。例如，第一宫即命宫"系人性体寿数及一切创生之事""第二宫系人生财帛、衣禄生理、济助并未来之事""第三宫系亲近并相助之人及兄弟姊妹亲戚及进出挪移之事"……一直到"第十二宫系仇人争竞并牢狱及大畜头匹之类"。总之，凡官运财帛、妻妾婚姻、生老病死等，无一不备；福德等十二箭是通过计算人出生时刻各种天象的相互关系得来。例如，昼生人的福德箭：

> 昼生人，从太阳数至太阴几度……又将安命度数添在其上，看总计几度。命宫分与三十度，其余财帛等宫每宫各分与三十度，余剩零数有几度，在何宫分，此为福德之箭。

十二箭门类齐全，除福德箭外，尚有聪明远识出众、财帛、兄弟、父母、男女、疾病、婚姻、死亡凶险、迁移远方、官禄、朋友并想望、仇恨并囚狱大畜等名目。

第2类，共12门，所述已进入星占主题。主要是对社会民生有普遍影响的事件而进行的星占，基本上属于上文所说军国星占学范围，主要包括灾祸征战、疾病、气候、物价贵贱等内容。对其进行星占的总方法是，首先把与此事有关的命宫分、天体、当事宫分、箭等数据推算出来，其次将结果进行综合分析比对，据总效力或效力大者得出星占结果。例如，判断一年或一季人间疾病情况，其方法是：首先看一年或一季之始出东方地平线上是何宫何度，确定所谓的安年命宫或四季命宫；其次在当年、当季交年、季之前，在太阳、太阴相会或相望的位置上，取"交年命宫"；再次考察两种命宫的命主星及其与太阴的关系；最后将这些因素综合。若这些因素皆居吉位，又无凶星相照，主其年、其季人民安乐无病；若吉多凶少，亦主安乐；若上述因素不居吉位，又有恶星相照，则其年、其季必有天灾，人多疾病。

在第二类星占中,"灾祸征战""物价贵贱"和风、雨、寒、热等三类较为系统,特别是灾祸征战一类,条分缕析,不辞烦琐,各种天象因素考察下来,不下十数种,且有追求多因的倾向:包含的天象因素愈多,所应验程度就愈大愈急。气象占中的一些反映出阿拉伯人对有关气象的观察、认识,达到了准科学的程度,如说:

> 若太阳东出西入时清朗无云翳者,主晴明;若太阳东出西入时有云雾遮掩或云色不等围绕太阳及太阳色红似火、光显长者,必有狂风;若色黑青,又有云气,又太阳周围有晕者,则天色阴暗雾雨……近太阴周围清净无云雾气色者,主天色晴明。若太阴色红,光环不定,则有风;若色黑暗青,则天阴有雨。
> (第8门)

本类最后一门是"说世运",是一种在大的时间尺度上运用的占星术,对古、近"世运"进行解释,对将来"世运"实施预报。第二类中还涉及日月交食占和彗星占,但显然它们在《天文书》中不占重要地位。

第3类,共20门,与上一类有关社会民生等重大事项的星占相对,这一类为"人事"占,就是对个人命运的星占,包括从人生受胎始到寿终正寝的方方面面,如生相秉性、寿数短长、智识才情、福禄财运、婚姻子女、朋友仇人等。此类即上文所说的生辰星占学。其占法与第二类相通,仍然是一系列天象数据的综合。稍不同者,一是正式托出"安命宫":求占之人出生之时东方地平线上的宫分度数。以为"人生一切贫富贵贱,寿夭贤愚,皆定于有生之初。当初生时,取一命宫最为重要"。二是给五星赋予与人的禀性相应的性情:

> 凡人一切身体气力,皆太阳所主,一切禀性皆太阴所主。

土星主收聚之力，木星主生长之力，火星主恼怒，金星主色欲，水星主思虑记性。（第1门，总说题目）

这两方面的因素，遂成为"人事"占中的关键因素。

这类最后一门是"说流年并小限"，也属个人命运占法，其用途是通过星占把人一生命运按年、月乃至日，像流水账似的加以预卜。方法有好几种，这里不再赘述。

第4类，共3门，内容明确单一，即依据占事，预推、择定所需之"良辰吉日"，共涉及50余项具体事务。选择吉日须符合若干条件："凡论选择，必选一时辰，看东方是何宫度出地平环上，安一命宫，又将其人当生命宫并流年命宫与选择时安命宫相合看之。"若这些因素都在吉位，"则凡事成就"。这是总则，具体事务还须具备一些独特的条件。

若求一事快疾结绝，不欲缠绵者，所选时安命要在转官，太阴亦要在转官，又要吉星相照；若欲修造起盖久远坚固者，所选时安命要在定官，太阴亦要在定官……

由上介绍可见，《天文书》的内容十分丰富：从涉及天象看，主要是对日月行星等天体及运行路径黄道十二宫的常规星占，个别门类中稍稍涉猎异常天象及其占辞；从占事主题上看，既有对社会民生有普遍影响的重大事件所进行的星占，也有针对个人命运穷通祸福的占测，还有选择良辰吉日的专篇。作为一部星占学著作，《天文书》之涉猎完全可说是应有而尽有。而事实上，《天文书》中还广泛涉猎阿拉伯气象、医学、地理学等方面的知识等，因与本书探讨主题关系不大，所以不再赘述。

不过，上文已经指出，《明译天文书》是伊斯兰星占学在华的唯一传本，这里就有一个问题，即它的代表性如何？究竟能不能全面、准确地反映伊斯兰星占学的基本内容和特征？我们认为答案是肯定的。理由主要是:第一,阔识牙耳是 10—11 世纪之交人,此时伊斯兰星占学已全面成熟,作者又是本领域最卓越的学者之一,由此在客观上具有步武前人、博采众长的条件。所谓"大道在天地间茫昧无闻,必有聪明睿智圣人者出,心得神会斯道之妙,立教于当世……圣人马哈麻及后贤辈出,有功于大道者昭然可考。逮阔识牙耳大贤者生,阐扬至理,作为此书,极其精妙"①。第二,自本书中直接透露出的信息也说明它是一部综合、融汇诸家而具有集大成性质的星占著作。例如,文中有若干节作者都是用"一说……又一说……";"又说""又云"等的罗列陈述方式;或者于众家中采摘其具有代表性的说法,如第 16 门《说每宫分度数分属五星》"每宫度数分属五星者有六家说,今特选此一家之说";第 3 类第 3 门《说安命宫度备细》"取用之法多有,今选出几等可通用者"。由此可以认为《天文书》的代表性不用怀疑,它应是一部博采众长、全面完整的伊斯兰星占学著作。

四 伊斯兰星占学与中国传统星占学的比较

(一) 中国传统星占学著作《开元占经》内容评介

为进一步深入把握伊斯兰天文学、星占学的内容和特色,下面,笔者将以《明译天文书》与《开元占经》为例,开展中阿两大系统的比较研究。因上面已经用较多笔墨对伊斯兰星占学著作的汉译本《天文书》作了介绍,下面,首先对用来作为中国传统星占学的代表性著作《开元占经》进行评介。

本来,传世中国传统星占学著作很多,著名者如《灵台秘苑》《乙巳占》等,此外还有历代正史中的《天文志》等,选择《开元占经》主要考虑到它是本类传世著作中部头最大(计 120 卷,约一百万字)、同时也是较完备的一部。《开元占经》全称《大唐开元占

---

① [阿拉伯] 阿布・哈桑・阔识牙耳:《明译天文书・马哈麻译西域经书序》,(明) 马沙亦黑、马哈桑、吴伯宗等译,载《中国回回历法辑丛》,第 3 页。

经》或《唐开元占经》，唐玄宗开元六年至十六年（718—728）间由时任太史监瞿昙悉达奉旨编纂，故称。瞿昙氏虽祖籍印度（其家族始入华年代不详），但华化程度极深，故所编《开元占经》（下文简称《占经》）一书完全是中国传统性质的①，其基本架构和内容也能充分代表中国传统的星占学著作。现将其主要内容归纳为六大部分，简要评介如下。

第一，日占部分

在中国星占学中，太阳被认为是"群阳之精"，特别是最高统治者君主的象征，所以日占地位十分重要。《占经》以6卷的篇幅（卷五至卷十）安排这方面的内容。

卷五至卷八列举被认为是太阳本身所呈现出的各种景象，如日光明、日变色、日戴光、日无光、日昼昏等不下五六十种，而每种情形又多再析，并详具各家占辞。例如，"日变色"，按照占家的看法，日正常的颜色是黄色居中，发生异变后则有青中黄外、赤中黄外、白中黄外和黑中黄外四种情形，而每种异常都与君主的失德或统治不当有直接关系，如赤中黄外，是由于"君喜怒无常，轻杀不辜无罪，不事天地，忽于鬼神"造成的，若白中黄外则是"君乱无威，臣独逆理而不能诛，贤者不得为辅，朝中因女而进者众"（卷五《日占一·日变色》）之应等。有关日变色的占辞，上面援引仅《占经》所列《礼斗威仪》中的片段，其他相关占辞尚有若干种。又如，"日无光"，太阳本应是"出而天下光明"，由此在占星家看来，"无光"就蕴含着异乎寻常的隐忧和巨大的祸端。

《太公阴秘》曰：君不明，臣不忠，故日无光，月不明。见变不救，殃祸生，臣欲反，主失名。又曰：……或昼不见日，夜不见月，五星失度，阳蔽日光，乱风连日，此国君迷荒，不

---

① 该书卷104收录印度历法《九执历》一种，是其唯一呈现异域文化色彩之处。又，本书所据《开元占经》为《四库全书》著录本，见（台北）文渊阁本，第801册；同时参照九州出版社2012年据文渊阁《四库全书》之排印本。

顺时令，疾病虫霜，忠臣受诛，谗言者昌，兵火欲起，民人惶惶，盗贼满道，死者不葬。（卷五《日无光》）

日占中，日蚀天象最重要，星占家对之十分重视。对其产生的原因、象征意义、带来的后果等，《占经》卷九有十分细致的描述。

《春秋感精符》曰：日蚀有三法：一曰妃党恣，邪臣在侧。日黄无泽则日以晦蚀，其发必于眩惑；二曰偏任权并大臣擅法，则日青黑以二日蚀，其发必于酷毒；三曰宗党犯命，威权害国，则日赤郁怏色，则日以朔蚀，其发必于嫌隙。（卷九《日薄蚀三》）

《礼斗威仪》曰：君喜怒无常，轻杀不辜，戮无罪，慢天地，忽鬼神，则日蚀。（卷九《日薄蚀三》）

京房《易说》曰：下侵上则日蚀。（卷九《日薄蚀三》）

《春秋公羊传》曰：日蚀皆臣弑君，子弑父，夷狄侵中国之异。（卷九《日薄蚀三》）

《荆州占》曰：日蚀之下有破国。大战，将军死，有贼兵。（卷九《日薄蚀三》）

日蚀本身又被分成若干名目，注意到不同时间、发生于不同天区以及日蚀本身部位的分别等情，所有这些，《占经》也都汇集大量占辞于卷九至十中，下也列举数则。

甘氏曰：春蚀，大凶。又曰国有女丧。夏蚀，无年。又曰诸侯王多死者。秋蚀，有兵战胜；又曰主死。冬蚀有丧，一曰相死。（卷十《日四时蚀一》）

甘氏曰：日入心而蚀，政令失仪，礼度失绳，则为变甚。一曰君臣不相信，有疑惑。（卷十《日在东方七宿蚀五》）

京氏曰：日蚀上者，君为其伪，佞人而安用之故。尊卑失

礼，责于尊者，故天见亡君之象。（卷九《日蚀从上起五》）

甘氏曰：日蚀尽（即日全食），天下大凶，有亡国。一日必更王，人主死。近期二年。不尽，有失地者。（卷九《日蚀既十》）

第二，月占部分

星占家以为"月为太阴之精，以之配日，女主之象；以之比德，刑法之义。列之朝廷，诸侯大臣之类"[1]。由此，月占在中国传统星占学中地位仅次于日占。《占经》中用 7 卷的篇幅（卷十一至十七），予以描述和列举。

首先是月本身呈现之诸象。此类与上文介绍太阳占法相仿佛，对月亮运行的快慢、月光的明暗、变色、有杂气、生刺生角、昼见、大小、当盈不盈、当朔不朔、月晕等等及其星占学意义进行介绍。

> 石氏曰：明王在上，月行依道。若主不明，臣执势，则月行失道。大臣用事，背公向私，兵刑失道，则月行乍南乍北。女主外戚擅权，则或进退朓朒，皆君臣刑德不正之咎也。有不如常，随事占其吉凶。月行疾则君刑缓，行迟则君刑急。月之与日迟疾势殊而事势异也。是故，人君月有变则省刑以德，恩从肆赦。故春秋有眚灾肆赦。（卷十一《月行盈缩三》）

> 京房《妖占》曰：月行南为旱，行北为水。当道天门驷之间，天下大安，五谷大得，人主延年益寿。（卷十一《月行阴阳四》）

> 京氏《妖占》曰：月变色青为饥与疫；赤为争与兵；黄为德与喜；白为旱与丧；黑为水，民半死。（卷十一《月变色六》）

---

[1] （唐）房玄龄等：《晋书》卷 12《天文志中》，第 318 页。

其次是月蚀。与日蚀相仿，月蚀也是中国古代星占家的关注点之一，且对其观察也一如对日蚀，注意到方方面面。如关于月蚀产生的原因，《占经》引董仲舒《对灾异》曰："臣行刑罚，执法不得其中，怨气盛，并滥及良善，则月蚀。"（卷十七《月薄蚀二》）对月蚀部位的不同和后果，引《帝览嬉》曰："月蚀从上始，谓之失道，国君当之；从下始，谓之失法，将军当之；从傍始，谓之失令，相当之。"（卷十七《月蚀所起方四》）对月全食，引《荆州占》曰："月蚀尽，有大战，军破将死，拔邑亡地；蚀不尽，军破，将不死。"（卷十七《月蚀既及中分五》）对于不同时间发生的月蚀，引京氏曰："月春蚀，岁恶，将军死。一曰有忧。夏蚀，旱，忧谷。秋蚀，羌兵起。冬蚀，其国饥，有女丧。"（卷十七《月四时蚀十一》）又，与日蚀一样，星占家同样认为发生于不同的天区月蚀，星占意义也自然不同。对之，《占经》照例有大量占辞，在此不具。

最后是对月"凌犯"诸天象及星占意义的描述。所谓"凌犯"实指月球在星空中做周期运动时，与恒星、行星的位置关系而产生的各种天象。在月占中，这种观察点及星占意义的重要性超过前述的两类。由此，《占经》在月占中差不多用一半以上（卷十三至十六）的篇幅来汇辑这方面的资料。现分述于下。

一是"月犯星"：逼近、掩食五星和诸恒星天象（二十八宿及石氏、甘氏、巫咸三家中外官）。下引数例，以见一斑。

　　《巫咸占》曰：五星入月（不可能发生，实为月掩星）中，人主死；不出，臣死，非将即相也。近期一年，远期三年。（卷十二《月与五星相犯蚀四》）

　　《荆州占》曰：月犯乘心，大人凶，天下大旱，万民灾伤。近期三年，远九年。（卷十三《月犯东方七宿·月犯星五》）

　　《郗萌占》曰：月犯乘键闭星，大臣大误，天子不尊事天神，致火灾于宗庙。天子崩。一曰王者不宜出宫下殿，有偃兵于宗庙者。（卷十四《月犯巫咸中外官五》）

二是月在有晕的情况下，接近行星（称为"月晕五星"），或者进入各宿天区（分别称为"月晕东方七宿""月晕南方七宿""月晕北方七宿"和"月晕西方七宿"）以及接近部分石、甘、巫咸三家中外星官（同样被称为"月晕石氏中官"等）。此类于《占经》中照例汇辑大量占辞，这里不再列举。

第三，五星占部分

中国星占学中，五大行星是一组重要占象。因在星占家看来，五星是"五行之精""五帝之子"，担当着"天使"的角色，有着"行于列舍，以司无道之国"（《占经》卷十八《五星所主一》引《荆州占》）的重要使命，所以五星占就成为中国星占学的又一重要组成部分。《占经》以41卷也即三分之一以上的篇幅载述这方面的内容。从其构成看，卷十八至卷二二是五星占的综述部分，主要涉及五星之职掌、五星的运行状况、相互位置等。

关于五星的职掌，《占经》引甘氏曰："五星主兵，太白为主；五星主谷，岁星为主；五星主旱，荧惑为主；五星主土，填星为主；五星主水，辰星为主。"（卷十八《五星占一·五星所主一》）对于五星的运行，引《荆州占》曰："王者施恩布德，正直清虚，则五星顺度，出入应时，天下安宁，祸乱不生；人君无德，信奸佞，退忠良，远君子，近小人，则五星逆行变色，出入不时，扬芒角怒，变为妖星……山崩地振，川竭雨血，众妖所出，天下大乱，主死国灭，不可救也。余殃不尽，为饥、旱、疾疫。"（卷十八《五星所主一》）

五星之间相互位置是星占家着力讨论的对象之一。五星在恒星背景下穿行，它们在观测者的视角上即呈现出彼此逼近、掩食的景象，被称为"相犯"（或称"凌犯"）。《占经》卷十九至卷二二中，即汇集行星之间的这种"相犯"（有时又称同舍、合舍、合斗、斗、相近、触、会）极具星占意义。

卷二三至卷五八是五星的分述部分，依次分别介绍岁（木）、荧（火）、填（土）、太白（金）和辰（水）星各行星之行度、变色、盈缩失行及经过、或接近诸恒星星官的星占意义。下选五星凌犯有关恒星星官例，以见一斑。

　　石氏曰：太白入左角，天子忧，诸侯用事。太白逆行左角间，有刺客，天子明慎之。（卷四七《太白犯东方七宿·太白犯角宿一》）

　　《海中占》曰：岁星守大角，臣谋主者。有兵起，人主忧。王者戒慎左右。期不出百八十日，远一年。（卷二八《岁星犯石氏中官·岁星犯大角二》）

　　石氏曰：填星守北落师门，为兵起。又占曰：填星与北落师门相贯抵触，光芒相及，有兵大战，破军杀将，伏尸流血，不可当也。期百八十日，若一年。（卷四四《填星犯石氏外官一·填星犯北落师门十四》）

第四，恒星占部分

　　西方，包括阿拉伯伊斯兰天文—星占学以星座、黄道十二宫划分恒星区，中国古代则以二十八宿、三垣识别恒星区和恒星。由于"列宿二十八，是日月五星之所由，吉凶之所由兆也"（《占经》卷六十引《春秋纬》），其他恒星区如紫微垣等也因被认为是天帝、天神居住或活动场所，所以恒星天象，特别是二十八宿和紫微垣等在古代中国星占学中占有重要的一席，这种情形在《史记·天官书》中已有较为充分的体现。此后官方司马学继承史迁的传统，于《天文志》中都较多保留乃至细化了这部分内容。《占经》大体上也维持这一格局，恒星占用十六卷的篇幅，即二十八宿占四卷，石氏、甘氏、巫咸三家中外星官占六卷，（恒星）星图（今所见只有恒星位置的文字记述而无图）五卷，分野一卷。下也略举有关占辞。

　　石氏曰：心三星，帝座。大星者，天子也。心者，木中火，故其色赤，为天关梁。心三星，星当曲，天下安，直则天子失

计……（卷六十《东方七宿占·心宿五》）

《黄帝占》曰：北斗为帝车，运于中央，临制四方，分别阴阳，建于四时，均立五行，移应节度，定诸纪纲，太一之事也。配于二十八宿，天所以发其时，地所以成万物，诸侯属焉。（卷六七《石氏中官·北斗星占五十八》）

《黄帝占》曰：老人星，一名寿星。色黄明大而见，则主寿昌，老者康，天下安宁；其星微小若不见，主不康，老者不强，有兵起。（卷六八《甘氏外官·老人星占二十九》）

第五，流客妖彗星占部分

流星、客星（一般为新星或超新星，多显灾象，但也有少量的所谓"瑞星"）、妖星（认为是"五行之气，五星之变"，属于灾星，《占经》列有80余种）和彗星（《占经》所具有数十种）等天象，也是中国星占学的重要观察点，《占经》用十九卷（自卷七一至卷九十，中除卷七六《杂星占》外）的篇幅对其不同名状及出现于不同天区等情及星占学意义予以描述，所论也极为细致繁复。这里不宜再做赘述，仅选举有关天象占辞各一条，以见一斑。

黄帝曰：流星出太微东门，大兵起，大臣为乱，贵人多死者。若有谋，近期一年，中二年，远三年。流星出太微，大臣有外事，以所之野命其方。（卷七四《流星犯石氏中官·犯太微一》）

《瑞应图》曰：景星者，星之精也，光从月出。出于西方，王者不私人以官，使贤者在位，则景星出见，佐月为明。（卷七七《客星占·瑞星》）

黄帝曰："客星者，周伯、老子、王蓬絮、国皇、温星，凡五星，皆客星也。行诸列舍十二国分野，各在其所临之邦，所守之宿，以占吉凶。又曰：客星大而色黄煌煌然，名曰周伯，见，其国兵起。若有丧，天下大饥，人民流亡，去其乡。又曰，客星明大白淳然，名曰老子，所出之国为饥为凶，为善为恶，为喜为怒，常出见，则兵大起，人主有忧。王者以赦除咎，则灾消。又曰：客星状如粉絮拂拂然，名曰王蓬絮，见则其国兵起，若有丧，白衣会，其邦饥亡。"（卷七七《客星占·客星名状二》）

《黄帝占》曰：妖星者，五行之气，五星之变。如见其方，以为灾殃，各以其日五色占知何国，吉凶决矣。以见无道国，失礼邦，为兵为饥，水旱死亡之征也。（卷八五《妖星占·妖星所主一》）

《黄帝占》曰：彗星出见，可二丈至三丈，形如竹木枝条，名曰扫星；三丈已上至十丈，名曰彗星。彗扫同形，长短有差，殃灾如一。见则扫除凶秽，必有灭国，臣弑其君，大兵起，国易政，无道之君当之。期三年，中五年，远九年。（卷八八《彗星占·彗孛名状占二》）

第六，风雨雷霆虹霓云气占部分

在中国古代星占学中，今天所有划归气象的，如风雨雷霆霜雪虹霓雾霾云气等都属于"天文"范畴而被赋予星占意义。《占经》中这种内容收集极为丰富，占有自卷九一至卷一〇二的十二卷的篇幅。但仔细观之，除可以充分显示中国传统星占山包海涵、无所不及的鲜明特点外，它们自占象到占辞，都与星象毫无关联，所以这里从略。更有甚者，《占经》自卷一一一至卷一二〇辑录了古代有关草木宫室器物人兽等方面的占辞，这就更无关乎星占，只能从略。

除以上 6 大类外，《占经》还涉及两类较重要的信息，这里似有必要稍作说明：一是卷一至卷四所载的《天地名体》《论天》《天占》和《地占》四节。前两篇涉及中国古代宇宙论浑天、盖天等说及与之有关的天文数据。其中引录的个别片段资料，还涉及中国传统星占学的某些理论前提，关于这个下文就要说到。后两节正如其名，占天卜地，无所不及（许多实很荒诞，根本不可能发生，如天雨金银、雨禽兽乃至雨人等），但与"天文"多不沾边。二是卷一〇三至卷一〇五，载录《麟德历》（唐代中国历法）、《九执历》（唐代自印度梵文翻译）两种历法以及古代某些中国历法的重要参数，这些也与本节主题无关。

（二）伊斯兰星占学与中国传统星占学的比较

通过对《明译天文书》和《开元占经》的仔细研读，笔者认为，伊斯兰星占学与中国传统星占学之间的同异，主要可从以下五个方面予以讨论。

1. 星占的理论前提

两大体系均认为天象和人事有着密切的关系，即天象可以显示人间事务的吉凶。进而相信通过观测、推算，可以预知人事的吉凶。

先看伊斯兰星占学。《明译天文书》说：

> 天轮七曜有吉有凶，应世上之吉凶。（第1类第1门）
>
> 凡七曜见吉凶，皆应于人间。盖天上白羊等四十八象，每一象地下必有一物应之。地下之象应上象之吉凶。（第2类第1门）

值得注意的是，在伊斯兰星占学中星象不仅影响而且绝对决定人事：

> 若各星庙旺、升降或在本宫、或在分定度数、或在三合、或顺或逆，一切皆应验于人。若在庙旺本宫，主其人高贵；若在降宫，则其人低微；若在升官，主其人发达。遇吉星必吉，凶星必凶。若星顺行，主诸事顺遂。若星逆行，则凡事颠倒不随意。一切星象（对人事的影响），皆照此例推之。（第2类第1门）
>
> 凡人一切身体气力，皆太阳所主；一切秉性，太阴所主。土星主收聚之力，木星主生长之力，火星主恼怒，金星主色欲，水星主思虑记性。（第3类第1门）
>
> 凡论人生性智识，有两等：一等说人之智识；一等说人生成之性……智识，水星主之；生性，太阴主之。（第3类第8门）

可见说得很清楚。由此认为"若人参透各星性情衰旺及相遇度数,则知四时寒暑、旱涝疾疫,又知人事祸福吉凶。既能先知,凡事可以预备"。(第 1 类第 1 门)

在上述问题上,中国传统星占学与伊斯兰体系有近似的表达,如许多纯粹的星占学著作,都援引《易·系辞》中语,明确宣称"天垂象,见吉凶"。不同的是,中国有关著作未停留于一般肯定天地之间有反映和被反映的关系,而是更进一步去揭示为什么会有这种关系。例如,《占经》引张衡《灵宪》说:

> 地有山岳,以宣其气,精钟为星。星也者,体生于地,精成于天,列居错峙,各有由属。紫官为皇极之居,太微为五帝之廷。明堂之房,大角有席,天市有座。苍龙连蜷于左,白虎猛据于右,朱雀奋翼于前,灵龟圈首于后,黄神轩辕于中。六扰既畜,而狼蚖鱼鳖罔有不具。在野象物,在朝象官,在人象事,于是备矣。(卷一《天地浑宗》)

星辰是大地精气凝聚于天而成,所以星的本体在大地上,这就使其与大地有了内在的联系,且这种联系如此密切:地上有什么样事物,天上就有相应星辰,所谓"在野象物,在朝象官,在人象事"。正因为有这种对应的存在,才使得上天向人间垂象显示吉凶的功能得以全方位的、淋漓尽致的实施。《占经》引张衡《灵宪》继续说:

> 众星列布,其以神著,有五列焉,是谓三十五星。一居中央,谓之北斗。动变定占,实司王命。四布于方,为二十八宿。日月运行,历示吉凶;五纬更次,用告祸福。则天心于是见矣。中外之官,常明者百有二十四,可名者三百二十,为星二千五百,而海人之占未存焉。微星之数盖万一千五百二十。庶物蠢动,咸得系命。不然,何以总而理诸?(卷一《天体浑宗》)

这就从根源上清晰而生动地论证了天象和人事的关系，从而为星占家通过观测天象、预报人间祸福奠定理论的和实践的前提。

相形之下，从《天文书》中就无法找到这一问题的明确答案。不过，自伊斯兰教的基本信仰来看，这种疑问似并不难回答：既然天地万物，包括日月星辰都出于真主安拉的创造安排，万物之间各种神奇的联系就顺理成章、天经地义。例如，《古兰经》说："他曾以太阳为发光的，以月亮为光明的，并为月亮而定列宿，以便你们知道历算。真主只依真理而创造之，他为能了解的民众而解释一切迹象。昼夜的轮流以及真主在天地间所造的森罗万象，在克己的民众看来，此中确有许多迹象。"（10：5—6）这"许多迹象"中，可能就有伊斯兰星占家所说的天象能够显示人间吉凶。

综合来看，从理论前提上来说，两大体系的重大差异是，伊斯兰星占学是宿命论的，即上文事实上已经点出：星象的吉凶前定；它绝对决定人事的祸福，且人力不可改变。关于这一点，这里无须再举什么资料，本节前引《天文书》中的几段文字已足以说明这一问题。中国传统的一套则是非宿命论的，那就是虽承认"天垂象，见吉凶"，也即天象的吉凶，昭示的是"天意"，但归根结底，天象是人间政治的晴雨表，天象（反映的是"天意"）可以通过人间统治者对人事的调整和对有关过失的补救而得以改变。关于这一点，下文还有专门讨论。

必须指出，《开元占经》对传统星占学理论资料的辑录是不足够的，其原本有着极为丰富的内容。不过，我们应该认识到：作为传统文化的一个重要分支，中国传统星占学的出发点和理论基础实际上并不需要另作强调，因为它与传统的宗教思想完全相通。其核心观念就是天人感应、君权神授和人力可以回天。

2. 占事主题

概而言之，二者异大于同。具体来说，伊斯兰星占学所关注既有军国星占学，也有生辰星占学。由此其适用对象上到统治者下到普通民众，人人都可为占，因而具有较高的普适性。相形之下，中国传统的一套尽管在理论上说天地之间的对应是全方位的,可是一般民众个人的穷通祸福在这种天地交感的星占体系中了无踪迹;它是纯粹的军国星占学;因而有权问津者只能是最高当局、军事决策者和以天文为职事的官员。

　　对于伊斯兰星占学在占事主题上表现出来的上述特点,本章第一节在对《明译天文书》进行评介时实已指出,这里只想做点补充。如果把《明译天文书》第4类"细分选择条件"一门所选事项,依次进行编号,然后按内容归类,可编制为表4-3。

表4-3　　　　　　　　《天文书》星占事项归类表

军国星占	生辰星占	
筑城(19) 拆毁城墙(20) 开河渠(22) 出征日(37) 出征遇敌不遇敌(38) 明白入城日(43) 暗地入城日(44) 君王登位(45) 官员到任或授官职(46) 国家祭旗日(47) 进贡求见君王(51)	生产	裁衣(3)　做金银器皿(4) 栽植树株(23)　选择农种(24)　收藏五谷(48) 围猎之日(54)　采捕水中之物(55)
	买卖经商	买物(5)　卖物(6)　与人合本经商(7) 自行规办本钱做买卖(8)　买田地(21)　买头匹(53)
	住	移屋居住(16)　起盖房舍(17)　毁拆房屋(18)
	出行	忽然出行(9)　陆地出行(41)　水路出行(42)
	仕进行藏	入学(28)　行扬名事(10)　行隐暗事(11) 藏物或自藏身(12)　跟踪逃人及追寻失物(39) 求仕(50)
	交际	寄书信于贵人(13)　寄书信给有文才的人(14) 寄书信于军人(15)　求见贵人成事(49) 结交朋友(52)
	育儿婚姻	求子嗣(25)　求乳母(26)　小儿断乳(27) 婚娶(35)　结婚(36)
	医病	医寒病(29)医热病(30)　医治头痛(31) 服通药(32)　用针出血(33)　用针刀治眼(34) 病人遗嘱子孙(40)
	卫生	沐浴(1)　剃头(2)

　　按:括号内数字,为笔者对原选事例的编号。

表中所列，不尽妥当，如一些选项边界模糊，如第 35—36 "婚娶"与"结婚"，汉语所指完全相同，可原书分为两条，且选择条件也不一致，这里只能遵从；一些则行为主体不明确，如第 43—44 两项，原书未详何人入城，但考虑到如此郑重其事，所以推想应不是个人行为，暂且划归军国。无论如何，本表还是可以清楚地彰显伊斯兰星占学于"军国"和"生辰"二者兼顾的特点。不过，需要指出的是，"细分选择条件"一门所及 55 项事务是不全面的，应该是举例性质的。理由很简单：无论是自《明译天文书》第 2、第 3 类涉及的占事范围来看，还是从实际生活可能会遇到的诸多问题去考虑，都无疑大大超过上表所列。

关于中国传统星占学纯粹的军国星占学特色，事实上早在《史记·天官书》中就显露无遗。刘潮阳先生在 20 世纪 20 年代曾对《史记·天官书》的占事做过统计①，20 世纪 90 年代江晓原先生又对刘氏的统计结果做了进一步的核实修正，结果共得 242 条，分为 12 类②，今据之，编制为表 4 - 4。

表 4 - 4 　　　　　　　　　　《史记·天官书》占事表

分类项目	战辞数目	分类项目	占辞项目
1. 战争	93	11. 民安与否	4
2. 水旱灾害及年成丰歉	45	12. 亡国	4
3. 王朝盛衰治乱	23	13. 土功	3
4. 帝王将相之安危	11	14. 可否举事	3
5. 君臣关系	10	15. 王者英明有道与否	2
6. 丧	10	16. 得女失女	2

① 《〈史记·天官书〉之研究》，载《国立中山大学语言历史所周刊》1929 年第 7 集，73—74 合刊。

② 江晓原：《天学真原》，第 231—232 页。

续表

分类项目	战辞数目	分类项目	占辞项目
7. 领土得失	8	17. 哭泣之声	2
8. 得天下	7	18. 天下革政	1
9. 吉凶（抽象泛指者）	7	19. 有归国者	1
10. 疾	5	20. 物价	1

据之，有关战争、水旱灾害及年成丰歉、王朝盛衰治乱，也即前三类竟占全部占辞的 **67%**，足以说明这类主题受到重视的程度。而全部占辞中，"没有任何一类，任何一条不属于军国大事的范围之内（'丧'通常指君主王侯之丧，'疾'常指疾疫流行等，都不是对个人事务而言）"①。《史记·天官书》呈现出的中国星占学这一鲜明特点，也同是后续各种中国星占学著作的基本格局。要紧的这并不是星占学著作家们的有所选择、蓄意为之的结果，而从根本上来说，中国传统星占学自始至终原本就没有预占普通民众个人穷通祸福的生辰星占学内容。由此，本书用来作为比较对象的《占经》也毫无例外地继续昭示着中国传统星占学这一特点。对此，笔者觉得已没有必要从其书中再专门援引资料来做例证：只要留心本书前面对《开元占经》评介中所举材料就会发现，几乎所有的占辞都与君主的命运、天下军国的盛衰安危紧密相关；而这同样也不是笔者蓄意引述的结果。

3. 天象范围及关注点

关于天象范围，日月和五大行星是两大体系共同关注的。对这些天体的运行路径、事实上也即恒星背景，同样是两大体系分别关注的。相较而言，在后一个方面，即恒星天象方面，中国传统

---

① 江晓原：《天学真原》，第232页。

星占学涉及的范围要更广一些。显而易见：二十八宿加上石氏、甘氏和巫咸三家中外星官涉及的恒星数量大大超过黄道十二宫体系包括（即使将《天文书》第 1 类第 8 门所说"三十颗杂星"计算在内）的恒星天象。还有，中国传统星占学关注的异常天体，如流星、客星、妖星、彗星等，除彗星外，均未见《天文书》提及；中国体系中大量存在着的非天文现象的占测，如上文评介《占经》中的第 5、6 两部分基本上在《明译天文书》中找不到对应的东西。

从对天象的关注点上看，伊斯兰星占学一般注意的是"常规"天象的星占，即主要是七曜在黄道十二宫及恒星背景上的运行状态；中国传统星占学关注的却是发生异常变化的天象，即所谓的"常则不占，变则占"。何谓"变"（还有"常"的问题），事实上这是一个较为复杂、三言两语无法明了的问题。前面介绍《占经》"日占"时，我们列举过"日变色"的例子，星占家认为太阳的颜色常态是"黄中"，在这种情况下，是没有星占意义的；一旦出现青中黄外、赤中黄外、白中黄外和黑中黄外等中的任何一种情况，那就是"日变色"了，从而也就成为关注点而具有星占意义。"异变"在中国传统星占学那里，实在是太过丰富：日月五星七大天体本身诸象、它们的运行过程及过程中它们彼此之间的相对位置，它们与恒星天象的关系，以及恒星本身等都无一例外地被星占家赋予无数的反常而综合呈现出真正意义上的千变万化，另外还有那些同样被赋予无数变化的、对古人来说基本上是出乎其知识范围之外的流、妖、客、慧等天象以及出乎天象之外的云、气、虹、风、雷、雾、霾、霜等气象。由此，中国星占家也就拥有了永远都玩不尽的花样和说不绝的话头。

说到中国传统星占学对异常天象的特别关注，这里还可引述一项当代中国天文学界的学术成果作为注脚：20 世纪 80 年代，中国科学院北京天文台组织学者搜集、考证历代官史、明清《实录》、"十通"、地方志及其他古籍中的星占天象记录，汇编成《中国古代天象记录总集》一书①,根据其书《前言》所作统计,该书辑录的各种天象资料情况可制成表4-5。

表4-5 中国古代天象观测统计表

天象记录	项　数	天象记录	项　数
日食	1600	流星雨	400
月食	1100	陨石	300
月掩行星	200	太阳黑子	270
新星及超新星	100	极光	300
彗星	1000	其他天象	200
流星	4900		

说明:原统计在现表列"项数"数字后均有"多项"二字。

　　据此已足以说明古代中国星占学关注之天象究竟是什么。不过,需要指出的是北京天文台这部《总集》,仍不是有关典籍所载天象的全部:应该是出于现代天文学的价值观,如这份成果就没有去收集充斥历代《天文志》中的有关"五星凌犯"等天象内容。相形之下,对于异常天象,《明译天文书》只是在第2类第8门稍稍涉及彗星等天象,而对其他如新星及超新星(中国古代星占学称为"客星")、流星、流星雨、陨石、太阳黑子等天象在《明译天文书》中根本找不到踪迹。

　　顺便指出的是,注重常规天象的伊斯兰星占术,在具体手段上是实测与计算并重。这一点,《明译天文书》一开始就予以明确交代:

　　　　凡书中紧要之理,则备言之,其说有两等:第一等说,要知

---

　　① 庄威风、王立兴主编:《中国古代天象记录总集》,江苏科学技术出版社1988年版。

天轮行度之法，必用浑仪并测星之物，以算法推详其理……第二说，天轮七曜有吉有凶，应世上之吉凶。其吉凶云何，必用上文所言浑仪算法体验而后知之。

事实上也如此，上文介绍伊斯兰星占术中非常重视命宫十二宫、福德十二箭等的应用。凡军国大事、平民吉凶，都要用星盘、浑仪等天文仪器观测求占者当时、当地的天文数据，然后经过一系列的运算、综合得出结果。中国星占家似偏重于实测。一方面，很多有重要意义的天象，如七曜及恒星表面状况，如光明、阴暗、变色、生角等，以及大气现象如云气虹风雷雾霾霜等都确实无须推算什么，仪器甚至肉眼观测可也；另一方面，如新星、超新星、彗星、流星、流星雨、陨石、极光等在古代无法推算，只能实测。事实上，它们中的一些，即使在当代天体物理学中，仍然是无力用数学方法解决的。诚然，在中国古代星占学中，也有算测并重的，如日月交食、五星凌犯等天象就是如此。这一情况表明，说中国星占学在方法上偏重实测，只是相对而言。

4. 分野体系

军国星占学都必须解决天与地的对应问题，这就是与之配套的分野体系。含有军国星占学内容的伊斯兰星占学自然不能例外，如第2类第2门《论上下等地应验》说：

凡地理分为七界，每一界分与主星。从南起，第一界是土星，第二界是太阳，第三界是水星，第四界是木星，第五界是金星，第六界是太阴，第七界是火星。看其年安命宫在何处，各星中何星有力强旺，则其界人诸事皆吉；若其星无力衰败，则其界人诸事皆不吉也。

又第2类第8门《断说天象》云：

若此等彗星显时，世上所应之事有刀兵征战、火灾、地震等事。然其事也有轻重，按宫分说应方位：若在寅午戌宫分上显时，应在东北方；若在巳酉丑宫分上显时，应在东南方；若在申子辰宫分上显时，应在西南方；若在亥卯未宫分上显时，应在西北方。

可是，显而易见，上述《明译天文书》的分野说相当模糊、笼统，前一段说辞中"从南起"，南具体指哪里？"第一界""第二界"……又从何处起到何处止？均不得而知；后一段资料中的"东北方"等四个方位又是以何处为基准的？没有确定基准，事实上也就无法对应。因模糊、笼统，从技术上看，并不具备在星占活动中实际应用的条件，其无用可知也。另一方面，在伊斯兰星占术中，似还存在着另一套更为适用、灵活的、类似分野体系的东西。如说：

说（日月交食）应各处地方城址者。凡各处城池创立之时，定个安命宫，以安命宫为主，看日月亏食在何宫分。其宫分属何局，其宫分下何处城池，其祸应于彼。（第二类第十门《说日月交食》）

而推卜"人主之命""民间之事""灾祸征战""天灾疾病"等都注重"安命宫"等的确定，然后付之推算，由此预报吉凶祸福所应之时、之地。或者，正是由于后一种方法所表现出来的灵活性和普适性，伊斯兰占星术方能走出阿拉伯世界，向西、向东扩展。

相比之下，中国传统星占学有十分明确、具体的分野体系，且不限于一套，有二十八宿与二十处名山的对应，十二个月份与十数个古国的对应，北斗七星与古国的对应，等等。这些体系自《史记·天官书》中已有部分呈现，到唐代已相当完备。李淳风《晋书·天文志》和瞿昙悉达《开元占经》卷六四《分野略例》所载即是。现将最常用的十二次、二十八宿与古代州县对应的一套列成表 4-6。

表 4-1-6　　　　　　　　　中国古代分野表

十二次	地支	国	州	二十八宿
寿星	辰	郑	兖州	轸$_{12}$角亢氏$_4$
大火	卯	宋	豫州	氏$_5$房心尾$_9$
析木	寅	燕	幽州	尾$_{10}$箕斗$_{11}$
星纪	丑	吴越	扬州	斗$_{12}$牵牛须女$_7$
玄枵	子	齐	青州	须女$_8$虚危$_{15}$
娵訾	亥	卫	并州	危$_{16}$室壁奎$_4$
降娄	戌	鲁	徐州	奎$_5$娄胃$_6$
大梁	酉	赵	冀州	胃$_7$昴毕$_6$
实沈	申	魏	益州	毕$_{12}$觜参东井$_{15}$
鹑首	未	秦	雍州	东井$_{16}$舆鬼柳$_8$
鹑火	午	周	三河	柳$_9$七星张$_{16}$
鹑尾	巳	楚	荆州	张$_{17}$翼轸$_{11}$

　　从表所列可知已相当精致，但值得注意的是，它们还不是这种分野体系的极致。明代假托刘基撰《清类天文分野书》竟然做到"更以一州一县推测躔度，剖析毫厘"，然而，这种伪学的极致也必然是其荒谬程度的登峰造极，因为"以天之广大，而仅取中国舆地分析隶属"[1]，从而无法处理"分野独擅于中华，星次不霑于荒服"[2]在理论和技术上造成的巨大困境：周边、域外国家在"天垂象见吉凶"的天人交感体系中没有一席之位。从而在一定程度上就造成整个中国星占学体系，终究无法走出国门，流播异域。

---

①　（清）爱新觉罗·永瑢等：《四库全书总目》卷 110，中华书局 1965 年版，第 936 页。
②　（唐）李淳风：《乙巳占》卷 3，载《丛书集成初编》，商务印书馆 1936 年版。

5. 终极目标

由于两大体系的基本理论存在着宿命论和非宿命论的重大区别,这就决定其在各自的终极目标上存在明显不同。具体而言,伊斯兰星占家的终极目标是,通过对天象的观察和研究(也即《明译天文书》所说的"参透各星性情衰旺及相遇度数"),以"知四时寒暑、旱涝疾疫,又知人事祸福吉凶",最终实现"凡事可以预备";而"预备"也就是趋吉避凶。要落实这一目标,手段就是对天象进行"选择",以便在认为吉利的时候,去从事有关的之作。所以,《明译天文书》的最后一部分(也即第 4 类)专论"选择条件"。这也是伊斯兰星占学中最独特的一个部分。这里不妨稍加援引,以窥一斑:

> 凡选择条件,各有所系。若要沐浴,必择太阴在火星官分或在木星官分,又,太阴与木星相吉照;若选择剃头,必须太阴在水局;若选裁衣,要太阴在二体宫或转宫皆可,又要金星吉照。忌太阴在定宫,最忌土星、火星恶照⋯⋯

说到中国传统星占学的终极目标,这里有一点还需首先指出,事实上它也是两大星占学体系的鲜明差异之一:伊斯兰星占学的结果通常是有吉有凶,中国传统的一套却始终是"凶多吉少"。也就是说,在中国传统的星占学中,上天总是苛求不已地通过天象的异变,时刻谴责、警告着人间的统治者。由此也就决定了中国星占学的终极目标是"回转天心":力求改变上天的不满和由此可能遭到的惩罚,而手段就是"修救"。对于后者,《史记·天官书》提出的方案是最完备的:

> 太上修德,其次修政,其次修救,其次修禳,正下无之。

一般来说,"修德""修政"是根本,是最重要的。它要求统治者洗心革面，道德自律，并调整政策，从而切实取得人民的支持（古代中国思想中，民心与天意对等）。此所谓"修善之庆，至德可以禳灾也"①。不过，修德、修政是长远工程，短时难以奏效；而"修救""修禳"这样的治标之法也是必要的。以上是总的原则。至于具体措施，不同的天象异变，各有不同的"修救"手段。例如，对于日蚀，其大致程序是这样的：在得到日蚀发生的确切消息后，君主一般都会省察自己的言行，检讨内外政策，下诏广求言路；且在日蚀发生时举行如下"救护"措施：

> 凡救日蚀者，皆着帻以助阳。日将蚀，天子素服避正殿，内外严警。太史台伺日，有变便伐鼓。闻鼓音，侍臣皆着赤帻带剑，则灾异消。②

因日为人君之象的缘故，所以修救措施也就格外郑重其事。月蚀的修救也大体类似。而日月交食之外异变天象的修救，自现存星占学著作观之，似乎主要强调修政，如说：

> 《黄帝占》曰：五星逆行变色，出入不时，则王者宜变俗更行，起毁宗庙。立无后，赈贫穷，恤孤寡，宽刑罚，赏有功，举名士，礼贤者，顺天道四时，发藏财物，虚府库，薄赋敛。则日月五星，妖孽虹彗，不为祸害矣。（《占经》卷十八《五星行度盈度失行二》）
>
> 郗萌曰：五星变色者，太史公以关于上。上乃以修其身，平政决狱，宽刑罚，薄赋敛，去关市之税，废关津之禁，以利宣天地之气，则以次行。（《占经》卷十八《五星喜怒芒角变色冠珥三》）

---

① （唐）李淳风：《乙巳占序》。
② （唐）瞿昙悉达：《开元占经》卷10《日占六·救日蚀九》引虞耸《决疑》，九州出版社2012年版，第118页。

但这并不等于说对于这些异变的天象,原本就不存在修政之外的禳灾措施;真实的情况应该是有关禳灾活动因后来逐渐融入国家宗教对星辰的综合祭祀而不再单独举行①。而由于伊斯兰星占学的终极目标是趋吉避凶,中国传统的一套则是"回转天心"。正是由于这种差异的存在,所以伊斯兰星占学中的"选择"与中国传统星占学中的"修救"就基本上分别成为各自体系中独有的内容。

从上面的讨论综合来看,不能不认为两大体系之间的差异是主要的。那么,究竟为什么会有这些差异?要全方位地、准确地回答这一问题,显然不是作者的智识水平和本书能够做到的。这里只能简要地写下自己的观察点和主要思路。

显而易见,隶属不同的体系,秉持不同的传统直接造成上述种种差异。中外学人都能认同这样一个最为基本的看法:中国古代文明是在相对封闭的情境下独立发展起来的;两大体系之间缺少交流和对话,自然也就不难形成各自的特点。体系、传统一经形成,就有异乎寻常的稳定性和影响力。

可是,若进一步从更深的层次去追问,就会发现:所谓体系、传统的不同并不是根本原因,似应进而归结为中、伊两大文明依托的历史文化背景的巨大差异。而这种差异究竟如何分别影响到各自的星占学,这也绝非三言两语就能够说清道明,笔者也只能就其最显著者略举一二,且只去凸显古代中国一方的因素。

第一,政治体制和统治思想的差异对占事主题确定的影响。上文已经指出,兼有"军国"和"生辰"与唯有"军国"是伊中两大体系存在的一个突出差异。这种差异的根源应该归结于两大体系形成期间西方(包括阿拉伯)和中国于政治体制方面存在的巨大不同:后者始终如一实施极端专制、君主集权,而于统治思想方面又极力强调君权神授。这样,帝王中心、国家观念、政治统帅一切就成为

---

① 如《周礼·春官》和《左传·昭公元年》就有所谓的"禜星",历代正史《礼仪志》(或《礼乐志》《祭祀志》)中有星辰祭祀的内容。

古代中国一切学术挥之不去的指示器。而星占术最迟在商、周之际已成为帝王"通天"的法宝，对有关人才的垄断和独占及有关机构的建立则成为统治者拥有最高权力的象征。此后，这种格局一脉相承，星占学也就只为帝王和国家服务，所谓"斯道实天地之宏纲，帝王之壮事也"，占事自然也就只有帝王的安危、国势的盛衰、年成的丰歉等国家大事。

第二，不同文化元典对星占结果设置的影响。上文也已指出，《明译天文书》所讲星占结果总是有吉有凶，而中国星占学著作对星占结果的描述毫无例外都是凶多吉少。这种在星占结果设置上的差异，笔者认为来自各自文化元典精神的影响应是一个不可忽视的因素：任何一个熟悉《周易》的人，都不能不对其中寄意幽深的忧患意识留下深刻的印象。《周易》给予中国传统星占学的影响显然是毋庸置疑的。作为帝王通天知几之术和国家政治晴雨表的中国星占学，之所以总是"凶多吉少"，可以说就是这种忧患意识的充分昭示。

第二节 《回回历法》

一 翻译与编译

无论从哪个角度来看，《回回历法》都是中国古代历史上科学含量最高的一部伊斯兰天文学著作，也应是当时世界上最优秀的科学著作之一。正如前面介绍，其在明初中国汉字文本出现后的百年之内，关于其底本的来源、编译人士和成书年代，就有两种截然不同的说法：第一种即吴伯宗《〈明译天文书〉译序》所说，其在上述诸多方面与《明译天文书》一样。也就是底本洪武初得自元都，编译人员也如吴伯宗《〈明译天文书〉译序》所列，成书年代也与《明译天文书》相仿，即在洪武十六年前后。此后，一些论者据此甚至认为《回回历法》是洪武间翻译或编译伊斯兰天文文献之全部，而似不知尚有《明译天文书》①。第二种记载，见于贝琳《七正推步》卷一后跋语：

> 洪武十八年，远夷归化，献土盘历法，预推六曜干犯，名曰经纬度。时历官元统去土盘译为汉算，其书始行乎中国。

所谓"土盘历法"即回回历法。从各种情况推断，笔者不以为洪武中有两种回历著作被先后译成汉文。② 两种记载至少有一误，或均不足凭。奇怪的是对此分歧，明代学者没有发表过任何意见，直到清乾隆间修《四库全书》时，馆臣始有评论：

> 与史所载颇不合。按，书中有西域岁前积年至洪武甲子岁积若干算之语，甲子为洪武十七年，其时书已译行，则琳之说非也。③

然而，馆臣否定贝琳的根据不能成立，《回回历法》选洪武甲子为历元，与此书的译出年代并无直接关系。实际上，它是一部编译的著作。尽管其最初编译原本已早佚，之后版本源流也颇为繁杂，但总括各种情形，有下述三点可证其为编译：第一，以洪武甲子为

---

① 参见（明）黄瑜《双槐岁抄》卷2《西域历书》，载《北京图书馆珍本丛刊》，书目文献出版社1988年版；（明）唐顺之《荆川稗编》卷54《论回回历》，上海古籍出版社1991年版；（清）吕留良《吕晚村文集》卷5《西法历志序》中相关说法。

② 有持类似看法者。如陈美东据上两种记载即认为："这些情况表明，在明代初年，已有多种阿拉伯天文历法著作的汉译本在中国流传。"见《回回历法中若干天文数据之研究》（《自然科学史研究》1986年第1期）。而潘鼐认为洪武中期《明译天文书》译出后，马沙亦黑随即据以编订"回回历法"，正如吴伯宗的《〈明译天文书〉译序》所说。而《七政推步》则并非源于马沙亦黑等人编订《回回历法》，而是"从另外一条线编纂的一部回回历。它考虑到回回历法已行，不能有违，故亦以洪武十七年（1384年）为历元。贝琳跋所云洪武十八年远人归化献土盘历法预推六曜干犯名曰经纬度，当为此书编纂的依据。所云历官元统去土盘译为汉算一语，当为此书初稿的编译经过"（见潘鼐《中国恒星观测史》，第534页）。

③ 《七政推步提要》，（清）永瑢等：《四库全书总目》，中华书局1965年版，第893页。

历元。梅文鼎、四库馆臣等早就指出这一点，检阅其书本身也可证实这一点。第二，《回回历法》中包含若干元、明时期伊斯兰天文家在中国的测算成果。此可求证于天文史家的专门研究：薮内清先生据其书中助算表格《昼夜时宫度立成》，反推得出其观测纬度为32°41′，此与南京纬度最接近，因而率先指出此书翻译时，曾重新在南京作过观测①；陈久金先生则据《经纬加减差立成》及《西域昼夜时立成》，进一步反推确证，得出与薮内清相同的结论②。而两位学者所据三份助算表格，是现存所有《回回历法》版本中共有的内容。又如，在其书的一些版本中有一份星表，笔者以为其观测及编制年代，应在14世纪末（下文详述）。第三，书中加入适应中国传统历法的若干内容。例如，《七政推步》卷一中有"求中国闰月"条，《明史·历志》本中"求子正至合朔时分秒"条下曰："按，命时起子正，乃变其术以合《大统》，非其本法也。"又，在求日、月食的"初亏食甚复圆方位"条下均说："与《大统》法同"。不过，这一点与前两点情形不同，其不见载于上述两种之外的其他版本，故无法判断是洪武编译原本中就有，还是后来所加，须格外注意。但是，就适应中国传统历法这一点而论，并不限于上所列出者。从《明译天文书》看，日月交食、特别是月、五星凌犯等都不占重要地位，或者根本没有这方面的内容，但今观《回回历法》的所有版本，这些因素是其中最基本的内容。因此，完全可以作这样的推断：《回回历法》很可能是明初伊斯兰天文学家根据中国天文学的基本精神编译的。总之，上述诸方面都表明，《回回历法》绝非单纯的一部译著。

在明确属于编译这一点后，可再回头考量前引有关此书形成的两种记载。吴伯宗《〈明译天文书〉译序》中称："越明年二月，《天文书》译既，缮写以进，有旨令臣伯宗为序。"十分明确，序

---

① ［日］薮内清：《回回历解》。

② 陈久金：《回历日食管理》，《自然科学史研究》1990年第2期。

文仅为《明译天文书》而作,并不能说明《回回历法》的具体成书过程。相比之下,贝琳之说有更多的参考价值:其人曾官钦天监副,并为促进《回回历法》的流传做过具体工作,一定熟悉有关掌故。贝琳说《回回历法》成书于洪武十八年(1385)之后是可信的。与《明译天文书》直接出自对原书的忠实翻译不同:改订历元,重新测定一系列重要的数据,都需要时间。这不只是猜测,在《七政算》和《七政推步》中,有一特别内容,可为之提供强有力的证据:此即前文多次提到的一份星表。其全称为《黄道南北各像内外星经纬度立成》,收载了 277 颗恒星的中西星名、黄经、黄纬和星等。考其分布,均在黄道带附近,分属于 15 个星座。天文史家认为这份星表的意义在于"是有史以来人们对中西星名对译工作所作的第一次尝试"[1],笔者则尤看重其为《回回历法》编译成书提供了极为重要的时间信息。具体来说,《七政算》在此份星表前有一段文字:

> 各像经度,每五年加四分,洪武丙子积七百九十八算,已加四分。迄至辛巳年八八三算,又当加四分。累五年加之,至于永久。

其中涉及年代,洪武丙子,即公元 1396 年,也即洪武二十九年;辛巳年当为 1401 年,也即建文三年。所谓"洪武丙子积七百九十八算",即交代二十九年对应之回历纪年为 798 年。查陈垣先生《二十史朔闰表》基本吻合,由此可知"迄至辛巳八八三算"中之"八八三算",应为"八〇三算"之误。那么,上引文字,究竟透露出什么样的时间信息?现做如下分析。

据"各像经度,每五年加四分。洪武丙子已加四分"的说明,可知这份星表的测定年代当为洪武二十四年(1391),亦即回历 793

年左右（由交代之算法，逆推可得）；又，自"已加四分"到"又当加四分"，可推知此星表的编制年代约在洪武二十九年和建文三年之间。今将载于《七政算》和《七政推步》两书的同份星表进行比较，其载恒星黄经等数值，除个别有异、疑为刊误外，其他完全相同。说明它们都是在洪武二十四年测定的基础上，据"五年加四分"改正得来的[①]。

上述考证的重要意义在于：在星表编制的年代得以确定后，基本上可以判定，《回回历法》的编译完成也大概在同一个时期内：洪武末到建文末。

二 基本内容、功能及缺陷

综观现存各种版本，《回回历法》的基本内容主要包括五个方面：第一，最基本的天文数据的介绍，包括周天宫、度、分，宫分日数，阴历月，七曜数，月分闰日等；第二，太阳位置的计算；第三，月亮位置的计算；第四，土木火金水五大行星位置的计算；第五，日月交食的推算。为使运算方便快捷，第二到第五共四个环节还配备有各种助算表格（所谓"立成表"）；又，一些版本中还特别安排月、五星凌犯一节。此并非以上五个方面之外的内容，实际上是自第三、第四中抽出，再特别配备几份助算表格而已。传至今日的各种版本，无论其分卷、编排多么不同，最基本的内容可说不出

---

① 对于明初汉、回学者完成的《回回历法》，其属于编译，且有不少数据得自在华的实测，学界有关学者基本上获得共识，但如何评估这部历法的性质，似还值得进一步研究。例如，其中涉及的月、五星凌犯的推算部分，很难想象传统伊斯兰历法体系中会有这样的内容。而一些学者似未深入思考这些因素的来由，如陈久金先生就认为：《回回历法》是一部编订或编写的著作：所做工作实际是依据阿拉伯的天文学传统，在独立测算的基础上重新编订了积尺，与其他积尺不同的，只是用汉语记载下来而已（《回回天文学史研究》，广西科学技术出版社1996年版）。而近年石云里先生也有相近的说法。他说：《回回历法》"是一部标准的阿拉伯天文历表（包括用表指南），可用于历谱，日月五星位置及日月食的计算"（《元统〈纬度太阳通径〉的发现——兼论贝琳〈回回历法〉的原刻本》，《中国科技史杂志》2009年第1期）。

上述方面。

就其功能看,第一部分就是编制回回纯阴历(教历)和回阳历(宫分年)的基本数据。第二、三部分排定日历要用,但更为重要的是其为预报日月食最基础的工作。第四方面主要是为预报行星天象,包括五星凌犯用的。第五方面的功能显而易见,无须多言。由此,长期以来,很多学者以为回回历法,就是编制回回历谱之法,这当然是错误的。就上述五个方面来讲,其基本的功能推算预报日月交食和行星天象,即为星占服务,编历不过附带事耳。

关于《回回历法》之缺陷,是就其编译而言的。由于种种原因,马沙亦黑等伊斯兰天文家的工作是不完备的。后代学人,屡有议论。《崇祯历书》的编撰者说其"无片言只字言其历法之故"[1],清人吕留良说"翻译未广,且不详论说"[2],即使流传下来堪称最佳的本子,现今的一些职业天文史家仍认为其"推步方法,均不完备"。古今学人的批评基本涉及缺陷的方方面面。概而言之:第一,没有介绍伊斯兰天文学总体性的知识;第二,没有把与其密切相关的一整套原理和方法同时编入[3]。特别是没有把七大天体(即七曜)运动的几何模型同时引进。《回回历法》中的本轮、均轮体系源自古希腊,曾经历阿波隆尼、喜帕恰斯、托勒密等人的巩固和完善,几何模型几经改进,而马沙亦黑等很可能考虑到中国古代几何学较贫乏这一实际情况,只给出了各种数表和计算步骤,致使其对天体运动的描述陷入复杂化。

三 与中国传统历法的比较

《回回历法》属于西方体系,与中国传统历法存在着很大差别。

---

① (明)徐光启编纂:《崇祯历书附西洋新法历书增刊十种》,潘鼐汇编,上海古籍出版社2009年版,第1557—1558页。

② (清)吕留良:《西法历志序》,载《吕晚村文集》卷5。

③ 如其重要参考书,托勒密《天文学大成》在元朝传入中国,但一直未被采择、译进,直到晚明所编《崇祯历书》中,才有简要介绍。

首先，前者以黄道为坐标，后者以赤道为坐标。其次，二者对周天度数的划分不一致：前者规定为360度，又以30度为一宫，将黄道分成十二宫；后者以平均日行一度为基本出发点，取周天365.25度。又在具体的推算方法上也有很大差别。此属数理天文专业问题，恕不再列举。

两大体系虽存在重大分歧，但由于它的观测、推算的客观对象，均主要为日月和五大行星的运动，故仍有可比性。在此，别不涉猎，仅就二者优劣情形，将专业学者的研究结论，转引于下：

> 回回历所定回归年长度值的精度，远高于中国古代传统历法（仅稍逊于邢云路在1608年所测值），太阳远地点近动值的概念及数据更是传统历法所不备。从精度的总水平看，回回历对五星会合周期值和五星远日点进动值的测定，亦优于传统历法。而传统历法所定恒星月长度则高过回回历法一筹。传统历法对太阳平黄经和太阳远地点黄经值的测定亦稍佳。又从经度的总水平看，传统历法对五星平黄经值和五星远日点黄经值的测定，亦较回回为优。至于逆望月、近点月、交点月长度等值的测定精度，传统历法与回回历法则旗鼓相当。这些情况表明，由于回回历法与传统历法分属于两种不同的天文学体系，它们各有独到之处，但由于它们均以日月五星的运动为观测研究的客观对象，所以在许多问题上，已表现出殊途同归之妙，应该说回回历法和中国传统历法是两朵争相辉映的古代天文的奇葩。[1]

四　刊刻、整理与流传

此书编译完成后，当以写本的形式呈览。据说，当初明内阁曾

---

[1]　陈美东：《回回历法中若干天文数据之研究》，《自然科学史研究》1986年第1期。

收藏《大明洪武回回历》有 14 册之多①。若此载有据,则其即编译原本,可惜早佚。《回回历法》究竟自何时刊刻,文献中没有明确记载,后人对之的看法也颇为分歧。与《明译天文书》一样,梅文鼎把其首梓之功也归于贝琳,即认为洪武间无刻本。至于根据什么,尚不得而知。王重民先生认为“明代大统与回回并用,回回历无成书”②。自然,这个说法是站不住的。值得指出的是,今北京图书馆善本部藏有《回回历法》一卷(残本),题“洪武内府刻本”,此应属鉴定错误。据其首页所盖藏书印,知原为瞿绍基铁琴铜剑楼收藏。查瞿氏《藏书录》,原只题“明刻本”。又,若与其他版本相较,则与贝琳系统的本子完全一致。综合上述情形来看,如梅氏记载可据,则最迟在英宗天顺年间,《回回历法》始有第一次刊刻的机会。但此刊本,也当早佚。

大概说来,洪武间编译的回回历法典籍,可能经过三条线索向下流传:第一,经宣德、正统间刘信的加工、改编,传下《西域历法通径》③;第二,经成化间贝琳辑补、整理,被《四库全书》收录,改题为《七政推步》;第三,单线流传,在明朝未经雕琢④,但至清初经明史馆臣编辑、加工,收入《明史》。这三个版本是清代中期以来,中、外学者研究中国伊斯兰历法最重要的文献根据,理应

---

① 王重民:《中国善本书提要》之“西域历法通径”条,上海古籍出版社 1983 年版,第 276 页。

② 王重民:《中国善本书提要》之“西域历法通径”条,第 275 页。

③ 《西域历法通径》,今能看到最早版本是收藏在北京国家图书馆善本部残存八卷明刻本。马明达、陈静辑注《中国回回历法辑丛》即用此版本。刘信的书完成后,是否当即刊刻,目前所掌握资料尚不能确定,而上所说明刻本具体出现于何时也难以遽断。据《畴人传》卷 30《明二·周相传》载隆庆间,官顺天府丞,掌钦天监事的周相,曾经呼吁刊刻和学习:“若夫监正元统所撰《历法通轨》、夏官刘信所编《历法通经》,苟的寿梓以广其传,使受其业者皆得以学习,是尤今日本监之要务也。”但周相的意愿是否得到落实,也无后续记载。

④ 这样认为的理由是:第一,《明史·历志》基本上提到明朝所有对回回历法的流传和研究有贡献的人,却唯独不及刘信和贝琳,可证明史本未受二人工作的影响;第二,《明史稿》和《明史》载所收《回回历法》底本来源的文字,都表明其传承过程较为单纯。

在这里对其成书、内容及特点，做系统、深入的评介，但正如上面所指出，这些版本的打造和最后成书，基本上是汉族学者所为，除《明史·历志》所收《回回历法》成书过程中有所谓"今为博访专门之裔，考究其原书，以补其脱落，正其讹舛"① 的举措外，就完全看不到穆斯林学者参与其中的迹象。由此，为免重复，笔者将这些版本的有关评介，就合并在下章有关汉族学者的论述中，这里不赘。

另外，在刘信编辑其书前后，朝鲜李朝世宗时期（1418 年 8 月至 1450 年 3 月在位，相当于明永乐十六年至景泰元年）学者对自中原传入的《回回历法》，进行"考校""润正"的工作，完成了《七政算·外篇》②。这是传世回回历法中的又一个重要版本，所以，有必要专门考察《七政算·外篇》的成书过程，《李朝实录》有如下交代：

> 高丽崔诚之，从忠宣王在元得《授时历法》，以还本国，始遵用之。然术者且得其造历之法，其日月交食、五星分度之法则未之知也。世宗命郑钦之、郑招、郑麟趾等推算，悉究得其妙。其所未究者，加以睿断，始释然矣。又得《太阴太阳通轨》于中朝，其法小与此异，稍加檃栝为《内篇》。又得《回回历法》，命李纯之、金淡考校之，乃知中原历官有差谬者，而更加闰正为《外篇》。于是，历法可谓无遗恨矣。③

关于李纯之、金淡生平事迹，尚可检得一些线索。正统六年（1441）金淡以"书状官"、李纯之以"押物官"的身份到过北京④。

---

① （清）张廷玉等：《明史》卷 37，第 746 页。
② 本书所论《七政算》，皆指《外篇》，下不注。按，《七政算·外篇》已全文收入马明达、陈静辑注《中国回回历法辑丛》（第 308—513 页），甘肃民族出版社 1996 年版。
③ 原书卷 156。
④ 吴晗辑：《朝鲜李朝实录中的中国史料》，中华书局 1980 年版，第 424 页。

景泰元年（1450）李纯之又以国王陪臣的身份，向明朝进贡种马 50 匹①。李纯之可能在天文学方面颇有造诣，如天顺元年（1457）曾以礼曹参判的身份，受其国王之命，议定日月交食推步法②。《七政算外篇》收入《世宗实录》卷 159 至卷 163，分为外篇上、中及外篇下之上、中、下三卷，约 30 万字。目前有朝鲜原抄本和昭和三十一年（1956）日本学习院东洋文化研究所缩印本。

　　为较充分地把握和认识《七政算外篇》的内容和特点，这里特以其与收入《四库全书》的《七正推步》进行比较③。大体情形如下。

　　第一，在结构和形式上的差异，这种差异用一句话来概括，即《七政算》"分析"而《七政推步》综合。其表现是：《七政算》把介绍计算方法（即推步法）的文字分缀于各种助算表格之后，散布于各卷之中。《七政推步》则把这部分内容集中在一起，归于卷首，独立为一卷。又，在各种助算表格（立成表）的编制上，《七政算》习惯于以一宫为单位，把同一种或数种天文因素，分制于数表，而《七政推步》以十二宫为单位，往往把许多不同的天文数据综合于一表。这就是《七政算》和《七政推步》在表述基本等量的天文历法内容时，在文字数量上却相差悬殊的直接原因。

　　第二，在具体内容上的差异。主要包括以下三个方面。

　　一是内容取舍上稍有出入。《七政算》删去了原回回历法中专门针对中国的内容。例如，见于《七政推步》卷一的"求中国闰日"

---

①　（明）胡广等：《明英宗实录》卷 200，载《明实录》，（台北）"中央"研究院历史语言研究所 1962 年校印本。

②　吴晗辑：《朝鲜李朝实录中的中国史料》，第 501 页。

③　笔者选择贝琳本作为比较对象，主要是出于两个方面的考虑：第一，贝琳具奏修补，并完成《回回历法》是成化十三年（1477），约在《七政算》成书二三十年之后，时间上较为接近；第二，贝琳本收入《四库全书》时改题为今名，馆臣对之所作仅限于"今以两本互校，著之于录"（是指《七政推步》的底本范懋柱天一阁藏本与《明史·回回历法》本的对校），应较大程度保留成化间本的原貌。由此，用这样两个早期的版本进行比较，更有助于说明一些问题。

条，就不为《七政算》所收。又，《七政算》比《七政推步》少了《太阴凌犯时刻立成》及附图表若干幅。在二者均载的《太阳太阴影径分及比敷分立成》一表中，《七政算》比《七政推步》少了"太阳昼夜行分""太阳逐时行分""太阳比敷分""大阴昼夜行度""太阴逐时行分"等项①。

二是天文数据多有差异。据我们初步对校，《七政算》和《七政推步》的差异约有400处。其中，以如下几种表格差异较多：《五星黄道南北纬度立成》二著不同者约有100处，《西域昼夜时立成》约35处，《昼夜加减差立成》约20处，《黄道南北各像内外星经纬度立成》约18处。据的初步核实推算，《七政推步》的误差率，远比《七政算》为高，如《太阳加减差立成》一表，二著共误16处，而前者竟占14处；《太阴经度第一加减比敷立成》加减差分项下，《七政推步》错2处，《七政算》无错；《太阴经度第二加减差分及远近度立成》加减差分项下，《七政推步》错6处，《七政算》无错；又，《火星第一加减比敷立成》比敷分项下，《七政推步》错11处，《七政算》不误；等等。

三是有关推步法的文字表述不尽相同。它们中的一些似只为文字上的繁简之别，而另一些在表述的计算程序上似有出入。第一种情况如"求远近度"：

《七政算》：置本轮行定度下分，以太阴远近度立成内本轮行定官度下远近度与次行远近度相减乘之为秒，满六十约之为分，用加减本行远近度（次行多者加之，少者减之）即为远近度（外篇上）。

《七政推步》：视本轮行定度，其官度入太阴第二加减立成内，官内度下两取之，得数。又，本行与后行相减，余以乘本轮行定度，小余满六十约之为分，用加减两取远近度。视远近

① 分别见载于《七政算》外篇中"交食第三"和《七政推步》卷7。

度少如后行者加之，多如后行者减之，得数即为所求远近度也（卷一）。

第二种情况如"求宫闰日"条：

　　《七政算》：置积年，加一，以宫分闰准乘之，如一百二十八而一，为宫闰日（外篇上）、

　　《七政推步》：求宫分闰日（西域岁前积年，即隋开皇己未为元）法曰：置西域岁前积年（减一用之），以一百五十九乘之，内加一十五，以一百二十八除之，除不满法之数，若在九十六之上，其年宫分有闰日；若在九十六之下，其年宫分无闰日（卷一）。

　　那么，《七政算》和《七政推步》因何而同，缘何而异？这其中的秘诀，值得进一步求索。相同是祖述同一个本子的缘故。就现有的资料记载来看，洪武中后期进行的回回天文历法著作的编译工作，在我国历史上前无古人后无来者。贝琳的《七政推步》本此，得自"中朝"的《七政算》也只能本此。明朝时，中国和朝鲜的交往十分频繁，物品的交换是交往的主要内容之一。据载，朝鲜向明朝"进贡"的物品中最多为马匹、耕牛及其他朝鲜土特产。明朝"赏赐"朝鲜的除了金银布匹外，还有各种文化典籍：儒家经典、理学名著、历史著作及大统历法。其中，每年向朝鲜颁赐大统历法，是为定制。文献记载说：

　　凡颁历……如琉球、占城等外国，正统以前，俱因朝贡，每国给与王历一本，民历十本。今常给者，惟朝鲜国，王历一本，民历一百本①。

----

① （明）申时行等修：《明会典》卷223《钦天监》，中华书局1989年影印本，第1103页。

对朝鲜的特殊政策，是因其"恭顺"：

> （颁历）若外夷，惟朝鲜国岁颁王历一册，民历百册。盖以
> 恭顺特优之。其他琉球、占城，虽朝贡外臣，惟待其使臣至阙，
> 赐以本年历日而已①。

不无遗憾的是，对回回历法传入朝鲜一事，《明实录》及《李朝实录》都未做任何具体记载。不过，还是可以断言，在明初天文学界享有较高声誉的回回历法，也大概正是在向朝鲜颁赐《大统历》的过程中，以附庸参考的资格，一并传到朝鲜。从时间上估计，最晚是在朝鲜世宗李祹统治前期。

这样，一个饶有兴味的问题是：为二书所本的洪武间回回历法的编译本究竟是什么样子？由于原本不存，实无法进一步猜度。而造成《七政算》和《七政推步》差异的原因可能是很多的，但下述两个方面的原因是主要的。

第一，因朝鲜学者的再加工造成。这包括两点：编撰体例上的改变和具体内容的改造，后者尤为重要。以《七政推步》差错率远比《七政算》高的情形度之，金淡、李纯之等朝鲜学者，对传入的洪武中汉译本回回历法，进行"考校"，且发现"中原历官有差谬"是可信的，他们对之所作的"闰正"也是富有成效的。这可能是二著同本洪武，而在具体的天文数据上差距明显的直接原因。

文献记载表明，当时处于臣属地位的朝鲜君臣，对中原地区传入的文化并不盲目照搬。这从永乐十七年（1419）朝鲜君臣之间的一段对话中，可以真切地看到这一点：

> （春正月）丙辰，御便殿视事。参赞金渐进曰："殿下为

---

① （明）沈德符：《万历野获编》卷20《历法》，中华书局1959年版，第525页。

政，当一遵今上皇帝（指朱棣）法度。"礼曹判书许稠进曰："中国之法有可法者，亦有不可法者。"渐曰："臣见皇帝亲引罪囚，详加审核，愿殿下效之。"稠曰："不然，设官分职，各有攸司。若人主亲决罪囚，无问大小，则焉用法司？"渐曰："臣见皇帝威断莫测，有六部长官奏事失错，即命锦衣卫官脱帽曳出。"稠曰："体貌大臣，包容小过，乃人主之洪亮。今以一言之失，诛戮大臣，略不假借，甚为不可。"渐曰："时王制之不可不从，皇帝崇信释教，故中国臣庶无不诵读名称歌曲者。其间岂无儒士不好异端者，但仰体帝意，不得不然。"稠曰："崇信释教，非帝王盛德，臣窃不取。"上是稠而非渐①。

这段争论是否要亦步亦趋地模仿明朝帝王所作所为的文字，透露出来的正是这样一个信息：对中原地区的汉文化，朝鲜的君臣是有选择的。他们认为中国的《授时历》等不完善，可元明政府却基本上在没有做切实有效调整的情况下让其运作三四百年；他们引用中国汉字，却不满足现状，从而推陈出新，发明了"简而要，精而通，故智者不崇朝而会，愚者可浃旬而学"②的朝鲜文《训民正音》。由此看来，他们对大陆上传入的回回历法，要进一步"考校""闰正"自在情理之中。而李朝世宗时期的天文学发展水平，也使其学者有能力对传入的回回历法有所作为。据载，世宗时期，朝鲜在天文学上有一系列成果：世宗初期完成了《七政算内篇》三卷，1445 年《诸家历象集成》四卷等成书，还制造出一批新的天文仪器。李纯之、金淡等人也是这些天文工作的参加者③。

---

① 吴晗辑：《朝鲜李朝实录中的中国史料》，第 285 页。
② 朝鲜科学院历史研究所编：《朝鲜通史》上卷第二分册，吉林人民出版社 1973 年版，第 645 页。
③ 朝鲜科学院历史研究所编：《朝鲜通史》上卷第二分册，第 648 页。

第二，两种著作形成后不同的遭际，大概也是造成其差异的一个原因。贝琳《七政推步》成书后，累经传抄刊刻，讹脱误倒随之而生，《七政算》一旦成书，即收入朝鲜皇家典籍，秘宫深藏，未经转录，遂少了因流传而致误的可能。

还有一个问题：《七政算外篇》这样一部历法著作，怎么会放在《李朝实录》中的问题？同中国历朝实录皆编年体一样，受明清文化影响的《李朝实录》的编纂体例，基本上也是编年体。这样，就有了上面我们提出的问题。原来，《李朝实录》在原编年体的基础上，作了一些变通。据李朝《恭顺大王实录》载，当时在如何恰当地变通体例，以收纳一些特别内容的问题上，《世宗实录》的几个主要主持者是有分歧的。其中，郑麟趾等人主张对编年体作些变通：

> 今撰《世完实录》，郑麟趾、许诩曰："世宗立经陈纪，制礼作乐之事甚多。如仪注当为别志，以便考阅，则实录不至烦冗矣"[1]。

这一主张，后来得到了贯彻。今观《世宗实录》中别立两志，即《地理志》和《七政算》，附于原书之末。

总之，作为伊斯兰天文学、星占学在华流播和应用最为重要的文献，《天文书》和《回回历法》从明洪武中后期汉字文本形成后，就成为有关学者认识和了解这一域外学术种类的基本文献。平心而论，前人和今人对它们的认知和研究，还远远谈不上全面、深入。跨越文本局限，搜寻与上述汉文文献相关联的阿拉伯文或拉丁文本，再开展各种文本之间的比较研究，因困难重重，现还未提上议事日程。

不过，在汉文文献的发掘和研究方面，近年也有重要进展。例

---

① 吴晗辑：《朝鲜李朝实录中的中国史料》，第 478 页。

如,中国科学技术大学石云里教授的团队在韩国首尔奎章阁发现的《纬度太阳通径》和《宣德十年月五行凌犯》两种伊斯兰天文文献①,并对之进行专门研究②。这些发现和研究,对于拓展和深化本领域的研究工作,非常重要。

---

① 收入石云里主编《海外珍稀中国科学技术典籍集成》,中国科学技术大学出版社2010年版,第457—488、489—506页。

② 参见石云里、魏弢《元统〈纬度太阳通径〉的发现——兼论贝琳〈回回历法〉的原刻本》,《中国科技史杂志》2009年第1期;石云里、李亮、李辉芳《从〈宣德十年月五星凌犯〉看回回历法在明朝的使用》,《自然科学史研究》2013年第2期。

第五章

汉族学者与伊斯兰天文历法之学

伊斯兰天文学虽在元初就输入中国，但由于有关典籍收藏于秘书监（有一部分还放在回回司天台提点家中），且没有汉译本①，所以在元末以前一般汉族学者对其的认识和了解还相当有限，如元明之际著名学者宋濂在述及有关情况时也只停留在听说传闻的水平上②。明朝建立后，上述情形有较大改观，变化的契机主要是来自朱元璋对这一域外之学的高度重视。他聘用伊斯兰天算家，沿设伊斯兰天文机构，组织翻译伊斯兰天文、历法典籍。最后一项十分重要，即在一定程度上消除了汉族学者了解和认识这一域外学术体系的文字障碍，而上述机构的设置和人员的续用不仅在明代自始至终，而且在政权发生替代、中西文化冲突加剧的清初也得以续留20多年，这就使得这一独特的学术领域能有所依托，还且使有关学者的研究具备交流、比较的平台。

明清两代，汉族学者介入伊斯兰天文学研究的动机和目标存在

---

① 参见（元）王士点、商企翁《秘书监志》卷7"至元十年十月，北司天台申，本台合用文书"条；又，（明）吴伯宗《〈明译天文书〉译序》："爰自洪武初，大将军平元都，收其图籍经传子史凡若干万卷……其间西域书数百册，言殊字异，无能知者。"

② （明）宋濂：《宋学士集》卷5："抑余闻西域远在万里之外，元既取其国，有札马鲁丁者献《万年历》。其测候之法，但用十二宫而分三百六十度；至于二十八宿次舍之说，皆若所不闻。及推日月之薄蚀颇与中国同者。"

明显差异。明代处于传统天文、历法之学的衰落蜕变期，明中后期钦天监的天象预报时常不验。这一情形刺激了某些有责任心的汉族学人，他们另辟蹊径，寻求解除危机的出路，于是，流播域内且有一定声誉的伊斯兰天文历法之学就受到他们的特别关注。而与明代比较起来，清代汉族学者涉足这一领域的动力当为学术探究，目标主要是"会通中西"。

第一节　明代："镕回回术入《大统历》"

所谓"镕回回术入《大统历》"，也即援引、接纳伊斯兰天文学，特别是其中的历法推算部分，融入中国传统的体系中，以缓解后者在星占学为军国服务方面愈来愈不能胜任的困局。对明代汉族学者之涉足伊斯兰天文、历法之学，此前学界仅对其中的一些人有所评介①，本节则试图将有关人士悉数纳入视野之中，对之进行群体的、专门的研究和论述。

一　学者事迹追踪

有明一代与伊斯兰天文历法之学有关的汉族学者，按其参与的方式和工作的性质大体可分三组：一是以吴伯宗、李翀和元统等人为一组，他们主要是参与了伊斯兰天文历法典籍的翻译和引进；二是以刘信和贝琳等人为一组，主要是对有关文献进行加工整理；三是以唐顺之、周述学、陈壤、袁黄等人为一组，对伊斯兰天文、历法展开专门研究。从开展相关工作时间来看，第一组在洪武中后期；第二组在宣宗后期、英宗正统间和宪宗成化时期，第三组在嘉靖、万历间及之后相当长一段时间。下面，就循着上述时间脉络和分组，

---

①　目前所见有 3 篇文章：陈久金《贝琳与七政推步》，《宁夏社会科学》1991 年第 1 期；石云里、魏弨《元统〈纬度太阳通径〉的发现——兼论贝琳〈回回历法〉的原刻本》，《中国科技史杂志》2009 年第 1 期；陈占山《明钦天监夏官正刘信事迹考述》，《自然科学史研究》2009 年第 2 期。

首先对有关学者的行迹作必要的考究。

（一）李翀、吴伯宗和元统等

洪武十五年受命参与伊斯兰天文、历法典籍译介的汉族学者，各种记载相当一致，他们是李翀和吴伯宗。前者《明史》虽未予立传，但事迹仍可追寻：首先《明太祖文集》卷八载有《翰林侍读学士李翀敕文》，称许其为"贤"、为"志士"，由典籍升任为弘文馆翰林侍读学士，明太祖对其寄望很高："自任之后，文同韩、柳，勋比房、杜，以昌治化。"① 王世贞《弇山堂别集》卷四十六《讲读学士表》载"李翀山西壶关人，由荐举，洪武十五年任讲学，迁浙江右布政使"②；廖道南《殿阁词林记》卷四有《翰林院侍讲学士李翀》一文，除转述朱元璋《敕文》外，还述及十七年正月庚戌李翀与朱元璋论武事。据廖道南同书卷十八《改调》，知李翀出任浙江右布政使具体时间是十六年八月③。有关李翀事迹，现掌握的仅限于上所陈述。

与李翀比较起来，吴伯宗名气要大得多。其人名祐，字伯宗，后以字行，江西金溪人，洪武辛亥科（也即明朝首科）状元，廖道南《殿阁词林记》卷一及《明史》卷一三七有传。因文才颇受朱元璋倚重，曾奉旨参加《宝训》《大明日历》等书的编修，又受命出使安南称旨。为官刚正，因"劾（胡）惟庸，几得危祸"④。洪武十五年官武英殿大学士，受命主持译书事。十六年冬因弟仲实事株连，降翰林检讨，逾年卒于官。伯宗擅于撰述，有《南宫集》《使交集》《成均集》共二十卷；又有《玉堂集》四卷，清人已称未见⑤；另有《荣进集》四卷，被《四库全书》收录，但其中不载受皇命所撰

① （明）朱元璋：《明太祖文集》，载《四库明人文集丛刊》，上海古籍出版社1991年版，第104页。

② （明）王世贞：《弇山堂别集》，中华书局1985年版，第863页。

③ （明）黄佐、廖道南：《殿阁词林记》，文渊阁《四库全书》。

④ （清）张廷玉等：《明史·奸臣传》卷308，第7906页。

⑤ （清）爱新觉罗·永瑢等：《四库全书总目》卷169《荣进集》提要，第1477页。

《〈明译天文书〉序》。

由上所述李、吴二人行迹来看，大体可以得出这样的结论：他们奉命参与洪武中伊斯兰天文历法之翻译，应主要是出于其卓越的文才和在传统文化方面的素养。又，李翀、吴伯宗担任译员翻译也只限于《天文书》，另一项重要成果《回回历法》实是在《天文书》译出若干年后编译完成。据上所说，李、吴受命之后二三年内或他任或身死，实未及参与。

元统是洪武中后期《回回历法》汉译和编译的主要参与者。贝琳《七政推步》卷一后附跋说："此书上古未尝有也。洪武十八年远夷归化，献土盘历法，预推六曜干犯，名曰经纬度，时历官元统去土盘译为汉算，而书始行乎中国。"又，石云里教授在韩国首尔大学奎章阁档案馆发现元统于洪武二十九年撰成的《纬度太阳通径》一书，也是一部有关回回历法的著作①。元统，号抱拙子，明长安人。洪武十七年由钦天监刻漏博士升为监令，二十二年政府改监令、丞为监正、副，统为监正。其人是洪武中后期的职业天算家，他曾改造始颁于洪武初的《大统历》：

> 统乃取《授时历》，去其岁时消长之说，析其条例，得四卷，以洪武十七年甲子为历元，命曰《大统历法通轨》②。

由此一举奠定明朝现行历法的文献基础。

---

① 石云里、魏弢：《元统〈纬度太阳通径〉的发现——兼论贝琳〈回回历法〉的原刻本》，《中国科技史杂志》2009 年第 1 期。《纬度太阳通径》一书，石云里教授收入其所主编《海外珍稀中国科学技术典籍集成》，中国科学技术大学出版社 2010 年版，第 458—488 页。

② （清）张廷玉等：《明史》卷 31《历志》。据石云里等学者的专门研究，《明史·历志》等文献中有关明初历法改革及元统等对《授时历》《大统历》改造工作的记载存在较大误解，元统《大统历法通轨》对有明一代历法的积极贡献和实际作用被低估。参见石云里主编《海外珍稀中国科学技术典籍集成》第 76—80 页《〈大统历法通轨〉提要》及李亮、吕凌峰、石云里《从交食算法的差异看大统历的编成与使用》（《中国科技史杂志》2010 年第 2 期）一文。

除上述诸人外，洪武中晚期参加伊斯兰历法翻译和引进的人士还有张辅、成著和侯政。关于他们的身份和工作，元统《纬度太阳通径》称：

> 洪武乙丑冬十一月，钦蒙圣意念兹，欲合而为一，以成一代之历制。受命选春官正张辅、秋官正成著、冬官正侯政就学于回回历官，越三年有成。既得其传，备书来归①。

洪武乙丑，即洪武十八年（1385），元统的上述记载表明，此三人对回回历法于明初的引进也有重要贡献。

另外，洪武十六年三月，朱元璋召寓居宁波府鄞县的回回天文家珀珀到京，并有布巾、鞋袜等赐②，此举或与正在进行中的西域天文历算书籍翻译有关？惜别无记载，所以，我们不能确知珀珀是否参与相关工作。

（二）刘信和贝琳

二人均是天文机构官员，也是整个明代天文、历法领域较有建树的学者，但《明史》均未予立传。这样，长期以来他们的事迹便隐而不彰。相形之下刘信资料的搜寻要更困难一些，以致有学者认为"信事迹无考，亦不详明代何时人"③。实际上，其人的生平行事还是有案可稽的：在《明英宗实录》"正统十四年八月壬戌"条，《明史》卷一六七《王佐传》和康熙江西《安福县志人物志》等处都有涉及。要而言之，刘信为江西安成人，正统十四年随英宗北征，于土木堡事变中丧生。明人徐有贞《武功集》中有集主为一名叫刘中孚的人写的两篇文字，涉及其人的家世、学养、撰述等情况。其实，中孚即刘信的字。凡是对《周易》有所了解和研究的人，都不难看出其人名和字的来由，即其字取自《周易》通行本第 61 卦卦

---

① 石云里主编：《海外珍稀中国科学技术典籍集成·纬度太阳通径》，第 467 页。
② （明）胡广等：《明太祖实录》卷 153。
③ 王重民：《中国善本书提要·西域历法通径》提要，第 275 页。

名，名则用该卦主题诚信之义。关于刘信的生平事迹，因为此前笔者已有专篇论文发表（参见本书《附录资料一》），这里不作过多论述。概而言之，其人在宣德、正统间从事过回回历法文本的整理加工。

与刘信比较起来，有关贝琳的记载较多。万历《上元县志·人物杂志》就有贝琳传；明焦竑《国朝献征录》卷七九收有《钦天监副贝琳传》。从各家记述内容观之，它们当有一共同的资料来源，即约创谱于成化间之《贝氏族谱》，但此种珍贵资料早已不见传世，唯明清之际路鸿休《帝里明代人文略》卷一一据此转述颇详。要者其人祖籍浙江定海，至明初因祖父至南京服兵役，遂家金陵。琳幼业儒，15 岁前往北京改攻天文学，正统十四年受监正皇甫仲和拣选，20 岁即成为一名随军星占人员，后因"占候屡有功"、上书言事称旨等情，历授刻漏博士、五官灵台郎。成化六年（1470 年）擢为钦天监监副，八年改任南京。今人陈久金先生有专文评介①。

（三）唐顺之、周述学、陈壤和袁黄等

他们对伊斯兰历法进行过专门研究。

唐顺之，字应德，号荆川，江苏武进人。在其别集《荆川集》、焦竑《国朝献征录》《明史》等文献中都有很详尽的传记，所以其生平行事有案可稽，在此无须赘言。唐顺之学识渊博，兼通文武，在许多方面都有非凡的建树。他对回回历法的研究，颇受后代同行的推重。梅文鼎说："盖明之知回历者，莫精于唐荆川顺之，陈星川壤两公。"②

周述学，字继志，号云渊子，浙江山阴（今绍兴）人。《国朝献征录》卷七九，黄宗羲《南雷文案》卷九均有传；《明史》传列

---

① 陈久金：《贝琳与七政推步》，《宁夏社会科学》1991 年第 1 期。
② （清）梅文鼎：《历学疑问》卷 1 《论天地人三元非回回本法》，文渊阁《四库全书》，第 794 册，第 10 页。

卷一九九《方技传》。由此。对其生平行迹这里也无须多说，概言之，其人也明中后期一学养极博之人，其学术领域兼及伊斯兰历法且有撰述。一般认为，周述学治天文历法之学，包括回回历法，是在唐顺之有关研究基础上的推进。

陈壤和袁黄是师徒二人。陈壤，字星川，吴郡人。《（崇祯）吴县志》卷五一、阮元《畴人传》卷三十有传，但极为简略，据之可知，陈壤乃明中期江苏民间历算学家，嘉靖间曾上疏改历，格而未行。袁黄，字坤仪，一字了凡，吴江人。万历十四年进士，曾任兵部主事。其生平事迹《（雍正）吴江县志》有载，其中说黄氏尝受历法于长洲陈星川，其法本回回历，而以监法会通之，更定历元，更正五纬，号为详密。袁黄对师推崇备至，他说"古今谈历法者，至我师陈星川先生精绝矣。予从之游，口授心惟，颇尽其秘"，又说"我朝《大统历》，实因元《授时》之旧。其名异而其实不易也，较前代诸历最称精密。而以吾师之法求之，则犹时有舛讹"①。

除上述人士外，明中叶之后，钻研过伊斯兰历法的汉族学人，尚有周相和雷宗。周相在隆庆间曾掌钦天监事，他"洞晓历算占候之术……与武进唐顺之反复辩难，其所著历法，皆得精髓"②。后者称赞周相学养时有"沙书暗译西番历"之说③。所谓"沙书"，即明人所说之"土盘"，即指伊斯兰历算。周相对回回历法应有一定的了解和研究，曾上疏请求刻印刘信《西域历法通径》④。

雷宗，生平行迹不见文献载述，唯《明史》卷三一《历志》以及梅文鼎的有关论述中，多次指出其有《合璧连珠历法》，为会通中

① （明）袁黄：《历法新书》卷1，载马明达、陈静《中国回回历法辑丛》第765页。
② （清）邓旭、白梦鼐：《重刊江宁府志》卷43《技艺》，光绪本。
③ （明）唐顺之：《荆川集》卷3《寄周台官二首》，文渊阁《四库全书》，第1276册，第231页。
④ （清）阮元、罗士琳、叶世芳等：《畴人传合编校注》，冯立升、邓亮、张俊峰校注，中州古籍出版社2012年版，第269页。

回历法之作。该书似早已失传，故无法进一步考究。

晚明清初知名学者黄宗羲对伊斯兰历法也有研究。据载，其人于反清失败后浮于海上，终日与人"坐船中正襟讲学，暇则注《授时》《泰西》《回回》三历"，"尝言勾股之术乃周公、商高之遗而后人失之，使西人得以窃其传"[1]。

有明一代涉足伊斯兰天文、历法之学的汉族学者见于记载者即上述十数人。综合来看，他们的队伍不算庞大，身份学养也颇有不同。他们的参与，除洪武间的数位可说是受命于上外，其他人士似乎都是出于自觉自愿。这些情形在一定程度上就决定了明代汉族学者之伊斯兰天文历法之学的规模、成就和影响。

二　汉族学者伊斯兰天文历法之学的基本内容

概而言之，即上文指出的有关文献的翻译引进、整理加工以及对伊斯兰历法的专门研究。现依次分述于下。

有关记载表明，洪武中后期回汉官员受命翻译引进的伊斯兰天文、历法著作唯有《天文书》和《回回历法》两种，参与这一重要活动的汉族学者，就目前掌握的资料来看，即限于上所述及第一组各人。鉴于他们的学养、能力，更出于两书不同的内容和性质，种种迹象表明，各人在两种著作译介引进过程中具体所做及发挥的作用有很大不同。这里先来看《天文书》。

《天文书》是一部纯粹的阿拉伯星占学著作，一般认为其有底本，经学者们多年的研究，较一致地认定其底本即阔识牙耳（971—1029）的《星占学导引》（*Introduction to Astrology*），全书阐述和介绍的是阿拉伯星占术的基本理论、占法、占事及吉日择定等。由此决定了其译介引进当采用忠实原著的直译方式（唯其如此，才能最大限度地保留异域星占学的特色），这就是为什么朱元璋向参译人员下达的工作指令是"唯直述，毋藻绘，毋忽"，而译员也"不敢有

---

[1]　（清）全祖望：《鲒埼亭集》卷11《梨洲先生神道碑文》，《四部丛刊》本。

毫发增损"① 的原因。由于伊斯兰天算家"素习本音，兼通华语"，所以在翻译过程中承担"口授"，李翀和吴伯宗等汉族学者所做则是"辑成文焉"，即担当记录译文、润色文字一类的辅助性工作。当然，这并不意味着李、吴等人的工作是无关紧要，可有可无。凡阅读过这部阿拉伯占星学名著的人，应该都会有这样的印象：其文辞简洁准确，优美畅达，这无疑是二人的功劳。更何况这种专业文献的翻译，要求译员必须拥有中、阿天文星占学领域的专业知识及各自传统文化方面的相关知识素养，由此需要双方人员优势互补、通力合作。很难想象，在当时的社会历史背景下，没有李、吴等人的鼎力相助，伊斯兰天文家能够单独如此出色地完成这部著作的翻译。

与《天文书》的引进采用忠实于原著的直译不同，汉文本《回回历法》应是一部编译的著作。之所以是"编译"，因为其底本是蒙元时代或明初传入的一些阿拉伯天文历表，内容主要是排列系列天文观测数据，并介绍日月五大行星等天体运行位置（包括日月食）的推算方法等。正因为所本是阿拉伯的天文历表，就不能采取直接翻译：要使其能够与中国传统的一套进行比对，就须更定历元，并根据在华实测调整天文数据，参照中国传统历法的基本格局和特点对其中的相关内容作必要的扩充或删减。其实，这不是推测而是有确凿证据：流传至今的不同《回回历法》版本（如《七政推步》《七政算》外篇和《明史·历志》附录本）均以洪武甲子为历元，均加入若干与中国传统历法相比照的话语②；都包括若干在华实测的天文数据；一些在《天文书》中不占重要地位的天象如日月交食，或者找不到踪迹如月、五星凌犯天象及测算等，在汉文本中都成为

---

① （明）吴伯宗：《〈明译天文书〉译序》，载［阿拉伯］阿布·哈桑·阔识牙耳《明译天文书》，（明）马沙亦黑、马哈麻、吴伯宗等译，《中国回回历法辑丛》，第2页。

② （明）贝琳如《七政推步》卷一中有"求中国闰月"条，（清）张廷玉等《明史·历志》本中"求子正至合朔时分秒"。条下曰："按，命时起子正，乃变其术以合《大统》，非其本法也。"又，在求日、月食的"初亏食甚复圆方位"条下有"与《大统》法同"等语。

核心内容。上述调整和转换并非轻而易举，显然是一项繁难的工程，同时也不是一般懂得天文、历法学的学者就可胜任。就前一点来看，它应是众多回汉学者经过较长时期的努力才最终完成；自后一点而论，最起码的条件就是兼通。由此，与《天文书》的翻译相比，参加《回回历法》编译的汉族学者，应该具有更高的专业素质，特别是中国传统天文、历法的专业素养。种种迹象表明，吴伯宗《〈明译天文书〉译序》未曾提到的元统及其部下就是这样的学者，他们参加了《回回历法》的编译，也正式开启上述所说有关内容的调整和转换。这里，就必须提到前述石云里教授的发现和相关研究成果。据石云里文，元统于洪武二十九年撰写完成《纬度太阳通径》一书，在谈到撰写缘起及目的时有如下一段话：

> 故有经无纬，不显其文。有纬无经，岂成其质。文质兼全，然后事备。谅二法可相有而不可相无也。尚矣！洪武乙丑冬十一月，钦蒙圣意念兹，欲合而为一，以成一代之历制。受命选春官正张辅，秋官正成著，冬官正侯政，就学于回回历官，越三年有成，既得其传，备书来归。予因公暇，详观其法。善则善矣，但从春分之日为始布算，与中国历法起首不一。是以不愧荒鄙，因其法而推演合同，改算亦自岁前天正冬至之日为始，与中国历法同途共辙，岂不美欤？又详原法中间有混合难晓者，亦门分类析，俾人人得而易知，而无捍格不通之患尔。幸望后之君子职是业者，请加斤正，以传永久①。

显而易见，这段话对考察《回回历法》的编译引进及元统等人的贡献非常重要。凡是对伊斯兰教文化在华传播史有研究的学者都应知道，明初回汉学者对伊斯兰天文、历法著作的翻译引进工作，《天文书》因有吴伯宗译序的记载，其翻译完成于洪武十六年是没有

---

① 石云里主编：《海外珍稀中国科学技术典籍集成》，第467页。

问题的，而《回回历法》的编译过程、最终成书情况及完成的时间等，因相关文献失传或缺乏明确记载均成悬案，而上引文字在这方面就提供了不少十分可贵的信息。例如，说洪武十八年（也即引文所说洪武乙丑，公元 1385 年）钦天监有奉命选送 3 位监官就学于回回历官事，且一学就长达 3 年，最终结果是"既得其传，备书来归"，可以断言，这个过程和结果一定与后来编译完成的《回回历法》有直接关系。还有，元统已注意到"备书来归"之书中所载之回回历法与中国传统的一套的起算点不同，因而尝试着进行换算，还解释疏通回回体系中的一些繁难问题。另外，元统有《纬度太阳通径》的回回历法著作，一向不见中国文献所载，而这部书讨论的主要是太阳运动的计算，石云里指出，"如果按照（元统）《大统历法通轨》的做法，似乎也应该有太阴、交食和五星等部分"[1]，可以认为这一推测颇为合理。

从现掌握的资料情况来看，明代汉族学者对输入之伊斯兰天文、历法文献的整理加工仅限于《回回历法》。这方面的工作由刘信开始于宣德中后期和正统年间，由贝琳完成于成化十三年。刘信曾撰《西域历书》，最终定稿时正式改名为《西域历法通径》。时人徐有贞在为其所撰书序中称：

> 予友刘中孚，知星历，博极群术，而旁通西域之学。尝以其历法舛互，无一定之制，岁久寖难推步。为之译定其文，著凡例，立成数，以起算约而精，简而尽，易见而可恒用，秩然成一家。书将以传之，为其学者其用心亦勤矣[2]。

由此，刘信加工整理回回历法典籍，是因他看到洪武中后期回

---

① 石云里、魏弢：《元统〈纬度太阳通径〉的发现——兼论贝琳〈回回历法〉的原刻本》，《中国科技史杂志》2009 年第 1 期。

② （明）徐有贞：《武功集》卷 2《西域历法书序》，文渊阁《四库全书》，第 1245 册，第 55—56 页。

汉学者合作编译完成的《回回历法》在内容上多有相互抵触之处，实难于据之推算，遂着手进行订正、加工。其所做工作据上引徐《序》，似为之重新厘定文字，明确其推算原则和方法，并编制了若干助算表格。经过上述一番繁难艰辛的工作，回回历法终于成为可用之书："以起算约而精，简而尽，易见而可恒用"，因日月五星等天体位置的运算有了大量的助算表格可查，所以十分便捷。值得注意的是，根据徐有贞撰《赠钦天监主簿刘中孚序》，刘信"尝著《凌犯历捷要》，补前人之未备"。所谓"凌犯历"，就是指月球在星空中做周期运动时，与恒星、行星靠近、掩食的时间以及五星在恒星背景上穿行，它们在观测者的视角上呈现出彼此逼近、掩食的时间。上述因素，今也可以在残存的《西域历法通径》中看到。刘信书原为二十四卷，今仅存卷十一至十四、二十一至二十四计 8 卷。其大概内容是十一至十三卷为金、水星第二差的求法及相关的助算表格；卷十四为月、五星泛差的求法及助算表格；卷二十一至二十四为月、五星凌犯的求法及助算表格。可见其与徐有贞文中所说相当接近。

《七政推步》卷一后有段跋语：

> 此书上古未尝有也。洪武十八年，远夷归化，献土盘历法，预推六曜干犯，名曰"经纬度"。时历官元统去土盘译为汉算，而书始行乎中国。岁久淹没，予任监佐，每虑废弛而失真传。成化六年，具奏修补，钦蒙准理。又八年矣而无成。今成化十三年秋，而书始备。命工镂梓，传之监台，以报圣恩，以益后学。推历君子宜敬谨焉。

这段文字是古籍中仅有的有关成化间回回历法文献现状及贝琳"具奏修补"情形的记载。由于过于简略，据之只能大概知道在刘信整理加工二三十年之后，回回历法文献再次面临"淹没"的危险，贝琳以强烈的责任心，"每虑废弛而失真传"，遂有"具奏修补"之举，并经过前后 8 年的工作最终得以告成，"而书始备。命工锓梓，传之监台"。由于洪武中后期汉回学者合作编译完成的《回回历法》原本早已失传，刘信《西域历法通径》又严重残缺，所以，今人似无从具体考究、评估贝琳的工作业绩。但是，无论如何，他的具奏修补应当是富有成效的：经他整理的本子，清代收入《四库全书》时改名《七政推步》，是流传至今 3 个版本中较为重要的一种。

明初颁行的《大统历》及后来元统在此基础上重加厘定的《大统历法通轨》，是对《授时历》略加改造而成，天文数据基本上沿用元代的观测，由于年远数盈，未加有分量的修正，大体上自景泰之后，钦天监交食预报时常不验，如仅据《明史·历志》等文献记载，景泰元年，成化十年、十五年，弘治年间，正德初年等，都有失推或误报，而自嘉靖、万历后，这类情形就更是载不绝书了。相形之下，依回回法推算却时常有验。例如，万历十五年（1587）吏科给事中侯先春在请求将《回回历法》纂入《大统历》的奏疏中就说道，"该监见有回回历科，其推算日月交食及五星凌犯最为精细，曩者月食时刻、分秒不差舛，只以原非大统历法，遂置不用"①。正是在上述情况下，唐顺之、周述学、陈壤和袁黄等汉族学者起而从事对回回历法的专门研究，目的就是"镕回回术入大统历中"，使陷入危机中的传统历法走出困境，继续能在王朝的政治生活中发挥应有的作用。为此，上述诸人等曾积极著书立说，如唐顺之和周述学有《大统万年二历通议》，唐顺之还有《荆川先生历算书稿》（中有《回回历法议》和《回回历批本》等专门著作），陈壤、袁黄有《历法新书》，雷宗有《合璧连珠立法》等②，对将回回历法融入中国传统体系表现出很高的热情。不过，就"镕入"的实际效果以及研究达到的真实专业水平而言则不宜估计过高。这里，可引用清初历算

---

① （明）胡广等：《明实录·神宗实录》卷 184，"万历十五年三月癸卯"条，第 3454 页。

② 对于上述撰述的具体内容或流传情形，可参马明达、陈静《中国回回历法辑丛》一书的有关部分，这里不再赘述。

大家梅文鼎的有关评论作结：

> 盖明之知回回历者，莫精于唐荆川顺之、陈星川壤两公。而取唐之说以成书者为周云渊述学；述陈之学以为书者为袁了凡黄。然云渊《历宗通议》中所述荆川精语外别无发明。而荆川亦不知最高为何物（唐荆川曰：要求盈缩何故减那最高行度，只为岁差积久，年年欠下盈缩分数，以此补之云云。是未明厥故也），若云渊则直以每日日中之晷景当最高，尤为臆说矣。了凡《新书》通回回之立成于《大统》，可谓苦心，然竟削去最高之算，又直用《大统》之岁余而弃《授时》之消长，将逆推数百年亦已不效，况数千万年之久乎？①

明代汉族学者的伊斯兰天文、历法之学基本情形如上。总体来看，内容不是很丰富，前期基本上是围绕着《天文书》和《回回历法》二书的引进及《回回历法》的加工整理展开，后期的研究则专注于回回和中国传统二种历法体系的比较和融通。不过，就十数位且多数并非以此为职业的文人而论，他们能在如此专业的领域中有上述那样的投入和建树，已属难能可贵。

三 汉族学者涉足此领域的意义

有明一代涉足伊斯兰天文、历法领域的学人，自民族属性上来说包括回、汉二族；就肩负使命的重要性而言，回回人员也首当其冲，如在文献的翻译引进中其人担当主导角色；明代官方设置伊斯兰天文机构也是由专业的回回人员主持和承担其中相关工作。如此以来，究竟如何看待汉族学者涉足这一领域的意义？笔者以为可从以下几方面予以观察和界定。

---

① （清）梅文鼎：《历学疑问》卷1《论天地人三元非回回本法》，文渊阁《四库全书》，第794册，第10页。

首先，从语境和对中国传统文化的熟悉程度上来看，汉族学者涉足其中具有某种不可替代性。无论是与明初通过各种途径入华并在钦天监任职的回回人士、还是后来在华居住生活的回回后裔相比，通常情况下汉族学者应该更熟悉、更了解包括天文、历法等在内的中华传统文化，而伊斯兰天文、历法的引进和研究，都在中华传统文化的语境中进行，两大体系之间需要对话、沟通，有关文献也必须有符合中国本土文化精神的诠释、转换和书写①。由此，客观上需要汉族学者群体的介入。事实上，明代涉足这一领域的汉族学者，他们正是在上述方面去发挥他们无可替代的作用的。

其次，从化解危机、寻求出路来说，汉族学者实更具有紧迫性，从而对这一领域的涉足也更为主动和积极。前面已经谈到入明之后中国传统历法面临的挑战和危机，而当我们去追寻造成这种局面的原因时就不难发现，在诸多因素中有一方面是与中国传统历法的一些固有缺陷直接相关的。对之，明初朱元璋号令中外人员引进翻译伊斯兰天文、历法文献的必要性时就已经看到，他说"迩来西域阴阳家，推测天象至为精密有验，其纬度之法又中国书之所未备，此其有关于天人甚大，宜译其书以时披阅"②。晚明著名天文历法学家徐光启说得就更为明确具体：

> 近世言历诸家，大都宗郭守敬旧法……至若岁差环转，岁实参差，天有纬度，地有经度，列宿有本行，月五星有本轮，日月有真会似会，皆古来所未闻，惟西国之历有之，而舍此数法则交食凌犯终无密合之理。高皇帝尝命史臣吴伯宗与西域马沙亦黑翻译历法，盖以此也③。

---

① 关于其文献内容的调整和转换等问题，可参考陈占山《元明时期伊斯兰天文家在华工作的变化和调整》（《海交史研究》2010 年第 2 期）一文。

② （明）吴伯宗：《〈明译天文书〉译序》，载《中国回回历法辑丛》，第 2 页。

③ （明）徐光启编纂：《崇祯历书附西洋新法历书增刊十种》卷 1《治历缘起》，潘鼐汇编，上海古籍出版社 2009 年版，第 1554 页。

也就是说，在伊斯兰体系中存在着中国天文历法不具备的某些实用技术和方法，而这些技术和方法恰恰又是高度追求日月交食以及月、五星凌犯天象预报精确度的中国体系迫切需要的。这就是从朱元璋到元统、刘信、贝琳，再到嘉靖、万历以后的其他汉族学者为什么会对伊斯兰体系前赴后继，孜孜以求，不遗余力的原因。相形之下，有迹象表明，明代天文机构双轨制形成的竞争态势，使得在这一领域本来居主导地位的回回人士态度反较消极，这主要表现在以下两件事情上。

一是对文献汉译本的流传、加工漠不关心，《明史》撰者在谈到清初《回回历法》的流传现状时有这样一种说法：

> 其书多脱误。盖其人之隶籍台官者，类以土盘布算，仍用其本国之书。而明之习其术者，如唐顺之、陈壤、袁黄辈之所论著，又自成一家言。以故翻译之本不行于世，其残缺宜也①。

二是对相关推算方法可能存在"深自秘"问题。对之，梅文鼎曾多次论及，如说：

> （《回回历法》）在洪武间未尝不密，其西域大师马哈麻、马沙亦黑颇能精于其术。但深自秘，惜又不著立表之根，后之学者失其本法之用，反借《大统》春分前定气之日，以为立算之基，何怪其久而不效耶②。
>
> 《回回历法》，刻于贝琳。然其布立成以太阴年，而取距算以太阳年，巧藏根数，虽其子孙隶籍台官者，亦不能言其故也③。

---

① （清）张廷玉等：《明史》卷37《回回历法一》，第746页。
② （清）梅文鼎：《历学疑问一·论回回历与西洋同异》，文渊阁《四库全书》，第794册，第9页。
③ （清）梅文鼎：《勿庵历算书记·回回历补注》，文渊阁《四库全书》，第795册，第968页。

也就是说，为能在与中国传统一套的竞争中占居有利地位，回回人士对某些核心的专业技术秘不示人。上述说法只是一种推测，还是确有其事？数年前石云里教授在他的一项研究中部分地坐实了梅氏的指责：自明初以来，回回学者似未将回回太阳历和太阴历日期的换算方法传授给汉族学者[1]。

最后，汉族学者涉足这一领域，留下大量有价值的成果。清代以来流传的《回回历法》版本，无论是严重残缺的《西域历法通径》，还是相对完整的《七政推步》以及《明史·历志》附录的《回回历法》，无一不是经过明代汉族学者整理、加工的产物。除此而外，还有前述元统及嘉靖万历年间汉族学者撰写的众多专门著作[2]。相形之下，除洪武间的文献译介引进外，回回天算家在他们本来占有天然优势的这一领域里却抱残守缺，别无成书，这不能不说是令人遗憾的。上述这样一些典籍，林林总总，蔚为大观，是元明以来输入之伊斯兰天文学的重要载体，成为清代以来，特别是近现代以来国内外研究、探讨这方面问题的学者依据之最基本资料。

第二节　清代："会通中西"

清康熙八年（1669）回回历科被废除，标志着蒙元以来确立的伊斯兰天文、历法官方正学地位至此最终丧失，也意味着自此以后，凡去涉猎这一学术领域的中国学者就不能再如此前那样抱持一定的现实功利目的[3]。那么，与明代比较起来，清代相关学者涉足这一领域的动力又是什么呢：概而言之，是"会通中西"之学术研究的需

---

① 石云里、魏弢：《元统〈纬度太阳通径〉的发现——兼论贝琳〈回回历法〉的原刻本》，《中国科技史杂志》2009 年第 1 期。

② 参见马明达、陈静辑注《中国回回历法辑丛》。

③ 如洪武中朱元璋下令对有关典籍进行汉译主要是为利用伊斯兰历法和星占；正统成化间刘信、贝琳对有关典籍的加工、修补是为"传之监台……以益后学"；明中叶后陈壤、唐顺之等人的研究是为将其融入中国传统历法体系中，以便与《大统历》相参推步。

要。综合文献资料来看，清代汉族学者涉足这一领域并有所成就者，主要是梅文鼎，其次还有薛凤祚、黄宗羲、江永、李锐、顾观光、李善兰和洪钧等人。

应该看到，清初伊斯兰天文历法之学官方地位的终结，并不意味着它的影响就由此消歇，事实上在这之后，伊斯兰天文历法不仅在我国广大穆斯林的宗教、社会生活中继续得到应用，而且在学术文化领域也被许多学者持续关注，这一切都说明伊斯兰文化中的这一分支在华持久而深广的影响力。由此，对梅文鼎等学者在这一领域相关工作给予考察、论述，意义不只是揭示清代一批汉族学者对这一课题有过怎样的涉足和贡献，更重要的是想借此为伊斯兰文化在清代中国影响的探讨提供一个新的视角。

一　梅文鼎的伊斯兰天文历法之学

梅文鼎（1633—1721），清代知名学者。他于天文历法学、数学的造诣可谓贯通古今、学兼中外且富有撰述。对之，学界已有多角度、多层次的探究和论述，但截至目前对他于元明时期输入中国之回回天文、历法学的研究却没有学者给予关注，事实上梅氏于这一领域也涉足甚深，其所做很多工作兼具开创性和总结性，其有关成就也足以使他在本领域雄居清代学者之首。

（一）梅氏涉足伊斯兰天文历法学的动因及有关撰述追踪

那么，梅文鼎涉足伊斯兰天文、历法之学究竟有着怎样的动因？概而言之，主要是两点。

首先，是其"会通中西"之纯学术研究的需要。在晚明清初西洋文化大规模输入的背景下，梅氏的天文历法研究很多是着眼于打通中西的，这样属于西方体系的伊斯兰天文、历法学就必然会进入其研究视野。当我们去翻阅梅氏《历算全书》（或《梅氏丛书辑要》）时，就不难发现他对伊斯兰天文历法问题的论述，往往是在讨论西方历法源流、体系的过程中被牵涉出来的。

其次，学者的历史责任感所致。梅氏认为伊斯兰历法既然与中国传统历法相参推步数百年，则"法宜备书"，而要做到这一点，探幽发微的相关研究就不能缺少，正如梅氏所说"生平矢愿欲使幽微之旨，较若列眉寥廓之观……庶以管蠡之见，与天下学者共见共知"①，这种志向和责任感也就注定他必然会涉足伊斯兰天文、历法领域。

梅氏有关伊斯兰天文历法的撰述，大体可以分为专著和散见他书两种形式。专著可通过《勿庵历算书记》予以了解。此书是梅氏专门为自己 88 种天文历法、算学著作撰写的提要，据此可知梅氏有关专门撰述有 4 种：《回回历补注》三卷，《西域天文书补注》二卷，《三十杂星考》一卷，《四省表景立成》一卷。但上列前一、二种久已无传，据《勿庵历算书记》自注，这两种著作梅氏生前未刊，而"乾隆四五十年间，嘉定钱少詹大昕主讲钟山书院，梅氏子孙多从受业，访文鼎未刻诸书，则无一存者矣"②，是已早佚。后两种均存，一并见收于梅氏《历算全书》和《梅氏丛书辑要》。

相形之下，梅氏有关回回天文历法撰述，实以散见于梅氏他书者更多、更重要。在此，仅将其主要论述或较多涉及有关问题的篇目列举于下。

《历学疑问》卷一有《论中西二法之同》《论今法于西历有去取之故》《论回回历与西洋同异》《论回回历元用截法与〈授时〉同》《论天地人三元非回回本法》《论回回历正朔之异》《论西历亦古疏今密》《论地圆可信》《论盖天周髀》等篇。

《历学疑问》卷二有《论岁实闰余》《论历以日躔为主中西同法》《论周天度》等篇。

《历学疑问》卷三有《再论盈缩高卑》《再论小轮及不同心轮》

① （清）梅文鼎：《勿庵历算书记》，文渊阁《四库全书》，第795册，第965页。
② （清）阮元、罗士琳、叶世芳等撰：《畴人传合编校注》卷38《国朝五·梅文鼎中》，冯立升、邓亮、张俊峰校注，第339页。

《论回回历五星自行度》《论回回历五星自行度二》《论回回历五星自行度三》等篇。

《历学疑问补》上有《论西历源流本出中土即周髀之学》《论中土历法得传入西国之由》《论浑盖通宪即盖天遗法二》《论盖天之学流传西土不止欧罗巴》《论远国所用正朔不同之故》等篇。

《历学疑问补》下有《论太阳过宫》《论西法恒星岁即西月日亦即其斋日并以太阳过宫为用而不与中气同日》等篇。《历学疑问》和《历学疑问补》，见收《历算全书》卷一至卷五中①。

《历算全书》卷十六有《论金水交行非遍交黄道》等篇。

《历算全书》卷三四有《笔算自序》。

《历算全书》卷六十有《授时历求黄赤内外度及黄赤道差法》。

《勿庵历算书记》中除上文已指出的4种专书外，尚有《历志赘言》《明史·历志拟稿》《庚午元历考》《浑盖通宪图说订补》和《西国月日考》等条也较多涉及中国回回天文历法问题的论述。

除上所列举外，梅氏对《明史·历志》成书有重要贡献。该《历志》关涉回回天文历法史事和典籍，内中也饱含着梅氏的心血。

(二) 梅氏伊斯兰天文、历法研究的主要内容

梅文鼎对中国伊斯兰天文、历法研究的涉及面颇为广泛，基本涵盖这一领域的主要问题。比较而言，最为重要的是以下一些方面。

1. 对伊斯兰天文、历法源流的论述

明清之际，在欧洲天文、历法学大量输入的背景下，梅文鼎从专业的角度对境内已有的各种体系率先开展源流归类方面的尝试，他认定伊斯兰天文、历法学属于"西域旧法"之一派别："愚考西历亦非一种也，故在唐则有《九执历》，为西法之权舆。其后有

---

① 《历学疑问》与《历学疑问补》二种，虽见收于梅氏《历算全书》和《梅氏丛书辑要》，但也有多种单行本传世。

《婆罗门十一曜经》及《都聿利斯经》，皆九执之属也。在元则有扎马鲁丁《西域万年历》，在明则有马沙亦黑、马哈麻之《回回历》，以算凌犯与《大统》同用者三百年……以上数种……乃西域之旧法也。"① 又认为回回历法与新传入的西洋历法同源异派。说是"同源"，梅氏的理由是："回回历亦有七政之最高以为加减之根，又皆以小轮心为平行。其命度也亦起春分，其命日也亦起午正。其算太阴亦有第一加减、第二加减。算交食三差亦有九十度限，亦有影径分之大小，亦以三百六十整度为周天，亦以九十六刻为日，亦以六十分为度，六十秒为分而递析之，以至于微。亦有闰日而无闰月，亦有五星纬度及交道，亦以七曜纪日而不用干支。其立象也亦以东方地平为命宫，其黄道上星亦有白羊、金牛等十二象而无二十八宿。是种种者无一不与西洋同，故曰同源也。"说其"异派"，则主要是从两种历法的疏密来判断的："然七政有加减之小轮而无均轮，太阴有倍离之经差加减而无交均之纬差。故愚尝谓西历之于回回，犹《授时》之于《纪元》《统天》，其疏密固皎然也。"②

总的看来，梅文鼎将九执历、伊斯兰历和西洋历统一归之于西历系统，大体是不错的。因为从文化远源上说，这几种历法的核心因素最早都起源于古巴比伦，且在后来漫长的历史年月里又不乏相互影响、交流。用这样三种不同时代传入中国的历法说明西历的古疏今密，基本上也是站得住的。从这种层面上说，梅氏对上述问题的看法颇有洞察力。更为重要的是，这种划分在当时中国天文、历法学界尚属首创，因而对国人探讨、认识回回天文、历法学富有积极意义：首先，树立起西洋这样一个参照系，使有关研究从此有了可靠的比较对象；其次，"同源""疏密皎然"等说法，使学者相信可以利用新传入的西洋天文、历法知识和方法回溯、解析伊斯兰天

① （清）梅文鼎：《勿庵历算书记》，文渊阁《四库全书》，第795册，第964页。
② （清）梅文鼎：《历算全书》卷1，文渊阁《四库全书》，第794册，第8—9页。

文历法问题。清代不少学者包括梅氏自己，正是从上述归类中找到探究伊斯兰天文、历法问题的切入点的。不过，应该看到梅氏的归类是粗疏的、笼统的，他主要是从三者，特别是回回、西洋两家的若干相似性，从它们都来自西域、西方这些比较表象的认识出发的。事实上，三家毕竟是不同的三支，它们分属印度、伊斯兰世界和欧洲，特别是从近源上追溯，伊斯兰一支主要源于欧洲，即古希腊，也就是说，是伊斯兰源于西洋，而不是反过来。至于梅氏最终认为包括伊斯兰在内的西方天文、历法学，其根源同出于中国，即所谓"要皆盖天周髀之学流传西土，而得之有全有缺，治之者有精有粗，然其根则一也"①，当然也是错误的。梅氏的上述失误主要应归咎于文献的不足、清初以前中外知识交流程度的限制以及中国传统知识分子的中华文化优越感等因素。

2. 对伊斯兰天文、历法专业知识的疏通

这是梅氏关注最多的一类问题。由于中国传统体系和伊斯兰的巨大差异，这就使得梅氏的疏通、解说拥有了无穷无尽的话题。例如，回回历的历元问题、宫分年月分年二种年法的问题、五星自行度的问题、周天三百六十度划分的问题、推算月五星凌犯的方法问题、中回星名的对照等，林林总总不下数十个，梅氏都不避繁杂，一一予以解说。可以认为，他的疏通主要有以下一些特点。

第一，自问自答。例如，"问：回回历有太阳年又有太阴年，其国之纪年以何为定乎？曰：回回国太阴年谓之动的月。其法三十年闰十一日而无闰月，惟以十二个月为一年（无闰则三百五十四日，有闰则三百五十五日），故遇中国有闰月之年则其正月移早一月（如首年春分在第一月，遇闰则春分在第二月，而移其春分之前月为第一月），故曰动的月。其太阳年则谓之不动的月。其法以一百二十八年而闰三十一日，皆以太阳行三十度为一月，即中

---

① （清）梅文鼎：《历算全书》卷4，文渊阁《四库全书》，第794册，第64页。

历之定气。其白羊初即为第一月一日，岁岁为常，故曰不动的月也。然其纪岁则以太阴年而不用太阳年，此其异于中历而并异于欧罗巴之一大端也"①。

第二，简要明晰。如对回回宫分年的由来和用途，他是这样说的："回回历既以十二月为太阴年而用之记岁，不用闰月。然如是则四时之寒燠温凉错乱无纪，因别立太阳年，以周岁日躔匀分三百六十度，有匀分十二月，以为耕敛之节。"② 又如，"问：古历三百六十五度四分之一，而今定为三百六十何也？岂天度亦可增损欤？曰：天度何可增减，盖亦人所命耳。有布帛于此，以周尺度之则于度有余，以汉尺度之则适足。尺有长短耳，于布帛岂有增损哉！"③

第三，多用比较的方法。例如，"问：中历古疏今密，实由积候固已，西历则谓自古及今一无改作，意者其有神授欤？曰：殆非也。西法亦由积候而渐至精密耳。隋以前西历未入中国。其见于史者在唐《九执历》，在元为《万年历》，在明为《回回历》，在本朝为《西洋历新法》。然九执历课既疏远……《万年历》用亦不久……回回历明用之三百年后亦渐疏……欧罗巴历最后出而称最精，岂非后胜于前之明验欤？"④

值得注意的是，梅氏在对伊斯兰天文、历法专业知识的疏通、说解中，很多时候不再被他的华夏文化优越感所左右，表现出客观公允、择善而从的良好气度。例如，对回回、西洋以太阳周天为三百六十度的做法予以评介，认为其优于中法："以三百六十命度，则经纬通为一法，故黄赤虽有正斜而度分可以互求，七曜之天虽有内外大小，而比例可以相较，以其为三百六十者同也，半之则一百八十，四分之则九十，而八线之法缘之以生。故以制测

---

① （清）梅文鼎：《历算全书》卷4，文渊阁《四库全书》，第794册，第11页。
② （清）梅文鼎：《历算全书》卷5，文渊阁《四库全书》，第794册，第66页。
③ （清）梅文鼎：《历算全书》卷2，文渊阁《四库全书》，第794册，第37页。
④ （清）梅文鼎：《历算全书》卷1，文渊阁《四库全书》，第794册，第12页。

器则度数易分，以测七曜则度分易得，以算三角则理法易明。吾取其适于用而已矣，可以其出于回回、泰西而弃之哉？"① 又如，"若夫定气里差，中历原有其法但不以注历耳，非古无而今始有也。西历始有者则五星之纬度是也。中历言纬度惟太阳太阴有之（太阳出入于赤道其纬二十四度，太阴出入于黄道其纬六度），而五星则未有及之者。今西历之五星有交点、有纬行亦如太阳太阴之详明。是则中历缺陷之大端，得西法以补其未备矣。夫于中法之同者既有以明其所以然之故，而于中法之未备者又有以补其缺"②。梅氏还认为回回历与西洋新法大同小异，而在历理上均与中国古法相通，由此使用者最明智的态度应当是"法有可采何论东西，理所当明何分新旧"③。

综合来看，梅氏的有关诠释主要是从体系、术语、方法的差异出发，旨在打通中伊（即回回）、中欧，从而为一般读者以及有志于涉足于这一领域的研究者扫清障碍。可以肯定地说，梅氏这一工作卓有成效而且具有开创性。

3. 对中国伊斯兰天文、历法史事的评述

生活在伊斯兰天文、历法输入中国数百年之后以及其官方地位被废止的终结点上，梅文鼎于伊斯兰天文历法做专业探讨之外，还特别关注这一域外学术在华流播史事。这主要涉及以下一些问题。

第一，对《授时历》是否接受过回回历影响的看法。郭守敬等人创制《授时历》时，伊斯兰天文学已经传入且深受当局重视；《授时历》又恰恰采用多种新的方法，具备许多新的气象，使其在中国古代历法中出类拔萃，超越千古。这样，有一问题就油然而生：郭守敬等人及《授时历》究竟是否受到伊斯兰天文学的影响？从传

---

① （清）梅文鼎：《历算全书》卷2，文渊阁《四库全书》，第794册，第38页。
② （清）梅文鼎：《历算全书》卷1，文渊阁《四库全书》，第794册，第7页。
③ （清）梅文鼎：《历算全书》卷60，文渊阁《四库全书》，第795册，第816页。

世文献来看，万历中后期入华的欧洲传教士首先有这方面的推度，尽管有关言论并不是很直接，如利玛窦说到万历间钦天监的天文工作时说："撒拉逊人（指穆斯林）留给他们的大部分是一些规则的表格，中国人用来校准日历并按表格归纳他们对行星以及一般天体运动的计算。"① 后来这种猜想被《崇祯历书》继承下来且加以明确表达："元人尝行《万年历》，其人为扎马鲁丁，阴用其法者为王恂、郭守敬。"② 对之，梅氏予以坚决否定，他说："元之历法实始耶律，故《庚午元历》之法《授时》多本而用之。《崇祯历书》乃谓《授时》阴用回回非也。"③ 又说，"惟深知回历而后知泰西之学有根源，亦惟深知回历而后知《授时》之未尝阴用其法也"④。还说，"考《元史》所载西域人晷影堂诸制，与郭法所用简仪高表诸器无一同者；或测量之理触类增智，容当有之，然未见其有会通之处也"⑤。其实，梅氏当年关注的这一话题，当今学术界仍在争论不休。难能可贵的是，梅氏的观点得自他对《授时历》和回回历法系统深入的研究，所以在今天看来仍然具有相当的说服力，而否认有影响存在的当今学者，他们的基本观点，实际上与梅氏之说存在着一定的渊源关系⑥。

第二，对明人有关研究的评介和总结。明嘉靖万历间，先后有一些学者参与伊斯兰天文历法的研究，梅氏在其著作中屡屡予以追述、评介。他认为在明代最精通回回历的学者是唐顺之和陈壤二人。而周述学取唐氏之说写成《历宗通义》《历宗中经》，袁黄遵陈壤之

① ［意］利玛窦、［比］金尼：《利玛窦中国札记》，何高济、王遵仲、李申译，何兆武校，第 32 页。
② （明）徐光启等：《新法算书》卷 31，文渊阁《四库全书》，第 788 册，第 553 页。
③ （清）梅文鼎：《勿庵历算书记》，文渊阁《四库全书》，第 795 册，第 968 页。
④ （清）梅文鼎：《勿庵历算书记》，文渊阁《四库全书》第 795 册，第 969 页。
⑤ （清）梅文鼎：《历算全书》卷 60，文渊阁《四库全书》，第 795 册，第 795 页。
⑥ 如钱宝琮《授时历法略论》，就引述梅氏之说，否认影响的存在。参见《钱宝琮科学史论文选集》，第 816 页。

学撰有《历法新书》①，这些著作的特点是"会通回历以入《授时》"②；梅氏还特别针对黄宗羲扬周抑唐的有关言论③指出："荆川顺之论回历之语载王宇泰肯堂《笔麈》中，颇有发明，殊胜《历宗通议》，或反谓荆川历学得之云渊者非定论也。"④

其实，梅氏对上述诸人成就的评价不高。所谓"然云渊《历宗通议》中所述荆川精语外别无发明，而荆川亦不知最高为何物。若云渊则直以每日日中之晷景当最高，尤为臆说矣。了凡《新书》通回回之立成于《大统》，可谓苦心，然竟削去最高之算，又直用《大统》之岁余而弃《授时》之消长，将逆推数百年亦已不效，况数千万年之久乎？……总之，回回历以太阴年列立成，而又以太阳年查距算，巧藏其根，故虽其专门之裔且不能知，无论他人矣"⑤。可以认为，梅氏对上述学人的研究予以评介和总结是重要的：据笔者考究，晚明以来之相关论述无论从广度还是深度上，尚没有超过梅氏的。

第三，对其他若干伊斯兰天文历法在华史实的追述。这种情况比较零碎，这里只就最重要的列举几条。例如，明代钦天监回回科具体职责问题，明清有关文献很少有明确记载，而梅氏追述说是"（西域历法）在明则有马沙亦黑、马哈麻之《回回历》，以算凌犯与《大统》同用者三百年"⑥；又说"每年西域官生依其本法奏进日月交蚀及五星凌犯等历"⑦。梅氏生活的清初距明代不远，且清初沿设回回科 20 多年，其天文工作理应是明代的延续。梅氏之说必有所

---

① （清）梅文鼎：《历算全书》卷1，文渊阁《四库全书》，第794 册，第10 页。

② （清）梅文鼎：《勿庵历算书记》，文渊阁《四库全书》，第795 册，第964 页。

③ 此见《周述学传》。黄氏说："唐顺之与之同学，其与人论皆得自述学，而亦未尝言其所得之自。岂身任绝学，不欲使人参之矣！"（见黄宗羲《南雷文案》卷9）。

④ （清）梅文鼎：《勿庵历算书记》，文渊阁《四库全书》，第795 册，第968—969 页。

⑤ （清）梅文鼎：《历算全书》卷1，文渊阁《四库全书》，第794 册，第10 页。

⑥ （清）梅文鼎：《勿庵历算书记》，文渊阁《四库全书》，第795 册，第964 页。

⑦ （清）梅文鼎：《历算全书》卷1，文渊阁《四库全书》，第794 册，第12 页。

本，而正好可以印证顺治十四年回回科秋官正吴明炫之说①，因而弥足珍贵。

又如梅氏追述说："明洪武初设回回司天台于雨花台。"② 这条资料正好可与《明太祖实录》"洪武十八年十月丙申"条所载"筑钦天监观星台于鸡鸣山，因雨花台为回回钦天监之观星台"相互补充，即给回回司天台之建以比较明确的时间范围。

又，关于洪武中翻译伊斯兰天文历算书籍的刊刻时间问题，有关文献多据吴伯宗《〈明译天文书〉译序》称为洪武，梅氏则说"回回历法刻于贝琳"③；又说"此书（指《天文书》）与回回历经纬度及其算法共四卷，并洪武时翰林吴伯宗、李翀受诏与回回大师马沙亦黑、马哈麻同译而天顺时钦天监正贝琳所刻也。余尝于友人马德称（儒骥）处见其全书"④。梅氏之说不仅提供了一种新说，且称得自亲眼所见"全书"；又，引述中梅氏所说"回回历经纬度及其算法"，很可能是洪武间编译之《回回历法》之原书名。梅氏的这一追述，极富学术价值。又，梅氏论著中每每提及的马德称，是清初的一位回回学人，而清初有此人，也仅见梅氏之记载。他说："德称系本西域，远祖马沙亦黑、马哈麻两编修公，以善治历见知洪武朝，受敕译西书，其文御制，称为不朽之智人，钦天监特置专科肄习，子孙世其官，皆精其业，西域之言历者宗焉。"⑤

梅氏的伊斯兰天文历法研究，实际上还应包括对有关典籍的整理，这方面拟放在第三部分讨论。

---

① 见《清世祖实录》卷109"顺治十四年四月庚午"条。吴氏说其祖先在明代的职责是"专管星宿吉凶。每年推算太阴、五星凌犯天象，占验日月交食，即以臣科白本进呈御览，著为定例"。
② （清）梅文鼎：《历算全书》卷1，文渊阁《四库全书》，第794册，第13页。
③ （清）梅文鼎：《勿庵历算书记》，文渊阁《四库全书》，第795册，第968—969页。
④ （清）梅文鼎：《勿庵历算书记》，文渊阁《四库全书》，第795册，第969页。
⑤ （清）梅文鼎：《历算全书》卷19，文渊阁《四库全书》，第794册，第501页。

（三）梅氏与《明史·历志》中的伊斯兰天文历法因素

梅氏对《明史·历志》的成书有重要贡献。《明史·历志》中有两项内容关乎伊斯兰天文历法：《历法沿革》部分载有若干中国伊斯兰天文历法史事，《明史·历志》末附录之《回回历法》是传世有关典籍中学术价值较高的一种。笔者认为它们均与梅氏的工作有关。

梅氏对《明史·历志》成书的贡献，可通过以下几种记载得以说明。

梅氏《勿庵历算书记·历志赘言》说，康熙十八年（1679）施闰章奉命纂修《明史》，函邀梅氏为《历志》属稿，后者因另有他事未能应允，但特意撰写《历志赘言》一卷寄去。《历志赘言》实际上是梅氏为《明史·历志》拟订的编修大纲，其中说"明用《大统》实即《授时》，宜于《元史》阙载之事详之，以补其未备；又，回回历承用三百年，法宜备书。又，郑世子历学已经进呈，亦宜详述。他如袁黄之《历法新书》，唐顺之、周述学之会通回历，以《庚午元历》之例例之，皆得附录。其西洋历方今现行，然崇祯朝徐、李诸公测验改宪之功不可没也，亦宜备载缘起"。此事过后一二年，梅氏入都，又"承史局诸公以《历志》见商"，看到为吴志伊撰、经汤斌裁定的《历志》初稿基本上是按《历志赘言》的意见起草的（梅氏称"大意多与鼎同"）。在《明史·历志拟稿》条中，梅氏列举《明史·历志》续修者的名单（徐善、刘献廷、杨文言和黄宗羲），又说到康熙二十八年徐元文"以志稿见属"，于是文鼎"谨摘讹舛五十余处，粘签俟酌"，而"无何梨洲季子主一（百家）从余问历法……于是主一方受局中诸位之请，而以《授时》表缺商之于余，余出所携《历草通轨》补之，然写本多误，皆手自步算，凡篝灯不寝者两月，始知此事之不易也"。《四库全书总目》也说"康熙丙午开局纂修《明史》，史官以文鼎精于算数，就询明历得失之源流"①。

上述记载足以使我们认定，梅氏不仅参与过《明史·历志》的编纂，且担当了非同寻常的角色：从最初的立纲定则到成书过程中的纠谬补阙，他都发挥过十分重要的作用。

《明史·历志》中的回回天文、历法因素，与梅文鼎有密切关联。从《历志赘言》看，梅氏为《明史·历志》拟订的总共五大纂修要点中，竟然有两点是关乎回回天文历法的：即"回回历承用三百年，法宜备书"和"袁黄之《历法新书》，唐顺之、周述学之会通回历，以《庚午元历》之例例之，皆得附录"。这充分说明梅氏对回回天文历法在华历史作用的强调和对有关文献的高度重视。从成书实际情形来看，在《明史·历志·历法沿革》一节中，有不少笔墨载述明置伊斯兰天文机构变迁、机构相关工作情况以及嘉靖万历间涉足伊斯兰天文历法研究的学者名单。可以认为这是梅氏"法宜备书"精神在《明史·历志》中的部分体现；"法宜备书"在《明史·历志》中的另一体现，就是对有关伊斯兰历法文献的整理和附录。按梅氏本意，原应包括两部分：一是与《大统历》参用的《回回历法》；二是袁黄、唐顺之、周述学等人的相关著作。很可能是后一部分并非全是纯粹的回回历法著作以及部头较大等因，故终未能如梅氏希望的那样，"以《庚午元历》之例例之，皆得附录"①。那么，《明史·历志》的编纂者究竟对附录本《回回历法》做了哪些工作？附录本序言说"其书多脱误……今为博访专门之裔，考究其原书，以补其脱落，正其讹舛"，似仍不得其详。实际上，这一问题可以通过《明史·历志》附录本与别本②的比较得到说明。

与别本比较起来，明史本《回回历法》至少有两个独特之处：一是有关立成表格的编制简当便捷。明史本《回回历法》在《太

---

① 也就是仿照《元史·历志》将耶律楚材《庚午元历》附录于《志》后的做法，将袁黄、唐顺之、周述学等人的有关著作也附录于《明史·历志》之后。

② 如朝鲜《李朝实录》卷159—163 中所载的《七政算·外篇》（日本学习院东洋文化研究所1965 年缩印本）和《四库全书》中所收录《七政推步》等。

阳加减立成》前做了这样的说明，"原本宫纵列首行，度横列上行……内列加减差，又列加减分……今去之，止列加减差数，将引数宫列上横行，度列首直行，用顺逆查之，得数无异，而简捷过之，月、五星加减立成，准此"。可见，这些助算表格被认真改造过。二是在第二卷卷端专门增补"立成造法"部分，具体涉及"日五星中心行度立成造法""五星自行度立成造法""月五星最高行度立成造法""太阴经度立成造法"和"总零年宫月日七曜立成造法"五个方面的内容。上述两点就是《明史·历志》的编纂者所做的最重要的工作。笔者认为它们不仅是在梅氏《历志赘言》精神的主导下开展的，且梅氏很可能具体参与过这些工作。理由如下。

首先，从《勿庵历算书记》看，梅氏有《回回历法补注》（三卷）。因此，他有条件驾轻就熟，对收入《明史·历志》的同一种著作进行加工。

其次，梅氏曾在他的著作中数次转引徐光启有关言论，表示对洪武中后期中外学者译介本的不满，如说："徐文定公言，回回历纬度凌犯稍为详密，然无片言只字言其立法之故，使后来入室无因，更张无术，盖以此也。"[1] 这样，如果将原本照录，便不符合他"法宜备书"的学术追求。上述《明史·历志》卷二"立成造法"一节显然是为弥补原本于这一方面内容的不足而特意增加的。

最后，梅氏曾为《大统历》编制助算表格，所谓"主一方受局中诸位之请，而以《授时》表缺商之于余，余出所携《历草通轨》补之，然写本多误，皆手自步算，凡篝灯不寝者两月，始知此事之不易也"，这无疑可以为他改造历志本《回回历法》立成表提供实践经验。

综上所述，梅文鼎对《明史·历志》中的回回历法因素的载述

---

[1] （清）梅文鼎：《历算全书》卷60，文渊阁《四库全书》，第795册，第816页。

及典籍的整理、附录具有重要贡献。正是由于包括梅氏在内的一批行家的参与和切实有效的工作，《明史·历志》才能成为此后国人从事有关研究不可替代的一份宝贵文献。

顺便应予明确的是，笔者强调梅文鼎在《明史·历志》及所附《回回历法》成书过程中起到的关键作用，但也不否认其他学者的贡献。毕竟，正如上文引述表明的那样，《明史》（包括其中的《历志》）是涉及学人甚多、历时数十年之久才告完成的大工程。但就所附《回回历法》而论，除梅文鼎外，其孙梅珏成、黄宗羲和其子黄百家等人，都参与其中，对此本的加工和完善，都有建树。而究竟如何认识和确定他们各人在这项工程中具体所发挥的作用，还需要进一步搜集、研读有关资料，进行深入的研究①。

二　清代其他汉族学者的伊斯兰天文历法之学

上文已经指出，清代汉族学者涉足伊斯兰天文历法之学并有所成就者，梅文鼎之外，还有以下数人。

薛凤祚（1600—1680），字仪甫，山东淄川人。早年师事魏文魁，钻研中国传统历法，清顺治年间，结识欧洲传教士穆尼阁，改攻西洋新学。他是清朝前期声名仅次于梅文鼎和王锡阐的天文历算学家。对伊斯兰天文学，薛氏有专门撰述，较常见者如《西域历并表》二卷。② 他对一般学者较少问津的伊斯兰占星术有相当程度的关注，如《天步真原·世界部》后附《回回历论吉凶》节录自《天文书》第 2 类中的有关部分；《天步真原·选择部》中与之相关的有2 篇，即《回回历论物价贵贱》是对《天文书》第 2 类第 9 门《说物价贵贱》的节录；《回回历选法》是对《天文书》第四类第 2 门

---

① 此前对这一问题有所涉及的学者和成果，可参考卢仙文、江晓原《略论清代学者对古代历法的整理研究》（《中国科技史料》1999 年第 1 期），陶培培《南京图书馆藏清抄本〈回回历法〉研究》（《自然科学史研究》2003 年第 2 期）。

② 《西域历并表》又分称为《西域回回术》和《西域表》，主要有三个刊本：清康熙壬寅（六年）刊《历学会通》本、清康熙三年《淄川薛氏遗书》本及清刊单行本。

的节录；这在当时，似成为一种时尚①。

一般来说，清人对回回天文、历法资料采摘、辑录形成的零散成果，其版本和学术价值不大，特别是有关回回占星术的一类更为如此。但是，从文化意义来考察，反映出清朝非官方和非穆斯林的知识分子对伊斯兰天文学多元化的取向，其背景和深层次的原因，应该是清代以后伊斯兰天文学走向更为广泛的社会民众、民间阶层。

另外，根据石云里等学者的专题研究，薛凤祚还编撰有《气化迁流》的大著作。其中《土木相会》《宇宙大运》各两卷，涉及对《明译天文书》的应用和发展。石先生等对薛凤祚的有关工作，有较高评价，认为"正是由于薛凤祚的努力，阿拉伯星占学才在清初随着欧洲天文学的胜利和欧洲星占学的传入而复活流传，而没有像阿拉伯天文学一样，在此之后归于沉寂"②。

黄宗羲（1610—1695）为明清之际大儒，其"博览群书，兼通步算"，著有《大统历法辨》四卷、《时宪书法解新推交食法》一卷、《圜解》一卷、《割圆八线解》一卷、《授时历法假如》一卷、《西洋历法假如》一卷、《回回历法假如》一卷。康熙十八年，都御史徐元文荐于朝，以老病辞，乃诏取所著书宣付史馆③。有说上列撰述，"藏于家，未经刻印，流传者仅《南雷文约》考证历法之论文数篇而已"④。与本书讨论主题相关者，乃《回回历法假如》一种，也有人说有康熙刊本⑤，但笔者曾经于国内多家著名藏书机构追寻而未见踪迹。所以，对于黄氏在这一领域的具体贡献，实无法置评。

---

① 如（清）倪荣桂《中西星要》中的《选择当知》、（清）陈松《天文算学纂要》中的《推测易知》及（清）姚子兴《择吉会要》中的"应用"条，都是《天文书》相应部分的节录。

② 朱浩浩、石云里：《以回回之法，占中朝之命：薛凤祚对阿拉伯星占学的研究与应用》，《中国科技史杂志》2015 年第 1 期；褚龙飞、石云里《独特的会通方式：薛凤祚〈历学会通·正集〉新探》，《上海交通大学学报》2014 年第 2 期。

③ 阮元等撰：《畴人传合编校注》，冯立升、邓亮、张俊峰校注，第 323—324 页。

④ 《浙江畴人著述记》。

⑤ 丁福保、周云青主编：《四部总录天文编》，文物出版社 1984 年版，第 337 页。

江永（1681—1762），字慎修，江西婺源人。其人博学淹贯，有多方面的成就，而于历算之学亦卓然一家。他因读梅文鼎诸书有得，撰《数学》八卷，其中卷七等涉及伊斯兰历算问题，对梅氏的研究，做了阐发和补充。

李锐（1768—1817），字尚之，苏州元和人，清中期较有影响的历算学家之一。于伊斯兰天文历算学方面，有《回回术元考》一种，以明史本《回回历法》与当时回教徒所用瞻礼单相参证，对回回历的历元问题进行了专门讨论，得出如下结论：

> 谓回回历有太阳年，彼中谓之宫分；有太阴年，彼中谓之月分。宫分有宫分之元，则开皇己未是也。月分有月分之元，则唐武德壬午是也。自开皇己未至洪武甲子，积宫分年七百八十六；自武德壬午至洪武甲子，积月分也七百八十六。其惑人者即此两积年相等耳①。

由此，《回回术元考》是中国伊斯兰汉文历法文献中第一个正确地提出回回月分年（太阴年）的历元为唐武德壬午年（622）的著作。据载，《回回术元考》"稿佚未刊"②。

顾观光（1799—1862），字宾王，号尚之，上海金山人。其人博学多能，尤长于天文历算之学。所撰《回回历解》一书，有显著特点，即运用了当时传入的西洋几何学、代数学等新知识，所以顾氏的《历解》富有现代意义③。

李善兰（1811—1882），字壬叔，号秋纫，浙江海宁人，是清中后期著名的数学家。李氏对伊斯兰历法也有研究，并撰有《回回术细草》七卷。李氏有此书，向不为学者所知，亦不见载于其他文献。

---

① （清）阮元等：《畴人传合编校注》卷50《李锐传》，第452页。
② （清）阮元等：《畴人传合编校注》卷50《李锐传》，第452页。
③ 《回回历解》刊本较多，未见单行，收载于《武陵山人遗书》中，有光绪九年独山莫氏刊本、金山姚氏重刊本（一名《金山顾氏遗书》）、归安杨氏刊本等。

唯严敦杰先生称见于李俨藏《李善兰遗墨则古堂算学目录》中，又称已佚①。

　　洪钧（1839—1893）是清季著名的历算学家、外交家和元史学家。据其声称"畴人之学，夙未尝学"，但却利用调查研究之法和接触外域资料之便，撰著了《天方教历考》，集中地讨论了回回历的历元和宫分年的来源问题，且得出了正确的、有价值的结论。《天方教历考》作为《元史译文证补》的附文，有多种刊本。

　　综合来看，清代涉足伊斯兰天文历法之学且卓有成就者，确如前面指出，主要是梅文鼎，其他人除薛凤祚、顾观光等人外，无论是在讨论问题的深、广度上，还是撰述量上都不能与梅氏相提并论。不过，应该承认，薛凤祚以下诸人虽在伊斯兰天文历法学领域建树有限，但他们在清代的学界，在其他领域贡献良多，因而基本上都是名流。包括梅文鼎在内的上述清代著名学者，在伊斯兰历法官学地位终结之后仍对其予以关注和研究，应是值得注意的一个文化现象。要者，它实际上体现的是伊斯兰天文学、星占学影响中国社会、文化的一个很重要的方面。

---

① 严敦杰：《回回历法书目》，《益世报》（文史副刊）1943 年第 44 期。

第六章

伊斯兰天文学在华的历史地位与影响

前面数章的篇幅，笔者追述伊斯兰天文学的源流，考察伊斯兰天文学向中国输入的过程，论述元明政府为奉行这种体系的天文家设立专门机构及这一机构所从事的天文工作，评介主要的典籍文献，揭示中国汉族学者对于这样一个领域的研究。由此看来，上述内容已触及这一学术领域的一些主要方面。其实，本书还有一个极为重要的内容，这就是接下来要进行的最后一个话题，审视和评估伊斯兰天文学在中国历史上的地位和影响。

绪论部分谈及本书的撰述思路时说过，"不局限于伊斯兰天算家及其活动"和"不囿于元明清时代及输入的伊斯兰天文学对中国的影响"的想法，因前面各章讨论的主题所限，截至目前尚未能较多地兑现这种承诺。而本章要进行的"审视和评估"，却适宜运用广阔的视角，去贯彻和落实这种思路。由此，笔者会尽可能把伊斯兰天文学放在与汉代以后整个域外体系在华流播之历史进程的比较中，置于古代中国政府极力追求精确天象预报而着力去打造天文机构对照、监督机制的"大战略"中，去考察它的历史地位和影响。

由于要在较为广阔的视角上讨论问题，而这种视角其实需要花费较多的笔墨去搭建，所以与前面各章节紧扣主题的写法会有明显不同，在本章中，笔者会"放得比较开"；且希望通过这种"放"的努力，能对关注的问题有一个较为全面、深入的讨论。

第一节　西方体系在华流播史上的中心一环

中华传统文化博大精深，也在于它善于海纳百川。在漫长的古代历史上，中国接受和吸纳过丰富多彩的域外文化，其中就包括天文学。回顾域外天文学知识体系的输入和在中国的传播历程，则知伊斯兰体系只是其中的一种。那么，域外体系在华的流播究竟是怎样一幅图景，伊斯兰体系在其中占有什么样的历史地位？这一节笔者将关注点放在上述问题上。

一　域外天文学向古代中国输入的途径

关于域外天文学在华的传播问题，以往学界已有较多关注。总体来看，相关成果主要以两种形式出现：一是在综合性的古代中外关系史，特别是文化交流史的著作中涉及①；二是专题性论著，划区域、分体系，注重对具体史实的考究②。这些成果都在不同层面、不同程度上有力地推进了相关问题的讨论。但由于视角和关注点不同，应该承认，截至目前，对于一些问题甚至是带有全局性的问题的论述还有欠缺。如这里所关注的域外天文学向古代中国输入之途径、内容等，其实，就有必要尽可能给予明晰的梳理和评介。

综观域外天文学向古代中国的输入，源远流长，早在先秦时期就已经开始，且应该有着非常重要的内容。惜由于相关记载的缺失，

---

①　例如，方豪《中西交通史》（岳麓书社 1987 年版）及黄时鉴主编《解说插图中西关系史年表》（浙江人民出版社 1994 年版）等书中，都划出一定的篇幅，去涉及这方面的话题。

②　如江晓原、钮卫星对印度、欧洲天文、星占学在华传播的研究（成果主要反映在《欧洲天文学东渐发微》一书中。上海书店出版社 2009 年版）；陈久金等人对回回天文学在华的传播的研究（见陈久金《回回天文学史研究》，广西科学技术出版社 1996 年版）等就是如此。

学者根本无法真正复原历史的真相①。相形之下，秦汉之后文献载述逐渐增多，但在记载的完备性、准确度等方面仍存在很多缺陷。例如，根据现有资料，我们依然无法对汉唐时期自美索不达米亚、波斯，蒙元时期从欧洲输入的有关历法、星占学情形去做最基本的描述。有鉴于此，也考虑到篇幅不宜过长，这里拟主要关注印度和欧洲两大体系分别于汉唐及明末清初之在华史事。事实上，上述两大体系再加上伊斯兰天文学之在华流播，基本上可以代表域外天文学于秦汉之后在中国活动的主体。

通过翻阅和研读有关文献，可以认为域外天文学之输入中国，主要存在与宗教传播相伴随，因移民迁徙而带入，由使者、学有专长之士直接输入，以及随商贸活动而携来等途径和渠道。

（一）与宗教传播相伴随

宗教之传播，必有世俗文化相伴随，这可以说是古今中外的通例。回到本书探讨的主题，如古代印度和欧洲天文学向中国的流播，就与佛教僧人和天主教耶稣会士在华的传教活动密不可分。

佛教僧人对印度天文学向中国传播做出的贡献，文献中多有记载。例如，佛教史籍《出三藏记集》《高僧传》《续高僧传》《宋高僧传》等，在述及东汉安世高，南朝刘宋时的昙光，萧齐时僧范，唐朝慧斌、一行、不空等僧人的事迹时，多提及他们在"七曜术"方面的杰出修养，或者参与相关著作的撰写、编译等情况。研究者认为，有着上述多种称谓的这种学术，是"主要源于印度、但很可能在向东向北传播过程中带上了中亚色彩的历法、星占及择吉推卜之术"②。除此而外，见载于汉译《大藏经》的许多涉及星占的或以星宿祭祀、禳灾为内容的印度佛教密宗经典，如《文殊师利菩萨及诸仙所说吉凶时日善恶宿曜经》（简称《宿曜经》)、《摩登伽经说星

---

① 对于这方面的问题，从前江晓原先生做过较好的总结和揭示，见江晓原《天学真原》第6章《起源问题与域外天文学之影响》第Ⅰ、Ⅱ两节文字。

② 江晓原：《天学真原》，第324页。

图》《七曜星辰别行法》《七曜禳灾诀》《梵天火罗九曜》等，根据译者署名等信息，知也是出自佛教徒的手笔①。至于佛教徒为什么会自觉自愿去介绍印度天文学的相关知识到中国？这是值得追究的。笔者初步思考后，认为可能主要有如下两个原因：一是天文学在华拥有崇高地位，僧人可能有迎合中国知识界的考虑。二是有关文献既然是佛教经书，其中所写内容也是僧人需要阅读并在宗教生活中必须践行的，如星宿祭祀、禳灾等，就有必要将这些经典翻译出来，以作为有关活动指导用书。

　　欧洲天文学向中国的传播，明清间的 200 年间（约公元 1580—1780 年）是十分重要的一段。期间，天主教耶稣会士在其中扮演至关重要的角色。有关这一方面，经过近数十年的研究，已成为学界之共识，这里无须赘言。而传教士去做这样一件事情，其着眼点和动机是值得注意的。对此，李约瑟博士早已有深入精当的揭示：

　　　　从一开始起，欧洲人了解中国天文学就是由于被一种利益所动：耶稣会传教士们已经看出，他们可以靠欧洲文艺复兴时期的科学进步和中国人打交道，可以靠他们的较高明的历数推算和交食预测把自己引入官场，从而得到种种好处②。

　　　　他们力图通过把文艺复兴时期的科学精华带往中国的方法，来完成他们的宗教使命，这是一种极其开明的行动；不过，对于他们来说，科学只不过是达到目的的一种手段而已。他们的目的，自然是利用西方科学的威力来支持并抬高"西方"宗教

---

　　① 《大正新修大藏经》[（台北）大藏经刊行会 1983 年版] 第 21 册所载 1299—1312 号共 14 种（第 387—464 页）均为这类典籍，上所列举数种也都在其中。对这类文献的研究，近十数年取得较大进展，有关情形参见江晓原《六朝隋唐传入中土之印度天学》《汉学研究》（台北）1992 年第 10 卷第 2 期；钮卫星《西望梵天——汉译佛经中的天文学源流》（上海交通大学出版社 2004 年版）、李辉《汉译佛经中的宿曜术研究》（博士学位论文，上海交通大学，2011 年）等。

　　② [英] 李约瑟：《中国科学技术史》第 4 卷《天学》，中华书局香港分局 1978 年版，第 5 页。

的地位。这种科学可能是正确的，但对于传教士们来说，重要的是它发源于基督教国家。这里有个暗含的逻辑，就是只有基督教徒才能够发展出这样的科学。因此，每一次正确的交食预报都被用来间接证明基督教神学是唯一的真理①。

正是由于作为传教手段使用的有效性和"暗含的逻辑"的存在，包括天文学在内的欧洲科技文化于这一时期才会通过有关宗教人士的主动介绍得以播迁中国。

（二）因移民迁徙而带入

人是文化的载体，当移民自祖居地迁往一新地域，必裹挟祖居地文化一同前往。在古代历史上，伊斯兰天文学向中国的输入，应主要得益于大批阿拉伯人、波斯人移居中国。从文献记载来看，波斯、阿拉伯人较大规模向中国移民，可以追溯到唐宋时期。时在长安、扬州和东南沿海的广州、泉州、福州以及海南等地，都有数以千计乃至万计的穆斯林居民②。然而，"蒙元时期，100多万色目人迁入中国，分布在全国各名郡大州和重要的城镇。这些色目人中，信仰伊斯兰教者（即回回）人数甚多（很可能占大部分）"③。值得注意的是，穆斯林移民迁居中国之后，大多数都没能"入乡随俗"，而是"惟其国俗是泥"④。所谓"国俗"最重要者莫过于伊斯兰教信

---

① ［英］李约瑟：《中国科学技术史》第4卷《天学》第673页。

② 如唐后期，仅广州一地，就可能有数万穆斯林居民。这种估测是据名著《中国印度见闻录》做出的。该书卷2记载，僖宗乾符间黄巢兵进广州，寄居城中经商的伊斯兰教徒、犹太教徒、基督教徒、拜火教徒总共有十二万人被杀。如果这种记载可信，即使平均四类教徒人数，列为第一种移民的伊斯兰教徒也达4万（穆根来、汶江、黄倬汉译：《中国印度见闻录》，第7页）。

③ 吴松弟：《中国移民史》第4卷（辽宋金元时期），葛剑雄主编，福建人民出版社1997年版，第613页。

④ （元）许有壬：《至正集》卷53《西域使者哈扎哈津碑》，文渊阁《四库全书》，第1211册。原文说："然我元始征西北诸国，而西域最先内附，故其国人柄用尤多，大贾擅水陆利，天下名城巨邑必居其津要，专其膏腴。然而求其善变者则无几也。居中土也，服食中土也，而惟其国俗是泥也。"

仰与生活。职是之故，与其人宗教生活和世俗生活密切相关的伊斯兰教历等阿拉伯天文学因素得以率先输入中国。如果顾及 9—14 世纪伊斯兰世界天文学极度发达的背景，就会明白兼有军国和生辰性质的阿拉伯星占学，在蒙元时期随着大批来华定居的穆斯林输入中国，也就成为理所当然的事情。

（三）由使者或学有专长之士直接输入

天文学自古以来就是一门高深的学问。在古代中国，它同时还是一门显学。一旦精通这种学问，就有可能受到最高当局的特别关注。这种"中国特色"也引起域外国家政府或有关人士的注意，从而促成相关交流或专门人士的入华传授。且看下列史料。《旧唐书》卷一九八《西戎传》"罽宾国"条：

> 开元七年，遣使来朝，进《天文经》一夹，秘要方并蓄药等物。

《册府元龟》卷九七一《外臣部·朝贡第四》"开元七年六月"条载：

> 其吐火罗国支汗那王帝赊上表献解天文人大慕阇。其人智慧幽深，问无不知。伏乞天恩唤取慕阇亲问臣等事意及诸教法①。

《通志》卷六八《历数》载：

> 《都利聿斯经》二卷，本梵书，五卷。唐贞元初，有都利术士李弥乾将至京师。推十一星行历，知人命贵贱②。

---

① 关于吐火罗，张广达先生注称今阿富汗兴都库什山以北地区。
② （宋）郑樵：《通志二十略·艺文略》第六《杂星历》，中华书局 1995 年版，第 1674 页。

由上引述可见，使者来朝时，进献的有《天文经》，有"解天文人大慕阇（摩尼教高级传教士）"，还有直接以"术士"身份前来的。不过，这里需要说明的是，将使者与"学有专长的学人"并列，作为古代中国输入或引进域外天文学的一种途径，主要是便于叙述。其实，这两类人群于此方面的作用和贡献应不能相提并论：除上所举几条材料确实可以在一定程度上说明某些使者曾兼负这样的使命并开展过相关工作外，一般说来，使者，特别是承担政治使命的古代国家使节，对于高科技文化的传播实不可能做太多的事情。例如，洪武末年和永乐间曾五次出使西域、中亚伊斯兰教国家的"行在吏部验封清吏司员外郎"陈诚，在其有关撰述中就很少涉及当地天文、历法方面的事情，唯"哈烈"条下有段文字，涉及一周七日的计时制度及七日的音译名称：

> 正朔不颁，花甲不论，择日用事，自有定规，每七日一转，周而复始。七日之中，第一日为阿啼纳，二日为闪伯，三日为亦闪伯，四日为都闪伯，五日为且闪伯，六日为闪伯，七日为攀闪伯。凡拜天聚会，以阿啼纳日为上吉，余日用事，各有所宜①。

显然，除内容浅显简略，还存在错误，由此遭受博学多闻的清代学者的尖锐批评："其所载音译，既多讹舛……大都传述失真，不足征信。"②

由学有专长之士直接输入域外天文学的情况，文献不乏记载。上所举吐火罗所献的"解天文人"大慕阇、都利术士李弥乾等就是如此。

---

① （明）陈诚：《西域行程记》《西域番国志》，周连宽校注，中华书局 2000 年版，第 71 页。

② （清）爱新觉罗·永瑢等：《四库全书总目》卷 64《史部·传记类存目六》，第 572 页。

　　说到直接输入，这里还应提到唐朝的"天竺三家"，特别是瞿昙氏家族以及原籍波斯的李素、李景亮父子。"天竺三家"情形已为学界所熟知，而二李的身世及在华事迹目前只有个别学者涉及①。无论如何，从现掌握资料来看，他们不是由于别的什么因素，主要应是以具有一技之长的专门学人身份来从事相关工作。有迹象表明，他们在自己的职任上，将祖居之地的天文历算之学直接介绍到中国。

　　与上述情形相仿，蒙元时期任职中国的星占家，大体上也属这类人士，他们以一技之长谋生的同时，也将有关学术直接输入，如载"世祖在潜邸时，有旨征回回为星学者，札马剌丁等以其艺进，未有官署"②。接下来明初的马沙亦黑、马哈麻兄弟也是如此。同样，万历以后入华的耶稣会士中的很多人，实际上是造诣非凡的学者。所谓"其初耶稣会之传道师，固为教师，亦属学者，盖以科学知识，保证其传教自由"③。其中特别是如邓玉函、罗雅谷、汤若望、南怀仁等，他们的主要建树并非传教而是以数理天文学方面的造诣，也即事实上的学者身份，将欧洲的相关学问介绍到中国。又，"以国王数学家"的身份被法国国王路易十四派遣到中国的白晋、张诚等五人④，也是显例。

（四）随商贸活动而携来

　　商人竞刀锥之利，唯利是图，对天文学这种高深的学问，一般

---

　　① 李素和李景亮父子，原籍波斯，于大历至大中年间前后七、八十年以翰林待诏的身份任职于司天台，最后都成为官方天文机构的长官。参见荣新江《一个入仕唐朝的波斯景教家族》，载《中古中国与外来文明》（修订版，第210—228页），生活·读书·新知三联书店2014年版；赖瑞和：《唐代的翰林待诏和司天台——关于李素墓志的再考察》，载荣新江主编《唐研究》第9卷，第315—342页。

　　② （明）宋濂等：《元史》卷90"回回司天监"，第2297页。

　　③ ［法］伯希和、沙畹：《摩尼教流行中国考》，冯承钧编译，载《西域南海史地考证译丛》第8编，商务印书馆1962年版，第52页。

　　④ ［法］费赖之：《在华耶稣会士列传及书目》，冯承钧译，中华书局1995年版，第170—174页。

既不会去钻研，也没有传播的兴趣。不过，处在一些特定环境之中，商人对天文学一些分支的创立、发展和传播就有特殊贡献，航海天文学就是如此。中国东部及东南濒临大海，自古以来通过海洋航运与周边、域外国家存在发达的商贸往来。在此过程中，非但催生过中国的航海天文学，也使其得到较好的发展。例如，宋代文献说到当时导航就有"舟师识地理，夜则观星，昼则观日，阴晦观指南针"① 的记载，至明初的郑和船队则有"过洋牵星板"的应用。与中国古代天文学的其他分支一样，中国的航海天文学也受到过外来因素的影响，如"过洋牵星板"的来历似就不能排除这一点。

关于"牵星"及"牵星板"，研究家诠释说："牵星就是航行中的船只'找寻''联系'北极星之意，古代文献记载船家测量星辰出水高度的工具为'牵星板'，是一种观察、测量北极星出水高度的工具。"② 过洋牵星的最早文字记载，见于郑和下西洋远航后成书的典籍如《郑和航海图》③ 等。学者推测，中国开始应用过洋牵星术和牵星板的时间，大约是在元末或明初④。明人李诩（1505—1592）《戒庵老人漫笔》卷一"周髀算尺"条载：

> 苏州马怀德牵星板一副，十二片，乌木为之，自小渐大．大者长七寸余。标为一指，二指，以至十二指，俱有细刻，若分寸然。又有象牙一块，长二寸，四角皆缺，上有半指、半角、一角、三角等字。颠倒相向，盖周髀算尺也。

这是现知中国古籍中关于牵星板的唯一文字记载。科学史家严

① （宋）朱彧：《萍洲可谈》卷2，"甲令条"语，商务印书馆1941年版。
② 吴春明：《从南岛"裸掌测星"到郑和过洋牵星——环中国海天文导航术的起源探索》，《南方文物》2012年第3期。
③ （明）茅元仪《武备志》（海南出版社2000年版）卷240有郑和下西洋的舆图，后面附有宝船牵星过洋图。
④ 至元二十四年，元政府令福建道访寻回回航海、指南一类的典籍"剌那麻"，（见王士点、商企翁《秘书监志》卷4，第76页）

敦杰、金秋鹏等先生通过与阿拉伯天文航海术的比较研究，认为马怀德牵星板与阿拉伯航海家所用的牵星板相似，其中所用"指""角"等作为航海天文的量度单位，是伴随着过洋牵星术和牵星板的采用而采用的，"当受阿拉伯人航海术的影响"①。

海商出没于瞬息万变、险象环生的茫茫波涛之中，分辨方位，确定航向之迫切需求，使得他们对导航之天文技术具有力求准确、便捷的强大动力，而与域外相关人士直接切磋、交流之客观条件的具备又为这方面的追求提供了坚实的支撑。这或许就决定了以海上交通和海外贸易为机缘成长起来的航海天文学更多具有兼容并蓄的特点。

在上述四途径中，当以前三种为常见。这些途径、方式的选择于不同的历史时期，主要取决于中国与周边或其他相关域外国家的政治、军事、经济和文化发展的总体态势、变化情形，取决于是否具备应有的条件。

二　外来天文学的主要内容

秦汉以后到 1840 年鸦片战争以前，自域外输入古代中国的天文学内容颇为丰富。接下来，笔者将循着历史的轨迹，依次对印度和欧洲输入的主要相关成果作概要梳理和评介（处于这两大体系之间的伊斯兰天文学，自然不必重述）。因二者中自印度输入的，内容较为庞杂，依托文献大多亡佚，有关记载也较为模糊；来自欧洲的，时间晚近，汉译（或编译）文献基本传世，载述充分，内容清晰。有鉴于此，下面的梳理，笔者将重点放在印度天文学方面。

关于印度天文学的输入，自文献记载来看，有"七曜术（历）""婆罗门天文（历算）""天竺三家历（术）""九执（九曜）历"

① 严敦杰：《牵星术——我国明代航海天文知识一瞥》，《科学史集刊》第 9 期，科学出版社 1966 年版；金秋鹏：《略论牵星板》，《海交史研究》1996 年第 2 期。

"符天术""十一曜历（术）"等名目。纷繁杂陈，颇见丰富。接下来笔者将通过相关文献资料的研读，并结合前贤的研究成果，从总体上对之作些把握和评述。具体拟自以下三个方面展开。

首先，关于输入之时间问题。即使本书所限汉唐，印度天文学的输入前后也有近千年之久，则前述名目之印度天文学知识体系的输入究竟发生在什么时候，是否存在某些较为明确的时段？应该说其中的大部分，时间大体是可以圈定的，如"婆罗门天文（历算）"等，李约瑟说"这些书在公元 600 年前后当以流传各地"①，但未给出理由。据江晓原考证，这类典籍应出自印度天文学上的婆罗门学派，该学派公元 400 年发端于笈多王朝统治下的西部印度②。据中国佛教史籍，北周武帝天和年间（566—571）有摩勒国沙门释达流支法师曾奉命为权臣宇文护译出《婆罗门天文》一部二十卷③。由此，从上述迹象来看，《隋书》著录 6 种婆罗门系列天文历算著作理应是其同类典籍，它们的译出或编译年代亦当在 6 世纪中叶前后。而"天竺三家历（术）"被唐代官方参用时，其人健在，他们在华活动时间大体处于太宗至肃、代宗统治年间。《九执历》为开元六年瞿昙悉达奉诏翻译；《符天历》问世，为唐建中（781—783）时；十一曜行历所出之《聿斯经》，是在德宗贞元（785—804）中译出。由此，这里需要讨论的其实只有《七曜历（术）》输入中国的时间问题。虽说只有一种，但因是印度输入中国天文学中较具代表性的，所以应当重视。综合来看，基本上存在三种看法。

第一种意见认为，输入时间在唐代。伯希和、沙畹认为，有关文献记载表明，七曜日汉译文献采用康居语音译名称、以日曜日为礼拜日（用"密"或"蜜"字标注），这两点与摩尼教徒所用语言及礼拜习惯高度吻合，由此断定，七曜历（术）是由中亚的摩尼教

①　［英］李约瑟：《中国科学技术史》第 4 卷《天学》，第 74 页。
②　江晓原：《天学真原》，第 360 页。
③　如费长房《历代三宝记》、道宣《续高僧传》《大唐内典录》及道世《法苑珠林》等都有载录。

徒带到中国来的①，而一般认为，摩尼教传入中国的时间正是唐朝。西方学者及日本学者羽田亨等均认可此说。另一日本学者薮内清虽主张七曜历是通过佛典传入中国的，但认为这个过程开始于"皇记1400年（中国唐玄宗开元二十八年，公元740年）以降"②。饶宗颐赞同伯希和、沙畹等人的主张，他说："在唐以前摩尼教未入华，历书以七曜为名的虽然甚多，但它的意义和七政无异。"他认为"七曜"有两个意义：一是外来的，指每周七日的星名。由摩尼教传入的日、月和五星组成的七曜。七曜的另一个意义，为中国本（原文作"木"）土的"七政"，其来源甚早；二者似乎不可混合为一③。

　　第二种意见认为，早在"汉晋之间"输入的过程就已经开始。叶德禄、刘世楷、李约瑟及江晓原等先生大体持这种看法，而刘氏、江氏等人对之有较为充分的论述。例如，刘世楷就认为沙畹、伯希和、薮内清等人说法的"最大漏洞是对唐以前的七曜历弃而不谈"。刘氏将七曜历术传入中国的时间追溯到东汉桓帝初年的安息僧人安清以及灵帝熹平三年刘洪所上《七曜历》。认为魏晋以来至唐初所成《隋书·经籍志》所载有关同名（七曜历、七曜术等）典籍都属同类，都是印度占星术或宿曜占候类的著作。由此"七曜历初出于东汉末，盛行于南北朝，经隋唐五代以至北宋初期，都在民间流行，至南宋末年，才完全消沉"④。刘氏还认为，七曜历（术）之称谓有特定内涵：东汉以前、南宋以后，中国历法无有冠以"七曜"两字的。从汉末起才有七曜历出现，那显然是以七曜二字作一种新历法的专名，不是对一般历法的通称。这种历法的内容既含有迷信的一面，又含有纯正历法的一面，只是保守不变，终归淘汰，至宋末才

---

　　① ［法］伯希和、沙畹：《摩尼教流行中国考》，冯承钧编译，载《西域南海史地考证译丛》，商务印书馆1962年版，第2卷第52页。

　　② ［日］薮内清：《关于唐曹士蔿的符天历》，《科学史译丛》1983年第1期。

　　③ 饶宗颐：《论七曜与十一曜》《选堂集林·史林》，中华书局1982年版。

　　④ 刘世楷：《七曜历的起源——中国天文学史上的一个问题》，《北京师范大学学报》1959年第4期。

消失。如果说隋唐以前并无特殊的七曜历，所谓七曜历乃当时历法的通称，则何以隋唐以前的历法同时还有非七曜历的种种名称存在？何以到了唐末又有以七曜作历的专名的？说隋唐以前无七曜历，是无法自圆其说的。刘的结论是：七曜历不仅不是摩尼教徒传入中国的，也不是由印度整个搬来的；它只是受印度七曜占候术影响的一种历法，产生成熟于东晋南北朝时期（公元3—5世纪间）。七曜占候术则早于汉晋间随佛教输入中国。七曜历本上注有的"密"字或"蜜"字，或是指日曜日所在，或是指佛教的吉祥日，并不是靡尼教徒传七曜历入中国的充足证据。

第三种看法认为，七曜历的输入在南北朝时期。陈志辉持此说[1]。陈志辉是江晓原、钮卫星先生门下士，他说不可以把汉唐时期中国文献中所载之"七曜历术"，一概视为域外传入之产物。事实上，东汉刘洪以及东晋徐广家传之七曜历术为中土原产的旧七曜，由南北朝开始至唐代输入极盛的七曜术是新七曜。他的主要理由：一是《魏书·释老志》载北朝道教领袖寇谦之算七曜，有"不了""不合"，后得到成公兴的点拨，却"俄然便决"。之所以会如此，是因成氏已接受和精通此时自印度传入的新七曜历术；另，《魏书·崔浩传》载北魏著名学者、政治家崔氏"虽精研天算，而其初尚有未合之处"，后师从寇谦之，得以更新其旧学。善于推算五星行度，并在父亲生命垂危之际，"仰祷斗极，为父请命"。这些表现和作为，都暗示其可能接触印度历算和有关佛教密宗经典。又，南朝齐梁时期著名学者、道教领袖陶弘景撰有《七曜新旧术疏》，"疏"者，则必有七曜旧术及七曜新术为原本。

那么，上述看法究竟哪一种才更符合历史的实际？其实，这是很难研判的。问题的症结首先应该是搞清楚兼有星占和历法的"七曜历"在印度究竟出现于何时？可目前看到有关论著基本上都忽视

---

[1]　陈志辉：《隋唐以前之七曜历术源流新证》，《上海交通大学学报》2009年第4期。

或回避这一至为关键的问题①。如果说"七曜历术"在公元前后佛教传入中国之前，也就是中印之间开始发生较多往来之前（或者时间还可大幅度推后至魏晋甚至南北朝间），就已经是印度天文学的构成部分，则持上述第一种看法的学者就无法回避这样的质疑：为什么在唐以前数百年的时间里，在中印密切交往的背景下，有关人士以"七曜历（术）"命名的著作（或编译成果）就与唐代以后大家公认来自印度的同名类典籍不是一类？而对于第二种看法的学者，显而易见的问题是，既然日月五星同是古代中国、印度（其实也包括巴比伦、希腊等）天文家观测推算的七个最重要的天体，又在相关名目著作已基本亡佚的情况下，如何能够排除东汉以后、宋末以前，"七曜"只是指称自印度传入的那一类，这种说法会不会过于绝对？例如，笔者注意到晚清目录学家姚振宗就不仅将"七曜"名目类著作的历史溯及远古的中国，称"案日、月、五星谓之七政，《汉·艺文志》历谱家有《颛顼五星历》《日月宿历》，是为《七曜历》之所自始"，且认为"《文选·齐敬皇后哀策文》注引《淮南》高诱注云'刘歆有《曜历》'，当即《七曜历》。后汉刘洪作《七曜历》，郑司农作《天文七政论》，刘陶亦作《七曜论》，此又两汉人所作《七曜历》及论之最著者"，自然他也论及《隋志》所录数十种"七曜历"典籍②。值得注意的是，这位博大精深的学者就丝毫没有觉察到他涉及的同类名目的典籍存在异域色彩。姚氏的这种等量齐观至少能从另一个方面说明将七曜历（术）说成是印度输入同名类著作或知识体系的专称（或特称），应存在相当大的风险。相形之下，陈志辉的新说或不无道理。诚然，也绝非无懈可击，应还需要做进一步的资料搜集和更为严密的论证。

其次，关于输入各知识体系的内容构成。大体上涵盖宇宙论、

---

① 李辉在论及印度星神画像源流时，略有涉及。参见其《汉译佛经中的宿曜术研究》，博士学位论文，上海交通大学，2011 年。

② 王承略、刘心明主编：《二十五史艺文志经籍志考补萃编》，清华大学出版社2014 年版，第 15 卷第 3 册，第 1412—1413 页。

星占学和历法等多个方面。因其宇宙论方面的输入不仅零碎还有较浓厚的神话色彩①，故这里暂且略去，仅关注星占和历法部分。

认定输入印度天文学主要由星占和历法两部分构成，可从中国古代书目文献对有关典籍著录时所作分类得到说明。而这样一个较为明确、便捷的观察视角，并非笔者第一次采用，江晓原先生从前就指出且使用过。概而言之，即《隋书》、新旧《唐书》《宋史》及《通志》之《经籍志》或《艺文志》对前述自印度输入之"七曜历（术）""婆罗门天文（历算）""符天历（术）""十一曜历（术）"等名目相关典籍的著录，是把它们划归于"天文"或"历数（历算）"两类②中的。笔者认真研读并核实过上举有关六朝唐宋书目及著录，大体上，江先生的说法符合实际③。众所周知，中国古典文献中，"天文"和"历数"（或"历算"）这两个词，基本上是与星占和历法相对应的。由此，通过这一视角，确实可以概见上述知识体系之构成情形。

通过对隋唐时期某些在华流播之具有或可能含有印度元素的知

① 江晓原先生已涉及这方面的问题，请参见《天学真原》第六章Ⅳ《入华之印度天学家与印度天学》甲"若干早期情况"。另外，钮卫星先生《天文学史：一部人类认识宇宙和自身的历史》（上海交通大学出版社 2011 年版）第 3 章"古代中外的天文学交流"一节也指出：玄奘译出的毗昙部经典中包含有"对印度天地结构、日月运行等宇宙论方面的天文学知识介绍"（第 80—81 页）。

② 参见江晓原《天学真原》第 6 章《起源问题与域外天文学之影响》之Ⅲ、Ⅳ两节。

③ 笔者核实的情形是，《隋书·经籍志》于上述两类分别著录《婆罗门天文经》和《婆罗门算法》等各 3 种（见《隋书》中华书局标点本，第 1019、1026 页）；而将后魏甄叔遵至隋代张胄玄等人撰写（或编译）的 22 种名目的"七曜历（术）"著作，尽数收录于"历数"类（中华书局标点本，第 1023—1024 页）；《旧唐书》将所有与"七曜历"相关、《新唐书》将所有与"七曜历"（或"七曜符天历"）和"聿斯经"相关典籍尽数收载于历算类中（见《旧唐书》，第 2037—2038 页；《新唐书》，第 1543—1548 页）。《宋史》的归类较为零乱，将"符天""七曜符天（或'符天九曜'）""七曜""聿斯经"等名目的著作，分别置放在天文、五行和历算三个类目中（见《宋史》中华书局标点本，第 5231—5236、5249—5264、5271—5276 页），所录名称相近甚至重复，基本看不出将其区别对待，归入不同类别的原因所在。至于《通志》卷 68《艺文略》将《婆罗门天文经》《西门俱摩罗秘书占》及《宿曜经》等 6 部归入"竺国天文"；将《七曜本起》以下约 30 部与"七曜"或"符天"归入"七曜历"；将《都利聿斯经》以下 12 种归入"杂星历"；将《婆罗门算法》等三部归入"竺国算法"。

识体系的具体考察，也可以看到它们或者以历法为主，或者以星宿（星神）占验为主。下面就以唐代"天竺三家历"和汉文密宗经典中之相关著作为例，做些揭示和分析。

有关"天竺三家历"的说法，最早出于唐代宗广德二年（764）杨景风之口：

> 景风曰：凡欲知五星所在分者，据天竺历术推知何宿具知也。今有迦叶氏、瞿昙氏、拘摩罗等三家天竺历，并掌在太史阁。然今之用，多用瞿昙氏历，与大术相参供奉耳①。

迦叶氏和拘摩罗两家历，《旧唐书》卷三三《历二》及卷三四《历三》绍述《麟德甲子元历》和《开元大衍历经》求交食之法一节，分别附有"迦叶孝威等天竺法"和"天竺僧俱（拘）摩罗所传断日食法"两段文字，总计 600 字左右，列举"与中国法数稍殊"者，基本上限于与中国传统判别蚀（或不蚀）之不同先兆、方法等，而"更有诸断，理多烦碎，略陈梗概，不复具详者"②，由此颇显简略。而或正是由于"今之用，多用瞿昙氏历"的缘故，相形之下，瞿昙氏一家在唐的天文活动与相关撰述，史籍中留下较多线索。特别是 1977 年于陕西长安县（今陕西省西安市长安区）发现瞿昙𧃔墓志，较详细地记载了自瞿昙逸始，尤其是自瞿昙罗以下，一直到瞿昙晏四代任职唐官方天文机构的情形。再结合其他文献，则可以肯定瞿昙氏家族对唐代天文的建树，确实要大于其他两家。概而言之，主要可从两个方面观察：一是多人出任官方天文机构要职，如瞿昙罗任太史令，瞿昙罗子瞿昙悉达任司天监，瞿昙悉达第四子瞿昙𧃔任秋官正、司天少监，𧃔第五子瞿昙𧃔晏任冬官正等，从而对这一机构的正常运作及相关天文活动的开展发挥作用；二是相关撰述丰

---

① 《宿曜经》，载《宿曜文殊历序》三九，秘宿品第三按语，见《大正新修大藏经》第 21 卷《密教四》，（台北）大藏经刊行会 1983 年版，第 391 页。

② （五代后晋）刘昫等：《旧唐书》卷 34《历志三》，第 1265 页。

富。例如，瞿昙罗一人就撰有两种历法：

> 高宗时，《戊寅历》益疏，淳风作《甲子元历》以献，诏
> 太史起麟德二年颁用，谓之《麟德历》……当时以为密，与太
> 史令瞿昙罗所上《经纬历》参行。
>
> 神功二年……改元圣历，命瞿昙罗作《光宅历》，将用之。
> 三年，罢作《光宅历》，复行夏时……①

瞿昙悉达奉命翻译印度《九执历》，译文见载其奉旨编撰的
《开元占经》② 卷一〇四，卷首有文曰：

> 臣等谨案，《九执历法》，梵天所造，五通仙人承习传授，
> 肇自上古……臣等谨凭天旨，专精钻仰，凡在隐秘，咸得解通。
> 今削除繁冗，开明法要，修仍旧贯，缉缀新经，备列算术，具
> 标如左。自作口诀，亦题目附本章③。

据《新唐书》，此书的翻译（应为编译）是在开元六年，所谓
"《九执历》者，出于西域，开元六年，诏太史监瞿昙悉达译之。断
取近距，以开元二年二月朔为历首"④。悉达子瞿昙譔或瞿昙谦编撰
了《大唐甲子元辰历》一卷⑤。

关于唐代"天竺三家历"基本情形大略如上。据之，可作如下
申论：第一，所涉及三家撰述（包括编译），除《开元占经》外，
均应划入历法门类。第二，"三家历"都应具有或可能含有印度元

---

① 上两段文字，引自欧阳修、宋祁撰《新唐书》卷26《历二》，第559页。另《旧唐书》卷47《经籍下》于"历算类"著录《大唐光宅历草》十卷。

② （宋）欧阳修、宋祁：《新唐书》卷59《艺文三》第1545页，于"天文类"著录"《大唐开元占经》一百一十卷，瞿昙悉达集"。

③ （唐）瞿昙悉达：《开元占经》，九州出版社2012年版，第1017页。

④ （宋）欧阳修、宋祁：《新唐书》卷28下《历四下》，第691—692页。

⑤ （五代后晋）刘昫《旧唐书》卷47《经籍下》，第2038页著录为"瞿昙撰（譔）"，《新唐书》卷59《艺文志三》，第1547页著录为"瞿昙谦"。

素。这一点，迦叶氏和拘摩罗两家应不成为问题，而瞿昙氏一家情况较为复杂，需要做些辨析。其中，难以判断的是瞿昙罗先后所撰《经纬历》和《光宅历》以及瞿昙误或瞿昙谦编撰的《大唐甲子元辰历》，它们是印度历法？或者慎重一些，说具有或可能含有印度元素？因这些著作早已亡佚，相关记载少且模糊，所以很难做出明确判断。例如，《旧唐书》中有段与《光宅历》相关的记载说：

> 天后时，瞿昙罗造《光宅历》；中宗时，南宫说造《景龙历》，皆旧法之所弃者，复取用之，徒云革易，宁造深微？寻亦不行①。

不过，也有学者如江晓原先就认为，上述记载恰可说明瞿昙罗编撰的两种历法，都属中国传统历法。他的理由是：

> 说《光宅历》所标举的改革之处，不过是将已废弃的旧法重新取用，这等于说《光宅历》与此前的传统历法并无不同。而该历如果是印度历法，那应是全新面目才对。因此，《光宅历》恐怕仍是中国传统模式的历法。瞿昙家族虽源自天竺，但华化既深，瞿昙罗又久任太史令，他熟悉中国传统历法毫不奇怪。不能因他是天竺人（况且血统也多半不纯了——其家世居长安，极可能娶中国女子），即推测其所作必为天竺历法。试看瞿昙悉达的《开元占经》一书，毫无异族色彩，便不难推知这一点。瞿昙罗的《经纬历》，情形大约也与《光宅历》相仿②。

江先生的说法是有道理的，情况可能是那样，但似也无法彻底排除其属印度历法，或具有或可能含有印度历法元素的可能。若依据上《旧唐书》对《经纬历》的记载，陈久金先生就有如下推论：

---

① （五代后晋）刘昫等：《旧唐书》卷32《历志一》，第1152页。
② 江晓原：《天学真原》，第366页。

由于没有文献流传下来，所以无从得知《经纬历》的内容。不过既然被正式批准为与《麟德历》参用，就必然具有一定的优点和可取之处。从瞿昙罗的出身和《经纬历》名称的意义来看，它大约是一部中西结合的历法，推算方法与中国传统的方法不同，所以才有参考的价值。同时，它有可能引进了西方系统的黄经黄纬的概念，所以称为经纬历。这是天文学上的经纬概念在中国的第一次出现①。

陈久金先生的推想或过于丰富，但并非没有道理。了解和熟悉中国古代天文学史的学者都知道，围绕着历法的制定和颁行，中国天文学界的争论和较量历来常见，而在隋唐时期，由于域外天文学因素强有力的介入，再掺杂某些政治背景，有关争执便越发凸显出来。所以，仅据史籍上说包括《光宅历》在内的某些历法是"皆旧法之所弃者"云云，就推断其属于中国传统历法，或失之轻率。原因很简单，那就是依据现有的材料，根本无法排除这些说法或即来自反对派的特意炒作和臆断。第三，瞿昙悉达奉旨编译之《九执历》属于印度历法，确凿无疑，无须赘言。

相形之下，印度星占学典籍更早并以更大数量播迁于中原及中国西部地区。例如，除上文涉及较多的《七曜历（术）》外，在有关唐宋书目中，还可以看到大量与《宿曜经》《聿斯经》《符天术》等名目相关的典籍，而在《通志》卷六八《艺文略六》中，有《西门俱摩罗秘术占》一卷，这让人立即联想起上述天竺三家中之拘（俱）摩罗，此或即其人之星占著作。正如上文不止一次提到，在汉文大藏经中，载有十数种涉及星占或以星宿祭祀、禳灾为内容的密宗经典，它们与《隋书·经籍志》以来相关史籍所载应属同类。它们被研究家认为既带有浓厚印度星占著作色彩，又不乏历法元素。

---

① 陈久金主编：《中国古代天文学家》，中国科学技术出版社2008年版，第218—219页。

这里仅举两位学者针对七曜历和符天历的评论，以见一斑。刘世楷说：

> 从唐高宗、代宗及后周太祖三次禁令看来，可知七曜历是日月五星之历，民间私习流用，由它占卜吉凶，妄测祸福、煽惑人心，为害闾阎。
>
> 此历特点最突出的在于七曜占候。由这些历年内容及有关七曜历著作人的史传杂记看来，七曜历也有要求合于日月五星运行规律的年法、月法、日法、闰法及推定节气的方法，如像纯正历法的格局。不过它的日法突出，采用了中国从来所无的七曜记日法，具有由七曜占候吉凶的宜忌历注，因而以日法特点来命名为七曜历。因为无有一定的年法月法，即安排不好日序，作不出日历，无有对日月运行规律的认识，即定不出月的盈亏和节气的时日；无有七曜占卜术的参用，也无须在日历内某些日子上标写"蜜"字。所以，七曜历可说是由数理的历法与迷信的数术相互揉和而成的①。

在论及《符天历（术）》时，江晓原等先生有如下评论：

> 符天术者，一派以印度天学为中介而输入中土之西方生辰星占学也……
>
> 符天术中当然也包含历法成分。夫历法者，在古代中国，主要为对日、月、五行星七大天体运行规律之推算及描述，近于现代所谓数理天文学。而任何类型的星占学（无论为 Horoscope 型——以出生时刻天象预言其人一生祸福休咎，抑或为 Judicial 型——以天象预卜王朝军国大事之吉凶），为预推天象以作预言，必须了解并掌握此七大天体之运行规律，而此事必须

---

① 刘世楷：《七曜历的起源——中国天文学史上的一个问题》，《北京师范大学学报》1959 年第 4 期。

借助数理天文学知识方可办到，故星占学说中通常必包含历法成分。符天术自不例外。关于《符天历》在历法方面的某些创新，如雨水为岁首、万分为分母之类，前贤多有论及。但由上引史志书目观之，如《大术休咎诀》《灾福新术》《通真立成法》《通玄立成法》《行官》这类著作，其星占学色彩之浓烈判然可见①。

不过，如仔细研读《宿曜经》《七曜禳灾诀》《梵天火罗九曜》等传世密宗经典，就不难发现它们并非一般意义上的星占术著作，正如有学者已指出的那样：

> 宿曜术虽然名义上以"宿"和"曜"作占，但所谓的"宿"和"曜"并非指天空中的星体，而是指宿曜被神化而成的"宿曜神"。
> 实际上是依"星神"而"占"，而不是一般星占术的依"星"而"占"。
> 僧人的"星"，乃是神化的"宿"与"曜"，与天空中的天体无关；而僧人的历表，也只是某种印度古老历表的固定化、符号化和神秘化，与真实的历法无关。僧人在星历术方面的主要工作，是执行各种禳灾法术②。

诚然，虽被神化、固定化和符号化，也就是术数化，但从本源上讲它们毕竟与星宿、天空和历法有关，从这个意义上将之划入星占学系列也未尝不可。不过，或正是由于上述诸"化"的存在，它们与正统的星占术就有不小的距离，从而也就不可能依"星"而"占"并在以军国星占学为根本特色的中国官方天文学界占有什么位

---

① 江晓原、钮卫星：《欧洲天文学东渐发微》，上海书店出版社2009年版，第124—125页。
② 李辉：《汉译佛经中的宿曜术研究》，博士学位论文，上海交通大学，2011年。

置。又因既无法与中国传统星占术对接也不能与输入的印度交食预报、五星运行路径的推算配套使用，所以，大体上可以推断，与元明时期在华的伊斯兰天文家一样，印度天算家在华官方天文机构如果要做出星占预报，也必然需要借助中国传统的星占著作。由此，如果说唐代天竺三家中最具代表性的瞿昙氏奉旨编撰中国传统星占学典籍总汇《开元占经》，在某种意义上也是为回应这方面需求，或不至于过于离谱？

最后，各知识体系的传出地域及学术渊源。

先来看传出地域。既然，这一节所说是印度天文学的输入，则"传出地域"似乎就不成为问题。可事实上因有关记载不够明确，上述知识体系中的一些其来源之地存在争议；由于对传出地域的认定不同，则相关典籍、知识体系究竟是否属于印度自然就无法回避。这就是笔者在这里有必要涉及这样一个话题的理由。就目前来说，上所举六七种历术中传出地域存在争议的有"七曜术"和"十一曜行历（术）"等。例如，关于"七曜历（术）"，一般认为是输入印度天文学中影响较大的一种，而伯希和、沙畹等却认为是"康居之占星学"。主要理由是"以伊兰语、直言之以康居语名七日"，又引用唐人有关评论说，中亚的摩尼教徒等最熟悉七曜值日以及用日曜日（也即"蜜日"或"密日"）持斋①。所以，"康居名之七曜，似为摩尼教徒所习用"。② 李约瑟也认为七曜术（历）"确实是从伊朗文化区传入的"③。江晓原则认为其"主要来源于印度"，但很可能在向东向北传播的过程中带上了中亚色彩④。

十一曜行历（术），是借助以名曰"聿斯经"类的经典输入中国的。有关此类典籍的名目颇多，有《都利聿斯经》《聿斯四门经》

① 《大正新修大藏经》第 21 卷《密教部四》，第 398 页。
② ［法］伯希和、［法］沙畹：《摩尼教传行中国考》第八节《七曜历之输入》，载冯承钧编译《西域南海史地考证译丛》第 8 编，第 51—58 页。
③ ［英］李约瑟：《中国科学技术史》第 4 卷《天学》，第 80 页。
④ 江晓原：《天学真原》，第 324 页。

《聿斯妙利要旨》等，《新唐书》《宋史》之《艺文志》《通志·艺文略》等均有著录。不过，原文献早已亡佚，学者们对其传出地域的判断，基本上是据以下两条记载做出的：

> 《都利聿斯经》二卷，贞元中，都利术士李弥乾传自西天竺，有璩公者译其文①。
>
> 《都利聿斯经》，二卷，本梵书，五卷。唐贞元初，有都利术士李弥乾将至京师。推十一星行历，知人命贵贱②。

关于《聿斯经》等的来源地，主要有如下两种看法。

一是来自中亚的波斯、康居或吐火罗。明初学者宋濂最早涉及这些典籍的来源问题。宋濂曾撰写《禄命辩》一文，其中追问十一曜行历之来源，由此拈出《聿斯经》："予尝闻之于师，其说多本于《都利聿斯经》。都利，盖都赖也。西域康居城当都赖水上，则今所传聿斯经者，婆罗门术也。李弼乾实婆罗门伎士。而罗睺计都亦胡梵之语，其术盖出于西域无疑。晁公武谓为天竺梵学者，于此徵之尤信也。"③细味宋氏之说，只是指出都利指代康居城，似意涵《聿斯经》传自康居之意。但紧接着指出"聿斯经者，婆罗门术也。李弼乾（亦即'李弥乾'）实婆罗门伎士。而罗睺计都亦胡梵之语"以及认可晁公武"天竺梵学"等都表明宋濂也没有否认此类典籍浓烈的印度文化色彩。20 世纪 80 年代饶宗颐先生发现敦煌写本 P. 4071 宋开宝七年（974）康遵批命课中有《聿斯经》的佚文，他发现并引证宋濂《禄命辩》的说法，认为"都利"即《汉书·陈汤传》的都赖水，今塔拉斯河（Talas），其地在古代的康居，而康遵正是出自撒马尔干的康国粟特人，因此以为《聿斯经》

---

① （宋）欧阳修、宋祁：《新唐书》卷 59，《艺文志》三，历算类"都利聿斯经"下注，第 1548 页。

② （宋）郑樵：《通志二十略·艺文略第六》，中华书局 1995 年版，第 1674 页。

③ （明）宋濂：《文宪集》卷 27，《杂著》，载《宋学士全集》，中华书局 1985 年版。

出自西域①。此后，姜伯勤先生也论及此问题，他引述中古波斯巴列维语（Pahlavi）所写《班达希申》（*Bundahishn*）中关于世界星占的说法，对比敦煌写本《康遵批命课》所引佚文，发现两者有许多相近之处，认为《都利聿斯经》是波斯占星术，经西印度、中亚粟特地区，再传到敦煌、灵州等地②。沈福伟先生认为"都利"为"吐火罗"的英译，由此《聿斯经》来自吐火罗。除上述学者外，早年伯希和、沙畹指出"占星学著作中有《都利经》及《聿斯经》，观其名似亦为康居之书""又有说二十八宿之《四门经》，亦似为康居作品"③。但如何"观其名"就得出那样的认定，并不曾有细节的列举。

二是来自印度。20 世纪 50 年代，石田干之助在《〈都利聿斯经〉及其佚文》中，收集了中、日文献中的大量零散记载，认为是混有伊朗文化因素的佛教天文学著作④。江晓原大体也持近似看法，20 世纪 90 年代初他涉及有关问题的讨论。其理由主要两个。首先，"都利"当为异域地名之音译，或谓"吐火罗"之异译，虽可聊备一说，毕竟有难通处——其书系"传自西天竺"，且本为"梵书"，而其时印度学术通过中亚转输中土的时代早已过去，中印间之直接交通已成主流，故李弥乾为吐火罗人的可能性虽不能绝对排除，但不会很大。至于伯希和与沙畹二人谓聿斯经"观其名亦为康居之书"，恐怕更难成立。其次，聿斯经为印度之生辰星占学无疑，所谓"十一星"，与前述"九曜""九执"同为印度天学特有之说。十一星者，七曜并罗睺、计都再加"紫炁""月孛"二曜（俱非实有之

① 饶宗颐：《论七曜与十一曜》，载《选堂集林·史林》（中）第 771—793 页。
② 姜伯勤：《敦煌与波斯》，《敦煌研究》1990 年第 3 期；姜伯勤：《敦煌吐鲁番文书与丝绸之路》，第 59—63 页。
③ ［法］伯希和、［法］沙畹：《摩尼教传行中国考》第八节《七曜历之输入》，载冯承钧编译《西域南海史地考证译丛》。
④ ［日］石田干之助：《〈都利聿斯经〉及其佚文》，载《羽田博士颂寿纪念东洋史论丛》，（京都）1950 年版；收入作者《东亚文文化史丛考》，（东京）东洋万洋文库 1973 年版，第 689—706 页。

天体，七曜则为实有）也。推排此十一星之运行（所谓"行历"）以预言人之贵贱休咎，正为典型之生辰星占学所行之事也①。

总体来看，对上述名目知识体系的传出地域，学者们的分歧并不是很大。即使如一些学者所说，七曜术（历）、十一曜历传自中亚，但其中饱含的印度天文学元素也无法否认。一则，各家公认七曜历术所本的《宿曜经》本来就属于印度佛教密宗经典；二则，《宿曜经》以及十一曜历所出之《聿斯经》与流传至今、同样属于印度密宗经典的《七曜攘灾诀》《七曜星辰别行法》和《梵天火罗九曜》的亲缘关系一望可知。由此，从种种迹象看，将其放在输入之印度天文学中予以讨论，应不存在大的问题。

接下来，稍稍涉及一下上述输入之印度知识体系的根源问题。

本来作为文明古国，印度天文学起源颇早且很发达，由于印度半岛相对封闭的地理环境并未能挡住外族频繁且有规模的南下，故其文化包括天文学自然也就深受外来文化的影响。学者认为古印度天学至少含有古代巴比伦及希腊两种，特别是希腊的成分。如对于《隋书·经籍志》所载"婆罗门"系列天文文献，江晓原先生推断说，是公元400年前后印度天文学"希腊时期"一学派的著作②。认为《九执历》中之希腊天文学成分"清晰可辨"，且"最为明显"的是360°的圆周划分、60进制的计算法、黄道坐标系统、太阳周年视运动远地点、推求月亮直径大小变化之法、正弦函数计算法及正弦函数表。③

事实上，传入中国的印度天文学，不只是婆罗门天文、《九执历》，即使《七曜历》《符天历》《聿斯经》等，都可远溯其希腊根源。例如，有关《聿斯经》系列，不少学者认为其源于托勒密的有关著作。此说最早由薮内清提出，他认为《四门经》可能与托勒密

①　江晓原、钮卫星：《欧洲天文学东渐发微》，第129页。
②　江晓原：《天学真原》，第360页。
③　江晓原、钮卫星：《欧洲天文学东渐发微》，第121—122页。

的 *Tetrabiblos*（占山按，可译为《天文集》，或《占星四书》）一书有关，因为两个书名的意思都是"由四部书组成的著作"①。矢野道雄《关于唐代的托勒密著作》一文，在薮内清上述研究的基础上，进而认为"都利聿斯"实即"托勒密"（巴列维文 PTLMYWS 或 PTLMYWS，叙利亚文 PTLMWS，阿拉伯文 BTLMYWS）的音译，而《四门经》可能是托勒密的天文著作 *Tetrabiblos*。而在世纪之交，荣新江将前人的有关结论加以链接："姜伯勤先生找到的内证和矢野道雄氏绝妙的对音和释义，使我们可以把他们各自独立地得出的结论综合起来。《都利聿斯经》和《四门经》源出希腊托勒密的天文学著作，经过波斯人的转译和改编，向东传播，其中有传到西印度的文本，经过某些改造，最后在贞元初年由李弥乾带到中国。"②

天文史家认为，可以把古代印度天文学分为 5 个时期，其中第三个时期称为希腊化巴比伦时期，从公元 200 年到公元 400 年左右；第四个时期是希腊时期，从公元 400 年到公元 1600 年③。由此也可见一斑。

关于欧洲天文学的输入，因本书题目所限，下面仅及古典天文学部分。

其肇端于明万历间利玛窦的入华传教。利玛窦为打开天主教在中国传播的门户，英明果断地选择天文学为诱饵，后经晚明所设西洋历局中外学者的艰辛工作，完成了《崇祯历书》。入清钦定颁行，又经汤若望、南怀仁、徐懋德、戴进贤及中国学者的不懈努力，相继完成了《康熙永年历》《数理精蕴》《钦定历象考成》《钦定仪象考成》《钦定历象考成后编》等著作，至乾隆时期，大体完成了自

---

① ［日］薮内清：《中国的天文历法》，日本平凡社 1975 年版，第 186—191 页。

② 荣新江：《一个入仕唐朝的波斯景教家族》，原载《伊朗学在中国论文集》第 2 集，北京大学出版社 1998 年版，又收入《中古中国与外来文明》（修订版），生活·读书·新知三联书店 2014 年版，第 210—228 页。

③ 钮卫星：《天文学史：一部人类认识宇宙和自身的历史》，上海交通大学出版社 2011 年版，第 95 页。

托勒密到第谷、哥白尼等人的成果的全面引进。席泽宗先生将此时期西方天文学在中国的传播归纳为"六个重大方面"：引入了欧洲古典的几何模型方法；引入了明确的地圆概念；《崇祯历书》的刊行；伽利略望远镜的引进；西方天文仪器的制造；耶稣会士长期主持清朝的天文机构①。

显然，与印度和伊斯兰天文学相比，欧洲古典天文学向中国的输入过程简短而紧凑，费时约 200 年，即大体上在公元 1580—1780 年间。成果丰富又相对集中。主要体现在上述文献中，这些著作后又都被收入《四库全书》。值得注意的还有，欧洲天文学虽被入华教士作为传教的工具使用，所谓"学术为媒"是也，但因其本来就是与宗教分离的世俗学问，所以其输入之内容与存在之形式上，既不存在印度天文学整个与佛教经典紧密结合的情形，又不存在伊斯兰那种部分依附宗教的情况，而是与天主教及其宗教经典基本上分离的②。

三　西方体系在华流播史上的中心一环

行文至此，已对汉唐时期和明清之际输入的印度、欧洲天文学的有关情况，做了最基本的梳理，现在可以回过头来看看，同属西方体系的伊斯兰天文学，究竟在输入之域外体系及在华流播史上占有什么样的地位？对于这一问题，或可以有以下一些观察角度。

从输入历史时段上看，三次输入，可视为西方体系在中国不同历史时期的进入和传播，而伊斯兰天文学即占有这种连续输入、环环相扣的中间一环，实际上也是中心的一环。这种情形颇为重要。正是这样一环的存在，使得古代中国天文学自汉代以来，始终有着

---

① 席泽宗：《十七、十八世纪西方天文学对中国的影响》，《自然科学史研究》1998年第 3 期。

② 所谓"基本上"是由于自托勒密到第谷体系坚持的宇宙观，也是天主教认可和宣扬的。由此，部分教士在华撰写的天文学著作，有意识地穿插天主教的某些教理，从而存在某种程度的互融互通的情况，如利玛窦《乾坤体义》之类即是。

西方天文学知识甚至知识体系的陪伴。尽管这种"陪伴"是否或究竟在多大程度上对中国传统体系造成影响，目前还是一个没有答案的学术问题。

从输入内容的丰富性来说，伊斯兰天文学前不及印度天文学、星占学，自然与后来输入之欧洲天文学也不能相提并论。之所以会不及前者也比不上后者，这其中有着极为复杂的原因，但无论如何，其在中国天文学史上的地位和影响，当已超越印度体系。这一点与下节讨论有关。

第二节　元明天文机构双轨制中的重要一轨

所谓"双轨制"，即以一正式的机构为主，负责观测预报天象、推算编制历法等事务，同时设置某些并行机构，主要实施对照、监督。前者如唐宋的太史局、元代的司天监和太史院、明代的钦天监等；后者主要是置于宫内的内灵台。本节笔者还将要揭示和强调的是，元明两代为来自域外的伊斯兰天文学体系设置的专门机构，也兼有同样的功能。这是一新的视角：从古代中国政府着力去打造天文机构对照、监督机制的活动中，来考察伊斯兰天文学在其中发挥的作用及赢得的地位。要搞清这样一个问题，则中国政府建立这种机制的背景、这种机制之建立及运作过程需要探究。

一　监督机制设置的背景

中国古代天文机构固来具有监督功能：通过天象占验，预报人间政治得失，从而对现政府的执政理念、能力及效果实施监督。显而易见，这种意义上的监督，是特定社会文化观念和政治制度赋予天文机构的一种特殊功能。对天文部门自身来说，这是一种外向的监督；而本书关注的监督是内向的：对现行主要天文部门人员及相关工作的监督，它是由帝王通过在皇宫建立自己直接控制的天文机构或元明时期在官僚机构中为某些域外体系增设专门机构等来实施的。

受到天人感应、君权神授等宗教、政治观念的深刻影响，中国古代天文机构"观象衍历，敬授人时"的独特使命要求其官员对天象必须有精准的观测和预报，并在此基础上推算编制出精良的历法，以此主要满足下述三方面的需要：一是王朝政治的神圣性要求把"国之大事"准确地安排在若干具有浓厚象征意义的时间节点上，以体现"天人合一"的律动原则；二是古代中原统治者历来顾盼自雄，需要常以宗主国的身份向周边国家、民族政权颁布王朝的历法；三是为能够适时对一些重大的"异常天象"如日月交食、五星异动、彗星出现等举行必要的"救护"，有关方面需要有精准的预报以便提前做好准备。可是，或受整体专业技术水平的限制或因任职个体不良工作态度的制约，古代中国天文机构的工作，时常不能尽如人意。

文献记载表明，中国古代天文机构长期从事不间断的天象观测、预报，有一系列重大发现，并积累了大量有价值的天文资料，为古代中国甚至世界天文学的发展和进步做出巨大贡献①。但是，并非任何时候、任何任职者都能忠于职守，而在相当程度上存在玩忽职守、伪报虚假天象的行为。黄一农教授的有关研究可以说明这一问题：在《中国星占学上最凶的天象：荧惑守心》一文中，作者用现代天文知识和方法，研究自历代文献中整理出的23次荧惑守心记录，发现其中竟然有17次均不曾发生；又，自西汉以来实际应发生的近40次荧惑守心天象中，却多未见文字记载②，而在作者《中国星占学上最吉的天象——"五星会聚"》一文中指出：汉以后史籍中记载的"五星会聚"天象，其中有逾60%无法以肉眼实际测见，而近两千年来观测条件最佳的十来次此类天象，又均未见于文献，其中最

① 庄威风主编：《中国古代天象记录的研究与应用》（中国科学技术出版社2009年版）一书对此有系统评介和论述。

② 黄一农：《社会天文学史十讲》，复旦大学出版社2004年版，第47页。

壮观的两次，还可能恰逢汉朝吕后和唐朝韦后两位女主当权，而被以男性为主的后代史官抹杀①。可见，玩忽职守或肆意伪报的现象相当严重。

中国古代的集权体制和家天下的统治模式，使得帝王时时处处对臣僚存在着不信任和防范之心；同时为能够使官僚机构健康和高效率运作，客观上也需要权力的监督和制衡。因此，古代中国的官僚机构中，历来存在监督机制，而具体负责沟通天人，具有较高技术含量和政治影响的国家天文部门，自然不会例外。

综上所述，为促使帝国的天文部门尽可能提供精准的天象预报和历法推算，应该有制度层面的建设和保证。由此，古代中国天文机构客观需要对照、监督机制。

二　监督机构之建立与演变

大概说来，古代中国天文机构中的监督机制，主要由帝王在宫廷中建立自己直接控制的内灵台来实施。下面，就来揭示这种机构的基本情形及演变轨迹。

古代中国宫廷究竟自何时开始出现天文机构及相关设施，文献中没有明确记载。有学者认为可以追溯到汉代，但从依据的文献记载及推理逻辑来看，应不具备说服力②。大体上自4世纪始，为便于

①　黄一农：《社会天文学史十讲》，第70页。
②　郭世荣、李迪：《中国历史上的内观象台与"钦天监司天台"》（《寻根》双月刊1999年第1期）一文，据《后汉书》卷84《烈女传》对班昭的记载，和帝曾召请班昭就东观藏书阁完成其兄班固未竟之《汉书·天文志》及八表部分，且"数召入宫，令皇后诸贵人师事焉，号曰大家"，指出班昭是天文学家，其传授给后妃的必定是这方面的知识，由此认为宫中当有"内灵台"之类的设施。此推理最大的问题是，文献记载并未说班昭之传授的就是天文知识；班昭是才女，有很高的文化素养，她不但精通天文，能从事历史著作的编撰，而且自《后汉书》"每有贡献异物，辄诏大家作赋颂"，撰有《女诫》七篇，又"及邓太后临朝，与闻政事"的记载来看，其人同时擅长文学创作，熟悉女德妇范，有行政才能。由此，焉知所教一定就是（或就有）天文学？或再退一步说，即使班昭所授确实有天文学方面的知识，在没有相关资料佐证的情况下，也不能断定和帝宫中内灵台之必有。

躬身参与观测，也借此对现行天文机构的工作实施监督，一些统治者开始在宫中建立相关设施，网罗专业人员，组建起相关机构。例如，十六国后赵宫中就存在这样的设施和机构。后赵是羯族石勒（274—333）于公元 319 年在北方建立的政权。石勒汉化程度颇高，"雅好文学，虽在军旅，常令儒生读史书而听之，每以其意论古帝王善恶，朝贤儒士听者莫不归美也"。其在征战中，就很留心搜罗天文仪器（浑仪、晷影等），此后在襄国城西建立灵台①，是为石赵正式运作的现行天文机构。而石赵后期统治者石季龙曾在襄国（今河北邢台西南）与邺都（今河北临漳西南）一带大兴土木，其中在名曰"灵风台"的宫廷建筑群中，明确有"灵台"和相关人员的配置。

> 又起灵风台九殿于显阳殿后，选士庶之女以充之。后庭服绮縠、玩珍奇者万余人，内置女官十有八等，教宫人星占及马步射。置女太史于灵台，仰观灾祥，以考外太史之虚实。②

因相关设施建于宫中，工作人员是经特别培训的"宫人"发展而来的"女太史"，其所做事情是"仰观灾祥，以考外太史之虚实"。此类"灵台"，后来习惯上称为"内灵台"③。

南朝齐也有相关设施和机构。《南齐书》卷五三《虞愿传》载：

> 帝（按，指明帝）性猜忌，体肥憎风，夏月常着皮小衣，拜左右二人为司风令史，风起方面，辄先启闻。星文灾变，不信太史，不听外奏，敕灵台知星二人给愿（指虞愿），常直内省，有异先启，以相检察④。

---

① （唐）房玄龄等：《晋书》卷 104—105《石勒传》（上下），第 2707—2759 页。
② （唐）房玄龄纂：《晋书》卷 106《石季龙传》，第 2765 页。
③ 之所以为"内"，是由于习惯上将宫廷之外正式运作的、属于官僚系统常设的天文机构称为（或别称为）"灵台"，而天文机构"灵台"之称，或缘于周开国伊始就将其观象占候设施称为"灵台"：文王受命"经始灵台，经之营之，庶民攻之，不日成之"（《诗经·大雅·灵台》）。
④ （南朝梁）萧子显：《南齐书》，中华书局 1972 年版，第 915 页。

虞愿（426—479），字士恭，会稽余姚人，当其受命"常直内省，有异先启，以相检察"时，官太常丞，尚书祠部郎，通直散骑侍郎，兼中书郎，领五郡中正等。据《南齐书》卷十六《百官志》，南齐天文机构隶属太常，设太史令 1 人，丞 1 人。也就是说，虞愿本有南齐官方天文机构上司的身份。当朝最高统治者齐明帝的行事，不合常理，诡谲得很：一面完全不尊重虞愿麾下的天文工作（所谓"星文灾变，不信太史，不听外奏"是也），另一面却又公然利用虞愿另搞一套。当然，这不是我们要深究的。这里要关注的是下面这样一些细节："敕灵台知星二人给愿"，即要求从南齐国家天文台（即引文中所说"灵台"）拨给虞愿 2 名专业人士；"常直内省"的"内省"，乃宫禁之内之官署是也。天文工作须有必要的观测设施，否则如何能做到"星文灾变，有异先启"，并与宫外正式机构之观测"相检察"呢？由此可以断定，南齐宫中必也有内灵台一类的设施。

隋唐及两宋以下，宫中一般拥有相关设施。只是还如以往，有关记载通常不多。在此情形下，笔者之所以还做如此推论，主要是基于下述两个事实：一是正如前第一部分已经指出的，这类设施及机构得以出现的社会大背景及有关需求在隋唐以后不曾改变，而古代中国社会一向蹈常袭故，遵循成例，既然前代已有，又未显现大的弊端，则乐于萧规曹随；二是即使有关记载不富，其实也仍然可以支持上述推断。例如，隋代就有，史载炀帝曾"遣宫人四十人，就太史局，别诏袁充，教以星气，业成者进内，以参占验云"[1]。唐代也大体沿袭，所谓"东都城有圃阘阙，在映日堂东，隔城之上，阙北及南，皆有观象台，女史仰观之所"[2]。北宋宫中也分明存在相关设施，如载"景德四年，司天判监史序奏，今年今岁丁未六月二十五日，五星当聚周分，既而重奏，臣寻推得五星自闰五月二十五

---

① （唐）魏征等：《隋书》卷 19《天文志上》，中华书局 1973 年版，第 504—505 页。
② （宋）王应麟：《玉海》170《宫室门阘阙下》"唐圃阘阙"条，引唐韦述《东西京记》（简称《两京记》），文渊阁《四库全书》，第 947 册，第 402 页。

日近太阳行度……真宗亲御禁台以观之，果达旦不见，大赦天下，加序一官，群臣表贺"①。南宋宫中也有，《宋史》卷四八《天文志一》、卷八一《律历志十四》同载高宗在宫中自铸浑仪并行观测事。《律历志》载云：

> 绍兴十四年，太史局请制浑仪……宰相秦桧曰："在廷之臣，罕能通晓。"高宗曰："此阙典也，朕已就宫中制造，范制虽小，可用窥测，日以晷度、夜以枢星为则，非久降出，第当广其尺寸耳。"于是命桧提举。时内侍邵谔善运思，专领主之，累年方成②。

元代有关情形，文献罕见记载，但并非无可踪迹，如有文献记载说，大都宫城厚载门，"上建高阁，环以飞桥，舞台于前……台东百步，有观星台，台旁有雪柳万株，甚雅"③。有明一代，宫中存在相关设施与机构，官私文献常有记载，不再成为问题，鉴于下文有关讨论还要涉及，这里暂不列举。清初，输入之欧洲天文学完成对中国传统方法的置换，中国历代最高当局追求精准天象预报的目标得以最大限度的实现，但一些帝王仍未放弃组建宫中灵台，乃至于亲身监测，康熙玄烨就是如此。康熙五十年（1711）他发现钦天监计算夏至时刻与他的实测不符，于是对大臣说：

> 天文历法，朕素留心。西洋历，大端不误，但分刻度数之间，久而不能无差。今年夏至，钦天监奏闻午正三刻。朕细测日影，是午初三刻九分，此时稍有舛错，恐数十年后所差愈多。犹之钱粮，微尘秒忽，虽属无几，而总计之，便积少成多。此

---

① （宋）释文莹：《湘山野录》卷上，中华书局1984年版，第8页。
② （元）脱脱等：《宋史》，中华书局1985年版，第1922页。
③ （元）萧洵：《北平考·故宫遗录》，北京古籍出版社1982年版，第74页。

事实有证验，非比书生作文，可以虚词塞责也。①

行文至此，已大体上勾勒出历代宫廷中所置天文设施（或称"禁台""观星台""仰观台"）之基本线索。不过，对于这类设施的具体情形，如仪器和人员配置如何，工作效果究竟怎样等，还不曾道及。显而易见，考察这些问题也是题中应有之意。其工作效果的问题，且待第三部分探讨，这里可对前一类问题做些探究。

所谓"工欲善其事，必先利其器"，即使在古代，天文观测对优质仪器的依赖也同样是不言而喻的事情。可是，自上引述不难看出，即事实上有关记载并不能为我们感兴趣的问题提供较多和较有价值的信息。例如，仪器配置，前所引述除宋高宗的一条外，全未言及，而高宗的一条也仅止于浑仪一种。不过，问题的探讨还未到山穷水尽，其实，有关古代宫廷天文机构资料，宋代和明代较多，这里可以补充展示一些，以便于继续进行中的话题。

首先，可以补充宋代的翰林天文院资料。先验明正身，此院隶属内侍省，而宋代的内侍省实由隋朝同名官署演变而来，正式设置于太宗淳化（990—994）间，掌宫廷侍奉诸务，由宦官负责。翰林院"置翰林院勾当官一员，以内侍省押班、都知充，掌艺学供奉之事，总天文、书艺、图画、医官四局"②。其中翰林天文局，亦称翰林天文院。可见，其属于本书所说宫廷天文机构。翰林天文院创置于真宗咸平元年至四年（998—1001）间。③ 著名学者沈括有段记载，涉及这一机构的配置情况："国朝置天文院（即翰林天文院）于禁中，设漏刻、观天台、铜浑仪，皆如司天监。"④ 引文中提到的司天监，是宋代正式运作的天文部门。为便于讨论，现将其基本资

---

① 《圣祖实录》，中华书局 2008 年影印本，卷 246。
② 龚延明：《宋史职官志补正》（增订本），中华书局 2009 年版，第 381 页。
③ （宋）范质、谢深浦等：《宋会要》"职官" 36 之 107，"运历" 1 之 6，中华书局 1957 年版。
④ （宋）沈括：《梦溪笔谈》卷 8《测候之弊》。见载胡道静《胡道静文集·新校正梦溪笔谈补证稿》，上海人民出版社 2011 年版，第 68 页。

料附录于下：

> 司天监，（设）监、少监、丞、主簿、春官正、夏官正、中官正、秋官正、冬官正、灵台郎、保章正、挈壶正各一人。掌察天文祥异，钟鼓漏刻，写造历书，供诸坛祀祭，告神名牌位，画日。监及少监阙，则置判监事二人（以五官正充）。礼生四人，历生四人。又有测验浑仪、同知算造、三式。元丰官制行，罢司天监，立太史局，隶秘书省①。

自引文最后数句可知，这段资料反映的是"元丰改制"前的情况，那么，改制（元丰三年即 1080 年）后，所立"太史局"又如何呢，现也将有关资料节录于此：

> 太史局，掌测验天文，考订历法。凡日月、星辰、风云、气候、祥眚之事，日具所占以闻。岁颁历于天下，则预造进呈。祭祀、昏冠及大典礼，则选所用日。其官有令，有正，有春官、夏官、中官、秋官、冬官正，有丞，有直长，有灵台郎，有保章正。其判局及同判，则选五官正以上业优考深者充……其别局有天文院、测验浑仪刻漏所，掌浑仪台昼夜测验辰象。钟鼓院，掌文德殿钟鼓楼刻漏进牌之事。印历所，掌雕印历书。南渡后，并同隶秘书省，长、贰、丞、郎轮季点检②。

宋代官方现行天文机构自司天监到后来太史局的基本资料如上所录，其执掌繁复，而沈括说翰林天文院"设漏刻、观天台、铜浑仪，皆如司天监"，这是令人惊异的。宋最高当局重视翰林天文院仪器等用物的配置，还可以从其他相关记载中得到证实：仁宗皇祐初，

---

① （元）脱脱等：《宋史》卷 165《职官志五》，中华书局 1985 年版，但据龚延明《宋史职官志补正》（增订本）第 342 页对其中某些断句及文字有所调整。
② （元）脱脱等：《宋史》卷 164《职官志四》，第 3879 页。

命舒易简改铸黄道浑仪，既成，置于翰林天文院之候台①；神宗熙宁七年六月，司天监呈新制浑仪、浮漏于迎阳门，诏置于翰林天文院②。又，神宗元丰六年（1083）六月戊午，编修天文书所上所修《天文书》十六卷，也准由翰林天文院和测验浑仪刻漏所两处收藏③。

其次，明代内灵台的资料，也可以说明这类设施和机构有关仪器等用物的配置还是相当可观的。例如，仅崇祯十年至十四年（1637—1641）的 5 年间，宫中灵台就安置了按照欧洲方法新造的"星球""日晷""星晷""黄赤经纬全仪""地平日晷"等观测仪器④。

从上面的引述来看，无论是宋代的翰林天文院，还是晚明的内灵台，作为古代中国宫廷中的天文设施和机构，其配置是较为齐全和先进的。那么，其他时期的这类机构会如何，究竟能不能用以上所说宋明的配置一窥其他时期之一斑呢？应该可以：于宫中建立这类机构，本来就是要对"外台"（现正式运作的天文机构）的工作实施监督；而要真正做到切实有效的监督，则仪器的齐全及性能就至少不可逊于外台，这是显而易见的道理。

古代宫中天文机构之人员配置，除宋代的翰林天文院外，多无明确记载。宋代真宗亲御的"禁台"及高宗造器观测的宫中处所都在上说翰林天文院运作期间，由此似可以认为实际上就在翰林天文院。上面述及此机构在仪器等用物的配置上受到当局高度重视，而在工作人员的配置上也比较阔绰。据《宋会要·职官》三六之一〇八记载，其基本配置是天文官 4 名，司辰与学生 24 人，玉漏额外司辰与学生 12 人，其他杂务（吏人手分、把门亲事官、工匠、洒扫灵

---

① （元）脱脱等：《宋史》卷76《律历志九》，第1744页。
② （元）脱脱等：《宋史》卷80《律历志十三》，第1905页。
③ （宋）李焘：《续资治通鉴长编》卷335，中华书局1980年版，第8083页。
④ 参见（明）徐光启等《新法算书·缘起》卷5—8，对于这些仪器的铸造、安装等过程，历局负责人李天经奏折及崇祯皇帝的批答中有较为详尽的记载。

台、投送文字等）13 人。应该说队伍还是颇为庞大的。至于其他朝代情形，这里只能透过前面引述资料中的相关信息，再结合其他相关记载，做一些大概的猜度和推论。例如，隋代炀帝宫中灵台"遣宫人四十人"学习，"业成者……以参占验"，实际人数不好把握；唐代仅东都洛阳皇宫"阙北及南，皆有观象台，女史仰观之所"，而西京长安宫中料也会有相关设施，所以人员总配置量应该不小。元代无法推量，明代内灵台很受当局重视，人员配置当有可观。对之，这里可补充一情况，文献记载说，明弘治间内灵台曾向孝宗提出，要他允准从锦衣卫余丁中拨一百人给内灵台，以专供后者安排"洒扫"之用①。由此似可推断，当时内灵台正式人员的配置，数量一定也很惊人。

古代中国针对现行天文机构及其工作的监督，除内灵台外，同样奉行传统天文学体系的，还有一种：一些帝王为亲信建台，以便为己提供有关咨询，并与正式运作的天文机构对照、比勘。唐太宗李世民就有相关举动，如载：

> 薛颐，滑州人也。大业中，为道士，解天文律历，尤晓杂占。炀帝引入内道场，亟令章醮。武德初，追直秦府。颐尝密谓秦王曰："德星守秦分，王当有天下，愿王自爱。"秦王乃奏授太史丞，累迁太史令。贞观中，太宗将封禅泰山，有彗星见，颐因言"考诸玄象，恐未可东封"。会褚遂良亦言其事，于是乃止。颐后上表请为道士，太宗为置紫府观于九嵏山，拜颐中大夫，行紫府观主事。又敕于观中建一清台，候玄象，有灾祥薄蚀谪见等事，随状闻奏。前后所奏，与京台李淳风多相符契。②

---

① （清）张廷玉等：《明史》卷 183《周经传》，中华书局 1974 年版，第 4860 页；（明）李东阳：《怀麓堂集·文后稿》21《明故光禄大夫太子太保礼部尚书致仕赠特进右柱国太保谥文端周公神道碑铭》，文渊阁《四库全书》，第 1250 册，第 852 页。《山西通志》卷 107《人物传·周经传》等均载此事。

② （五代后晋）刘昫：《旧唐书》卷 191《方技传》，第 5089 页。按，《新唐书》卷 204《方技传》亦为薛颐立传，内容与《旧唐书》大同，文字稍简。又，《新唐书》"一清台"作"清台"。

三　伊斯兰天文机构：元明双轨制中的重要一轨

自建立对照、监督机制去考量，唐朝政府接纳某些具有域外籍贯的人士，如前已经指出的"天竺三家"，李素、李景亮父子等进入天文部门工作，可能已有这方面的谋划在其中：奉行不同体系，自然就有着不同的观测、推算方法，这对按照中国传统体系工作的任职者来说，就有对照和监督的实际功能。可即使如此，在元代之前，中国政府毕竟没有为奉行域外体系的天文家而建立独立的天文机构。建立这种机构，是从元朝开始。

元明政府为输入域外体系设立的专门机构，前后有三种：元世祖忽必烈中统四年（1263）为来自弗林（今叙利亚一带）的聂斯托利派基督教徒爱薛等设立过"西域星历司"；至元八年（1271）始为伊斯兰天文家设立专门机构；崇祯二年至明亡，礼部置历局，聘请入华欧洲耶稣会士任职其中。鉴于"西域星历司"持续时间不长，其在华具体工作及其性质因缺乏记载实无法判断，而明末历局的工作目标，就是编纂完成一部新的历法，由此与本书探讨的监督机制关系不大。

这里有必要审视一下，为什么笔者会认定元明政府设置伊斯兰天文机构，有为天文部门建立对照、监督机制的考虑。明代以下，文献有比较明确的记载，可以证实，如徐有贞于宣德、正统间（1426—1450）指出：

> 今世所谓回回历者……其用以推步，分经纬之度，著陵犯之占，历家以为最密。元之季世，其历始东，逮我高皇帝之造《大统历》也，得西人之精乎历者。于是，命钦天监以其历与中国历相参推步，迄今用之[①]。

---

① （明）徐有贞：《西域历法书序》，载《武功集》卷2，文渊阁《四库全书》，第1245册，第55页。

万历二十五年（1597）监官张应候奏疏中说：

> （太祖高皇帝）又取之西夷，设监立官，推步回回历数，较
> 对《大统》，务求吻合，以成一代之典。①

同一时期在华定居的利玛窦也如是说：

> 当今皇帝花费很多钱支持两个不同的历算学派……这两派
> 中之一遵循中国人的方法，中国人宣称自己掌握了测定日历和
> 日月蚀的知识。另一派遵循撒拉逊人的体系，把同样的事实纳
> 入由国外传来的表格。各派或钦天监得出的结果经常要做比较，
> 从而可以相互补充和矫正，以便做出最后的决定②。

由此可见，明代这一机构的确兼负监督、对照职能，证据确凿，
不存在问题。那么，元代同一类型机构究竟是否同样兼有本书所说
的职能？在没有（或未发现）明确记载的情况下，这里只能说极有
可能：明代回回天文机构本来就是元代的沿设，其职责范围和功能，
也理应是前者的延续。当然，这只能是一种推断，要其变成定论，
还需要发掘资料，寻找证据。

从忽必烈为奉行两种不同体系的天文家分别设置机构起，元、
明时期成为一种制度，伊斯兰天文机构成为这种双轨制中的一轨。
从总体情况看，伊斯兰的一轨，在元朝及明初，都较平稳，并在一
定意义上可与中国传统的一轨等量齐观。在洪武三十一年（1398）
后，情况有大的改变，伊斯兰的一轨仅由在行政上明确隶属于中国
传统一轨的回回历科勉强支撑，且有迹象表明，其部分职能也被削
弱。此可引述以下两条资料为证。《明孝宗实录》卷一〇三"弘治

---

① （明）朱载堉：《圣寿万年历·附录》，影印文渊阁《四库全书》，第786册，
第552页。

② ［意］利玛窦、［比］金尼：《利玛窦中国札记》，何高济、王遵仲、李申译，何
兆武校，第33页。

八年（1495）八月丙寅"条下载：

> 钦天监奏，是夜月食不应，礼部及监察御史等官劾监正吴昊等推步不谨之罪，昊等上章自辩。谓依回回历推算则月不当食，在大统历法则当食。本监但遵守大统历法奏行，是以致误。

又，《明神宗实录》卷一八四"万历十五年（1587）三月癸卯"条云：

> 礼科给事中侯先春奏，历法当改，义仓当置……该监见有回回历科，其推算日月交食及五星凌犯最为精细。曩者月食时刻分秒不差舛，只以原非大统历，遂置不用。

所谓"本监但遵守大统历法奏行"，"只以原非大统历，遂置不用"，都说明其"与大统历参用"的程度很有限。不过，这一境况因侯先春的奏折，发生了转机。在上引同一奏折最后，侯氏建议说："臣以为《授时历》可采，《回回历》也可采，取其能合天度。如果吻合，即采入《大统历》中，以成一代之制。"结果是"诏曰可"，也就是这一方案得以执行。1600 年前后进入南京和北京的利玛窦载其见闻说：两派天文家"得出的结果经常要比较，从而可以相互补弃或矫正，以便得出最后决定"①。可见，与吴昊和侯先春先前所说已有很大不同，伊斯兰的一轨，又明显得到加强。入清以后，中国官方天文机构的格局发生了根本性的变化。欧洲天文学代替中国传统的一轨，耶稣会天文家主宰钦天监。伊斯兰一轨，虽境况艰难但仍独力支撑二十余年（康熙八年最后废止），这是令人惊异的。

确实，虽然没有获得当时的中国政府为之设立专门的机构，但输入的印度天文学也曾获得过一定的官学地位，如《七曜历》在南

---

① ［意］利玛窦、［比］金尼：《利玛窦中国札记》，何高济、王遵仲、李申译，何兆武校，第 33 页。

朝陈、隋两代即是如此。然而，并没有证据表明，它们曾像正统的历法那样获准颁行。相反，有充分的资料可以说明，南朝陈、隋时期获正式行用的历法依次是祖冲之《大明历》、张宾《开皇历》、张胄玄《大业历》。又如，"天竺三家"在唐朝，其"交食术"得符于《麟德历》《大衍历》和《开元占经》等，作为有关推算方法的参考。但是，一是它们中的一些还比较粗糙，不及传统历法精确。[①] 二是内容也有限，仅有推算日月交食的方法。至于《符天历》影响下的《调元历》（只采用了前者两项创举中的一项，即不用上元积年），一共颁用了五十余年，时间很短。综上所述，伊斯兰天文学在中国获得的官学地位是此前输入的印度天文学望尘莫及的。

诚然，西洋天文学在华官学地位的获得，自然又是伊斯兰体系所不能相提并论的。总体来看，唐代以来，中国官方对域外天文学的接纳，在方式上有三种：第一种，官其人，或并允采其历法存照，隋唐统治者处置印度籍天文家即属于此种；第二种，设机构以官其人，并允其人采用他们奉行的体系和技术实现传统天文学的功能，元明时期对待伊斯兰天文家正是如此；第三种，全盘接纳其人其法，明末清初之后的欧洲天文学即赢得这样的殊遇。

伊斯兰天文学输入后，被作为官方正学，先与中国传统天文学、后与欧洲天文学并轨而行，前后延续 400 余年，这在中国天文学史上别无二例，在世界文化史上也蔚为奇观。从两套机构的工作程序来看，对照、比勘本身就是科学方法，这些方法的反复运行，有助于天文监测和推算的进步。从机制建立和运作所造成的客观效果来看，有助于促成竞争态势的形成。自监督和防范蔽欺的职责出发，宫中天文机构具有追求新知识、新方法的动力。由此，有助于带来天文领域的某些积极变革。

---

① 如《新唐书》卷28《历志》论及《九执历》时，居然评曰"其术繁碎，或幸而中，不可以为法，名数诡异，初莫之辨也"。相信这其中定然有着误解和偏见，但也要看到，这些历法中确实存在某些缺陷和不完善。例如，《九执历》中的有关数据，就不如《大衍历》精确。

空前的官方地位的取得，正好说明其在中国的巨大影响，且不止于此，这种影响，还造成了一系列连锁反应。

首先，在一定程度上，改变了中国人的观念，使其意识到域外文化中也有独到之处。这种看法在明初就已产生。朱元璋说："天文之学其出于西域者，约而能精。以其多验，故近世多用之。"① 吴伯宗说："至理精微之妙，充塞宇宙，岂以华夷而有间乎?"② 随着传统历法的失修，差错出现频率加快及伊斯兰天文学家在推算日月交食及诸行星天象方面某些优势的继续保持，至明中后期，许多人不但有了与朱、吴等人同样的看法，且认识到伊斯兰天文学中有传统所不及的强项。必须指出，不应轻看这种认识上的改变，它事实上为晚明清初接受欧洲天文学及其他科技成果，奠定了思想基础。

其次，征用其人，设立专门机构，成为后来引进、学习欧洲天文学援引、仿效的先例。

> 大西洋归化远臣庞迪峨、熊三拔等，携有彼国历法，多中国典籍所未备者。乞视洪武中译西域历法例……将诸书尽译，以补典籍之缺③。

当采用西洋历法推算日月交食明显精确时，如下一类呼声，又彼伏此起：

> 新法推测屡近，着照回回科例，收监学习实为得之。似宜请旨，敕下令立新法一科，令之专门学习④。

---

① （明）王祎：《温都尔除回回司天少监诰》，《王忠文集》卷12，第254页。
② （明）吴伯宗：《〈明译天文书〉译序》，《中国回回历法辑丛》，第2页。
③ （清）张廷玉等：《明史》31《历志》，第528页。
④ （明）徐光启：《新法算书》卷7《缘起》7，文渊阁《四库全书》，第788册，第136页。

又，输入的伊斯兰天文学知识，成为晚明及清朝学者研读西洋天文学著作的出发点。晚明西洋天文学体系传入后，学者敏锐地觉察到"回回历与欧罗巴（即西洋历）同源异派"。正是基于这种认识，从黄宗羲、梅文鼎、薛凤祚、李锐，直到清末的顾观光等，都不约而同地兼研回回历法和西洋历法，在他们的有关撰述中，也总是穿插着两个系统的相互阐释和比较的内容。

第三节　伊斯兰体系影响的多角度观察

输入之伊斯兰体系在华的影响，前面一些章节实际上已不止一次涉及：如第五章揭示汉族学者涉足伊斯兰天文、历法学之史事，完全可以视为伊斯兰天文学在明清中国知识阶层发生影响之最真切案例；又如本章第二节所论，虽主要强调的是伊斯兰天文学在华官方地位的获得，但实际上应是先有自成吉思汗以来伊斯兰天文家的种种卓越表现，后才会有世祖忽必烈的建立专门机构，这种因果关系仍关乎"影响"。不过，鉴于影响的探讨，是本书的核心议题之一，其牵涉面颇广。由此，在这一节笔者仍打算用较大篇幅，来论述这方面的问题。当然，前面已经涉及的一些角度，不再重复。

一　伊斯兰天文学影响研究的历史回顾与检讨

伊斯兰天文学在华的影响，是一个由来已久的话题。问题的提出可追溯到晚明，时西方传教士入华，他们用新奇的目光，审视着中国的一切，其对自元朝以来并行的两套天文机构及奉行的天文体系留下许多评论。又，奉命成立的西洋历局，在翻译欧洲典籍、着手编修新历的同时，对中国传统天文学进行清理，也涉及这类话头。下举几段，以见一斑：

中国人，可以说没有任何科学。只有一些缺乏理论基础的天文知识，也是从回教人借来的①。

（中国人）只有在天文学里，曾经得到波斯天文学的帮助。但是，后者的指导忽略了理论部分，而中国人只能够使用表格数据，会推算历书、日月交食和五行星的位置，就以为满足②。

元人尝行《万年历》，其人为扎马鲁丁，阴用其法者为王恂、郭守敬③。

对上述说法，可能是由于有关著作没有及时刊布，故在晚明知识界未见有异议。入清之后，梅文鼎在他的著作中则力斥其非，尤其是否认有关授时历阴用回历的说法：

元之历法，实始耶律，故《庚午元历》之法，《授时》多本而用之。《崇祯历书》乃谓授时历阴用回回，非也④。

回历即西法之旧率，泰西本回历而加精焉耳。故惟深知回历，而后知泰西之学有根源；亦惟深知回历，而后知《授时》之未尝阴用其法也⑤。

此后，一些学人对此坚信不疑。有关言论频繁出现在官方或私家的著作中。例如，《钦定日下旧闻考》卷四六：

世有谓郭公阴用回回法者，非欤？曰非也。元世祖初西域人进《万年历》稍颁用之，未几旋罢者以其疏也。今札马鲁丁之测器具载史志，其所为晷影堂、地理志者，无有与郭公相似之端；至于线代管窥实出精思创制，今西术本之亦以二线施于

---

① ［法］裴化行：《利玛窦对中国科学的贡献》，引利玛窦《利玛窦神父历史著作集》（*Poere Storiche del P. Matteo Ricci*）第二册，第237页；第一册，第22—23页。

② ［法］裴化行：《利玛窦对中国科学的贡献》。

③ （明）徐光启：《新法算书》卷31《月离历指》，文渊阁《四库全书》，第788册，第543页。

④ （清）梅文鼎：《勿奄历算书记》，文渊阁《四库全书》，第795册，第968页。

⑤ （清）梅文鼎：《勿奄历算书记》，文渊阁《四库全书》，第795册，第969页。

地平仪，而反谓郭公阴用回历，是未读《元史》也。

可是，与此同时，影响说也一直很流行，如清人俞正燮说："先是耶律文正麻答把法，增益庚午元法、万年法，而为授时法所本。"① 至于根据什么，则从未指出。进入 20 世纪后，很多国外科技史学者，如日本三上义夫、德国康脱尔、美国乔治萨顿等，都有过与晚明及清俞正燮等相近的评论。三上义夫之说，颇具代表性：

> 宋末元初，乃中国与西域交涉频繁之时代。元置回回司天台，使回人主其事，西域之天文器械亦多传入。《授时历》即作于如斯事情之中，采用新方法，而与历代之历法不同。故《授时历》可谓承受阿拉伯历法而后成。如《授时历》中使用类似球面三角法，恐视为阿拉伯之知识，亦无不可。盖古算术中无其痕迹，古历法中亦无其法，至是乃忽然使用，谓之根据外来知识，原无不合也。故《授时历》之受阿拉伯影响，必然无疑。惟其影响至如此程度，实一疑问也②。

国内学者，主要是回族学者，如刘凤五、金吉堂、马以愚、马坚等是影响说的大力倡导者。其中，马坚先生最有代表性。其文《回回天文学对于中国天文学的影响》，极论前者对后者的影响。依之，则《授时历》实为回回历法之复写和翻版。1956 年，钱宝琮先生刊出《授时历法略论》一文，分七节，全面地剖析和论证授时历之"创法""考正"的中国传统历法、数学根据，同时力驳影响说之种种不可信。总的看来，自马、钱两先生刊文专论此问题后，接下来的半个多世纪，涉及此问题的虽仍然不少，但取得的进展并不大。就国内情形看，反映出如下倾向：天文学史的专

---

① （清）俞正燮：《书元史·历志后》，载《癸巳存稿》卷 8。

② ［日］三上义夫：《支那数学之特色》，载（东京）《东洋学报》1926 年第 15—16 卷。

业研究者基本上持否定态度；人文社会科学者多强调影响的存在，但拿不出强有力的证据。许多人干脆绕开钱文，径引马坚先生之说以倡己论。当然，不能绝对，少数学者的有关研究确有进展，如《绪论》部分已经指出：20 世纪 80 年代薄树人的札马剌丁研究，比较令人信服地指出"西域仪象"中的某一些对郭守敬的影响；世纪之交时，曲安京先生选取日月食起讫算法为切入点，开展印度、阿拉伯历法与中国传统的比较研究，认为《授时历》接受了前者的影响。

综上所述，自晚明提出这一问题，至今已逾 400 多年，期间很多人围绕这一问题，表述过看法。若检讨他们考察和评论的角度，就会发现一个共同点，几乎所有论者的着眼点都集中在《授时历》和郭守敬等人制作的天文仪器上。可是，仅从时间上来考虑，王恂、郭守敬等人制造仪器、修订历法等活动，主要集中在至元十三至十七年（1276—1280）的五年内。至元十八年《授时历》颁行，此后有关方面的著述及天文仪器的研制活动，虽持续过一段时间，但大概可以至元二十八年（1291）郭守敬奉命负责水利事务为下限，而此也正是元初中国进行重大天文活动，可能受到伊斯兰天文学影响之下限。至于其可能接受影响的上限则大约可划在定、宪之交（亦即 13 世纪 40 年代末 50 年代初）。那时，伊斯兰天文学家已陆续东来，并开始追随忽必烈左右。刘秉忠、张文谦等后来参与编修《授时历》的人士也已频繁出入忽必烈潜邸，这种情形，可能会提供某些交流的机遇。如此说来，即使考察伊斯兰天文学对王恂、郭守敬等人天文活动可能发生影响之全过程，时间上也不出 50 年范围。可是，伊斯兰天文学传入中国的历史，若自第一次用回历标其完成年代（1069—1070）的《福乐智慧》算起，至今已 900 余年；即使从用回历标其刻石年代（1171）的侯赛因·本·穆罕默德墓碑算起，至今已 800 多年；其拥有中国官方地位又 400 余年。因此，把考察的范围局限在 50 年内，无论如何，都可说是片面的。

其实，从上面的回顾还可以发现，此前谈论的影响，基本上都局限于对中国传统天文学的影响。即使如此，笔者以为也应该坚持两个原则：一是全方位，二是有重点。前者要求把考察的视野扩及伊斯兰天文学在中国流传、使用之全过程。本书第二、三两章基本上勾勒出它的轮廓和其中的一些主要内容。不过，还不能谓"全"，如对其中的伊斯兰教历部分，就没有去做较多的论述。事实上，它的重要性和影响不可忽视。作为伊斯兰天文学之组成部分，伊斯兰教历自唐宋传入中国，至今已有千余年的历史。因其与宗教生活的密切关系，已嬗变为我国信仰伊斯兰教之各民族共同遵奉的民族历法。从这个意义上说，伊斯兰天文学对中国天文学的影响，远不只是对中国传统天文学的影响问题。教历在我国历史上实现了传统历法无法实现的功能，是对中国天文学的丰富和对传统历法的补充；今后随着伊斯兰教的长期存在，此种历法也将长期行用。事实上它是输入中国的伊斯兰天文学中最富有生命力的部分，其影响将长久不衰。

所谓有重点，就是必须对这期间一些重大的、有代表性的事件，予以特别关注。以此看来，目前仍须关注伊斯兰天文学给予元初郭守敬等人天文活动可能给予的影响。以往学者关注此问题的讨论，并非没有道理：如果说伊斯兰天文学对中国天文学确有影响，那么，与伊斯兰天文学同朝共事的郭守敬等中国同行，应该是首当其冲地最能直接受到这种影响。但是，考察自元初至明末颁行近 400 年的《授时历》（明朝所行《大统历》，只是对其中的个别一些数据稍做调整、修改而已，由此仍可视为《授时历》的沿用）中是否含有伊斯兰天文学因素，确实十分必要。因此，这一着眼点及有关考察都是有价值的。

除此而外，伊斯兰天文学在华影响研究的其他重点，还可举唐宋时期伊斯兰天文学在华早期传播史事的发掘和追踪；明初《回回历法》的编译与华化改造；《回回历法》与《大统历法》的对测和比较，等等。

总之，只有将面的全方位拓展和点的深入突破结合起来，伊斯兰体系对中国传统天文学影响的研究，方可得以有效推进。

二　伊斯兰天文学对元明清中国政治、社会的影响

从天文学、星占学在古代中国的功能来思考，这样一个问题的探讨，也是题中应有；既然如前所述，从对伊斯兰天文家的接纳，到专门天文机构的设置，主要是想利用彼方提供星占服务。那么，立刻就会生发出以下问题：第一，他们为中国统治者提供哪方面的星占服务？第二，提供的星占结论，对当政者究竟有何触动并采取过怎样的"回天"措施？第三，有关措施对当时国家政治、社会生活发生过怎样的作用、影响？等等。追究、关注这些问题，意义非凡，不仅可以借此拓宽视野，深化讨论，更重要的是通过这些问题的追问，可以切实探寻、认识伊斯兰天文学、星占学与元明国家政治、社会生活的关系。对于上述问题，前面第三章第二节大体回答了第一个。下面，笔者将关注后两个问题。

就蒙元时期来看，伊斯兰天文家星占活动引发最高当局采取行动，仅有前面援引过的一条记载，即《元史·泰定帝纪二》载：

> （泰定三年十二月）丙戌，以回回阴阳家言天变，给钞二千锭，施有道行者及乞人、系囚，以禳之。

这条记载确实可以说明，由于"回回阴阳家"的"天变"预报，致使以也孙铁木儿为首的蒙古统治者有了相应的"禳灾"举措；而前面已指出，元朝伊斯兰天文机构和汉人主持传统天文机构，都有奉旨"禜星"的活动。不过，同样是作为星占的后续活动，上述两种禳灾措施，特别较为频繁举行的后一种活动，究竟在元朝的政治及社会生活中发挥过什么作用，带来过什么实际影响？由于不见相关记载，所以不好妄加评估。

考虑到中国一直以来的传统，还有元明中国统治者接纳伊斯兰

天文家的初衷，不能不认为，援引其人进入军旅，做随军星占家，是值得注意的一个动向。这里，笔者再次简要地罗列一下前面已经陈述过的部分史实：成吉思汗西征前后，在其帐中就有供其驱使的伊斯兰天文家。从征的著名人物耶律楚材，曾就两次月食的有无与之进行争论；而"酷信巫觋卜筮之术，凡事必谨叩之"的宪宗蒙哥，也迷信伊斯兰天文家，《史集》载其事迹说，旭烈兀进攻巴格达前，"叫来了按照合罕（指蒙哥——引者）圣旨伴随他的一名星占家忽撒马丁，让他选择出征和休息的时辰，并吩咐他说：'不要奉承，把观察星座所见到的一切说出来吧。'"① 马可波罗更翔实地记载说，忽必烈在元大都赡养着大批包括穆斯林在内的星占术士。毫无疑问，这其中的一些人士，是会被派去随军的，如元人朱德润记载说，资善大夫中政院使买述丁的曾祖，"讳马合麻，以天文之学获知于朝，不属局院。中统初，亲王阿里不哥叛，公与其子撒的迷失随官军相事有功，诏赐名马白金"②，就是这方面的一个例证。

在对伊斯兰天文家的信任上，与蒙元统治者比较起来，朱元璋及其后继者有过之无不及，朱元璋不仅"乃循近制，仍设其职"③，征召伊斯兰天文家来南京专门机构任职，仍以元代情形例之，也应该有一批伊斯兰天文家被派往从军。可惜，后一件事情在目前还只是一种推测。值得注意的一个现象是：一些兼通伊斯兰天文学的汉人④，确被包括朱元璋在内的明最高当局选派到前线做星占服务。这里举刘伯完、刘信和贝琳三人。

刘伯完，据江西地方志书，字观静，吉水人，洪武初举茂才。

---

① ［波斯］拉施特主编：《史集》，第 3 卷第 57 页。
② （元）朱德润：《资善大夫中政院使买分世德之碑铭》，载《存复斋集》卷 1，见《四部丛刊续编》。
③ （明）王祎：《温都尔除回回司天少监诰》，《王忠文集》卷 12，第 254 页。
④ 说他们是"汉人"，是截至目前，我们没有发现他们是回族或其他色目人后裔的直接证据。

通占卜课候术数之学。里中何监正奇其技，荐于御史台刘琔，值朝廷雅重天文诸儒，诏授阴阳学正，历钦天监兼回回监副①。通过其他一些记载②，可刘知伯完仕宦生涯止于建文四年，原因是其人从征，在灵璧战役建文军大败后被燕王兵俘虏，获释后与大理寺丞彭与明一起逃亡，以致"不知所终"。

让我们感兴趣的是刘伯完的"兼回回监副"，按照常例，拥有这样一个头衔，就意味着他精通至少是懂得伊斯兰天文学。这倒不完全是一个推测，接下来说到的刘信，正是他的内孙。刘信即《西域历法通径》的作者，前面不止一次说到他。史载其人："知星历，博极群术，而旁通西域之学。"③ 而刘信的学术即得自祖父伯完，所谓"伯完没，传及中孚"（中孚，刘信的字）。与祖父有着同样的命运，刘信后来亦受命从征，死于土木堡之变。

贝琳精通伊斯兰天文历法之学，前面介绍过，他是《七政推步》的作者。贝琳的仕历很有趣，早年，"慕天官学"，立志向学，遂得入钦天监，成为一名天文生。19 岁时，他的人生之路，开始发生一大转机：

> 正统己巳，边警，边臣奏求知天象者甚急，上命监正皇甫仲和推选其人以往。琳年十九，选第一。命随昌平侯杨珙往至独石，珙不禄而还。时西夏警复请，景泰庚午又往，随总兵官

---

① （清）陶成等：《雍正江西通志》卷 77《人物志》，雍正十年（1732）刻本。

② （明）王世贞：《弇山堂别集》卷 68：建文四年（1402）三月，平安兵复大败于徐州。命驸马都尉梅殷以重兵屯淮安，号四十万，盛庸率余兵走与殷合。左都督何福等复大败于灵璧，福走。左副总兵陈晖、右副总兵平安、右参将马溥、都督徐真等三十七员，礼部侍郎陈性善、大理寺丞彭与明、钦天监副刘伯完等一百五十员皆被擒，死者六万余人。又，（清）张廷玉等《明史》卷 142《陈性善传》："燕师起，改副都御史监诸军。灵璧战败，与大理丞彭与明、钦天监副刘伯完等皆被执，已悉纵还。性善曰辱命罪也，奚以见吾君？朝服跃马入于河以死。……与明（大理寺丞）万安人，……与伯完俱亡去，不知所终。"

③ （明）徐有贞：《西域历法书序》，《武功集》卷 2，文渊阁《四库全书》，第 1245 册，第 56 页。

石亨自大同凡九夜而抵贺兰山。壬申，两广贼势猖獗。上命太子太保左督御史王翱、太监班祐总军剿之。二公奏同征，进泷水等处，占候多有功。至甲戌冬，受漏刻博士。天顺改元，因天象示警，上亲御文华殿，面问琳。悉陈其变之由，得赐彩缎白金，又升授五官灵台郎……至成化庚申，升本监监副。先是戊子灾异，琳上言，修德则可以格天，灾变为祥……因条上弭变六事，皆深切一时之弊，当时推之。壬辰春，忽奉命改任南都①。

以上人士的身份、学养，不能不令人产生一疑问：他们被选为军旅星占家的机遇与其旁通伊斯兰天文学有关系吗？答案应该是肯定的。因为决策者也需要比较、权衡，对于这些"复合型人才"，有司理应更为看重。至于战场上的胜负，与星占家实际观天测象的能力，关系可能不会很大，倒是会与他们假借星占给予战局做出的判断以及提出的对策有莫大关系。当然，前提是指挥官确实接受了他们的判断和对策。当指挥官听从星占家言判而直接导致战场上或胜或负的后果，都会在一定程度上对国家的政局甚至社会生活发生影响。

前面在论述元明伊斯兰天文机构在进行天文工作时，说到推算预报日月交食和月、五星凌犯天象是其重要职责。由于伊斯兰天文学体系中有纬度的概念及观测，所以在行星和恒星位置的计算上，就比中国体系来得准确。在一定程度上，中国统治者正是看中伊斯兰体系这一长处，才利用伊斯兰天文家提供上述天象预报的。那么，回到这一节的中心议题上，一个问题就立时显现出来：伊斯兰天文家的上述预报，给元明，特别是明代国家的政治、社会生活究竟带来了什么？要回答这样一个问题，就须回到星占文献里去，探寻上述天象的发生预示着人间社会要发生怎样的事情

① （清）路鸿休：《帝里明代人文略》卷11，清刻本，南京市图书馆藏。

以及如何消灾弭变。对之，本书在第三章第三节"元明时期伊斯兰天文家在华工作的变化与调整"的论述中已经有所涉及，但还不够。由于中国古人为星占设置的占辞，绝对是"凶多吉少"。所以星占的目的在于前知、在于前知之后的积极补救，未雨绸缪，而后续补救措施是否执行？执行到何种程度？等等。显然才是回答伊斯兰天文家的日月交食、月五星凌犯天象预报究竟给中国社会带来了什么这一问题的关键所在。可是，不能不说，要真正弄清楚后面提出的那些问题，绝非易事，相关资料的短少是最大障碍。不过，也并非不存在推进的空间。这里先将问题提出，假以时日，或许可以比较圆满地回答这些问题。

三　伊斯兰天文学对中国伊斯兰文化声誉的提升

中世纪阿拉伯的天文学，与数学、医药学等自然科学分支一样，历来就是伊斯兰文化的名片，这当然主要是由其取得的成就和达到的水平决定的，如美国的阿拉伯历史学家希提就称赞说，"阿拉伯天文家，把他们辛勤劳动的、永垂不朽的成绩保存在天上，我们看一看一个普通天球仪上所记载的星宿名称，就可以很容易地看到这些成绩。在各种欧洲语言中，大多数星宿的名称都来源于阿拉伯语……而且有大量的天文学术语……也同样来源于阿拉伯语"[1]。而对于元明时期输入之伊斯兰天文学来说，其受到中国最高当局的格外重视，还有一些特别的原因，如前面所说，中国久远的历史传统，历来就是把天文、星占学视为"通天之学"的；又，相对于中国传统体系，来自西方体系的伊斯兰天文学存在若干独特性，等等。这些因素都使得伊斯兰天文学事实上成为输入中国的伊斯兰文化的冠冕。而说到"冠冕"，这里可举一较为显著例子：

建立明王朝的朱元璋，在文化上较为保守。他对前朝输入之异域文化，一般秉持排斥态度，如元代颇为盛行的也里可温教，入明

---

① ［美］希提：《阿拉伯通史》，马坚译，第685页。

以后就没有了踪影；元代所设与回回医药有关的广惠司等，入明以后也不见延续。可是，唯独钟情于伊斯兰天文学，续置机构，诏请其人。表现出对这种域外学术之高度认可，对精通其学之人由衷的推崇，如说：

> 天文之学，其出于西域者约而能精，虽其术不与中国古法同，然以其多验，故近世多用之①。
>
> 迩来西域阴阳家，推测天象至为精密有验，其纬度之法又中国之书所未备。此其有关于天人甚大，宜译其书以时披阅②。
>
> 闻尔道学本宗，深通其理，命译之。今数月所译之理，知上下，察幽微，其测天之道，甚是精详。于戏，乾方之书秘书，非尔安能名于中国；尔非书安能名不朽之智人！③

毋庸置疑，朱元璋的认可和推崇，必定有助于提高伊斯兰天文学、星占学在华的声望。文献记载表明，认可甚至推崇伊斯兰天文家，在明代上至朝廷，下到民间，颇为普遍。例如，万历十五年（1587），礼科给事中侯先春奏折在总体上称赞"回回历科，推算日月交食、五星凌犯，最为精细"的同时，还特别指出，"曩者月食时刻，分秒不差舛"④。大概是伊斯兰天文家尤注重月亮的运行规律，所以，对月食的预报比较准确。这种情形，弘治八年（1495）吴昊的上疏中也已经说到⑤。在此情形下，伊斯兰天算家预报的精准性，便被一些人过分强调，乃至肆意放大。如说：

---

① （明）王祎：《温都尔除回回司天少监诰》，《王忠文集》卷12，第254页。

② （明）吴伯宗：《〈明译天文书〉译序》，载《中国回回历法辑丛》，第2页。

③ （明）朱元璋：《翰林编修马沙亦黑马哈麻敕文》，《全明文》第8卷，第105页。

④ （明）胡广等：《明神宗实录》卷184，"万历十五年三月丙卯"条。（清）张廷玉等《明史》卷31《历志》载此事在十二年十一月癸酉朔条。

⑤ "弘治八年八月丙寅"条载："钦天监奏，是夜月食不应。礼部及监察御史等官敕监正吴昊等推步不谨之罪。昊等上章自辩。谓依回回历推算则月不当食，在大统历法则当食。本监但遵大统历奏行，是以致误。"（《明实录·孝宗实录》卷103）

国初，天监外，取回回人世官之，用本国土板历并兼推算。
乃知圣主御世，一善弗遗者矣。尝闻之长老云："月蚀非回回历
算，安得不谬如此。"①

一些学者，以偏概全，甚至有过激的表达：

中国历法，本不及外国精密。以故前钦天监外，又有回回
钦天监。本朝亦设回回司天监。②

那么，事情的真相究竟如何？要而言之，伊斯兰天算家的天象
预报有准有不准。例如，据《明实录》记载，早在武宗正德十六年
（1521）就有呈报，说回回历法"亦有疏舛，连年推算日月交食，算
多食少，算少食多，时刻分秒，与天不合"③；近年一些学者根据
《明实录》《明史·历志》等所载述《大统历》和《回回历法》对明
代，特别是万历到崇祯间日月食预报的记录，利用计算机模拟、用
现代理论值加以验算，结论是：回回历在明代的交食预报精度并不
好于大统历④。回到本节论述的主题上来，则不难推断，明代社会上
下对伊斯兰天文机构、天文家工作的肯定、称赞，一定有助于拓展
和提升伊斯兰文化在中国的影响和地位，从而增强穆斯林的凝聚力。

———————

① （明）黄省曾：《西洋朝贡典录》"阿丹"条，中华书局 1982 年版，第 115 页。
② （明）沈德符：《万历野获编》卷 20《历法》，中华书局 1980 年版，第 524 页。
③ 具体见"正德十六年十二月辛卯"所转引钦天监漏刻博士朱裕"请修改历法"
的奏疏。文较长，前面大意是说，现行《大统历》，实即元《授时历》，其中的岁差经王
洵、郭守敬参考修正，与此前逐历相比，"最为精密"。但距今正德十六年，已逾 237 年，
所以"历岁既久，不能无差。故推算日月交食，五星躔度屡有差失"。接下来，就说到回
回历法："况回回历自开皇己未至今九百余年，亦有疏舛。连年推算日月交食，算多食少，
算少食多，时刻分秒，与天不合。"下面又回到历法中的岁差问题，详列岁差数据。最后
说"若不量加损益，将来愈久愈差"，请求朝廷派员，董理本监人员全面改革（《明实
录·武宗实录》卷 169）。
④ 吕凌峰、石云里：《明末中西历法争论中回回历的推算精度——以六次日月食预
报记录为例》，《回族研究》2003 年第 4 期；李亮：《明代历法的计算机模拟分析与综合研
究》，博士学位论文，中国科学技术大学，2011 年。

笔者认为，这是伊斯兰天文学为中国伊斯兰文化带来的正能量，也是主要方面。应予充分认识，高度肯定。接下来，笔者想谈谈对这件事情另一面的一些思考。

任何事物都有它的两面性，那么，上述元明，特别是明代中国社会对伊斯兰天文学的高度肯定，是否同时也给中国伊斯兰文化的发展遗留下一些负资产？从种种迹象来看，笔者认为这一点似不可否认。鉴于伊斯兰天文学及其天算家在华拥有较高声誉，穆斯林群体深感荣光，但远离伊斯兰教故乡，生息于汉人的海洋，为联宗收族，凝聚同类，其人也有与华人同样之塑造祖先、树立楷模，建构、重写历史之需要。在此过程中，有人有意或无意地将所打造与精通天文联系起来，甚至制造出因精通天文、晓谕历法，得以任职钦天监甚至成为御前顾问的故事来。空口无凭，通过下述事情，或能从中看出一些端倪来。

1990 年前后，笔者在北京一家图书馆看到《震宗报》，上有篇《常巴巴夜挪量天尺》的短文①，实为一则有关清代著名回教学者常志美的传说。故事梗概如下：不知是什么原因，某天文台的一大型测量仪器（也即故事中的量天尺）不能准确测验。于是有关方面就请来了知识渊博的常巴巴。后者看后说，是由于仪器安放时出现偏差，需要重新安置，说完就离去了。但是，台上工作人员因仪器硕大，加之也不懂应该如何正确安放，所以当天也就未能立即解决此事。可到了第二天早晨一来，他们意外发现仪器已经重新安置，且也可以准确测天观象了。原来，是常巴巴"夜挪"了量天尺。

作为明清之际伊斯兰经堂教育山东派创始人，常志美（或作常蕴华），在学术上的造诣，主要是精通波斯文法及伊斯兰苏非派哲学

---

① 《震宗报》是唐易尘先生主编的中国伊斯兰教综合性刊物（月刊），1927 年创刊于北平，抗日战争后期停刊。笔者所见短文，似属《常巴巴传》中的一节，见该刊第 5 卷第 3 期。

等，似未看到其人兼通伊斯兰天文学的记载。何况，中国古代的天文台及其仪器，历来是皇家的禁脔，而明末清初又基本处于西方天主教耶稣会士的控制之下，常志美（也就是故事中的常巴巴）以一位民间伊斯兰学者的身份，如何能出入自由？不过，笔者并非强调这件事情不具任何可信度，只是想用这样一个事例，提醒大家对类似的说法、记载，要去质疑、追究，而不应轻率采信。毕竟，学术研究的求新求变，必须建立在求真求实的基础上。

附　　录

一　明钦天监夏官正刘信事迹考述

明代中前期对伊斯兰天文、历法之学有重要建树的汉族学者主要是刘信和贝琳。对于后者，学界已有较多关注和研究①，而对于前者却很少有人问津。这种情形应是由于有关记载比较零碎，还有刘氏所编辑《西域历法通径》严重残缺，原书序跋等可能会牵涉作者信息的篇目也无一存留，致使其事迹长期被淹没而不为人知。本文在笔者以前有关研究的基础上，结合新发现的资料，对刘信事迹及学术贡献作进一步论述。

明代汉族学者以不同背景、不同形式进入伊斯兰天文、历法学领域，这一现象值得关注和研究，因它在一定程度上也体现着伊斯兰文化在中国的落地生根，乃至开花结果。

一　问题的提出及刘信事迹资料的最初发现

在当代学人中，首先提到刘信其人的是著名文献学家王重民先

①　如陈久金《贝琳与七政推步》(《宁夏社会科学》1991 年第 1 期)、马明达、陈静《中国回回历法辑丛》(甘肃民族出版社 1996 年版) 等论著对贝琳的事迹做了论述，同时展示了大量的相关资料。

生，他在自己《善本书目经眼录》一书中为《西域历法通径》作跋文，说到作者刘信时，先生称"信事迹无考，亦不详为明代何时人"①。其实，刘信的事迹散见于《明史》和《明实录》等文献，是可以追踪的。例如，《明史》卷一六七《王佐传》称：

> 英宗之出也，备文武百官以行。六师覆于土木，将相大臣从官死者不可胜数。英国公张辅及诸侯伯自有传，其余姓氏可考者……刘信，夏官正。

又，《英宗实录》"正统十四年八月壬戌"载：

> 车驾北行……官军人等死伤数十万……钦天监夏官正刘信、序班李恭、石玉等皆死。

今传世《西域历法通径》署"钦天监夏官正安成刘信编辑"。"安成"为江西安福县古名，查康熙《安福县志·人物传》则有：

> 刘信，西乡下村人，习天文，正统间授钦天监夏官正。

不仅如此，有关记载还表明，刘氏是一位有学识和作为的官员，如正统十二年他经过实地测验对比，发现北京纬度及太阳出入时刻与南京不同，从而在明朝监官中率先得出"今宫禁及官府漏箭皆南京旧式，不可用"②的结论。据此，英宗不仅下令监官对有关仪器进行改造③，且于十四年还郑重把原定北京冬夏昼夜时刻数作了相应

---

① 此条跋文又见载于王重民先生主编《中国善本书提要·天文算法类》，第275页。
② （明）胡广等：《英宗实录》卷160，"正统十二年十一月甲寅"条，原文载曰："钦天监正彭德清言，钦蒙造铸铜仪，委夏官正刘信考校测验，得北京北极出地度数、太阳出时刻，与南京不同。"
③ （明）沈德符：《万历野获编》卷20《历学》，第526页。

的改变①。而英宗北征，刘信得以随从，很可能是其在天象（包括气象）预报方面，还有一些特别的造诣。这或与其懂得伊斯兰天文学有一定关系。

上述刘信事迹，我们在 20 世纪 90 年代有关论述中已经予以揭示。现在看来当年对有关志书资料的挖掘和利用仍存在遗漏，如《（同治）安福县志》有关记载就可进一步补充《（康熙）安福县志》。前者在转抄前引《（康熙）安福县志》有关刘信的记载后接着说："死土木堡难。录其子晋为锦衣千户，升指挥，直仁智殿。晋及子节，俱工画鱼。"② 而《大清一统志》卷二五《宣化府》"显忠祠"条有"明景泰初建，万历末重修，祀正统己巳土木死事诸臣"的记载，在所祀"死事诸臣"64 人名单中，刘信赫然在焉。

显然，即使做了这点补充，刘信事迹的考述仍存在较大缺憾：其早年的活动，特别是其学术传承线索究竟是怎样一番情景，因资料所限，学人都无从知晓。

二 《武功集》所载"刘中孚"即刘信考辨

《武功集》是明人徐有贞的文集，马明达教授发现该书卷二和卷三分别收载有《西域历法书序》和《赠钦天监主簿刘中孚序》两篇短文，是徐有贞写给任职于天文机构、名为"刘中孚"的人士的。我们原是把它作为明代伊斯兰天文、历法之学的又一个新线索看待的。可是，后来经笔者仔细研读推敲，认为这些资料的功用不止于上述所说，它对于进一步认识刘信，实具有异乎寻常的意义。为便于考证，现将全文挪录于下。

其一，《西域历法书序》：

---

① （清）张廷玉等：《明史》卷 31《历志》："永乐迁都顺天，仍用应天冬夏昼夜时刻，至正统十四年，始改用顺天之数。"第 517—518 页。

② （清）姚濬昌修，（清）周立瀛、赵廷恺等纂，载《中国地方志集成·江西府县志辑》第 67 册，江苏古籍出版社、上海书店、巴蜀书社 1996 年版。如前代一样，明朝的天文官员在制度上也是世代相承的，刘信儿子脱离本行业值得注意。

《汉律历志》曰，三代既没，五伯之末，史官丧纪，畴人子弟分散，或在异域。异域之有历亦自中国而流者与？然东北南三域皆不闻有历而西域独有之何也？盖西域诸国当昆仑之阳，于诸域中为得风气之先，故多异人。其有能通星历之学者亦宜耳矣。若天竺梵学、婆罗门伎术，皆西域出也，自隋唐以来已有见于中国。今世所谓回回历者，相传为西域马可之地，年号阿尔必，时异人玛哈穆特之所作也。以今考之，其元实起于隋开皇十九年己未之岁，其法常以三百六十五日为一岁，岁有十二官，官有闰日，凡百二十有八年闰三十有一日；又以三百五十四日为一周，周有十二月，月有闰日，凡三十年闰十有一日，历千九百四十一年而官月甲子再会。其白羊官第一日日月五星之行，与中国春正定气日之宿直同。其用以推步，分经纬之度，著陵犯之占，历家以为最密。元之季世，其历始东，逮我高皇帝之造《大统历》也，得西人之精乎历者。于是命钦天监以其历与中国历相参推步，迄今用之。

予友刘中孚，知星历，博极群术，而旁通西域之学。尝以其历法舛互，无一定之制，岁久寖难推步。为之译定其文，著凡例，立成数，以起算约而精，简而尽，易见而可恒用，秩然成一家。书将以传之，为其学者，其用心亦勤矣。

盖诸方术之中，惟历法有关于国，定正朔，示民用而必资焉。然其法难精而易差，岁久必更修。非得诸历相参考，莫能定也。昔汉造《太初历》亦会诸星历家而参考之，历数年然后定。今世方术士虽众，其精于历数者绝少，而历行逾一甲子矣，其能终无差乎？差则必复考而修之。然则。中孚之书其将有取焉，不可无也，又岂徒传之其学者而已。予是以为之序云。[①]

（卷二）

---

① （明）徐有贞：《西域历法书序》，载徐有贞《武功集》，文渊阁《四库全书》，第1245册，第55—56页。

第二，《赠钦天监主簿刘中孚序》。

> 安成刘中孚，以善推步入钦天监，用其监正皇甫仲和之荐，擢主监簿，于是其所厚文武相率征予赠之言。中孚家故业儒，其大父伯完，始从诚意伯伯温刘先生传星气之学，为五官灵台，即事太祖、太宗，蒙被恩宠，名显于时。伯完没，传及中孚。中孚天资明慧而用心尤专，故其所学辄精，诸凡星历家言，莫不曲岊而旁通焉。尝著《凌犯历捷要》补前人之未备。今之举也，论者咸以为称其官。夫治历明时，固儒者之所当知，非他技术比。自轩辕氏始制历法，而风后大挠隶首鬼臾区实佐之，以暨重黎、羲和之在高阳、唐虞，其人皆圣贤之流。周太史兼掌载述，降及春秋先秦，其史官盖莫非儒之学者，汉司马谈、迁父子相继为太史令，其术业之渊博何可当也。至张衡、高堂隆辈，亦皆以文学见称于世，非止乎推步之能而已。今之太史虽专主星历，无与文事，然所以推之天道，验之人事，而协成乎时政者之学，亦安能尽其理哉！伯温先生文学之博追古作者，固一代之伟儒也。太祖之定天下，其筹策黼黻之功居多焉，灵台公于先生实有师友之分。则知其学有源委而传之家者亦必有所本矣。况中孚又贤而好修，今既世有其官，苟能益自策励而进学于儒，明乎天人之微，察乎事物之变，不若古之人不已焉。使异日之论太史者，皆曰刘氏祖孙无愧乎司马氏父子，不亦韪欤①（卷三）。

据第一篇《序》，刘中孚也为江西安成（今安福）人，他"知星历，博极群术，而旁通西域之学"，因鉴于伊斯兰历法文献"舛互（即互相抵触），无一定之制，岁久寝难推步"，于是"为之译定其

---

① （明）徐有贞：《赠钦天临主簿刘中字序》，载徐有贞《武功集》，文渊阁《四库全书》，第1245册，第90页。

文，著凡例，立成数"，完成具有"以起算约而精，简而尽，易见而可恒用"的《西域历书》。据第二篇《序》中孚之学直接得之于其祖父刘伯完的真传。而后者的事迹据《序》说，其人是刘基的弟子，仕于洪武和永乐两朝，官至五官灵台郎。除徐有贞所载外，中孚祖父刘伯完的事迹还散见于明清时期的多种文献，这些记载各有价值，或可印证徐氏之说，或可校正徐说之谬，补其所未及。现也选其中最重要的罗列于下。

《（雍正）江西通志》卷七七《人物志》：刘伯完，字观静，吉水人，洪武初举茂才。通占卜课候术数之学。里中何监正奇其技，荐于御史台刘琏，值朝廷雅重天文诸儒，诏授阴阳学正，历钦天监兼回回监副。迨靖难兵起，遂变姓名远遁，后不知其所终。

（明）王世贞：《弇山堂别集》卷六八：四年（1402）三月，平安兵复大败于徐州。命驸马都尉梅殷以重兵屯淮安，号四十万，盛庸率余兵走与殷合。左都督何福等复大败于灵璧，福走。左副总兵陈晖、右副总兵平安、右参将马溥、都督徐真等三十七员，礼部侍郎陈性善、大理寺丞彭与明、钦天监副刘伯完等一百五十员皆被擒，死者六万余人。

《明史》卷一四二《陈性善传》：燕师起，改副都御史监诸军。灵璧战败，与大理丞彭与明、钦天监副刘伯完等皆被执，已悉纵还。性善曰辱命罪也，奚以见吾君？朝服跃马入于河以死……与明（大理寺丞）万安人……与伯完俱亡去，不知所终。

这样，刘伯完的身世和事迹就很清晰，即其人并未做过永乐的臣子，官至钦天监副①，仕宦生涯止于建文四年，原因是其人从征，在灵璧战役建文军大败后被燕王兵俘虏，获释后与大理寺丞彭与明一起逃亡，以致"不知所终"②。

值得注意的是《（同治）安福县志》卷十三《方技》有一条刘伯完的记载：

> 刘伯完，幼颖异，从罗遁所学天文地理医卜之书，明初荐充灵台郎。占候奇中，奏设钦天监。

由此可知，刘伯完在师从刘基之前，早年曾随罗遁所"学天文地理医卜之书"，但罗氏究系何人，笔者在相关文献中没能找到任何线索。

这里，笔者之所以不辞烦琐，追述刘伯完的事迹，不仅是由于其事关刘中孚，更重要的是也关乎刘信：笔者认为刘中孚就是刘信，二者本来就是一个人。理由显而易见者，如刘信、刘中孚都是安成（安福）人；同为钦天监官员；同有西域历法方面的撰述。又，"信"和"中孚"本来就是一体的：其人名与字的来历颇有讲究，即出自《周易》第61卦名与该卦的主题。孔颖达《周易正义》就有"信发于中，谓之中孚"之语，即其人实名"信"而字"中孚"。徐有贞为刘氏撰文，必循一般称字而不名惯例，是"中孚"为字而非名。更为关键的理由则需做一番考证。

首先，从现已掌握的资料来看，刘中孚《西域历法书》与刘信《西域历法通径》的成书年代接近、内容相当。

关于《西域历法书》的成书年代，现可用于考证的唯有徐有贞的《序》，惜该文并无明确交代，但其中有"今世方术士虽众，

---

① 《（雍正）江西通志》说其人"兼回回监副"也有可能，但洪武三十一年回回钦天监废止，由此即使有过这样的兼职，也当在此前。

② 《（雍正）湖广通志》卷92载李若愚《请复建文庙谥并录诸死节臣疏》一文，将刘伯完列入"死节文臣"名单中，这实际上是对"不知所终"的一种权宜处理。

其精于历数者绝少，而历行逾一甲子矣，其能终无差乎”之语，为之提供了可贵的时间坐标，“历行逾一甲子”中的“历”是指明朝的现行历法《大统历》，其始颁于吴元年（1367）十一月乙未冬至，正式实施于洪武元年。由此过 60 多年后，时间就到了宣德中后期、英宗正统初年，此即徐有贞撰《序》也即中孚《西域历法书》成书的大致年代；《西域历法通径》由于严重残缺，已难知其成书的确切时日，但应在正统元年之后，正统十四年（1449）七月刘信殉难前。之所以是元年之后，是由于《（康熙）安福县志》明确记载，刘信是正统间被授予钦天监夏官正的，而传世《西域历法通径》署曰“钦天监夏官正安成刘信编辑”，这样上述两种不同名称著作的成书年代范围可在 20 年内（1429—1449）。

至于《西域历法书》之内容，徐有贞文所载虽然很简略，但据之仍可推知大概。徐氏称中孚所作是“为之译定其文，著凡例，立成数，以起算约而精，简而尽，易见而可恒用”，这几句话实可分两段诠释：“为之译定其文，著凡例，立成数”，是说由于洪武中后期中外学人合作编译的《回回历法》，内容上多有相互抵触之处，刘中孚对之重新进行订正、加工；同时对回回历法的推算原则和方法等作了梳理，并编制若干助算表格（《西域历法通径》和《七政推步》中称“立成表”）；后段，也就是“以起算约而精，简而尽，易见而可恒用”，显然是针对中孚撰书之成效而言：由于日月五星等天体位置的运算有了大量的助算表格可查，所以十分简捷。值得注意还有徐有贞于在第二篇《序》中提到中孚“尝著《凌犯历捷要》，补前人之未备”。所谓“凌犯历”，就是指月球在星空中作周期运动时，与恒星、行星靠近、掩食的时间以及五星在恒星背景上穿行，它们在观测者的视角上呈现出彼此逼近、掩食的时间。而十分巧合的是，上述因素也均可以在残存的《西域历法通径》中看到。刘信书原为二十四卷，今仅存卷第十一至十四卷，第二十一至二十四卷计八卷。其大概内容是第十一至十三卷为金、水星第二差的求法及相关的助算表格；卷十四为月、五星泛差的求法及助算表格；卷二十一至二十四为月、五星凌犯的求法及助算表格①。可见其与徐有贞文中所说相当接近。

其次，刘中孚和刘信年辈及仕历大体吻合。同样，由于可供判断的资料过少，所以只能是大概的推断。笔者的推断主要是基于以下两点，一是前述刘信颇有作为，并非一般尸位素餐之人，但土木堡殉难前也只做到钦天监夏官正（正六品），这很可能是他年辈不高，资历不够，年龄约在 40 岁；二是徐有贞为中孚书作序，直呼中孚为"予友"，可见徐氏、中孚二人年辈相当。徐有贞生卒年据《武功集》《明史》本传大体可以推知：其约生于永乐初，卒于宪宗成化初，正统十四年约 40 岁。也就是说，任职钦天监、字中孚的刘氏某人也大体就在这个年龄段。中孚这个年龄与上征引有关刘伯完、中孚的身世资料也大体吻合。据徐氏第二序，中孚宣德末正统初官至钦天监主簿（正八品）。

综上所述理由，笔者认为徐有贞笔下的刘中孚就是《西域历法通径》的作者刘信。如此，刘信即明初钦天监副刘伯完的内孙。从刘伯完洪武间曾兼任回回钦天监副的记载看，其人应懂得伊斯兰天文历法之学。据此，笔者认为可以相信徐有贞的记载，刘信于中国传统及伊斯兰天文历法之学素养有不少确实得自祖父的亲传，但与此同时也要注意到这样一个事实，元明中国政府天文机构采取两套人马、双轨并行，必然为回汉天算家的相互学习、交流提供极大的便利和可能。这或许才真正是刘伯完、刘信、贝琳以及隆庆间监正周相等汉族天算家能兼通中外的秘诀所在。

又，认定刘中孚就是刘信，则《西域历法书》很可能就是《西域历法通径》的稿本（或初稿）名称。其最初成书时间当在宣德中后期，时刘氏还未进而立之年，虽在此前若干年"以善推步

---

① 马明达、陈静辑注：《中国回回历法辑丛》，第 42—307 页。

入钦天监"任职，但官阶很低，或者竟未"入流"（徐有贞《西域历书序》不提可证）。不过，约宣德末正统初，他就做到正八品主簿，至殉国前他已是正六品的夏官正而与钦天监监副平级、距正五品的钦天监正也只有一步之遥了①，这应与其良好的专业素养和才干直接相关。

三　刘信的学术造诣与《西域历法通径》的价值和影响

（一）刘信的学术造诣

就明代天文学界的总体情况来看，传统天文学正经历元代巅峰之后的守成和衰落阶段，时天文机构官员多安于现状，不求进取。相比之下，刘信的表现比较突出，如前第一部分引述《明实录》的记载，又如徐有贞序文中说其"博极群术，而旁通西域之学"；"天资明慧而用心尤专，故其所学辄精，诸凡星历家言，莫不曲畅而旁通焉"。笔者认为，徐有贞的说法是真实可信的。这主要是基于以下两点事实。

首先，对于天文历法之学，徐氏本来就有一定的造诣，可称得上行家里手，他是深知刘信的。有贞字元玉，初名珵，宣德八年进士。《明史》卷一七一本传称其"凡天官、地理、兵法、水利、阴阳方术之书，无不谙究"，对天文、星占之学，徐氏自己也颇自负，如本传载正统十四年土木变前，他就曾借荧惑入南斗之天象，预言"祸不远矣"；景泰八年策划夺门之变时，他又"升屋览乾象"；晚年里居间，也仍然是"时时仰观天象"。而从其所作二序涉及天文、历事之文字来看，也绝非隔靴搔痒之语。

其次，从刘信的实际工作情况来看，也可说明徐有贞之言信而有征。特别是刘信能"旁通西域之学"且有撰述，就十分难能可贵。这里有一些旁证：晚明主持欧洲历法引进和传统历法改革工

---

① 明代钦天监官员及品级设置情形，可参考（清）张廷玉等《明史》卷74《职官志三》。

作的著名学者徐光启曾这样评论洪武时期伊斯兰天文、历法学的翻译，他说："两书（指洪武中后期所译《天文书》和《回回历法》）皆无片言只字言其立法之故，使后来者入室无因，更张无术，凡以此耳。"① 此后吕留良在对洪武中翻译工作的意义给予肯定后也指出："然以翻译未广，且不详其论说，以故一时词臣、历师无能参用，以入《大统》者。"② 在上述境况下，刘信不但进入且有所建树，足以说明他的"明慧"和"好修"。

据徐氏之第二《序》，"用其监正皇甫仲和之荐"，信得以"擢主监簿"，是皇甫氏有识人之明。事实上不仅是刘信，上文提到的贝琳，也得到过皇甫氏的荐拔、培养。那么，皇甫仲和究竟是一个怎样的人？下宜顺便做些追述，以拓展对刘信等人事迹的认识和研究。

在明中前期官方天文学界，皇甫仲和实算得上是领军人物之一，他的事迹极富传奇性，而见载于明中期之后的多种文献，其中尤以王鏊所撰《皇甫仲和事迹》较为详尽，此后这篇文字又见收于焦竑《国朝献征录》，清初《明史·方技传》中的皇甫仲和传应是据王文改写而成，文字不算太长，现附录于下。

> 皇甫仲和，睢州人。精天文推步学。永乐中，成祖北征，仲和与袁忠彻扈从。师至漠北，不见寇，将引还，命仲和占之，言："今日未申间，寇当从东南来。王师始却，终必胜。"忠彻对如之。比日中不至，复问，二人对如初。帝命械二人，不验，将诛死。顷之，中官奔告曰："寇大至矣。"时初得安南神炮，寇一骑直前，即以炮击之，一骑复前，再击之，寇不动。帝登高望之曰："东南不少却乎？"亟麾大将谭广等进击，诸将奋斫马足，寇少退。俄疾风扬沙，两军不相见，寇始引去。帝欲即

① （明）徐光启：《奉旨恭进第三次历书疏》，王重民辑校，载《徐光启集》，中华书局2014年版，第403页。

② （明）吕留良：《西法历志序》，载《吕晚村先生文集》卷5，上海古籍出版社1996年版。

夜班师，二人曰："明日寇必降，请待之。"至期果降，帝始神其术，授仲和钦天监正。

英宗将北征，仲和时已老，学士曹鼐问曰："驾可止乎？胡、王两尚书已率百官谏矣。"曰："不能也，紫微垣诸星已动矣。"曰："然则奈何？"曰："盍先治内。"曰："命亲王监国矣。"曰："不如立储君。"曰："皇子幼，未易立也。"曰："恐终不免立。"及车驾北狩，景帝遂即位。寇之薄都城也，城中人皆哭。仲和曰："勿忧，云向南，大将气至，寇退矣。"明日，杨洪等入援，寇果退。一日出朝，有卫士请占。仲和辞，卫士怒。仲和笑曰："汝室中妻妾正相斗，可速返。"返则方斗不解。或问："何由知？"曰："彼问时，适见两鹊斗屋上，是以知之。"其占事率类此。①

刘信能得到皇甫仲和这样的名流的荐拔，也说明他的才学并非泛泛。考察明前期进入伊斯兰天文历法领域汉族学者事迹，不难发现这样一个情况，他们都擅长星占且有被选从征的经历。刘信本人自不必说，他的祖父刘伯完也应是由于"占候奇中"而从征的；贝琳 20 岁时也是因"边臣奏求知天象之人"而被亟选进入军中的。这样就产生一个问题：他们的这种经历和机遇与其旁通伊斯兰天文学有关系吗？答案应该是肯定的。因为决策者也需要比较、参考，对于这些"复合型人才"，有司理应更为看重。

（二）《西域历法通径》的价值和影响

从现掌握资料情况来看，刘信是明代伊斯兰天文、历法文献汉译后对之加工、整理之第一人。他在这方面的撰述，据徐氏二《序》，先后有两种名目，即《西域历法书》和《凌犯历捷要》（此种不一定属西域体系，但此后是汉文伊斯兰历法文献中的核心内容），这两种著作究竟是什么关系？以及今传世《西域历法通径》

---

① （清）张廷玉等：《明史》卷299，第7647—7648 页。

在内容上与之存在着怎样的继承与拓展？因资料缺少，这些都无从给予具体说明。但是，正如上文已指出，有一点可以肯定：徐氏序中所提到刘信著作中涉及月、五星凌犯时刻和所编有关助算表格，正是《西域历法通径》残本的主体和核心内容。值得注意的还有，这些内容再加上日月交食的推算方法和有关助算表格（可以肯定《西域历法通径》中原必有，只是现存残本中已看不到了），同样也是贝琳《七政推步》和《明史·历志》所著录之《回回历法》的主干和核心内容。可是，一个不争的事实是，这些因素既不是编写伊斯兰教历所需的，也非伊斯兰《天文书》关注的重点，甚至根本不被其关注。特别是后一点：遍索《明译天文书》也找不到与"月、五星凌犯"直接相关的内容；而《明译天文书》赋予日月交食的星占学意义与中国传统的一套也大相径庭①。只是，无论是中国传统天文学，还是伊斯兰天文学，它们观测和推算的对象都是同一个星空，都要涉及日月及五大行星的运行路径和位置。所以从理论层面上来讲，不论二体系之间存在着多大的差别，伊斯兰体系提供的天体（主要是日月及五星）运行状况和有关数据都可为中国传统星占学提供参考，且可与中国传统的一套测算相比较。可是，在实践层面上要做到这一点，还必须对伊斯兰天文历表做大幅度的调整：删去那些中国天文、星占体系中没有的，扩充甚至专门编写中国体系里所关注的。唯其如此，伊斯兰天文机构的观测推算与中国传统的一套才存在交集，才可能有直接比较和参考的操作性。那么，当时究竟是谁来完成这一转化和调整的？显然这是一个繁难的工程，同时也不是一般懂得天文、历法学的学者就可胜任。就前一点说，它应是多人经过较长时期的努力逐渐完成的；以后一点论，最起码的条件就是兼通。所以，笔者认为刘信一定是这个转化过程中为之付出努

---

① 伊斯兰天文学关于日月交食天象的星占学意义，见《明译天文书》第2类第10门《说日月交食》。其与中国传统的一套的最大区别可概括为两点：第一，前者征验范围极广，几乎涉及大地上一切物事，而中国基本上只与君主后妃和大臣挂钩；第二，前者不只是凶兆，在一些情况下竟为大吉之事，而中国传统的一套，只作大凶之征。

力并卓有成效的学者之一。他之前有来华学者马沙亦黑和马哈麻等，他之后有贝琳。刘信的工作业绩就凝聚在《西域历法通径》一书中，其学术价值就在于它是这种转化链条上的一环，而且很可能是非常重要的一环。

《西域历法通径》成书后，或者没有立即刊行，或者刊行极少，致流传不广，甚至一度被埋没而长期不为人知。一直到隆庆间（1567—1572）周相掌钦天监事时才提到此书。周氏在一奏折中，曾把刊行元统和刘信的著作视为监中要务，他说：

> 若夫监正元统所撰《历法通轨》、夏官刘信所编《历法通径》，尚得寿梓，以广其传，使世其业者皆得以习学，是尤今日本监之要务也。①

可是，由于再未见到有后续记载，尚不能确定周相的这一主张最后是否实现。周氏籍南京，"洞晓历算占候之术……与武进唐顺之反复辩难，其所著历法，皆得精髓"②。后者称赞周氏说："沙书暗译西番历"③。所谓"沙书"，应与明人所说之"土盘"同义，均指伊斯兰历算，可见周相也懂回回历法。入清后，刘信书除《明史》卷九八《艺文志三》著录为四卷外，《明史·历志》不及，《四库全书》也未收录。尤值得注意的是梅文鼎，他的有关著作几乎涉及明代所有与伊斯兰天文、历法学有关联的人，唯独不及刘信。最合理的解释是，对刘信及其《西域历法通径》，梅氏也一无所知。

原文载《自然科学史研究》2009 年第 2 期

---

① （清）阮元等：《畴人传》卷30《周相传》，第 270 页。
② （清）吕燕昭、姚鼐等：《重刊江宁府志》卷43《技艺》，（台北）成文出版社 1970 年版。
③ （明）唐顺之：《荆川先生文集》卷3《寄周台官二首》，文渊阁《四库全书》，第 1276 册，第 231 页。

二 杨光先其人与清初的天文、历法之争

杨光先是明末清初风云一时的人物，崇祯时曾上疏弹劾过权贵，康熙三年又发起自明万历以来中国历史上第二次大的排教案，在中国17—18世纪的政治史、文化史及伊斯兰文化和基督教中国传播史上有很大的影响。但是，对于此人，学术界从前的研究不是很够：一方面，专文探研很少；另一方面，在有所涉及的一些论述中，有不少问题有待于进一步梳理。本文是一篇全面、系统讨论杨氏的专文，拟从杨氏的家世及生平事迹、排教思想概况、影响及评价三个方面予以阐述。

一 杨光先的生平事迹

杨光先，字长公，安徽歙县人，约明万历二十五年（1597）出生于一个有着浓厚儒士遗风的世袭军功贵族家庭。据明天顺时期（1457—1464）人彭时为杨光先的先祖杨宁所撰《杨公墓碑》载，杨氏原籍浙江钱塘，其家族的历史最早可追溯到元末明初：

> 公讳宁，字彦谧，姓杨氏，世为钱塘人。高祖世隆，元教授。曾祖本仁、祖源俱隐，德弗耀。父讳升，有文学行谊，卒官徽州府学教授，因留家矣①。

对于杨氏原籍钱塘、杨升因官徽州府学教授、后寓居歙县一事，《（康熙）徽州府志·流寓门》有较详细的追述：

> 杨升，字孟潜，钱塘人。本性沉，洪武丙子以《春秋》中乡试，授星子县教谕。年二十，惇持师道，端威仪明，讲说毅

---

① （明）焦竑：《国朝献徵录》（卷48），上海书店1987年版，第2004页。

然，类老成人，学者翕然服从。升邵武府教授，调徽州府学，秩满侨寓徽。永乐甲午赴京[①]，以疾卒。时老亲及妻子皆在徽，甚贫，人怀升之德为筑室，学宫侧以处之，遂为歙人。

在杨光先的先祖中，最负时誉且对杨氏家族日后兴旺最有影响的，即杨升的长子杨宁。有关他的事迹，除彭时《杨公墓碑》记载外，《明史》卷一七二本传，《(万历) 歙县志》，叶为铭《歙县金石志》及清代以来徽州、歙县志中均有记载。杨宁是明宣德五年（1430）进士。出仕后因参与平定麓川宣慰使任发的叛乱，又曾参赞云南军务和巡抚江西，屡以军功进擢，官至礼部尚书。他“尝自叙前后战功，乞世荫，子堣方一岁，遂得新安卫副千户”[②]。这一爵位后一直得以延续，杨光先本人就曾承袭，后又让给其弟光弼[③]。杨家自杨宁以下至杨光先，还隔六代，黄一农教授曾有出色的考证：即宁子堣（刑部郎中）、堣子岫（袭世职终）、岫子濬（袭世职终）、濬子鎏（袭世职终）、鎏子为栋（广州参将）、栋子一龙（山东都司）。一龙即杨光先的父亲[④]。根据清代以来大量的但并不全面的杨氏传记资料，杨光先一生的经历，大概可分以下三阶段。

第一阶段，自出生至崇祯九年（1639）即40岁以前，为杨氏青少年及家居读书时期。有关资料基本上没有记载，唯杨氏晚年稍有追述：

臣禀不中和，气质粗暴，毫无雍容敬谨之风，纯是鲁莽灭裂之气。与人言事，不论兵刑礼乐、上下尊卑，必高声怒目，

---

① 据彭时《杨公墓碑》，杨升赴京为修《永乐大典》。

② （清）张廷玉等：《明史》卷172《杨宁传》，第4582—4583页。

③ （清）靳治荆修，吴苑、程濬纂：《(康熙) 歙县志》卷9《杨光先传》，康熙二十九年刻本。

④ 《康熙歙县志》卷8《恩荫》，卷9《人物》，卷8《武进士》。黄一农：《杨光先家世与生平考》，(台北)《“国立”编译馆馆刊》1990年第2期。

如斗似争。臣父每戒臣曰："汝此性像若居官，必致杀身。"虽日督臣读书，终不能变化气质，故不令臣赴举子试①。

由此可知，是时杨氏谨遵父命，家居读书，不曾参加科举考试，大概也未参与当时大的政治文化活动。不过，近人刘凤五先生曾有这样一种说法：

> 晚明时，因西历大盛。乘看沈榷诸人反对西历，杨光先也曾大发议论。因沈榷等人的反对没有结果，光先也只好暂时销声匿迹了②。

刘氏之说根据什么，尚不清楚。今所见杨氏传记及杨氏自己的言论，都不支持这一说法。

第二阶段，从崇祯十年（1637）至顺治十五年（1658），从41岁至62岁的22年间，是杨氏由弹劾权贵、获罪服刑到谋求新的政治出路的时期。崇祯十年，杨光先放弃世袭军功爵位（新安卫副千户），只身一人来到京师，步武众多反对派的后尘，先后弹劾当时已声名狼藉的吏科给事中陈启新和首辅温体仁。

陈启新，山阳武举人。崇祯九年，上书言天下有三大病，即"科目取人""资格用人"和"推知行取"，奉疏跪正阳门三日，太监曹化淳取之以进。崇祯十分赏识，立擢吏科给事中，历兵科左给事中，并命"遇事直陈无隐"③。哪知纯粹是一个误会，陈氏非但无才，且为官不廉。在杨光先之前，就有刘宗周、詹尔选等人弹劾过。杨光先则"讦其出身贱役及徇私纳贿状"，但"帝悉不究"④。杨氏

---

① （清）杨光先：《不得已》卷下《一叩阍辞疏》。按，本文所引用杨光先《不得已》中的文字，均据陈占山校注《不得已附二种》（黄山书社2001年版，下同）一书。
② 刘凤五：《回教徒对于中国历法的贡献》，《青年中国季刊》1940年第1卷第1期。
③ （明）胡广等：《崇祯实录》卷9。
④ （清）张廷玉等：《明史》卷258《姜埰传》，第6666页。

之后，以其"溺职""请托受赇，还乡骄横""不忠不孝，大奸大诈"①，而继之劾奏的还有御史王聚奎、伦之楷和姜埰等人。至姜埰论劾，崇祯"遂削启新籍，下抚按追赃拟罪，启新竟逃去，不知所之，国变后为僧以卒"②。与陈启新相比，温体仁的知名度要大得多。他是明浙江乌程（今吴兴）人，万历进士。崇祯初以礼部尚书、东阁大学士辅政。"为人外曲谨而中猛鸷，机深刺骨"③，结党排挤周延儒。崇祯六年（1633）代为首辅后，图谋起用魏忠贤旧党，陷害异己无数。"当国既久，劾者章不胜计。"④ 杨光先弹劾时竟"舁棺自随"，但此惊人之举不仅未能把温氏赶下台，杨氏却因此被廷杖，发配辽西。

崇祯十六年，杨光先结束他在辽西的服刑生活。据说是由于襄城伯李国桢的推荐，明政府准备起用他为大将军，但未及到任，明朝就崩溃了⑤。自此一直到顺治十五年，杨氏究竟做了些什么，中文典籍缺载。唯德人魏特《汤若望传》载说：

> 满人战胜之后，他（杨光先）又返回南京，照旧做他那诬蔑讹诈的事业，有一次几乎丧失了自己的脑袋。但是，他乘时逃亡北京，而在北京便获得了一位亲王的宠幸。这样，他便算有了资格，可以出入朝中，奔走于各衙门之间了⑥。

因无他籍旁证，此说不可全信。但有一点可以肯定，此时期杨氏必在寻求新的政治出路。

第三阶段，顺治十六年（1659）至康熙八年（1669），从63

---

① （清）张廷玉等：《明史》卷258《姜埰传》，第6666页。
② 此为《明史·姜埰传》说，杨氏有不同说法，见《四叩阍辞疏》。
③ （清）张廷玉等：《明史》卷308《温体仁传》，第7931页。
④ （清）张廷玉等：《明史》卷308《温体仁传》，第7936页。
⑤ （明）王泰徵：《始信录序》，载《不得已》上卷。经黄一农先生考证，此篇实出于杨光先之伪造。
⑥ ［德］魏特：《汤若望传》，杨丙辰译，第473页。

岁到 73 岁的十余年间，从酝酿、掀起康熙三、四年排教案，到取代汤若望出任钦天监监正，是杨氏一生中最为"辉煌"的一个时期。杨光先最迟于顺治十六年就已经在着手准备、策划一场旨在把汤若望等西方传教士赶出中国的排教案：像《辟邪论》《拒西集》《摘谬十论》《中星说》等激烈攻击天主教和西洋历法的文章，就是杨氏在顺治十六年撰成的。为造成一定的声势，杨氏还特地把前两种即《辟邪论》和《拒西集》，刷印 5000 部，散布各处①。在做了这样一些舆论上的准备后，顺治十七年五月，杨氏便上疏题参，开始与汤若望等教士公开对垒。但是，这份奏疏"不得上达"②。这年十二月，他再次上疏题参，是为著名的《正国体呈稿》，但与五月的情形相仿，结果是"礼科未准"。杨光先一年之内两次上疏，足见其排教心情之迫切。在这一切都未能达到目的之后，从顺治十八年到康熙三年六月的三、四年中，便再次进入发起更大攻势前的舆论准备时期，撰写《选择议》《孽镜》及《与许青屿侍御书》等批驳指摘西教、西历的重要文章。康熙三年七月，新的攻势终于正式展开。二十六日，杨氏上《请诛邪教状》，并附上《正国体呈稿》和《与许青屿侍御书》，又把李祖白著、许之渐序的《天学传概》及教会的一些用物，作为罪证资料，一并上达③。据一些典籍所载，在这稍后进呈的还有顺治十六、七年撰写的《摘谬论》《选择议》等④。与前两次相比，这次参奏雷厉风行：

> 康熙三年七月二十六日告，本日具疏题参，八月五日密旨下部，会吏部同审⑤。

---

① （清）杨光先：《不得已》卷上《与许青屿侍御书》，第 12 页。
② （清）杨光先：《不得已》卷上《正国体呈稿》，第 36 页。
③ 《清圣祖实录》卷 14，第 220 页。
④ （清）杨光先：《请诛邪教状》，《不得已附二种》，第 6—7 页。
⑤ （清）杨光先：《请诛邪教状》后附文。见陈占山校注《不得已附二种》，黄山书社 2000 年版，第 7 页。

一切来得如此迅速，是因此时的政治形势与顺治年间已大不相同：顺治年间汤若望倍受朝廷信赖，所以，杨氏于十七年的两次参劾没有结果。事实上，顺治十四年原回回科秋官正吴明炫因回回科的工作受到汤若望等西历派官员的限制，就曾上疏弹劾过汤若望，但吴氏不仅没能倒汤，且因其摘查无实据，几乎丧命①。康熙三年，因玄烨"冲龄践祚"，尚无力参政，而鳌拜等四大辅臣正在筹划和改变自多尔衮、顺治以来的开明政策，急于实现其"今当率祖制，复旧章"的政治主张。这样，杨光先以天主教和西洋历法问题为突破口，执意主张把顺治亲近的西洋人赶出中国，不能不说正好是投合了鳌拜等落后保守的政治倾向。这就是杨氏最终如愿以偿掀起了这场教案的原因所在。

对汤若望等传教士及钦天监中奉教官员李祖白等人的审判，持续七个月，即从康熙三年秋天到四年春天。审判的经过和其中的细节，清代官方典籍语焉不详，魏特的《汤若望传》有较详尽的描述。表面上，"中国方面在这场大狱上，竟丝毫不苟且地遵守了诉讼上的一切例行手续"：首先由礼、吏二部会审，接着移交刑部审讯，三法司复审，最后由亲王、辅政大臣、大学士、六部九寺长官和八旗都统等组成御前会议，进行终审。可实际上，这一切不过是虚文，起决定作用的当然不是法律，而是预谋、偏见和金钱，结局早就注定：代行皇帝职权的四大辅臣，难道会下令审判无辜之人！终审的判决书更称得上奇文，其中说：

　　　　所搞十谬，杨光先、汤若望各言己是，历法深微，难以分别。但历代旧法，每日十二时分一百刻，新法改为九十六刻；又康熙三年立春日候气先期起管，汤若望谎奏候至其时，春气已应；又二十八宿次序，分定已久，汤若望私将参觜二宿改调前后，又将四余中删去紫气；又汤若望进二百年历。夫天祐皇

----

　　① 《清世祖实录》卷 109、110、113，第 853、864、885 页。

上历祚无疆，而汤若望只进二百年历，俱大不合。其选择荣亲
王葬期，汤若望不用正五行，反用《洪范》五行，山向年月，
俱犯忌杀，事犯重大①。

值得注意的是，杨光先指摘汤若望等"阴谋不轨"的大部分罪
状在这个判决书中未能反映出来，而"历法深微，难以分别"，审讯
者确实全部采用了杨光先的说辞，而仅此也足以定罪。康熙四年三
月的判决书，竟判汤若望等八位钦天监官员"凌迟处死"，五人
"俱斩立决"。但是，判决书作出后，正巧赶上京师一带"星变者
再，地震者五"②，"合都惶惧"③。天象的异变，终引起后宫对汤若
望等人命案的干预：

汤若望向为先帝信任，礼待极隆，尔等岂俱已忘却，而欲
置之死耶？④

鳌拜等遂不得不下令释放汤若望等西洋教士，而以处斩李祖白
等五位汉人奉教监官了案。审判结束后，政府对当时在华传教士做
了如下处置：仍准旧日在京居住的四位教士，即汤若望、南怀仁、
利类思和安文思留居北京，但禁止传教；康熙三、四年由全国各地
押解到京受审的其他21名耶稣会士、3名多明我会士和1名方济各
会士，于四年九月押赴澳门⑤。以杨光先为代表的中国落后保守势力
的排教活动，至此基本上达到预期目的。

推倒汤若望，康熙四年四月初，鳌拜集团任命杨光先为钦天监
右监副（六品）。杨氏初以年老，继以不懂历法、惧怕天主教人诬陷
等由，四上《叩阍辞疏》。鳌拜等不但未准，且于八月初授其为监正

---

① 《清圣祖实录》卷14，第220页。
② （清）利类思：《不得已辩·自序》，陈占山校注《不得已附二种》，第95页。
③ （清）黄伯录：《正教奉褒》，第44页。
④ （清）黄伯录：《正教奉褒》，第44页。
⑤ ［德］魏特：《汤若望传》，杨丙辰译，第514—515页。

（五品）。又辞，不允，遂走马上任①。

　　杨氏上任时，当时中国天文学界的形势十分严峻，官方天文学阵地呈"真空"之像：西洋历派被打倒，大统历至清朝建立便未再行，回回历派自吴明炫获罪，其天文工作也陷入停顿。杨氏任监正后，其高招是"复旧"：在人员上排斥异己，重新组阁，将在监任事、精通西法的官员，"借端倾陷，先后题参"②，而援引吴明炫为监副③；在机构上加强回回科④；在历法上"复用大统旧术"。杨光先复旧计划的实施并不顺利，最大的困难是监中原习大统历的官员，此时都不愿效力。杨光先曾十分恼怒地指摘说：

　　　　乃今首鼠两端，心怀疑贰……全会交食七政四余之法者，托言废业已久，一时温习不起；止会一事者，又以不全会为辞。目今考补春夏中秋冬五历官，而历科送之题目，不以交食大题具呈，止送小题求试，意在暂图升擢，他日好以不全会推诿，无非欲将旧法故行错谬，以为新法留一恢复之地⑤。

　　事实上，《大统历》早就被无数次天象实测证明已不可再用。所以，杨氏要复行《大统历》，也只能是强天从人，迭行窜改。至七年七月，吴明炫上疏自荐其能⑥，八月礼部遵旨议覆，确认吴氏以回回历体系推算的《七政历》《民历》较精确，建议自康熙九年以后，用吴明炫的回回历。康熙批准礼部的建议，命吴明炫将康熙

---

　　① 《（康熙）歙县志》卷9《人物》载，"授（光先）钦天监监正，凡九叩阍，十三疏辞，弗允，勉就职"，应属无据。

　　② （清）黄伯录：《正教奉褒》，第44页。

　　③ （清）赵尔巽等：《清史稿·杨光先传》。

　　④ 《清圣祖实录》卷15："康熙四年丙午"条载，礼部奏折中，提到为回回科添设两名博士事，第228页。

　　⑤ （清）杨光先：《四叩阍辞疏》，载《不得已附二种》，第88页。

　　⑥ 《清圣祖实录》卷26，第365—366页。

八年历日、七政历日，推算进览①。但是，到这年十一月，康熙已下决心要结束自杨光先上任以来历法错谬混乱的局面。为此，采取两个步骤。

第一，谕杨光先、胡振钺、李光显、吴明炫、安文思、利类思和南怀仁：

> 天文最为精微，历法关系国家要务，尔等勿怀夙仇，各执己见，以己为是，以彼为非，互相争竞。孰者为是，即当遵行，非者更改。务须实心，将天文历法详定，以成至善之法②。

并派礼部尚书布颜、郝维纳等率领上述监官及教士从十一月二十三日起，连日实地测验日影。

第二，命令吴明炫将其所造之历，交南怀仁验看，"若有差错之处，写在旁边"③。康熙的这两步棋，完全暴露杨光先、吴明炫等人的无能：实地观测，杨、吴一会儿说"我等日影所到之处，以后方知推算"，一会儿说"我等不知推算"④；而吴氏推算的历法，"康熙八年闰十二月，应是康熙九年正月，又有一年两春分、两秋分种种差误"⑤。在事实面前，杨光先故技重演，上疏奏称：

> 臣惟臣监之历法，乃尧舜相传之法也。皇上所正之位，乃尧舜相传之位也。皇上所承之统，乃尧舜相传之统也。皇上颁行之历，应用尧舜之历。皇上事事皆法尧舜，岂独与历有不然哉？今南怀仁，天主教之人也，焉有法尧舜之圣君，而法天主

---

① 参见《圣祖实录》卷27"康熙七年八月丙申"条，第370页。据其可知复用回回历计划自此方提上日程。所以，一些文献声称，自光先上任用回回历的说法不当。又，据下文，此后回回历实未及推行。

② （清）黄伯录：《正教奉褒》，第45页。

③ （清）黄伯录：《正教奉褒》，第46页。

④ （清）黄伯录：《正教奉褒》，第45页。

⑤ 《清圣祖实录》卷27，第382页。

教之法也？南怀仁欲毁尧舜相传之仪器，以改西洋之仪器。夫西洋至我大清国，相去八万里，星宿官度，自然各别，岂可以八万里之外国，而毁我尧舜之仪器哉？使尧舜之仪器可毁，则尧舜以来之诗书礼乐、文章制度，皆可毁矣。此其人只可称制器精巧之工匠，而不贯穿于圣贤之道理；只知说无根之天话，而不知合理数之精微。若用其人，臣未见其可也①。

杨氏的这番高论，理所当然受到了康熙的痛斥。八年二月，用南怀仁，"于是，大统、回回两法俱废，专用西洋法"②。同时，对杨光先的处理是"但夺官，免其罪"③。杨氏平生以来仅有的一次为官生涯便宣告结束。而据康熙以来各种《歙县志》记载，把自己职任内事做得一塌糊涂的杨光先，于职任外之事曾有所建白：

康熙七年，诏求直言。光先保陈十款，切中时弊，获蒙采纳。内逃人一款，得免十家连坐之例，岁全活以万计④。

八年八月，清政府着手为康熙三、四年汤若望等的冤狱平反，杨光先复被告"依附鳌拜。将历代所用《洪范》五行称为《灭蛮经》，致李祖白等无辜被戮，援引吴明炫，诬告汤若望谋叛，下议政王等议，坐光先斩"⑤。康熙怜其年老，免死放归。光先行至山东德州，病发背卒，得年七十三岁。杨光先平生著述，或者劾权贵，或者攻击西教西历，其绝大部分在康熙四年，收入杨氏自辑之《不得已》一书中。

杨光先的生平事迹大体如此。但还有一个问题，理应予以关注：杨光先是否为回族或回教徒？这是一桩悬案。问题的提出最早可追

① （清）黄伯录：《正教奉褒》，第46—47页。
② 赵尔巽等：《清史稿》卷45《时宪志》，第1666页。
③ 赵尔巽等：《清史稿》卷272《杨光先传》，第10022页。
④ 《（康熙）歙县志》卷8《恩荫》，卷9《人物》，卷8《武进士》。
⑤ 赵尔巽等：《清史稿》卷272《杨光先传》，第100页。

溯到清初，考其形成的过程有一个先教会后教外，初主者极少且含糊其词，后说者渐多且肯定明确的特点。西方传教士可能是这一说法的始作俑者。

　　同元、明时期一样，清初西方传教士也是不断地把他们在华传教的进展情形，写成书面材料，向罗马教廷作出报告。杨光先为回族或回教徒一说，正是当时传教士就康熙三、四年教案所写的这一类报告中，首先被提出来的。例如，主要根据这种资料撰成的《汤若望传》写道：

> 为这次迫害之发动者与推进力的，当时各种报告俱皆指为杨光先其人。至于说他是否果为回民，如同大家之所传说的一般，或为犹太人，或儒教徒，这是未能明了的一点①。

　　事实上在这稍后，中国教会著作家则已倾向于或说是达成某种共识，认定杨光先为回族或回教徒，如黄伯禄就把握十足地写道：

> 顺治十七年，安徽歙县回教人杨光先略知推算，素嫉西士能，积心处虑，每图倾轧，至是讦告西人，非中土圣人之教②。

　　就我们所知，黄氏的著作是汉文典籍中最早或较早采用杨光先为"回教人"一说的著作。自此以后，杨光先为回族、回教徒或"回回历士"等说法，便较普遍地出现在各种中国教会史的著作中，而尤以20世纪三四十年代的著作持有这种说法最为常见。例如说杨光先："这回恶风波的缘由，是因回回历士杨光先，嫉妒汤若望蒙顺治帝宠遇，做了钦天监监正。"③ 又说："盖钦天监一职，累朝以来，皆回回充当，自若望传行西法补授，回回人杨光先敢怒而不敢言非

①　［德］魏特：《汤若望传》，杨丙辰译，商务印书馆1949年版，第472—473页。
②　《正教奉褒》，第31页。
③　徐宗泽：《中国天主教史》，第79页。

一日。"① "其嫉之尤甚者，则莫如回教人杨光先。"② 等等。随着时间的推移，教会史著作的说法，又逐渐被教外著作者接受，如印鸾章《清鉴》载："江南徽州府卫官生杨光先，回教人。"③ 刘凤五《回教徒对于中国历法的贡献》一文中写道："杨光先本为回回世家。世传历法。"④ 在当今大陆学术界，沿用杨光先为回族或回教徒一说的代表学者是朱维铮、杨志玖等先生。朱先生说："杨光先安徽歙县人，回回教徒。"⑤ 杨先生则把杨光先家族作为安徽杨姓回族的一支⑥。港台学者也有持此种说法者。方豪先生转述说："杨光先的反对天主教，一般史学家都认为他是要和西洋教士争管理历法；因为他是回教人，所以赞成用回历。"⑦

自杨光先为回族或回教徒等说法出现以来，尚未见到异议。不过，笔者不以为这种情形就表明学术界对此说法是绝对赞同或认可的。一个最基本的事实是，清朝几乎所有的杨光先传记及近现代所出的大多数涉及这一问题的著作，在介绍杨光先时，都未指出其为回族、回教徒或"色目人"。这不是偶然的，它至少表明有相当一部分学者，在这一问题上有所保留。不错，与杨光先是否为回族的问题比较起来，其是否为回教徒的问题更加复杂，但仅就其是否为回族的问题而论，除了清朝以来有关传记资料从未指出这一点外，对前所征引的一些说法，我们至少可以提出以下四点质疑。

第一，前所述有关杨门先世资料，从未指出其人为回族或色目人。第二，据杨氏先世传记资料，可以肯定，杨氏的家学与普通中国汉族士人家学一般无二，即为儒学；"世传历法"，尤其是回回历

---

① 《天主教传入中国概况》，第 28 页。
② 萧若瑟：《天主教传行中国考》，河北献县天主教堂 1931 年印本，第 291 页。
③ 见原书"康熙四年乙巳三月"条。
④ 刘凤五：《回教徒对于中国历法的贡献》，《青年中国季刊》1940 年第 1 卷第 1 期。
⑤ 见朱维铮《梁启超论清学史二种》，复旦大学出版社 1985 年版，第 484 页。
⑥ 见杨志玖《回族杨姓来源述》，《回族研究》1991 年第 1 期。
⑦ 方豪：《明末清初天主教适应儒家学说之研究》，载《方豪六十自定稿》，（台北）学生书局 1969 年版，第 225 页。

法，未见有任何文献根据。儒学是杨家的家学。从元季儒学教授杨世隆，到明初的儒学教授杨升，都长于此道。到了升子宁、宜兄弟，则这一长处进一步发扬我大。《杨公墓碑》载杨宁事迹说：

> 公生而颖异，甫三岁，祖父援引至膝下，以授以《诗》，即引口成诵。八岁能通《大学》《语》《孟》，十一岁能属文。十八岁即以《春秋》魁永乐丁酉京闱……（中）宣德庚戌林震榜第二甲进士第一人。

杨宜是正统十三年戊辰科进士。至杨光先时，杨氏家族世代守儒的情形并没有多少改变。杨光先一生以"读书卫道"相标榜，一部《不得已》，能显示杨氏学识的，实际上只有他对儒学（理学）方面的那些论述。除了儒学外，若说杨氏家族还有别的什么家学的话，那就是儒学的应用——出将入相的本领。杨宁自身的经历，就是这方面的例证。为承其所创军功爵位，杨宁的后裔也兼习一些军事技艺。如杨光先的弟弟光弼，就是崇祯庚辰科武进士①。第三，"回回历士"是一个职官名，而杨光先于康熙四年八月出任钦天监监正，是平生第一次也是唯一的一次出任政府现职。由此，把康熙初排教案前的杨光先说成是回回历士，是不适宜的。第四，杨光先发起康熙三、四年排教案，其实质绝对不是一场回回与西洋人围绕中国历法管理权而进行的争斗。

鉴于上述几点，使我们不能不对杨氏为回族（或回教徒）这一整体说法的可靠性产生很大的怀疑。其实，杨光先为汉人，文献中原来是不含糊的。康熙在追述他研究历算的起因时曾说：

> 朕幼时，钦天监汉人与西洋人不睦，互相参劾，几至大辟。杨光先、汤若望于午门九卿前，当面赌测日影，奈九卿中无一

---

① 《（康熙）歙县志》卷8《恩荫》，卷9《人物》，卷8《武进士》。

知其历者。朕思己不知，焉能断人之是非，因自愤而学焉①。

种种迹象表明，杨光先为回族或回教徒的说法，很可能是捕风捉影主观臆测。其说的缘起，或与下述三件事有关。

第一，教案前杨氏曾为回回历法辩护过。这种辩护，在杨氏传世著作中凡两见：一是在顺治十六年所撰《摘谬十论》中，文中指摘汤若望专横独裁：

> 惟凭一己之推算，竟废古制之诸科，禁回回科之凌犯而不许之进呈，进自著之凌犯，以掩其推算之失。

二是在康熙元年所撰之《孽镜》中，其文说：

> 羲和之旧官，不讲羲和之学已十七年。于兹矣，是羲和之法已绝，而未绝者独回回科，尔若望必欲尽去以斩绝二家之根株，然后西法始能独专于中夏。其所最忌者，唯回回科为甚。

杨光先以回回科的遭遇做不平之鸣，教会人士或以此引申出杨光先为回人或回教徒的说法。其实，杨氏在《摘谬十论》中，并不只是为回回科鸣不平，他同时还提到天文科和漏刻科；至于杨氏于《孽镜》所说，其背景至关重要，杨氏是就当时官方天文学界的客观形势而发的。更何况，即使杨氏只为回回历法辩护，那也不能作为他就是回族或回教徒的凭证。

第二，教案中杨光先利用过回历，回教徒曾给杨氏以财力上的支援。在筹划、准备康熙三、四年的排教案，或更早在顺治十七年上疏参劾汤若望以前，杨氏曾试图于钦天监在任汉人官员中，寻求反对西法的盟友；但未能如愿：

---

① （清）章梫：《康熙政要》卷8，槽轶注，中州古籍出版社2012年版。

不得已而幸冀于羲和之旧官，而旧官者，若而人乃尽叛其家学而拜仇作父，反摇尾于贼跕，以吠其生身之祖考①。

杨氏于这一方面的努力虽然受挫，但得到回回科官员的支持。康熙四年一月十六日，当三法司为核实汤若望的罪名做日食实测时，《汤若望传》写道"杨光先及其回回派之天算家贸然径直地确定了一个与南怀仁推算略有不同的时间"②，是杨光先与汤若望对测时，利用回回天算家的明证③。不仅如此，当杨光先利用行贿手段，加大胜诉的系数时，回教徒曾予以财力上的支持。《汤若望传》载说："他（杨光先）纳贿行赂的款项，俱都是回回天算家、太监与僧徒各团体中，丰丰富富捐助到他手头之下的。"④ 又说："在这场官司的全过程中，竟散去白银四十万两。回教徒向他所输捐的宝珠，竟有十八颗之多。"⑤ 杨光先在同汤若望等传教士的对峙中，得到回回天算家的支持是十分正常的，据此也不能引申出杨氏即为回族或回教徒这一结论。

第三，教案后重振回回科，且援引吴明炫为监副，此上文已指出。教会人士或据此推想杨氏发起教案，目的在于恢复回回科往日地位，进而把杨光先附会为回族或回教徒的同类。其实，教案后恢复的不只是回回科的地位，实际上是明万历以前以大统历为主、回回历参酌使用的旧格局。至于援引吴明炫，恐不仅由于吴氏是原回回科的官员、入清以后第一个与汤若望公开对垒的人，很可能还因他是杨光先的那些反对新法言论的实际制造者。清彭孙贻曾指出：

①　（清）杨光先：《孽镜》，见陈占山校注《不得已附二种》，第54—55页。
②　[德] 魏特：《汤若望传》，杨丙辰译。
③　对于杨光先之动用《回回历法》与南怀仁等传教士的西洋历法对测。陈久金先生指出：《回回历法》"在当时来说可算是世界上最精密的一部历法。无论从历法的科学性、所用天文数据的精度以及历史上两者必测的结果来看，它比《授时历》要更精确一些。清初杨光先借助于《回回历法》与西洋做斗争，正是出于这种现实的考虑。"
④　[德] 魏特：《汤若望传》，第477页。
⑤　[德] 魏特：《汤若望传》，第485页。

　　歙人杨光先好高论大言，稍通历法，与同郡吴明炫善。明炫自谓知历，每言若望历短长，光先闻之大喜，用其言疏攻若望①。

　　这或者已道出了其中的某些秘密？

　　总之，杨光先为回族或回教徒的说法十分可疑，或者正是基于其在教案前后与回回天算家结盟这样一个事实，被想当然地杜撰出来的？至少，这个问题尚有进一步探究的余地。而弄清楚这一问题的重要性显而易见：有助于考察杨氏等排教蕴含的文化背景。

二　杨光先的排教与清初的回回、西洋历法之争

　　策划、掀起康熙三、四年的排教案，是杨光先一生中最重要的事迹。那么，杨光先为何要排教？这是以往的有关研究者未能予以圆满解答，而在我们看来正是研究、讨论杨光先的学术价值所在。

　　杨氏排教，取决于他的思想认识。主要是三个方面。

　　第一，从国家社稷的安危考虑，认为西洋传教士来华居心叵测，应予立即驱逐。杨氏主要从以下四个方面阐述了他的这种认识。

　　首先，传教士到处散发妖书，迷惑民众的思想。"妖书"是指当时教士散发的各种传教著作，而主要是李祖白的《天学传概》。李书今见收于吴相湘先生主编的《天主教东传文献续编》第 2 册中。平心而论，这部著作中的言辞过于放纵，即使教中人士也以为"但在当时情形，措辞造意，都不能不说有欠考虑"②。李书中最让杨光先反感的言论，实际上是根据《旧约·创世纪》和人类文化一元论发挥出来的。其文说：

---

　　① 见（清）彭孙贻《客舍偶闻》，清柘柳草堂钞本，国家图书馆北海分馆有藏本。
　　② 方豪：《李祖白传》，载《中国天主教史人物传》（中册），中华书局 1988 年版，第 26 页。

天主上帝开辟乾坤，而生初人，男女各一。初人子孙聚居如德亚国，此外东西南北并无人居。当是时，事一主，奉一教，纷歧邪说，无自而生。其后生齿日繁，散走逴遜，而大东大西有人之始。其时略同，考之史册，推以历年，在中国为伏羲氏。即非伏羲氏，亦必先伏羲不远，为中国有人之始。此中国之初人，实如德亚之苗裔。

李书中还历引《尚书》《诗经》《论语》《中庸》《孟子》等儒家经典中的言论，作为古代中国"天学"（天主教）"必倍昌明于今之世"的根据，并称儒家经典为"天学之微言法语"。这些过于大胆和偏激的言论，在杨光先看来，实不亚于一份公开的反叛宣言，以为是：

尽我大清而如德亚之矣，尽我大清及古先圣帝、圣师、圣臣而邪教苗裔之矣，尽我历代先圣之圣经贤传而邪教绪余之矣，岂止于妄而已哉？实欲挟大清之人，尽叛大清而从邪教，是率天下无君无父也！[1]

杨光先还声称，李祖白的肆无忌惮，正是汤若望指使的。

其次，传教士在中国的要塞建立据点。结交士人以为羽翼，煽惑小人以为爪牙。在要塞建立据点，用杨光先的话说即是"策应之邪党已分布各省咽喉"。在《请诛邪教状》中，杨氏具体列举了那些"咽喉"的所在：

又布邪党于济南、淮安、扬州、镇江、江宁、苏州、常熟、上海、杭州、金华、兰溪、福州、建宁、延平、汀州、南昌、建昌、赣州、广州、桂林、重庆、保宁、武昌、西安、太平、

---

① （清）杨光先：《与许青屿侍御书》，载陈占山《不得已附二种》，黄山书社2000年版，第10页。

绛州、开封并京师。共三十堂。

由此可知，"分布各省咽喉"的"邪党"据点，实际上是指各地的三十个天主教堂。至于"结交士人以为羽翼"，杨氏没有去具体列举那些士人的名单，但毫无疑问，是指那些与传教士有密切关系的中国士大夫。他们或者替教士所撰著作做文字润色，或者为之作序，如许之渐等；或者以诗文赠教士，如金之俊、魏裔介、龚鼎孳、胡世安、王崇简等①。"煽惑小人以为爪牙"，杨光先在其著述中指称甚详，他说：

> 目今僧道香会，奉旨严革，彼独敢抗朝廷。每堂每年六十余会，每会收徒二三十人，各给金牌绣袋以为凭验。光先不敢信以为实，乃托血亲江广，假投彼教，证二十年来，收徒百万，散在天下。②

即指当时已有了共同宗教生活的中国民间天主教徒。

再次，以澳门为根据地，蓄万人之众，并与海外密切往来。蓄万人说，未知何据。在杨氏对汤若望等传教士的指控中，有许多是道听途说的。如说，"利玛窦谋袭日本之事……闻于海舶商人之口"③，又说：

> 客有向予言，利玛窦于万历时，阴召其徒以贸易为名，舳舻衔尾，集广东之香山澳中，建成一十六座④。

以此度之，上所指摘也必据传闻。只是康熙三、四年对汤若望

<hr />

① 如（清）黄伯禄《正教奉褒》，第32—43页；就载录了顺治十八年汤若望七十寿辰时，他们所赠的诗文。
② 《请诛邪教状》，载《不得已附二种》，第6页。
③ （清）杨光先：《正国体呈稿》，载陈占山校注《不得已附二种》，第38页。
④ （清）杨光先：《辟邪论》下，载陈占山校注《不得已附二种》，第29页。

的审判中，很对这一指摘认真了一番：有关方面专门停止审判三周，以差专员前往广东核实此事①。

关于与海外密切往来，用杨氏说则"呼朋引类，以暗地送往迎来"，这是有些根据的。与明末情形相仿，清初的澳门，仍是当时西洋人在东方的一大商业据点，同时也是传教士前往中国内陆和日本的中转站。只是并非也无须"暗地送往迎来"，明末清初的中国门户，对传教士基本上是开放的。

最后，汤若望借修历法，藏身金门，意在窥伺朝廷机密。这是汤若望有口难辩的，是一个莫须有的罪名。

汤若望等传教士既有上述种种不轨之谋，所以，杨氏极力主张对之速行翦除。

> 种种逆谋，非一朝一夕，若不速行翦除，实为养虎贻患，虽大清之兵强马壮，不足虑一小丑。苟至变作，然后剿平，生灵已遭涂炭。莫若除于未见，更免劳师费财②。

而究竟如何"除于未见"，杨氏说："韩愈有言'人其人，火其书，庐其居'，吾于耶稣之教亦然。"③

第二，以中国传统文化的认识氛围和儒家伦理为根基，认定天主教是一种荒谬、卑鄙的宗教，应厉行禁止。杨光先的看法是这样表述的：

首先，指出天地万物是"由阴阳二气结撰而成，非有所造之者"，以此坚决否认天主造天地万物及天主的存在。

其次，认为传教士的救赎理论及耶稣化生事迹是荒诞不稽的。在对天主教的批判中，杨氏于此泼墨最多。杨氏先把攻击的矛头对准原罪说：

---

① ［德］魏特：《汤若望传》，杨丙辰译，第485页。
② （清）杨光先：《请诛邪教状》，载陈占山校注《不得已附二种》，第6页。
③ （清）杨光先：《辟邪论》上，载陈占山校注《不得已附二种》，第22页。

天主造人当造盛德至善之人，以为人类之初祖，犹恐后人之不善继述。何造一骄傲为恶之亚当，致子孙世代受祸？是造人之贻谋先不臧矣！①

以此出发，对天主迟至"汉之元寿庚申"才降生救世、耶稣未降生前即将降生之事预载国史以及玛利亚因上帝孕生耶稣童身未坏等说法，杨氏皆斥为荒唐下流，不足凭信。对于耶稣下生救世所行种种神迹，杨氏则以儒家的功德观予以衡量评判：

天主下生救之，宜行礼乐，行仁义，以登天下之人于春台，其或庶几。乃不识其大，而好行小惠。惟以疗人之疾、生人之死、履海幻食、天堂地狱为事，不但不能救其云初，而身且陷于大戮，造天之主如是哉！②

并特意抬出了中国历史上的大圣人稷、契、禹、周公、孔孟等，以他们的"救世之功"与之相比，而认定耶稣无一可与比拟。耶稣救世种种既属虚妄，那么其本来面目是什么呢？杨氏说：

观盖法氏之见耶稣频行灵迹，人心翕从，其忌益甚之语，则知耶稣之聚众谋为不轨矣！……跪祷被执……审判者比辣多计释之而不可得，故听众挞以泄其恨，全体伤剥，卒钉死十字架上。观此，则耶稣为谋反正法之罪魁，事露正法明焉③。

尤其是对耶稣大难临近、跪祷于天的举动，杨氏以为暴露了其真形："夫跪祷于天也，天上之神孰有尊于天主者哉？孰敢受其跪，孰敢受其祷？以天主而跪祷，则必非天主明矣。"④ 由此，在杨光先

① （清）杨光先：《辟邪论》上，载陈占山校注《不得已附二种》，第21页。
② （清）杨光先：《辟邪论》上，载《不得已附二种》，第21页。
③ （清）杨光先：《辟邪论》上，载《不得已附二种》，第20页。
④ （清）杨光先：《辟邪论》上，载《不得已附二种》，第21页。

看来，利玛窦、汤若望等把一个"正法之罪犯"，说成是"造天之圣人""孩儒我中夏"，其用心是很险恶的。他说：

> 耶稣得为圣人，则汉之黄巾、明之白莲皆可称圣人矣。耶稣既钉十字架上，则其教必彼国所禁；以彼国所禁之教而欲行中夏，其衷讵可测哉?①

又，天主教有悖于中国的人伦大道。在杨光先看来，耶稣师徒谋反于本国，耶稣之母玛利亚有夫若瑟而曰耶稣不由父生，以及禁止皈依天主教的人供奉祖先的牌位等，都与中国的人伦大道背道而驰。若放手让这样的邪教在中国肆意发展，则无异于引导自己的民众于无君无父的境地。

最后，传教士是冒牌的儒教徒，"适应儒家"是割裂坟典。所谓"适应儒家"，即用儒家经典中的概念、词语乃至儒家思想去阐释天主教，杨光先对此是极力反对的。方豪先生就曾指出：

> 细阅《不得已》书中最重要的部分，我们立即看出来，杨光先对天主教的反感，是天主教的适应儒家②。

杨氏反对天主教适应儒家的理由，除了他认定天主教是一种邪恶的宗教外，还以为儒家思想理论至善尽美，无须他人穿凿附会："圣人学问之极功，只一穷理，以几于道。不能于理之外，又穿凿一理，以为高也。"③。由此，杨光先认为明季以来的中国士大夫正是误入了利玛窦等人适应儒家的圈套：

> 利玛窦之来中夏，并老释而排之，士君子见其排斥二氏也，

---

① （清）杨光先：《辟邪论》下，载《不得已附二种》，第27页。
② 方豪：《明末清初天主教适应儒家学说之研究》，载《方豪六十自定稿》，第225页。
③ （清）杨光先：《辟邪论》中，载《不得已附二种》，第23页。

以为吾儒之流亚，故交赞之，援引之，竟忘其议论之邪僻，而不觉其教为邪魔也①。

总之，在杨光先的心目中，天主教无耻下流，一无是处。所以，他认为此教不可一日容于中夏，应厉行禁止。

第三，从正统的中国封建文化和天文学体系出发，认为传教士的西洋新法在名分上有碍于中国的礼义，在推算的若干细节上背弃了中国前贤一贯奉行的原则。说西洋新法在名分上有碍于中国的礼义，杨光先主要是反对汤若望在《时宪历》面上，刻上了皇帝的传批"依西洋新法"五字，他说：

> 夫《时宪历》者，大清之历，非西洋历也；钦若之官，大清之官，非西洋之官也。以大清之官，治大清之历，其于历面上宜书"奏准印造时宪历日"，颁行天下，始为尊皇上而大一统。今书上传"依西洋新法"五字，是暗窃正朔之权以予西洋，而明谓大清奉西洋正朔也！其罪岂当无将已乎？②

杨氏又设想汤若望必会反驳说，这五字是出于皇帝的传批。杨氏接着说，皇上传批之意，是传用西法，而不是要传其所书五字于历面上。即使皇上要传其所书五字于历面上，汤若望也应以偏方小国之法，不敢言大国依之，而引分以辞，更何况，杨氏说：

> 光先于本年五月内，曾具疏纠正疏，虽不得上达，而大义已彰于天下，若望即当检举改正，以赎不臣之罪。何敢于十八年历日犹然大书五字，可谓怙终极矣！③

---

① （清）杨光先：《辟邪论》下，载《不得已附二种》，第27页。
② （清）杨光先：《正国体呈稿》，载《不得已附二种》，第35—36页。
③ （清）杨光先：《正国体呈稿》，载《不得已附二种》，第36页。

在指摘汤若望新法于若干细节上背弃了中国前贤奉行的一贯原则，杨光先做了一系列事情，真可谓吹毛求疵，喋喋不休。不过，仍可以认为，这主要还是出于其浅薄的学识及顽固保守的思想认识。从《不得已》中可以看到，杨氏指摘汤若望新法的文章前后约有七篇：顺治十六年的《摘谬十论》，十七年的《正国体呈稿》《中星说》《选择议》，康熙元年的《孽镜》，三、四年的《日食天象验》《合朔初亏时刻辨》，真可谓洋洋大观。实际上，涉及的问题前后重复，相互掺杂，并不很多。

所谓"十谬"者，指摘新法：第一，不用诸科较正；第二，一月有三节气；第三，二分二至有长短；第四，夏至太阳行迟；第五，移寅宫箕三入丑宫；第六，更调觜参二宿；第七，删除紫气；第八，颠倒罗计；第九，黄道算节气；第十，历止二百年等谬误。其中，第五、六、七三条，实为顺治十四年吴明炫弹劾汤若望第二疏中的内容。对于这十摘，汤若望对其部分（吴明炫所摘三条）、南怀仁就其全部，曾先后做过淋漓尽致的答辩①。下面，对杨氏所摘诸款，稍作评介剖析。

所谓不用请科较正，是说汤若望的新法推算，不用回回科之凌犯比较，不用天文科之测验参考，不用漏刻科候气飞灰验证。其实，正如南怀仁所说：

> 较正之说，不过因己法有差，始借他法之不差者以较正之。今三科所用之法，即明季已坏之法，光先竟欲以良法而就正敝法，是不犹问道于盲乎？

一月有三节气，是说顺治三年十一月新法一月有三节气之谬误。初一大雪，十五冬至，三十小寒。杨光先的出发点是中国传统历法

---

① 汤、南的答辩俱见南怀仁《历法不得已辨》，见载陈占山校注《不得已附二种》，黄山书社 2000 年版，第 139—193 页。以下有关论述，本此书不注。

体系中的平分节气，所谓"历法每月一节气，一中气，此定法也，亦定理也"。杨氏此摘也是站不住脚的，不但与天象实测不合，而且，据南怀仁揭露，杨氏也不能遵守他自己所说的"定法""定理"。"康熙七年所进之历，八月中止载秋分一气"至于二分二至长短之谬，是说新法春分至秋分及秋分至春分、冬至到夏至与夏至到冬至的天数不一致，杨氏以此为谬。与"二摘"同理，杨氏的出发点仍是传统历法体系中平分二分二至的错误方法。杨氏四摘新法夏至日行迟之谬，比前三摘更可笑：杨光先事先根本没有弄清楚新法实际上是怎么说的，就忙着摘起"谬"来了。新法以为节气有日数，有度数，而日数与度数不等：从春分至秋分与从秋分至春分，太阳所行黄道都是一百八十度，但前者约用一百八十六日，后者约用一百七十八日。是在赤道北多行八日。就是说，太阳在南北所行黄道度数同，而日数不一致，由此有迟疾之分。杨氏根本没有搞清这一点，因妄说新法因夏至昼长，故说日行迟，冬至昼短，故说日行疾。

接下来第五、六、八摘，所指虽有别，但实质与前数摘一样：就是究竟是以中国传统历法体系中的一些强天以从人的法则为准，还是以合于天象实测的西洋新法为是？杨氏站在前者的立场上指摘后者，其结果是可想而知的。

杨氏七摘是所谓删除了紫气。他说：

> 古无四余，汤若望亦云四余自隋唐始有。四余者，紫气、月孛、罗睺、计都也。如真见其为无，则四余应当尽削；若以隋唐宋历之为有，则四余应当尽存。何故存罗计、月孛，而独删一紫气？

实际上道理很简单：新法以为紫气无象，且推算历日也无用处，所以删去了，而罗计、月孛推算历日要用，故留[1]。由此摘可见杨氏

---

[1] 《清圣祖实录》卷28，第388页。

攻击新法的标准和着眼点。九摘新法以黄道算节气，是杨氏不但未明新法也并不清楚旧法的前提下的一个妄摘：按照中国传统天文历法体系，算节气是平分黄道之日数，新法则是平分黄道之度数，这是二者之别。杨氏不明此，说什么"节气当从赤道十二宫匀分""新法以黄道阔狭之宫算节气"，均属无稽之谈。

杨氏十摘新法止二百年之谬，是说"皇家享无疆之历祚"，汤若望进二百年历是违背了"臣子于君，必以万寿为祝，愿国祚之无疆"的一贯作风。杨氏大概想把历法问题、科学问题政治化。实际上杨氏的指摘又是在未明新法真相的情形下的一个妄言。南怀仁说："新法一年一进历，无以异于前人，安有进二百年历之事？"原来是因新法历书中载二百年年根，"此数于历法为百分之一，即与历元同意"，杨氏把这个作为"止进二百年历"的凭证了；即使这样，据南怀仁说，所上历书中除载《二百恒年表》外，"有《永年表》，上括四千年，下括四千年，又立变通之法，可以再推恒年表、永年表，迄无穷尽，岂止二百年之历者"？由上所述，足可以见杨光先指摘新法"扰纪"之一班了。从被具体的天象实测证明了是误谬的或干脆是被作者错误地理解了的一些中国传统天文历法知识出发，指摘屡被天象实测验证而改进了的新法，这就是杨氏《摘谬十论》甚至他对西洋新法的所有指摘，在科学上不但站不住脚，而且自身陷于虚妄可笑的根源。用南怀仁的话说即是：

> 光先论说多而所指意则一，因不明所以然之理，故妄发虚谬之谈。①

杨光先排教思想最基本的就是上述三个方面。

若要继续深究其排教的思想认识根源，不外乎以下两点：第一，基于中国传统文化的认识氛围。这一点已十分清楚，上面的讨论事

---

① ［比］南怀仁：《历法不得已辩》，载陈占山校注《不得已附二种》，第140页。

实上已经兼及。第二，直接上承晚明反教士大夫的排教思想。这一点似也无须多说。显然，康熙初排教是万历四十四年（1616）南京教案以来中西文化在宗教和科学两个核心问题上继续交锋的一个结果，而杨氏排教思想与晚明反教士人的思想有明显的渊源关系。对此，若把徐昌治编辑的反映晚明士人和僧人的反教言论《圣朝破邪集》与杨光先的《不得已》作些比较，即可看出。

需要特别注意的是，杨氏对传教士的所有指控，并不能完全归结于他的思想认识。出于实践其排教思想的策略需要，杨氏对传教士的一些指摘，确实是玩了一些颠倒黑白、弄虚作假的伎俩。下面，仅选其中最有代表性的一例，即所谓的"荣亲王葬期之误"，做些分析。

荣亲王，顺治幼子，生于顺治十四年十月，死于第二年正月，文献或说其"生二岁，未命名，薨"①，算的是年头；或说"皇子生甫四月而薨"②，则指实际存活月数。它们是一致的。荣亲王的生母为孝献皇后董鄂氏，曾倍受顺治宠幸。爱其母恩及其子，所以，数月之死婴，也被"追封为和硕荣亲王"③。不仅如此，为寄托哀痛之情，顺治曾下令大兴土木，为子建造陵园，圈占的土地里竟有许多寺庙、坟墓④，其规模可以想见。而在其葬日，就曾兴起过一场大狱：

> 先是钦天监择于本年八月二十七日辰时葬荣亲王，礼部尚书恩格德、郎中吕朝允等误用午时。钦天监五官挈壶正杨宏亮因争不得，至是宏亮发其事⑤。

---

① 赵尔巽等：《清史稿》卷219《诸王传》，第9056页。
② 《清世祖实录》卷115，第902页。
③ 《清世祖实录》卷115，第902页。
④ 《清世祖实录》卷116，第905页。
⑤ 《清世祖实录》卷121，第941页。

结果，吕朝允等二人被斩，贾一麟等四人"革职，鞭一百"，尚书恩格德"革职解任，侍郎渥赫，罚银七十两"①。对此事，《汤若望传》也有一个交代，恰好可补充上述资料中不及说明的一些细节：

> 这次殡葬仪式，是归满籍之礼部尚书恩格德之所办理，他竟敢私自更改殡葬时刻，并且假造钦天监之呈报。于是，这位皇太子，便被在一个不顺利的时刻安葬。（事发后）汤若望为保护他手下的属员起见，对于这位大臣的擅改与捏造，具折奏明朝廷，这位大臣因他所犯的这重大罪恶自然要被判处死刑。汤若望为他向皇帝求恩，所以他竟得免除死刑，仅只革职充军。这位大臣不但不向汤若望表示感恩，反向汤若望衔了一种极端的仇恨②。

数年以后，这位恩格德便与极端仇教的杨光先结盟，不惜旧案重提，嫁祸于人。在杨氏的操纵下，荣亲王葬期之误，不再是将辰时改为午时，而是当时钦天监在选择日辰时，不用正五行，而用了什么"颠倒"五行的《洪范》，致使其所择山向年月，"俱犯忌杀"。且由此引起的大凶，还累及了荣亲王的生身父母：董鄂氏十七年八月薨，紧接着顺治帝也龙驭宾天了。汤若望及他的部下，被指控必须为这一系列事件负责。所以，康熙四年汤若望被革职，监中李祖白等官员被杀、被流放，实因杨氏这一指控。杨氏就曾这样表白过：

> 皇上杀钦天监五官及流徙已死刘、贾二人之家属而不赦者，以其用《洪范》五行而暗害国家也③。

---

① 《清世祖实录》卷121，第941页。
② ［德］魏特：《汤若望传》，杨丙辰译，第487页。
③ （清）杨光先：《四叩阍辞疏》，《不得已附二种》，第86页。

就这样，杨光先不是以他对汤若望等"图谋不轨"的指控，或者对天主教的指摘，也不是以他对西洋历法的攻击打倒汤若望的。因为那些指控或属子虚乌有，或者朝廷不以为然，或者在具体的实测中无法证验。而在荣亲王葬事上，杨氏用阴谋布陷阱，不惜把迷信政治化，最后实现了他的目的。

三　杨光先的影响与评价

若把杨光先一生的事迹作个归纳，大体不外乎两件事：劾权贵，斥西教。杨氏对他那个时代和对后世的影响，具体就是从这两件事上引发出来的。

平心而论，杨氏于崇祯中对陈启新和温体仁的劾奏，其主观动机或说政治意向不明确：杨氏只是"卫道"，还是想搞政治投机，有关资料未作交代，杨氏的行为本身也不能回答这一问题。不过，就产生的社会效果而言，还是有一定的积极意义。陈、温是当时公认的奸臣，特别是后者乃明末有名的奸相，杨氏的弹劾，又一次制造了社会舆论，扩大了倒陈、温的声势，加速了其垮台的进程，从而对整顿晚明的吏治起了一定的作用。可能正是出于这个缘故。所以，"身不列于宫墙，名不挂于仕版"的杨光先，在当时确曾名噪一时：

> （杨氏）一旦起而劾权要，其先后章疏与《正阳忠告》诸刻，顿令长安纸贵。当其舁棺之日，赠诗者盈棺，廷杖之日，观者万人，靡不为先生称佛名号①。

不过，也有截然不同的看法。王士禛评论说，杨氏的举动，妄得了敢言的名声，实"市侩之魁也"②。

---

① （清）王泰征：《始信录序》，《不得已附二种》，第 47 页。
② （清）王士禛：《池北偶谈》"不得已"条。

　　杨光先能在 17 世纪中叶的中国乃至西方大名鼎鼎，最基本的原因是他的反教及成功地发起了明清以来中国历史上的第二次排教案。这一事件影响甚巨，它宣告了中国历史上一个较为开放的时代的结束，事实上成为随之而来的主要是向着封闭推进的一系列变化的前奏：康熙晚年及雍乾以后的严行禁教，都以此事件后开始奉行的禁教政策为先声；明清间欧洲天主教在中国传教的黄金时期，自此基本上结束；明万历初年以来中国和欧洲文化交流的进程，从此迟缓下来。

　　当然，要把这一系列变化的导因，全归于杨光先掀起的这场排教案，那也是不符合历史事实的。因为在杨光先发起教案之前和同时，在中国的士大夫中，就客观存在着一个排教集团。他们就曾组织和发起过万历四十四年（1616）教案；又，在杨氏发起教案之后，在东西方的教会界，围绕着中国耶稣会传教士的"适应儒家"，有过一个足以摧毁利玛窦以来中国传教成果的"礼义之争"。这些潜在的排教因素和事实上已经出现过的严重分歧，都促成上述的一系列变化。但是，无论从什么角度来看，杨氏发起的这一事件，与上述一系列变化的关系是密切的。职是之故，后代对杨光先的评价，无论褒贬，都是从这些变化立论的。

　　肯定杨光先者，事实上肯定的就是上述一系列变化。这以清人和受够了列强侵入之苦的近代人，有此态度者最多。钱大昕于嘉庆四年（1799）的评论，最早定下了这种评价的格调："其（杨氏）诋耶稣异教，禁人传习，不可谓无功于名教者也。"① 钱琦于道光二十六年（1846）的评说，把这种赞许推向了极致：

　　　　天主教之不敢公然大行，中国之民不至公然行天主教而尽为无父无君之禽兽，皆杨公之力也。正人心，息邪教，孟子之

————————

① （清）钱大昕：《不得已·跋》《不得已附二种》，第 195 页。

后一人而已①。

　　事实上，现代一些学者的论点，仍在一定程度上沿袭了清人的看法：对杨光先的排教，他们也要"一分为二"，结果这被肯定的一半，实际上是清人观点的重复。这是笔者不能苟同的。

　　杨光先的排教是对明万历以后中欧文化交流成果的彻底否定，是对明季清初几届政府（具体涉及万历、天启、崇祯、顺治和康熙五代）的欧洲传教士政策的坚决批判。从某些方面来看，杨氏的否定和批判，也是击中了一些问题的要害。例如，对天主教，杨氏至少是较清楚地认识到了它与中国社会、政治和文化，尤其是与中国的伦理道德观念的不相一致，以及这种宗教对于瓦解、离析、改变中国民众的传统思想意识具有的潜在危险。

　　但是，杨氏的排教，不仅拒绝宗教，同时也反对传教士绍介进来的西方科技，而其排教的最终目的，则是要把当时事实上扮演着中西文化交流使者角色的传教士彻底驱逐出中国。仅此观之，我们即可认定，杨光先的排教思想是保守的、落后的，杨光先排教的所作所为，是应予以否定的。

　　大量史实表明，明季清初，中国这个曾经睥睨一切的东方大国，开始与处于巨大变动中的世界暗暗合起脉搏来了。古老的、封闭的、正处于衰败中的华夏文明，忽然具备了一个更新机制、发展自己的机会。在一定意义上说，西方传教士的东来，是促成这种机遇的外因。他们在古老停滞的中国与正在走向近代化的欧洲之间，搭起了一座桥，桥上渡《圣经》，也渡欧洲的科技成果及其他文化。在瀛海环山的封闭式国土上，习惯于以"天下"为己任的古代中国人，正可以借着这个机遇，走向真正的天下和世界。可是，传统社会本身具有的惰性及寄生于这个社会上顽固执着于自己文化和伦理传统的大多数中国士人，狭隘、小气，在怀疑、恐惧中阻拦、破坏那种并

①　（清）钱琦：《不得已·跋》《不得已附二种》，第196页。

不容易建立起来的交流，杨光先正是这种落后势力的代表。

诚如许多人指出的那样，西方传教士到东方、到中国来的背景确实是复杂的，但就明季清初中国尚拥有的国力，特别是传教士派出机构制订的具体方针观之，来华教士的目的，无非是要通过学术为媒的手段，从信仰上归化中国人。事实上，从明万历到清乾隆统治时期，传教士除了弘教和传播西洋科技，并没有其他非分的举措。所谓"大都聪明特达之士，意专行教，不求禄利，其所著书，多华人所未道"①；杨光先指摘其人"谋为不轨"种种，实在是捕风捉影，没有任何根据。

按，本文原题为《杨光先述论》，以"陈静"的笔名，载《清史研究》1996 年第 2 期。

三 《四库总目》对中国传统星占学的否定

星占学是古代社会的主要学科之一，在中国其地位更为特殊。由于奉行君权神授、天人感应之说，古代中国人大都坚信"天垂象，见吉凶"，历代最高统治者则通过控制天文家（星占家）及其著作，得以垄断代天立言，预言军国祸福的话语权。不过，由于种种原因，星占学在中国历史上拥有的独特地位，在明中叶以后逐渐改变，至清代编纂《四库全书》及《总目》遭全面否定。

《四库总目》否定了星占学，此应是中国社会政治史和文化史上值得关注的现象，但截至目前似还未引起学人注意而缺乏研究。本文正是从这一现状出发，搜集、梳理有关资料，力图客观地揭示和分析这一历史事实，同时也借此表述自己对中西文化交融背景下一些古老学问转型的思考，并期能为《四库总目》的研究贡献一份心

---

① （清）张廷玉等：《明史》卷 326《意大里亚传》，第 8461 页。

力。文章从三个方面展开讨论：首先，全面揭示《总目》对星占学否定的客观事实；其次，追寻否定得以实现的历史成因；最后，考察此举的意义和影响。

一　《总目》否定星占学之客观事实

《四库总目》于子部术数类和天文算法类有关典籍提要（下文所引资料，若未注出处，均出于此）中，较明确地表达了馆臣对中国传统星占学的认识和看法，那就是星占学不足凭信。例如，《灵台秘苑》提要说："大抵颇涉占验之说，不尽可凭。"《唐开元占经》提要说："所言占验之法，大抵术数家之异学，本不足存。"《玉历通政经》提要说："天文占验，多不足凭"。相反，对不涉及星占的天文著作，《总目》则予以肯定，如《天经或问前集》提要说：

> （此集）凡天地之象，日月星辰之行，薄蚀朒朓之故与风云雷电雨露霜雾虹霓之属，皆设为问答，一一推阐其所以然，颇为明晰。至于占验之术，则悉屏不言，尤为深识。

由上引述可见，《总目》对星占术的否定，态度颇为明确。

正是出于上述这样一个基本认定，馆臣对历史上留存下来的大量星占学典籍，秉持激烈的排斥态度：仅选择《灵台秘苑》和《唐开元占经》两部予以著录；且值得注意的是，即使对此二书，馆臣的着眼点也并不在于它们是中国星占学文献中最具代表性的，如收录《灵台秘苑》的理由有两条：一是说宋代司天台所修同类书中唯有此书和苏颂的《仪象法要》存留下来了，因而著录可延续其流传；二是"顾《隋志》所载天象诸书今无一存，此书既据北周庾季才所撰为蓝本，则周以前之古帙尚藉以略见大凡"，由此，"存为考证之资，亦无不可也。"收录《唐开元占经》的理由与《秘苑》基本相同，也是由于这部书中辑录有许多已佚古书，如唐代古历法《麟德历》《九执历》等，又《隋志》所称纬书八十一篇，"此书尚存七、八，尤为罕觏"。所以，馆臣认为"其术可废，其书则有可采也"。也就是说，二书得以著录，均非由于它们自身在星占学上的价值。对于二书之外的中国数以千计的星占学著作，《总目》除择取其中的26种予以存目外，其他都被排斥在《四库》之外。由此可见，如果不是对星占学的价值持有至为负面的判定，则如此处理有关典籍是不可思议的。

那么，馆臣为什么要否定星占学？通过研读有关资料，笔者得出的结论是，馆臣已较充分地认识到此学的虚妄无征。主要理由如下。

中国古代星占学的占断原则是"常则不占变则占"，而一些星占家违背了这样一个原则，他们的有关著作遂被否定。关于"常则不占变则占"这样一个原则，这里不宜展开。对中国天文学这一特色，"旁观者清"，一西方学者就指出："其从业者（指中国天文官员——引者）专事观测不可预测的瞬间天象，并试图解释这些天象对于人类世界的意义。"① 关于一些星占家违背了传统原则的问题，如旧题为唐代李淳风的《观象玩占》一书，馆臣以为此书中"于日月之交会、五星之退留，今所预为推步、岁有常经者，亦往往断以占候"，因而认为是"殊不足凭"。其实，上述占断原则很难把握。所谓"常"是指经常出现的天体和天体通常状况下的运行，而"变"是指偶然出现的天象和天体的"反常"运行。因此究竟是经常还是偶尔出现的天体，天体是"通常"，还是"反常"的运行，这在很大程度上取决于人们对天文现象、天体运行规律的认识程度。在这些问题上，清人与前代的同类学人比较起来，自有得天独厚的优越性。例如，馆臣指出的日月交会、五星退留等天象，在明代之前历来是作为"变"象而为星占观测的重要对象，只是在晚明以后，在清代，在西洋天文学的灼照之下，上述天象变成了"常经"，《观

---

① ［英］米歇尔·霍斯金主编：《剑桥插图天文学史》，江晓原、关增建、钮卫星译，第43页。

象玩占》中的有关内容也就成了问题。

为根本不存在的天象设占。此也见提要作者对《观象玩占》的批评。指出此书中有"即日月所不至，五星所不经者，亦虚陈其象"，因而遭到指斥。其实，为虚拟的天象设占在古代星占学著作中绝非《观象玩占》一书独有，馆臣以此立论，揭示星占学的虚妄，是切中要害的。

分野理论难以为据。馆臣主要借助刘基《清类天文分野书》提要，表述了他们的看法。认为分野（天上星宿与地上郡国对应区域的划分）本于《周礼·保障氏》，而有关占辞载于《左传》中，其法以国分配，汉、晋诸志，少变其例，以州郡分配。其根本误谬在于"以天之广大，而仅取中国舆地分析隶属"，所以"本不足信"。刘基此书，"更以一州一县推测躔度，剖析毫厘，尤不免破碎"。分野学说是中国也是其他占星术体系的基石之一，从上引述可以看出，馆臣对之的质疑颇具力度。

传统星占学中一些明显的荒谬，被馆臣敏锐地抓住了。例如，对不知撰人及时代的《天文诸占》一书，因其中讲到一种通过立竿测算日月影长短，来确定丰歉疾疫、人畜夭伤的占法，馆臣指出"太阳、太阴午正高度，随时随地在在不同，岂能限以成法，泛言占验"。

认为星占小术，不足以占测天意。此类言论反复见于多处，如《灵台秘苑》提要"虽吉祥小术，不足言观文察变之道"；《星命总括》提要"盖天道甚远，非人所能尽测"；《戎事类占》提要"夫天远人迩，非私智小数所能窥"。可以认为馆臣怀疑甚至否认星占术具有窥测天意的功能，此无异于给这一古老而权威的学问判了死刑。

二　《总目》否定星占学的历史成因

《四库总目》明确认为星占术"不尽可凭""多不足凭"，并将有关典籍列为旁门左道，予以排斥、放逐，尤难能可贵的还列举出了一些较为稳妥的理由。那么，清人这种认识上的跨越是如何得以实现的？综合考察有关史事，我们认为主要是得力于内外两大因素的驱动：内者，中国学术思潮自身变迁的结果；外者，晚明欧洲文化输入的影响。请容分述于下。

星占学遭《四库总目》否定、批判，其上承中国学术自身内在变迁因素的作用颇为清晰。首先就否定而言，《总目》并不是破天荒的。《总目》于天文算法类总序中说："若夫占验禨祥，率多诡说。郑当再火，裨灶先诬。"引言最后两句即点出了文献中所能见到的中国历史上最早的一位对星占术说"不"的人物。他就是春秋末年郑国的执政者子产。据《左传·昭公十七年》记载，时郑国宫廷星占大家裨灶预报火灾将临，并向子产提出请求，希望能用国宝瓘斝玉瓒祭神消灾，却被子产拒绝，结果第二年夏天火灾预报在郑国应验。此后，裨灶再次向子产要求玉器祭神，并声称如果不答应他的要求，郑国将再次发生火灾。可子产再次拒绝了裨灶。面对来自郑国上层的舆论压力，子产表明他拒绝的理由是：

> 天道远，人道迩，非所及也。灶焉知天道？是亦多言矣，岂不或信。

这是说天道远，人道近，两者并不相干。同时指斥裨灶哪里懂得天道，只是多次预言，偶尔说中一两次罢了。此事的结局是裨灶预言的第二次火灾并没有发生。

子产之后的二千年间，还有一些人士对星占学表示过怀疑、否定，如汉代王充就曾从天道自然无为的观点出发，坚决反对上天会以灾异的形式谴告于人君的说法："夫天道，自然也，无为。如谴告人，是有为，非自然也。"[①] 又如，宋代洪迈说：

[①] （东汉）王充：《论衡》，上海人民出版社1974年版，第224页。

图谶星纬之学，岂不或中，然要为误人，圣贤所不道也……晋张华、郭璞、魏崔伯深（即崔浩），皆精于天文卜筮，言事如神，而不能免于身诛家族，况其下者乎①。

又，明代王廷相认为，日月薄食，彗孛星纬，历家可以推算，是天道的定度，和君主政治没有关系。至于"物怪灾异"是物理感怪气而化，阴阳值戾气而变，自适然耳。把这些说成是上帝的警告，是"诬天之甚"。他说，假若上帝真的有意惠民，天的威灵无处不行，无处不胜，为什么不直接处罚那些作恶者，却要用水旱虫蝗来警告君主，使百谷不成，先杀了许多百姓呢？天绝不会笨拙到这种程度！②

值得注意的还有，事实上在明中叶以前，对星占学已不只停留在言论上的怀疑和否定，可能还受了反对星占思潮的驱动，当然更重要的是天文观测的日益进步和人们对于宇宙天象认识的加深，中国最高当局也逐步实行了一些在客观上有助于减损星占学权威和影响力的措施（尽管在实际推行中都大打折扣），如明永乐以后每逢日食"当食不食"，不再接受朝贺；特别是随着星占影响力的降低，明中叶发生了中国天文学史上具有里程碑意义的事件，即明孝宗弛天学之禁：

> 国初学天文有厉禁，习历者遣戍，造历者殊死。至孝宗弛其禁，且命征山林隐逸通历学者以备其选，而卒无应者③。

需要指出的是，实际上不只是明初，此前历代中国王朝对天文（星占）都有严禁，唯有专职天文的官员方可问津，明孝宗解禁之

---

① （宋）洪迈：《容斋随笔》卷16《谶纬之学》，载《四部丛刊》，上海商务印书馆1922年版。

② （明）王廷相：《答孟望之论慎言》，载《王廷相集》，中华书局1989年版，第663—664页。

③ （明）沈德符：《万历野获编》卷20《历学》，第524页。

后，寻常文人亦可言历谈天。《总目》能对那些向来被视为隐含天机、秘而不宣的星占典籍评头论足，应该认为上述背景的存在不可缺少。

晚明欧洲文化的输入，是《总目》否定中国传统星占学的另一个重要背景。此中包含的诸多因素对中国传统星占学的冲击是剧烈的，甚至是致命的。因其天文学具有毋庸置疑的先进性，它的译介和运用，使得中国传统的观测技术和推算方法的不足，得到有效的克服和弥补。晚明西学引进的领军人物徐光启就清楚明白指出过这一点，他说：

> 至若岁差环转，岁实参差，天有纬度，地有经度，列宿有本行，月五星有本轮，日月有真会似会，皆古来所未闻，惟西国之历有之，而舍此数法，则交食凌犯，绝无密合之理①。

西洋天文学向中国的引进和使用，结果使原中国星占体系中那些赖以求占的"异常"天象，变成了可以把握的"天道常经"。欧洲地理知识的输入，在晚明知识界振聋发聩，文人们不得不对他们长期以来的天下观和宇宙观重新加以检讨。

天文学、地理知识和输入的其他知识，特别是输入者耶稣会传教士表现出来的非凡道德素质和文化素养，使得晚明知识界在一定程度上形成了这样的共识：域外夷地有人、有至人甚至有圣人，有学、有教甚至有与中国儒学相符合的教，特别是有可补儒学不足的教！传统的华夷观念遭到了前所未有的质疑和批判②。一个不争的事实是，传统星占学基石之一的分野学说，正是以华夷观念为其前提的。唐代李淳风有这样的记载："或人问曰：天高不极，地厚无穷，凡在生灵，咸蒙覆载。而上分辰宿，下列王侯，分野独擅于中华，

① （明）徐光启：《徐光启集》卷7，《治历疏稿一》，第327页。
② 陈占山：《17世纪中国优秀士人对传统华夷观念的超越》，《文化杂志》（澳门）1995年第4期。

星次不需于荒服。至于蛮夷君长，狄虏酋豪，更禀英奇，并资山岳，岂容变化应验全无？"而李淳风的回答饱含了华夷观念的欺人之谈："故知华夏者，道德礼乐忠信之秀气也，故圣人处也，君子生焉。彼四夷者炎凉气偏，风土愤薄，人面兽心，宴安鸩毒。以此而况，岂得与华夏皆同日而言哉？……以此而言，四夷宗中国之验也。"① 如果说李淳风的民族优越感在中华文明鼎盛的唐代，以及此后的数百年尚可勉强欺瞒世人的话，到了西洋文化输入之后，这种将域外排除在分野体系之外的理论自然再也经不起有识之士的推敲了。

又，西洋文化翻译引进的主角之一传教士对星占术的态度，对清人的影响也是不可忽视的。本来此种学问风行古代世界，欧洲并没有例外，甚至在 15—16 世纪，星占学在欧洲仍很兴盛。但是，由于担心星占会取代人们对上帝的信仰，且又受星占家所作大量政治预言的困扰，教皇希斯笃五世在 1586 年发布一训谕，公开谴责星占术。1631 年教皇尔本八世再发禁令，终于成功地使这种立场成为教会的正统②。在这种背景下，来华传教士对星占术的态度旗帜鲜明，那就是排斥和批判。他们的这种态度不仅影响了与其接触的一大批士大夫文人，而且，入清以后主导中国天文机构的德国传教士汤若望就曾尝试过削弱星占术，比利时传教士南怀仁甚至企图把星占术从中国传统的天文工作中排除，可前者的举动成了顺、康之际杨光先掀起教案的主要诱因之一，后者则在康熙十六年三月被以"开明"著称的康熙指斥为"蒙昧疏忽，有负职责"③。但是，教士并不因此放弃他们的执着："他们不仅不鼓励这种怪异但又相当普遍的爱好，而且努力使中国人意识到这种做法的虚浮、荒唐和无益。"④ 传教士

① （唐）李淳风：《乙巳占》卷3，载《丛书集成初编》。
② 黄一农：《耶稣会士对中国传统星占术数的态度》，《九州学刊》（台湾）1991 年第 3 期。
③ 《圣祖仁皇帝实录》卷66 "十六年三月己丑" 条，第6—7 页。
④ ［法］杜赫德编：《耶稣会士书简集·前言》（Ⅵ），郑德第译，大象出版社 2005 年版，第 19 页。

于此方面的努力坚持了许久，直到乾隆中后期仍在继续，如法国教士蒋友仁在他发给欧洲有关人士的信件中，多次谈到他经常和乾隆皇帝一起讨论天文学问题，与蒋氏一同在华的教士说：

> 蒋友仁神父似乎使皇帝抛弃了这种轻信，而且还成功地使宫中所有人抛弃了古老的对于（日月）食现象的恐惧。有一位贵人（他是康熙帝之孙）向他学习计算（日月）食的方法，而且学得相当不错，以至能以揭示民间相关说法中一切荒谬可笑之处的口吻来谈论这一现象了①。

由上引述可见，乾隆和四库馆臣在《四库总目》中，对星占学秉持的态度，与传教士的努力应该不无关系。

诚然，《总目》是清代的学术产物，所以其对星占的否定，体现着清代的学术特点和治学精神。这一点，并不与前述两个大的因素相矛盾。众所周知，以古代文化整理为主要内容的清代文献考据学，正是中国传统学术和晚明输入西学综合作用的结果。清代学术的特点和精神可概括为求真黜虚。对之，梁启超有精湛的解释和归纳。他说："本朝学者以实事求是为学鹄，颇饶有科学精神。"随后，梁氏列举出四点对他所说的科学精神作了解释。第一点说："善怀疑、善寻问，不肯妄徇古人之成说与一己之臆见，而必求真是真非之所存。"② 验之历史实际，的确如此，对于前代学术，上至儒家经典，下到百氏杂学，清人都"必求真是真非"，以还原历史的本来面目。这里可以整个术数类典籍为例，稍稍剖析一下《总目》对这些现代人们公认的伪科学的总体认识。

《总目》于子部立术数类，下分七个子目：数学，占候，相宅相墓，占卜，命书相书，阴阳五行和杂技术。其中，占候类即为占星

---

① ［法］杜赫德编：《耶稣会士中国书简集》（Ⅵ），郑德第译，第73页。

② 梁启超：《论中国学术思潮变迁之大势》，载《中国现代学术经典·梁启超卷》，河北教育出版社1996年版，第100页。

术。综观七个子目，都与古人预测和求吉避凶的学问有关。这里需要注意，所谓"数学"并不是现代意义上的，实为易学别派，是推算预报"世运"的，《四库》将北宋邵雍《皇极经世书》列入其中，即可见其一斑，其余五个子目从名称就可以看出它们是什么学问了。

在馆臣看来，包括七个子目的术数之学，"中惟数学一家为易外别传，不切事而犹近理。其余则皆百伪一真，递相翻动"。既然如此，这些伪学何以能够立足，又如何能传承不衰？《总目》认为那是因为人们"徒以冀福畏祸，今古同情，趋避之念一萌，方技者流各乘其隙以中之，故悠谬之谈弥变弥夥耳"。那么，难道就没有人能够识别这些学问的虚假吗？馆臣认为不是，只是由于求吉避凶的大众心态难以遏制，所谓"然众志所趋，虽圣人有所弗能禁"①。由此看来，置身于"百伪一真"的术数之中，星占学遭到富有科学精神的清代学者的否定也是必然的。

三　《总目》否定星占学的意义与影响

自颛顼"绝地天通"以来，星占家是帝王师，星占家的著作一直被统治者百般搜罗、呵护，并秘而不宣。可是，这样的情形在清代有很大的改变：星占家不再受到推崇，他们的著作不仅可以被公开，且被批评得一无是处。这种改变最突出地反映在《四库全书》及《总目》中。现在我们需要追问的是，《四库总目》对星占学的否定有何意义，发生了什么影响？

从现代人的观点看，星占学是彻头彻尾的伪科学，星占家所作出的那些或吉或凶（主要是凶）的预言，当然是无稽之谈。可是，在生产力不发达，人类知识水平还不高的古代社会，不要说人们彻底认识到这一点，即使有部分的觉醒都相当不易。这就是此种伪科学无论在古代东方还是西方都长期存在并且能发生重大影响的原因。由此，回到本文论题，可以这样认为：无论是明代中叶以前的人们，

---

① （清）爱新觉罗·永瑢等：《四库全书总目》卷108《术数类序》，第914页。

还是四库馆臣，他们对星占学的否定，在中国人对宇宙、对自然界和人类社会关系的认识史上，都写下了可贵的一笔。

这是就一般意义而言的，具体到《四库总目》，既然它对中国星占学的否定并非空前，由此，此举的特殊意义就还须通过考察《总目》对前人的超越，方可得到彰显。综合来看，《总目》与前人的否定相比具有如下特点。

第一，涉及面广泛。由于是对有关文献的全面清理，《总目》对中国传统星占学的否定是集大成的，总结性的。它涉及古代星占学的方方面面，这是此前诸多星占学的反对者不能企及的。

第二，有科学根据支撑。有充分的证据表明，《总目》对星占的否定是以输入的欧洲天文学作为基础的。例如，《天文书》提要说："大抵与今法违异，不足以资考证。""今法"者，西洋天文学也。因是出于对有关天象的确切认识，以及对传统星占术的荒谬性有了较为透彻的把握，所以《总目》的否定，显得证据充分，底气十足。

第三，代表主流话语。自春秋以来，怀疑、否定星占学者虽然代不乏人，但与此同时，绝大多数人是星占学的坚信者，星占术又是官方正学，因此所有异调都只能是一家之言，既非主流民意，更非官方话语。而《总目》是皇家钦定，反映的是晚明以来中国文人的主流思想，代表的是官方立场。

因有上述超越，所以，完全可以认为《总目》对星占学的否定，具有划时代的意义。

《总目》否定星占学的影响，情况比较复杂。这里还是先从其否定星占学的局限性说起。概而言之，主要为两点：一是丝毫没有怀疑"天意"的存在，也没有否定"天人感应"，可这些都是星占学得以存在的基础理论；二是没有彻底否认星占术具有探测神意的功能，如说"不可尽凭""多不足凭"，也就是说还是有可依可凭的，又如虽指出为可以推算、岁有常经的天象和为根本不存在的天象设占是荒唐的，可为那些人们尚未掌握的、事实上也是常经的"异变"天象的占验预留了空间。《总目》对星占学在认识上存在的这些缺陷，自然会削弱和消解它的积极影响。

《总目》否定星占学的具体影响，大体可通过三个方面加以考察。

首先，星占是中国古代天文机构的核心工作之一，否定对其职事究竟带来什么改变？这个问题此前似乎已有现成答案，如说："从明代万历年间开始，耶稣会传教士接踵来华，将西方天文学引入中国天学事务，又得清初顺治、康熙诸帝信任，长期由耶稣会士领导钦天监，然而即使如此，仍未使天学在中国社会中的性质和地位发生根本性改变……在钦天监里，天学的神圣性质和功能仍与前代无异。"[①] 又如说，耶稣会执掌的钦天监的工作"始终未能追随西方天文科学的发展而质变成一天文学的研究机构"[②]。因传教士自顺治元年主持钦天监工作，一直到道光六年（1826）终止。[③] 所以，上引说法无异于彻底否认《总目》的否定给钦天监的工作带来过变化。遗憾的是，上述论者究竟根据什么做出这样的结论，他们没有指出。笔者目前所掌握的资料，尚无法对这一问题做出进一步的、切实有效的描述。不过正如上文所指出的，对星占术的否定并不是《总目》突然间作出的，作为一种学术思潮和对传统社会文化的反动，在顺、康时期，乃至于晚明就已存在。而与此同时，钦天监的工作却一切照旧；从这种背景上可以推断，《总目》问世后钦天监传统的星占工作，应该不会有大的改变。由此看来，上引科学史家的看法必有所据。

其次，由于中国古代星占的结果主要用运于军国政治，那么，《总目》的否定又在这方面带来了什么新的变化？可以认为变化同样

---

① 江晓原：《天学真原》，第 68 页。

② 黄一农：《耶稣会士对中国传统星占术数的态度》，《九州学刊》（台湾），1991 年第 3 期。

③ 薄树人：《清钦天监人事年表》，载《科技史文集》第 1 集，上海科学技术出版社1978 年版。

不大。笔者曾据有关文献①仔细统计过，乾隆统治时期全国一共发生过43次日食，其中有21次载于《大清高宗纯皇帝实录》中。对后一种情形再详加考察，便会发现其中绝大部分没有禳救记载，但仅有的几次却与前代无异。这中间尤值得一提的是乾隆六十年元旦的日食，可以说乾隆借此做足了"政治秀"。事情大体上是这样的：

由于1795年是乾隆临御六十周年国庆，先是"中外臣工，即以福祚延长，史册罕觏，宜举行庆典为请"，乾隆也就同意了。可是后来得知六十年的元旦（正月初一）适逢日食，正月十五又是月食。"虽日月薄蚀，躔度本属有定。但以新正一月之间，朔望具有亏蚀"，乾隆还是认定"此正上天垂象示儆之意"；他又联想到京师地区久未降雨，他虽"盼泽焦劳，虔诚祈祷，尚未得邀渥泽"。于是"推求其故，或即此欲准奉行庆典之一念已近于满假，以致不能感召休和，而明正朔望，实有日月亏食之事。不可不弥怀寅畏，亟思修省"。由此，乾隆于五十九年二月特颁上谕，明令："所有乙卯年（乾隆六十年）庆典，着毋庸举行。"预料一些大臣会因此事复请，乾隆说："如内外大臣，尚有未喻朕意，再行奏请者，朕必不加允准，并当治以应得之罪。"②

如果不抱成见的话，熟悉《四库全书》编纂的学者都应当同意这样一个看法：同历代皇家"钦定"的文献比较起来，乾隆对《四库》及《总目》的"钦定"最为名副其实。可是，同一个乾隆，在他御修的文献中是一个立场，在有关朝典中又完全是另一番作为，且态度看起来竟也如此诚恳，真是匪夷所思！由此想起周积明对伪《古文尚书》在清代的遭际所做的评论，他说："饶为有趣的是，阎若璩于康熙年间力证《古文尚书》之伪，雍正帝却在《钦定书经传说汇纂·序》中对伪《大禹谟》推崇备至……当《总目》大力推扬阎若璩使'古文之伪乃大明'的考据之功，乾隆帝却在曲阜祀孔时

① 庄威凤等：《中国古代天象记录总集》，江苏科学技术出版社1988年版。
② 《高宗纯皇帝实录》卷1446"甲寅二月庚申"条。

强调由伪《古文尚书》引出的'道统'和'心法'的重要性……这种矛盾的文化现象充分表明了那一时代的意识形态领域异常错综复杂，从而提示我们不可概念化地以一言一事代替全貌。"① 被《总目》否定的星占学在乾隆政治运作中的遭际，又可为周先生的看法增添一个注脚。本来古代的中国星占学，一向被皇家严密控制，专为军国政治服务，因而得以借助国家的无上权力，将其影响扩张到全社会的各个方面。这样，由皇家钦定的《总目》对星占学的否定，如果同样利用皇家的威望和国家的权力，就会把这种否定切实地贯彻落实到原星占学所能到达之境。果真如此，则对中国社会的改变就未可限量。可正是由于最高统治者在此问题上出尔反尔，态度暧昧，所以在政治天文学领域，《总目》的否定也没有带来预期的变化。

最后，明孝宗对天学之禁的解除和晚明西学的输入，极大地激发和调动了中国文人对天文历法的研究热情，而《总目》对星占学的否定，为从事这一方面研究的学者造成什么影响？概而言之，对传统星占学研究兴趣趋于淡薄是一个显著的特点。有两条证据可以说明：第一，《清史稿》卷一四七《艺文志》术数类占候和阴阳五行之属（此两门皆与星占有关），所录清人著作仅有 15 部，其中尚有官纂 3 部，而所录历法推算著作达 130 部。第二，薛凤祚译介的《天步真原》是欧洲星占学典籍，中国知识界对之的反应很冷漠。钱锡祚为此评论说："今去国初仅百余载，而诸家著述均未及此书，岂以其为星命家言，并弃置不屑观耶？"② 而同参与、从事有关研究的学者不同，一般文人因看重星占学对统治者的警示和道德教化功能，因而给予相当的肯定，并促使有关典籍得以流传。晚清藏书家陆心源所为就是一例。它在《重刻〈乙巳占〉序》中说：

---

① 周积明：《文化视野下的四库全书总目》，广西人民出版社 1991 年版，第 274 页。
② （清）钱锡祚：《天步真原跋》，载［波］穆尼阁《天步真原》，商务印书馆 1936 年版。

> 夫灾异占候之说，原不足凭，然《易》言"天垂象，见吉凶"，《周礼·保章氏》以日月星辰五云十二风辨吉凶禔祥丰荒，其所由来者久矣。淳风虽以方技名，《修德》篇屡引经、传，以改过迁善为戒；《司天》篇深著隋氏之失，谆谆于纳谏、远佞，不失为儒者之言①。

综上所述，《总目》对星占学的否定，基本上没有带来中国天文学及相关政治文化领域明显的、实质性的变动。究其原因，首先是星占学拥有的社会政治功能：统治者需要借此以自神。这一点很清楚，勿用多言；其次是传统社会的惯性。熟悉明清史的人们或者都注意过这样一个现象：晚明清初社会曾经酝酿、萌芽过诸多新的因素，如经济领域的资本主义萌芽、文化上的早期思想启蒙、市井文学以及近代欧洲科学技术的输入和实证学风等。可是，它们最终多没有能够逻辑地延续、发展下去，而是胎死腹中或中途夭折。这其中就有传统社会的惯性问题。惯性施展种种影响力，将不符合传统的因素消解，使其回复到原有的模式中。被《总目》否定的星占学，在乾隆之后相当一个时期似也没有跳出这种变化轨迹。但是，在总体上仍可以认为，《四库全书总目》对星占的否定，是传统星占学向近现代数理天文学，甚至传统社会向近现代社会转型过程中，中国学界精英走出的重要一步。

本文原载《河北师范大学学报》2006 年第 3 期。

---

① （清）陆心源：《重刻〈乙巳占〉序》，载王云五主编《丛书集成初编》，商务印书馆 1935 年版。

参考文献

（汉）司马迁：《史记》（修订本），中华书局 2013 年版。

（南朝宋）范晔：《后汉书》，中华书局 1965 年版。

（唐）房玄龄等：《晋书》，中华书局 1974 年版。

（南朝梁）萧子显：《南齐书》，中华书局 1972 年版

（唐）魏征等：《隋书》，中华书局 1973 年版。

（五代后晋）刘昫：《旧唐书》，中华书局 1975 年版。

（宋）郑樵：《通志二十略》，王树民点校，中华书局 1995 年版。

（元）脱脱等：《宋史》，中华书局 1985 年版。

（清）徐松：《宋会要辑稿》，中华书局 1957 年版。

龚延明：《宋史职官志补正》（增订本），中华书局 2009 年版。

（元）王士点、商企翁编次：《秘书监志》，高荣盛点校，载《元代
　　史料丛刊》，浙江古籍出版社 1992 年版。

（元）完颜纳丹等：《通制条格》，黄时鉴点校，载《元代史料丛
　　刊》，浙江古籍出版社 1986 年版。

（明）宋濂等：《元史》，中华书局 1976 年版。

（清－民国）柯劭忞：《新元史》，上海古籍出版社、上海书店 1989
　　年版。

（明）申时行等修：《明会典》，中华书局 1989 年影印本。

（明）胡广等：《明实录》，（台北）"中央"研究院历史语言研究所

1962 年影印本。

（清）巴泰等：《世祖章皇帝实录》，中华书局 1985 年版。

（清）马齐、朱轼等：《圣祖仁皇帝实录》，中华书局 1985 年版。

（清）庆桂、董诰等：《高宗纯皇帝实录》，中华书局 1985 年版。

（清）张廷玉等：《明史》，中华书局 1974 年版。

赵尔巽等：《清史稿》，中华书局 1977 年版。

（清）伊桑阿等纂：《大清会典》，（台北）新文丰出版股份有限公司
1976 年版。

［日］高楠顺次郎、渡边海旭等纂：《大正新修大藏经》，（台北）大
藏经刊行会 1983 年版。

（唐）李淳风：《乙巳占》，载《丛书集成初编》，商务印书馆 1936
年版。

（唐）瞿昙悉达：《唐开元占经》，文渊阁《四库全书》，第 807 册，
台湾商务印书馆 1986 年版。

（唐）瞿昙悉达：《开元占经》，九州出版社 2012 年版。

（元）耶律楚材：《湛然居士文集》，中华书局 1986 年版。

（元）朱德润：《存复斋集》，载《四部丛刊续编》。

（元）许有壬：《至正集》，文渊阁《四库全书》，第 1211 册，台湾
商务印书馆 1986 年版。

（元）苏天爵：《元文类》，吉林出版集团有限责任公司 2005 年版。

钱伯城等主编：《全明文》，上海古籍出版社 1992 年版。

（明）朱元璋：《明太祖文集》，载《四库明人文集丛刊》，上海古籍
出版社 1991 年版。

（明）宋濂：《宋学士全集》，中华书局 1985 年版。

（明）王祎：《王忠文集》，文渊阁《四库全书》，第 1226 册，台湾
商务印书馆 1986 年版。

（明）徐有贞：《武功集》，文渊阁《四库全书》，第 1245 册，台湾
商务印书馆 1986 年版。

（明）陈诚：《西域行程记》《西域番国志》，周连宽校注，《中外交

通史籍丛刊》，中华书局 2000 年版。

（明）贝琳：《七政推步》，文渊阁《四库全书》，第 786 册，台湾商务印书馆 1986 年版。

［阿拉伯］阿布·哈桑·阔识牙耳：《明译天文书》，（明）马沙亦黑、马哈麻、吴伯宗等译，民国十六年《涵芬楼秘笈》本。

（明）王世贞：《弇山堂别集》，中华书局 1985 年版。

（明）唐顺之：《荆川稗编》，上海古籍出版社 1991 年版。

（明）唐顺之：《荆川集》，文渊阁《四库全书》，第 1276 册，台湾商务印书馆 1986 年版。

（明）焦竑：《国朝献徵录》，上海书店 1987 年版。

（明）朱载堉：《圣寿万年历》，文渊阁《四库全书》，第 786 册，台湾商务印书馆 1986 年版。

（明）袁黄：《历法新书》（卷 1），载《了凡杂著》，明万历三十三年建阳刻本。

（明）徐光启：《徐光启集》，王重民辑校，载《中国历史文集丛刊》，中华书局 2014 年版。

（明）徐光启编纂：《崇祯历书附西洋新法历书增刊十种》，潘鼐汇编，上海古籍出版社 2009 年版。

（明）黄宗羲：《南雷文案》，商务印书馆 1929 年版。

（清）全祖望：《鲒埼亭集》，《四部丛刊初编》本。

（清）梅文鼎：《历算全书》，文渊阁《四库全书》，第 794—795 册，台湾商务印书馆 1986 年版。

（清）梅文鼎：《勿庵历算书记》，文渊阁《四库全书》，第 795 册，台湾商务印书馆 1986 年版。

（明）吕留良：《吕留良诗文集》，徐正等点校，浙江古籍出版社 2011 年版。

（清）秦蕙田：《五礼通考》，文渊阁《四库全书》，第 135—142 册，台湾商务印书馆 1986 年版。

（清）顾观光：《武陵山人遗书》，光绪九年独山莫氏刊本。

（明）黄省曾：《西洋朝贡典录》，中华书局 1982 年版。

（清）路鸿休：《帝里明代人物略》，清刻本，江苏省图书馆藏本。

（清）靳治荆修：《（康熙）歙县志》，吴苑、程澣纂清刻本。

（清）陶成等编纂：《江西通志》，谢旻等监修，文渊阁《四库全书》，第 513—518 册，台湾商务印书馆 1986 年版。

［波斯］拉施特主编：《史集》（1—3 卷），余大钧、周建奇译，商务印书馆 1983、1985、1986 年版。

［瑞典］多桑：《多桑蒙古史》（上、下册），冯承钧译，上海书店出版社 2001 年版。

王国维：《蒙鞑备录笺证》，载《黑鞑事略笺证》，谢维杨、房鑫亮主编《王国维全集》，浙江教育出版社、广东教育出版社 2009 年版。

冯承钧编译：《西域南海史地考证译丛》，商务印书馆 1962 年版。

穆根来、汶江、黄倬汉译：《中国印度见闻录》，中华书局 1983 年版。

（唐）玄奘、辩机：《大唐西域记校注》，季羡林等校注，中华书局 2000 年版。

（宋）李志常：《长春真人西游记》，载《王国维遗书》，上海书店 1983 年版。

（明）叶子奇：《草木子》，中华书局 1959 年版。

（明）黄佐、廖道南：《殿阁词林记》，文渊阁《四库全书》，第 452 册，台湾商务印书馆 1986 年版。

（明）沈德符：《万历野获编》，中华书局 1980 年版。

（明）黄瑜：《双槐岁抄》，载《北京图书馆珍本丛刊》，书目文献出版社 1998 年版。

［意］利玛窦、［比］金尼：《利玛窦中国札记》，何高济、王遵仲、李申译，何兆武校，载《中外关系名著译丛》，中华书局 1983 年版。

［德］汤若望：《汤若望奏疏》，清刻本，中国科学院图书馆藏本。

［比］南怀仁：《熙朝定案》，（台北）台湾天主教东传文献初编本。

（清）杨光先等：《不得已附二种》，陈占山校注，黄山书社 2000
　　年版。

（清）黄伯禄：《正教奉褒》，光绪甲午（1894）上海慈母堂重印本。

（清）爱新觉罗·永瑢等：《四库全书总目》，中华书局 1965 年版。

丁福保、周云青编：《四部总录天文编》，商务印书馆 1956 年版。

王重民：《中国善本书提要》，上海古籍出版社 1983 年版。

王承略、刘心明主编：《二十五史艺文志经籍志考补萃编》，清华大
　　学出版社 2014 年版。

陈垣：《中西回史日历》，中华书局 1962 年版。

陈垣：《陈垣学术论文集》，中华书局 1980 年版。

韩儒林：《韩儒林文集》，江苏古籍出版社 1985 年版。

［法］伯希和：《蒙古与教廷》，冯承钧译，中华书局 1994 年版。

陈高华、史卫民：《元代大都上都研究》，中国人民大学出版社 2010
　　年版。

饶宗颐：《选堂集林·史林》，中华书局 1982 年版。

姜伯勤：《敦煌吐鲁番文书与丝绸之路》，文物出版社 1994 年版。

荣新江：《中古中国与外来文明》，生活·读书·新知三联书店 2014
　　修订版。

［德］魏特：《汤若望传》，杨丙辰译，商务印书馆 1949 年版。

方豪：《中国天主教史人物传》，中华书局 1988 年版。

方豪：《中西交通史》，岳麓书社 1987 年版。

［意］马可波罗：《马可波罗行纪》，冯承钧译，上海书店出版社
　　2000 年版。

［英］道森编：《出使蒙古记》，吕浦译，周良霄注，中国社会科学
　　出版社 1983 年版。

［法］杜赫德编：《耶稣会士中国书简集》，郑德第等译，大象出版
　　社 2005 年版。

［法］裴化行：《利玛窦司铎和当代中国社会》，王昌社译，上海土

山湾印书馆1943年版。

吴晗辑：《朝鲜李朝实录中的中国史料》，中华书局1980年版。

朝鲜科学院历史研究所编：《朝鲜通史》，吉林人民出版社1975年版。

（清）阮元、罗士琳、叶世芳等撰：《畴人传合编校注》，冯立升、邓亮、张俊峰校注，中州古籍出版社2012年版。

马明达、陈静辑注：《中国回回历法辑丛》，甘肃民族出版社1996年版。

石云里主编：《海外珍稀中国科学技术典籍集成》，中国科学技术大学出版社2010年版。

《古兰经》，马坚译，中国社会科学出版社1981年版。

［阿拉伯］穆罕默德·本·伊斯玛仪·布哈里辑录：《布哈里圣训实录全集》，康有玺译，杨宗山审定，经济日报出版社2001年版。

［阿拉伯］穆斯林·本·哈查吉辑录：《穆斯林圣训实录全集》，穆萨·余崇仁译，努尔曼·马贤校，宗教文化出版社2009年版。

陈达生：《泉州伊斯兰教石刻》，宁夏人民出版社、福建人民出版社（联合）1984年版。

魏良弢：《喀喇汗王朝史稿》，新疆人民出版社1986年版。

马以愚：《中国回教史鉴》，载《民国丛书》，上海书店1989年版。

纳忠、朱凯、史希同：《传承与交融：阿拉伯文化》，浙江人民出版社1993年版。

［埃及］艾哈迈德·爱敏：《阿拉伯—伊斯兰文化史》，纳忠、史希同等译，商务印书馆1982年版。

［美］希提：《阿拉伯通史》（上、下册），马坚译，商务印书馆1995年版。

李兴华、冯今源主编：《中国伊斯兰教史参考资料选编》，宁夏人民出版社1985年版。

白寿彝：《中国伊斯兰史存稿》，龚书铎主编：《白寿彝文集》，河南大学出版社2008年版。

杨怀中：《回族史论稿》，宁夏人民出版社1991年版。

杨怀中、余振贵主编：《伊斯兰与中国文化》，宁夏人民出版社 1995 年版。

叶哈雅·林松、苏莱曼·和龚：《回回历史与伊斯兰文化》，今日中国出版社 1992 年版。

秦惠彬主编：《伊斯兰文明》，福建教育出版社 2008 年版。

无名氏：《金陵伍氏年谱》，传抄本。

无名氏：《回回原来》，光绪甲午（1894）重抄本。

（清）金天柱：《清真释疑补辑》，光绪七年（1881）刻本。

无名氏："大测堂马中堂挂轴"，南京市伊斯兰教协会收藏。

马良：《聚真堂马氏宗谱》，抄本，北京工人文化宫藏本。

朱文鑫：《历法通志》，载《民国丛书》（第 4 编第 90 册），上海书店 1992 年版。

［日］薮内清：《中国的天文历法》，日本平凡社 1975 年版。

［英］李约瑟：《中国科学技术史》第四卷《天学》，（香港）中华书局香港分局 1978 年版。

陈遵妫：《中国天文学史》，上海人民出版社 1980 年版。

中国天文史整理研究小组编著：《中国天文学史》，科学出版社 1981 年版。

钱宝琮主编：《中国数学史》，科学出版社 1981 年版。

钱宝琮：《钱宝琮科学史论文选集》，中国科学院自然科学史研究所编，科学出版社 1983 年版。

北京天文台主编：《中国古代天象记录总集》，江苏科学技术出版社 1988 年版。

江晓原：《天学真原》，辽宁教育出版社 1991 年版。

江晓原：《历史上的星占学》，上海科技教育出版社 1995 年版。

［英］米歇尔·霍斯金主编：《剑桥插图天文学史》，江晓原、关增建、钮卫星译，山东画报出版社 2003 年版。

黄一农：《社会天文学史十讲》，复旦大学出版社 2004 年版。

江晓原、钮卫星：《中国天学史》，上海人民出版社 2005 年版。

江晓原、钮卫星：《欧洲天文学东渐发微》，上海书店出版社 2009年版。

潘鼐：《中国恒星观测史》，学林出版社 2009 年版。

冯时：《中国天文考古学》，中国社会科学出版社 2010 年版。

钮卫星：《天文学史：一部人类认识宇宙和自身的历史》，上海交通大学出版社 2011 年版。

陈美东：《中国古代天文学思想》，中国科学技术出版社 2013 年版。

张培瑜、陈美东等：《中国古代历法》，中国科学技术出版社 2013年版。

陈晓中、张淑莉：《中国古代天文机构与天文教育》，中国科学技术出版社 2013 年版。

庄威凤主编：《中国古代天象记录的研究与应用》，中国科学技术出版社 2013 年版。

陈久金：《中国少数民族天文学史》，中国科学技术出版社 2013 年版。

卢央：《中国古代星占学》，中国科学技术出版社 2008 年版。

陈久金：《回回天文学史研究》，广西科技出版社 1996 年版。

王锋、宋岘：《中国回族科学技术史》，宁夏人民出版社 2008 年版。

后　记

　　得知完成多年的书稿即将付印出版，则篇名早已列入目录中的这篇文字，就再也不能不写。但是，该写什么，又能写点什么？直到敲击键盘时依然十分纠结。临了还是决定放弃烦冗，选择简明扼要。

　　这是我断断续续坚持了很久的一项研究，久到接近自己现有的学术生涯，而现书稿是教育部人文社会科学研究项目"伊斯兰教文化对元明清中国社会的影响——以伊斯兰天文、星占学为例"（批准号 10YJA770006）的最终成果。正因为经历许久，所以不打算回头絮叨缘起之类的陈年往事，但一路走来，接受惠助无数，鸣谢则应属必要。

　　首先，感谢这一研究过程中，给过我无私教诲和启迪的师长们，还有在南京、上海、北京、西安等地接受我请教、咨询的前辈或同辈学人。他们多是中国古代史，特别是蒙元史领域的专家学者或领军人物。同时，还要感谢上海、合肥以及台湾地区的一些善知识，他们基本上是从事天文学史研究的专家，虽很少见面，或者从未谋面，但他们曾应请求为我慷慨寄赠作品，复制资料，惠赐高见。

　　其次，感谢中国社会科学出版社又一次接纳和出版我的书稿，感谢历史和考古出版中心的同仁，感谢宋燕鹏编审和他的团队对这部书稿的认真负责和辛勤付出。

最后，感谢家人以及不同时期的同学、同事。人生不易，而选择以读书、学术为职业，则又平添了几分孤独和艰辛，正是由于他们的不离不弃，相依相伴，我才得以惨淡经营，耐心坚持，一路走到今天。

陈占山

2023 年 12 月书于汕头